中公文庫

献　　心

警視庁失踪課・高城賢吾

堂場瞬一

中央公論新社

目次

献心

登場人物紹介

高城《たかしろ》賢吾《けんご》……………失踪人捜査課三方面分室の刑事
阿比留《あびる》真弓《まゆみ》…………失踪人捜査課三方面分室室長
明《みょう》 神《じん》愛美《めぐみ》 …………失踪人捜査課三方面分室の刑事
醍醐《だいご》塁《るい》………………同上
森田《もりた》 純一《じゅんいち》 …………同上
田口《たぐち》英樹《ひでき》……………同上。警部補
小杉《こすぎ》公子《きみこ》……………失踪人捜査課三方面分室庶務担当
石垣《いしがき》 徹《とおる》 …………失踪人捜査課課長

平岡《ひらおか》真之《まさゆき》……………綾奈の事件の参考人
羽村《はむら》望都子《もとこ》…………綾奈の担任教諭
臼井《うすい》裕《ゆう》………………綾奈の同級生
黒原《くろはら》晋《しん》………………綾奈の同級生
黒原弥生《やよい》……………晋の母親

法月《のりづき》はるか…………弁護士
法月大智《だいち》……………渋谷中央署警務課
長野《ながの》 威《たけし》 …………警視庁捜査一課の刑事

献　心

警視庁失踪課・高城賢吾

1

「多摩北《たまきた》署長で」

「石垣徹《いしがきとおる》、五十三歳」

「後任は？」

「失踪課三方面分室《しっそうかさんほうめんぶんしつ》の阿比留真弓《あびるまゆみ》室長を昇格させる」

「問題ないか？　本人は捜査一課への復帰を希望しているが」

「ポジションがない。管理官が妥当だが、彼女には家庭の問題もある」

「あれはまだ解決していないのか」

「宙ぶらりんだな。将来的に地雷になる可能性がある。いつ踏んで爆発するか……それに、あの一件でついたマイナスポイントは、まだ回復されていない」

「失踪課の仕事でプラスの査定をつけるのは、難しいと思うがね」

「それとこれとは別問題だ。マイナスはマイナスだからな。とにかく、失踪課の課長ということで……女性で本部の課長となれば、対外向けにもアピールできる。広報にもしっかり仕事してもらおう」

「承知した。三方面分室の室長は？」

「高城賢吾《たかしろけんご》を昇格させる」

「酒の問題は？」

「状況があの男を変えるかもしれない。変わってもらわないと困る」

「状況とは？」

「娘を殺した犯人が見つかれば、だ」


平岡真之《ひらおかまさゆき》、四十五歳。携帯電話会社の営業部の課長で、現住所は世田谷《せたがや》区北沢《きたざわ》——最寄駅は、小田急《おだきゅう》線の東北沢になる。

「独身か？」私は書類から顔を上げて、同期の長野《ながの》に訊ねた。

「独身……いや、結婚歴はある」

「離婚したのか」

「死別したんだ。結婚して、一年か二年ぐらいで奥さんを亡くしたらしい」

「そうか」同情の言葉をつぶやこうとしたが、ひどく陳腐な物になりそうな予感がして、私は口をつぐんだ。家族を失った人間に対する慰《なぐさ》めは、どんな言葉を使っても安っぽさが滲《にじ》み出《で》る。

「とにかく、現在は独身だ」長野がつけ加える。

「今の住所に引っ越したのはいつだ？」

「十二年前——事件の直後だ」

私の娘、綾奈《あやな》の遺体が見つかった事件で、長野はまったく勝手《かって》に、個人で動いていた——実際には、自分の班の若い刑事たちも動かしていたのだが。彼の下にいる刑事たちは長野に心酔しており、「右を向け」と命じられれば、右を向くスピードを競い合うような連中ばかりである。一部の人間に「長野軍団」と揶揄《やゆ》される猛者《もさ》たちが、ついに目撃者を見つけ出したのだ。

しかし目撃者といっても、犯行その物を見たわけではない。犯行時刻と目される時間——それも確定できてはいないが——の直前に綾奈を見かけた、というだけである。その情報を聞きこんですぐ、長野は私に連絡を入れてくれたのだが、私は敢《あ》えて自分にブレーキをかけた。すぐには事情聴取しない、と。

理由は簡単だ。長野たちの調査によると、平岡はごく普通のサラリーマンである。二度目の事情聴取を拒否するとは思えなかったし、もっと詳しく思い出してもらうためには、少し間を置いた方がいい。早く会って直接話を聴きたいと焦ったが、私は面会の日を、長野から話を聴いた二日後に設定した。

問題は、正式には動きを封じられていることである。杉並西《すぎなみにし》署の捜査本部への、出入り禁止通告。「被害者であれ加害者であれ、身内の人間がかかわった事件に関する捜査は担当しない」という原則が適用されたわけだ。確かに、家族が巻きこまれた事件を冷静に捜査できる刑事などいない。今回も無用なトラブルを避《さ》けるために、余計な口出し、手出しはしないようにときつく言い渡されていた——しかも捜査一課長から直々《じきじき》に。直属の上司でもない他《ほか》の部署の課長から、直接このような忠告を受けるのは異例だが、とにかく私は受け入れた——受け入れざるを得なかった。反発しても、勝てる見込みはない。

だから長野と相談する時にも、捜査本部や本庁は避けることにした。長野が命令無視で勝手にやっているのはいつものことだが、この件に関しては少し事情が違う。私と同期で、仲のいい友人ということもあり、やはり捜査一課長から直接、「余計なことはしないように」と釘を刺《さ》されているのだ。二重の縛り。目立つ動きはできない。だから他人に見られないように長野と相談するためには、私の自宅を使うしかなかった。ここなら、万が一見《み》咎《とが》められても、「家で一緒に呑《の》んでいただけ」と言い訳できる。

「高城、何だか臭くないか？　さっきから気になってたんだが」長野が唐突に、鼻をひくつかせた。

「いろいろあったんだよ、いろいろ」あの時のことを思い出すと、思わず顔が引《ひ》き攣《つ》ってしまう。酔っ払ってこの部屋で沈没していた私を引っ張り出すために、失踪課の同僚、明神愛美《みょうじんめぐみ》と醍醐塁《だいごるい》がやらかしたのだ——ソファで寝ていた私に水をぶっかけた。それ以来、部屋には黴臭《かびくさ》い臭《にお》いが籠《こも》ったままである。長年まともに掃除もしていなかったので、いろいろな物が溜《たま》っていたのだろう。それが水に触れて化学反応を起こしたとか……思い切って徹底的に掃除すればいいのだが、いっそのこと引っ越してしまった方が早いのではないか、とも考え始めている。

様々なことが変わりつつあるのだから。

長野が立ち上がり、窓を開けた。エアコンの温風があっという間に吹き払われ、寒風が部屋を満たす。長野は何の迷いもなく、脱いでいたコートを再び着こみ、床に直《じか》に腰を下ろした。私は寒さを我慢し、スーツのままでいることにした。自分の部屋でコートを着ていたら、明らかに変である。

長野が調べてきたデータをもう一度見ているうちに、寒さを感じなくなった。集中すると、必要ない感覚は遮断される。

荻窪《おぎくぼ》に住んでいた時の平岡の住所を確認する。綾奈が行方《ゆくえ》不明になった公園を挟んで、当時私が住んでいたマンションの反対側にあるアパートだと分かった。あの付近の様子は、今でも頭に入っている。小さなマンションやアパートが建ち並ぶ場所で、単身者やまだ子どもの小さな夫婦が好んで住むような街。それは今も変わっていない。

集合住宅が多い街では、住民同士の触れ合いが少ない。同じマンションに住んでいても、互いに顔も名前も知らない場合がほとんどだ。マンションが違えば、その傾向はさらに強くなる。だから私も、平岡という名前にはまったく心当たりがなかった。

「お前、この人は知らないよな」長野が訊ねる。

「ああ。お前が会った感じでは、どんな人だった？」

「真面目なサラリーマン」

「そうか」四十五歳という年齢で、携帯電話会社で課長を勤めているとすれば、それなりに仕事もできる男だろう。結婚早々に妻を亡くし、その後独身でずっと頑張ってきたとすれば……仕事に打ちこむことで、悲しい記憶を薄めようとしてきたのでは、と容易に想像できる。仕事はいつでも、悲しみを鎮《しず》める特効薬になるのだ。

「で、目撃の状況は」長野のレポートにも簡単には書いてあるが、彼本人の口から直接説明を聴きたかったので、私は敢えて紙を伏せた。

「要約すれば、綾奈ちゃんが一人で公園の中を歩いているところを見た、という話だ。平岡さんは帰宅途中で、公園の前を通りかかったところだった。ただし、十年以上前のことだから、正確な時刻は分からない。総合的に判断して、綾奈ちゃんが最後に誰かに見られたタイミングだとは思うがね」

「一人、か」私は念押しをした。

「一人だ」長野が人差し指を立てた。

「友だち二人と別れた後なのは、間違いないんだろうな」

「そういうことになると思う」

　失踪当日の綾奈の足取りは、あまり絞《しぼ》りこめていない。同級生二人と一緒に学校を出たが、別れた後に行方が分からなくなっている。公園での目撃証言は、これまで一切なかった。今までは、直前まで綾奈と一緒にいた同級生二人の証言だけが頼りだったのだが、その二人にしても、当時はまだ小学一年生である。状況を完全に記憶しているとは思えなかった。何度か事情聴取は行われたが、その都度証言が微妙に変わっているのがその証拠である。どこまで信用していいか、分からなかった。

「公園で、綾奈は何をしていたって？」

「ただ歩いていた」

「何かあったとしたら、その後か」

「そういうことだ」長野がうなずいた。昨日は意気込んでこの情報を伝えてきたのだが、今は表情は冴《さ》えない。「あまり役に立たないかもしれないな」

「いや、何かの取っかかりにはなるだろう。俺が自分で事情聴取するよ」

「場所は？」

「彼の家にしよう」会社にまで押しかけたら、迷惑がられる。あくまで善意《ぜんい》の第三者なのだから、できるだけ配慮しなければならない。

「そうだな、その方がいい。いつ攻める？」

「明日の夜」自分で設定した決行日だ。帰宅直後は、サラリーマンの気持ちが一番緩む時間帯である。相手が緊張していない状況で話を聴きたかった。
「分かった。じゃあ、夕方、どこかで落ち合って家に行こう」
長野が膝《ひざ》を叩《たた》き、立ち上がった。気の早い男だ、と私は苦笑した。
「お前、飯は食ったのか?」
「まだだけど」長野が怪訝《けげん》そうな表情を浮かべる。
「飯ぐらい食っていけよ。この辺、安くて美味《うま》い店がたくさんあるから」
「まあ、いいけど……」長野が、私の顔をじろりと見下ろした。
「酒は呑まない」私は即座に宣言した。
「そうか」納得したように長野がうなずいた。「だったらいい。行くか」
連れだって家を出て、近くの中華料理屋に向かった。この街——武蔵境《むさしさかい》に引っ越して
きてから何度、この店に足を運んだだろう。値段も安く、料理の種類も豊富で夜遅くまで
やっているので、一人暮らしの男には何かと便利な店なのだ。頻繁に来ている割に馴染《なじ》み
客とは言えず、店主と言葉を交わした記憶もほとんどないが、そういう距離感は心地好く
もあった。
考えてみれば、ここへ誰かを連れて来たことは一度もない。何となく、聖域——という
か台所やダイニングルームを人に見せるような感じがして、気恥ずかしいのだ。

長野はビールと餃子《ギョウザ》、タンメンを、私はきくらげと卵の炒《いた》め物《もの》で定食にした。この店では様々な料理を食べてきたが、この一品が一番多かったと思う。

長野が遠慮がちに、瓶からビールを注《そそ》ぐ。気にすることはないのに……そもそも私はほとんど、外で酒を呑まない。呑む時はほぼ自宅と決まっていて、それも常に「角」のストレートだ。

長野が、小さなコップのビールを一気に呑み干した。吐息を漏《も》らしてすぐに注《つ》ぎ足《た》す。二杯目からは、遠慮は感じられなくなっていた。

「しかし、この手の店がまだ健在なのは嬉しいな」長野が店内を見回した。カウンター席の天板は、赤に近い濃いピンク色。その上の壁には、短冊に書かれたメニューがずらりと貼《は》りつけられている。昔は、こういう中華料理店がどの街にも二、三軒はあった。最近は小綺麗《こぎれい》なチェーン店や、気難しい店主のいるラーメン専門店ばかりになってしまったのが寂しい。

「ここは学生の街だからな。安くて美味い中華料理屋は流行《はや》るんだ。一度、平日の昼に来たことがあるけど、行列ができてたぞ」

「これだけ安けりゃ、確かに流行るだろう」長野がラミネートされたメニューを取り上げた。タンメンは五百円、餃子は二百五十円だ。私が頼んだ卵ときくらげの炒め物など、ライスとスープ、ザーサイを足して定食にすると八百五十円で、高い部類に入る。

「俺にとっては、この店が生命線だ」

　料理が運ばれてきた。長野が大盛りの野菜をよけて麺《めん》を掘り出し、大きな音を立てて啜《すす》る。ろくに嚙《か》みもせずに呑みこんでから、嘆息を漏らす。

「懐かしい味だな」

「俺たちには、本格的な中華よりも、こういう味の方が嬉しいよな」私はちらりと厨房《ちゅうぼう》の方を見た。ここの店主が、自分の店、それに料理にどれほどのプライドを持っているか分からないが、「本格的でない」と言われて喜ぶ人間はいないだろう。しかし私たちの年代の人間が、こういう日本人の口に合わせて作られた中華料理で育ってきたのは事実である。

食事の間は、二人ともほぼ無言だった。長野はとにかく、食べるのが早い。食い意地が張っているわけではなく、若い頃から、さっさと食べるように自分をしつけたのだ。刑事は、食事中でも何かあって呼び出されることは珍しくなく、そういう時でも料理を残さないようにするには、とにかく早く食べるしかない。タンメンというのは、何故かラーメンよりもずっと熱が籠って食べにくいのだが、長野はそんなことはまったく気にならない様子で食べ続けている。それを見ているうちに、私の食べるスピードも自然に上がった。

「で、どうなんだ」先に食べ終えた長野が、いきなりスウィッチが切り替わるように口調を変えて質問してきた。

「何が」

「やれるのか」

「やれる、じゃなくて、やる」私は料理を口に運びながら答えた。我ながら、ごくさりげなく言えたと思う。気負いも何もなく、ただ、目の前の謎《なぞ》に迫っていくだけ。

「例の事件、お前にいい影響を与えたようだな」

「冗談じゃない」私は箸《はし》をテーブルに叩きつけた。瞬時に頭に血が上《のぼ》り、激しい怒りで景色が歪《ゆが》んだ。「あの事件は、俺が扱った中でも最悪だったんだぜ」

　長野が無言でうなずく。小学二年生の女の子が一人殺され、一人が乱暴された事件。犯人には、ほかにも余罪多数——本来失踪課で扱う事案ではなかったが、綾奈の遺体が見つかった直後の私は、どうしてもかかわらざるを得なかった。愛美たちに無理矢理引っ張り出されたせいもあるが、怒りも悲しみも、それまで経験した事件の比ではなかった。やはり、幼い子が犠牲《ぎせい》になる事件は、捜査する側にも強いダメージを与える。

「それは分かってる。でも、よく走り抜けたよ」

「どうしてもやらなければならない捜査だった、というだけだ」

「分かる。だったら今回も——」

「当然だ」私は長野の言葉を遮《さえぎ》った。「そのために、あの事件を解決したんだから」

　命の重さは変わらないというが、刑事は無意識のうちに、事件に「軽重」をつけてしまう。あの事件と綾奈の事件を比較した場合、発生したばかりの事件の捜査に重きを置くのは当然のことだった。何しろ、まだ動いていた〝熱い事件〟だったのだから。次の犠牲者を出さないためにも、一刻も早く犯人を逮捕する必要があった。それに比べ、綾奈の事件は、もう十年以上も前である。単純に考えれば、既《すで》に〝冷たくなった事件〟だ。どんな刑事でも、手をつけたがらない。

「極秘で大丈夫なんだな」私は長野に念押しした。

「捜査本部の連中を当てにしちゃいけない。今回はとにかく、俺たちだけでやるべきだ」

長野が目を細める。この男は、基本的に自分以外の人間を信用していない。他県警などに対しては、露骨に見下す態度を取ることも珍しくなかった。

「だけど、追跡捜査係《ついせきそうさ》も入ってる。あの連中は信頼できるだろう」

追跡捜査係は、捜査一課の一セクションなのだが、課内では嫌われ者として通っている。何しろその役目は、発生から時間が経って、「冷たくなってしまった」事件を独自に追うことなのだ。他の刑事にすれば、自分たちの失点を探られるようなものだろう。しかもどんな事件を追うかは、メンバーの判断に任されている。口の悪い連中いわく、「つまみ食い班」。ただし、実質迷宮入りした事件を何件も解決しており、実績には定評がある。他の刑事たちにすれば、そういう状況も気に食わないようだ。

「ああ。奴らの腕は確かだ。ただし、今回は少し腰が引けてるな。あの連中は、自分で考えて捜査に取り組む時は強いけど、今回のように誰かに押しつけられると、動きが鈍くなる」

お前のようにか、という台詞《せりふ》を呑みこんだ。長野も、頼まれもしないのに人の事件に首を突っこんでいく。それ故、他の課員が毛嫌いしている追跡捜査係の連中に対しては、一定の理解があるのかもしれない。

「ということは、追跡捜査係も当てにすべきではない？」

「そうだな」長野が、コップの底にわずかに残ったビールを呑み干した。「この件で、一課は複雑に動いている。何から何まで異例ずくめの事件だから、展開も読みにくい」

「分かってる」

行方不明から十二年。見つかったのは手がかりの乏《とぼ》しい白骨死体。殺人・死体遺棄事件としては、捜査のスタートが十二年遅れたわけで、捜査一課は最初から大きなハンディキャップを負ってしまったことになる。捜査本部も士気が上がっていない、という噂《うわさ》は私の耳にも入ってきていた。自分に関係ない事件だったらケツを蹴り上げてやりたいと思うが、一方で、いきなり捜査を押しつけられた刑事たちの苦労もよく分かる。だから何も言えない。

他方、長野のように、十二年前に現場で綾奈を捜し回ってくれた刑事にとっては、熾火《おきび》のごとき復讐《ふくしゅう》心《しん》に油が注がれたようなものだろう。長野は通常の仕事を飛ばして——彼がかかわるような特捜本部事件がないのは幸いだった——この件に心血を注いでくれた。それがまた、杉並西署の捜査本部の連中には、気に食わなかったようだ。そこへさらに、正式に捜査を禁じられている私が入っていく——トラブルが起きるのは目に見えていた。

「失踪課の連中は？」長野が訊ねた。

「通常業務だ」

「あいつらなら手伝ってくれるんじゃないのか」

「これは俺の個人的な問題だから。うちのメンバーに迷惑をかけるわけにはいかない」

「頼めば、喜んで動いてくれると思うがね」

「他の事件なら、そうするかもしれない。でもこれは、違うんだ」

「……分かった。俺ができるだけサポートする」長野がうなずく。

しかし、彼の助力も永遠には続かない。捜査一課の仕事は、一種の輪番制である。特捜本部を作るべき事件——殺人事件で犯人が割れていない場合など——が起きると、その時他の事件を担当していない待機班が、順次投入される。事件はいつでも起き得るのだから、今は暇な長野も、いつ嵐に巻きこまれるか分からない。

「明日、夜七時ぐらいに現地に集合しようか」私は話をまとめにかかった。

「そうだな。彼は毎日残業しているようだから、多少待つことになるかもしれないけど……車は必要か？」

「張り込みじゃないから、いらないと思う。あの辺は道路も狭いしな。それに、車に籠っていないと寒さを我慢できないような陽気じゃない」

急に寒気が緩んでいるのは事実だった。私はそろそろ、冬物のコートをクリーニングに出してしまおうか、と考えている。

「じゃあ、今日は解散にしよう」

私は伝票に手を伸ばした。長野は、その様子をじっと見ている。財布を取り出すかと思ったが、何もしなかった。一応「奢《おご》る」と言うと、素早くうなずいた。

「普通、遠慮するもんじゃないか？」

「ここでお前が奢るって言うのは分かってたから」

「何で？」

「大した額じゃないからだよ。酒を呑まないと、金がかからないだろう？　逆に言えば、今までお前の給料は、ほとんど酒に消えていたわけだ」

私は唇を嚙んだ。彼の指摘は百パーセント正しい。ここ一年ほどの私の比較的潤沢《じゅんたく》な経済状況は、主に酒を控えていたことに起因する。綾奈を真面目に探すために、二十四時間ずっと待機状態を自分に強《し》いていたから、酒を呑む暇すらなかったのだ。しばらく前、綾奈の葬式を済ませた後には、記憶がなくなるまで呑んでいたこともあるが、それはあくまで一時的なものである。

「呑むなよ」

長野が露骨に忠告したので、私は驚いた。この男は、そもそもの始め——綾奈が失踪した時からの状況を全て知っている。その後私が離婚し、酒に溺《おぼ》れ、仕事をまったくしないでふらふらしていた時代も、静かに見守ってくれた。同期故の寛容《かんよう》さだったかもしれないが……何故今になって忠告する？

「お前に言われなくても分かってるよ。何で今頃、そんなことを言うんだ？」

「これは、チャンスだから。逃がすわけにはいかないんだ」

「分かってる」

「だから、酒なんか呑んでる暇はないはずだ」

「お前の言う通りだ」私は伝票を摑《つか》んで立ち上がった。「人に呑むなと言っておいて、その目の前でビールを見せつけるのは、かなり悪趣味だけどな。でも、我慢する訓練にはなったよ」

長野の耳が一瞬赤くなる。すぐに「確かにテストのつもりだった」と認めた。

「で、合否は？」

「それは、お前が一番分かってるんじゃないか。今、呑みたいか？」

ノー。この場で私に一番相応《ふさわ》しくない物があるとすれば、アルコールだった。

翌朝、妙に早起きしてしまった私は、普段より三十分以上早く、家を出た。この時間だと、毎日通勤に使う井《い》の頭《かしら》線の殺人的なラッシュも、まだそれほどひどくはない。何だったら、いつもこんな風に早起きして出勤すべきではないか、とさえ思う。電車の中で楽に新聞が広げられる状況など、私はほとんど経験したことがなかった。

朝の渋谷《しぶや》……この街は、山手線のターミナル駅で最後に残された未開発地域と言っていい。駅舎、駅ビルは古びて、露骨に昭和の時代――それも昭和四十年代以前の雰囲気《ふんいき》を感じさせた。地下鉄の延伸などに合わせて、ようやく駅周辺の再開発が計画されており、発表されている限りでは、巨大なビル三棟を作って街の風景を一変させる狙《ねら》いらしい。ただし最初のビルが完成するのは約七年後、三棟全部が完成して、渋谷駅周辺が完全に新しく生まれ変わるのは約十五年後だ。

その頃私は、間違いなく、警察にはいない。もっともそれ以前に、この仕事に見切りをつけてしまうかもしれないが。

綾奈を殺して埋《う》めた犯人が見つかるか、見つからないか――二つの可能性の狭間《はざま》で、私の心は揺れていた。もちろん今は、可能性の問題ではなく、「必ず見つける」という強い意志に突き動かされている。だが、実際には事件の行く末はどうなるのだろう。もしも犯人が見つからないまま――想像もしたくないことだった――時が流れたら。私はあと十年ほどで定年を迎える。それが捜査終了の合図になるとは思いたくなかったが、バッジを持たない状態で調査を続けるのは難しい。「バッジがなければただの人」というのは、政治家と警察官に共通した弱点である。

一方、犯人を見つけ出し、無事に事件が解決したら、どうしたらいいのだろう。私の人生は、何か変わるのか。警察官人生は、既に四分の三近くが過ぎ去っている。あと十年……もう一度警察官になった頃の新鮮な気持ちを思い出し、「都民のために」という純粋な気持ちを胸に前へ進んで行けるのか。

全ての責任を取る、という考え方もある。勝手なことをして申し訳ありませんと頭を下げ、そのまま警察を去るのは、けじめのつけ方としては理想かもしれない。

だが、その先はどうなる？　苦しい時代に、仕事が私を救ってくれたのは間違いない。肝心のその仕事がなくなったら、何にすがって生きていけばいいのだろう。私はこの仕事――犯罪捜査――しか知らないわけで、今さら他の仕事でやっていけるとも思えなかった。五十歳になって、まったく新しい仕事に取り組むのがどれほど大変かは、簡単に想像できる。定年後に再就職して働き続ける人もいるが、そういう人の精神的なタフさは、私の理解を超えていた。

バスターミナルの脇を抜け、駅舎に沿って、ゆっくりと玉川《たまがわ》通りへ向かって歩いて行く。モヤイ像の近くにある小さなカフェ――時々入る店だ――でコーヒーを飲んでいこうと思っていたのだが、混んでいたので結局そのまま通り過ぎた。戻るのも面倒臭い。せっかく早く出勤するのだから、今朝のコーヒーは自分で淹《い》れよう、と決めた。

コーヒーの準備を終えると、すぐに駐車場に出て、片隅にある喫煙場所で煙草《たばこ》に火を点ける。失踪課三方面分室が間借りしている渋谷中央署でも、今や煙草を吸えるのはここだけだ。いかにも「押しこめられた」感じがするのだが、青空の下で煙草を吸う気分は悪くはない。もっとも、これが今日最初の一本とあって、いつものように「美味い」とは感じなかったが。朝飯は大抵抜きで、今朝も例外ではなかったが、せめてコーヒーを一杯飲んでからにすべきだった。

それでも、三十年の喫煙経験から、一本吸い終えれば気分がよくなる、と分かっている。ついでに二本目、となるのがいつものパターンだが、今朝は一本でやめにした。そろそろコーヒーができているだろう。動き出すためには、何か胃に入れておかないと……コーヒーはカロリーゼロで、エネルギー源にはならないのだが、何もないよりはましだ。

失踪課の部屋に戻ると、室長の真弓がもう出勤していたので、驚く。普段、こんなに早く来ることはないのだ。真弓も驚いたようで、私たちは一瞬、三メートルほどの空間を挟んで互いに固まった。今さら「おはよう」と言葉を交わし合う仲でもなく、軽く会釈《えしゃく》して朝の挨拶《あいさつ》代わりにする。

自分のカップにコーヒーを入れた。振り返ると、真弓はいつもの居場所である室長室に入らず、まだ突っ立っている。何か言いたいこと——捜査に関する忠告か——があるのではないかと、私は数秒だけ真弓を見詰めたが、言葉を引き出せなかった。しまいには苛立《いらだ》ち、思わず「何ですか」と訊ねてしまった。

真弓は見て分かるほどに躊躇《ちゅうちょ》していた。言いたいことはあるはずなのに、それを口にしていいかどうか迷っているようだ。

「捜査一課長から何か言われましたか?」

「特にそういうことはないけど」

「何か言いたいことがあるなら、言って下さい。俺は、一課からは正式に忠告を受けています。その関係じゃないんですか?」一課が、私の直属の上司である真弓に圧力をかけてくることは簡単に想像できた。もちろん真弓は、その圧力を簡単にいなしてしまうだろうが。そもそも彼女自身が、私に綾奈の事件の捜査に集中するよう、けしかけていたのだ。

「一課からは何も言われてないわ……特に、新しくは」

「そうですか」私はコーヒーに口をつけた。少し粉をサービスし過ぎたようで、いつもより苦い。「じゃあ、他に何かありました?」

「どうしてそう思うの?」

「室長の様子がおかしいからですよ」

「気のせいじゃないかしら」真弓は素っ気無く言って、部屋に引っこんでしまった。いつもは、室長室のドアを開ける前に、必ず自分のカップにコーヒーを入れていくのだが、恒《こう》例《れい》の儀式さえ忘れている。

明らかに、何かあったのだ。彼女は簡単には動揺しない。それぐらいタフでなければ、女性は警視庁という男社会の中ではやっていけないのだ。

自席に腰を下ろし、今日一日の動きを考える。失踪課の仕事そのものは、今は比較的暇である。嫌な事件の捜査を終えたばかりで、全体に少し気が抜けている感さえあった。仕事と言えばデータの整理ぐらい。それはそれでいい。私にとって、メーンの仕事はあくまで夜だ。それまでどうやって時間を潰《つぶ》すか……何十回と足を運んだ、荻窪の現場に顔を出してもいい。あの辺にはまだ顔見知りの人も住んでいるから、平岡という男がどんな人間なのか、聞き込みしてみるのも手だ。証言が本当に信用できるかどうか……今のところ、唯一の手がかりと言っていいわけで、それが信用できるかどうかで、今後の方向性が決まってくる。そして、証言の信憑《しんぴょう》性は、それを語る人間の信用性にも左右されるのだ。

ただ、平岡はあくまで善意の第三者であり、そこまで突っこんで調べるのは失礼に当たるだろう。だいたい今は、人の口に戸を立てておくのが難しい時代だ。何かの拍子に「警察が身辺を嗅《か》ぎ回《まわ》っている」と平岡の耳に入ってしまったら、今後の協力を拒否される恐《おそ》れもある。

普通にいこう。昼間は淡々と通常業務をこなし、夜になったら自分のために動く。

そう決めると、今度は急に、先ほどの真弓の態度が気になってきた。元々全てをあからさまに話すようなタイプではないのだが、今朝は明らかに普段とは様子が違っていた。何か隠し事をしている。言おうとして言えないこと……今まで、こういうことは何度かあった。その都度、私たちの間ではろくでもない衝突ばかりが起きたのだが。

愛美が、部屋に入って来た途端に眉《まゆ》をひそめる。自席につくなり、「昨夜《ゆうべ》、泊まったんじゃないでしょうね」と厳しく追及してきた。私が時々この部屋に泊まりこんでしまうのは事実で、その都度愛美は私を非難する。

「まさか」

「じゃあ、何でこんなに早くからいるんですか」

「たまたま早く目が覚めただけだよ」

「年取った証拠ですか？」

「そうかもしれない」彼女に比べれば。とうに三十歳を越えた愛美だが、毎朝顔を合わせる度《たび》に、艶々《つやつや》した髪の美しさに驚かされる。光の下に立つと、いわゆる「天使の輪」が綺麗に浮き出るのだ。毎日忙しくしていて、髪の手入れなどしている暇はないはずなのに。彼女はまだ、若さをまったく手放していない。「それより、室長に何かあったのか？」

「何も聞いてませんけど」愛美が鼻に皺《しわ》を寄せる。「どうかしたんですか？」

「様子がおかしいんだ」

事情を話すと、愛美が徐々に険しい表情になっていった。真弓の様子がおかしい時には、ろくなことが起きない——愛美も彼女の下に長くいるから、その辺の事情は分かり過ぎるほど分かっている。

「何かありましたね」愛美が断言した。

「君は何か知ってるのか？」

「まあ……人事の噂とか、ぐらいですかね」

「室長、異動なのか？」春の大規模な異動はほぼ終わっている。あとは夏の終わりに、春よりはずっと規模の小さい異動がある。愛美が言う「噂」とは、当然、半年ほど先の人事のことだろう。

「そんな噂もあるっていうだけの話です」愛美が言葉を濁《にご》した。

「異動でもおかしくないな。室長も、ここが長過ぎる」

「そうですね」

　愛美ははっきりした情報を摑んでいる、と確信する。しかしこんな朝早い時間から異動の噂話《うわさばなし》を続けるのは、いかにも暇な公務員のようで気が進まなかった。愛美も、それ以上話そうとはしなかった。摑んでいる情報が曖昧《あいまい》なのか、それとも私と同じように話したくないのか……彼女の様子が多少気になった。この一件を口にしたことで、何か重い物を背負ってしまったような様子である。警察官は人事の噂が大好きで——他の公務員もそうだろうが——こんなことを話して罪悪感を感じる人間もいないのだが。

何か、タブーに触れてしまったのかもしれない。だが今は、やらなければならないことがある。それに背を向けて、噂話に現《うつつ》を抜かしているわけにはいかないのだ。

2

東北沢は、若者で賑《にぎ》わう下北沢《しもきたざわ》と、地下鉄との接続駅である代々木上原《よよぎうえはら》に挟まれた、小田急線の中でも地味な街である。駅舎を出ると基本的には静かな住宅街で、ちょっと一杯呑んで寛《くつろ》げそうな店すら見つからない。いかにも世田谷の住宅地らしく、道は細く入り組んでいて、再開発も進んでいない。タクシーの運転手泣かせの街だ。

私は平岡の自宅前で、長野と待ち合わせた。元号が昭和から平成に変わった頃に流行った、薄茶色のタイル張りのマンション。賃貸物件だ、ということを長野は既に割り出していた。家賃十三万円。

「四十五歳、独身、賃貸マンション住まいか」何故か長野が溜息《ためいき》をつく。

「何かおかしいか?」私は首を傾げた。「俺も五十歳、独身、賃貸マンション住まいだぞ」

「そうだけどさ。俺たちは単なる公務員、向こうは携帯電話会社の課長だ。今一番、景気がいい業界じゃないか」

「関係ないな。家族がいないと、家なんかどうでもよくなるんだ。俺には分かるよ」

「そうか……」

長野がインタフォンのボタンを押す。涼しげな呼び出し音が響いたが、返事はなかった。

「まだ帰ってないかな」長野がちらりと腕時計を見る。

釣られて私も、腕時計を確認した。午後七時十分。普通の会社の普通の管理職が帰宅するには、まだ早い時刻なのかもしれない。仕事は忙しいはずだし、家に帰っても一人ではすることもないだろう……とつい侘《わび》しく考えてしまう。他人の生活を想像する時、人はどうしても自分のそれを基準にする。酒を呑むか、FMの音楽番組を聴いて——そもそも部屋にはテレビがない——ぼんやり時間を過ごすしかない私は、他の独身者も無聊《ぶりょう》な時間を何とか潰しているのだろう、と想像してしまう。しかし平岡には平岡なりの、社交生活があるはずだ。つき合っている女性がいるかもしれないし、趣味の仲間と会っている可能性もある。そうでなくても、部下を呑みに連れて行ったり、接待で取引先と呑んでいるとも考えられる。日本のサラリーマンは、何かと忙しいのだ。普通に仕事をしているだけでも、余暇の時間などなくなってしまう。

「どうする？　飯でも食ってから、もう一度出直すか」長野は見切りが早い。これは張り込みでも何でもなく、相手と会えれば必ず話はできるはずだ。だから、ここに突っ立ったまま無為に時間をやり過ごしている必要はない。こちらも腹ごしらえをして出直す——という判断は、まったく間違っていなかった。

しかし私は、何故かこの場を離れる気になれなかった。

「ちょっと待たないか？」

「いいけど、どうして」

「いや、何となく」

そう言ってマンションの敷地を出て、狭い道路を渡る。マンションの真向かいには一戸建ての民家が並んでいるので、そこで待つ気にはなれず、少し離れた交差点まで行って、電柱の陰に身を隠した。煙草に火を点け、夜空に煙を噴き上げる。

静かだった。三十分ほど突っ立っていたら、近所の人が警察に通報しそうなレベルの静けさである。もちろん、そうなっても簡単に切り抜けられるが、騒ぎを大きくしたくはない。だったらこの場を離れて、夕飯を取るなりして時間を潰せばいいのだが、どういうわけか、立ち去る気にはなれなかった。要するに自分は、一刻も早く平岡に会いたいのだ、と気づく。早く事情を聴いて、なかなか転がり出さない車輪を少しでも動かしたい。そうすれば必ず、捜査に明るい兆《きざ》しが見えるはずだから。

長野はしきりに周囲を気にしていた。自分と同じことを考えているのだと気づき、思わず笑ってしまう。

「何だよ」むっとした口調で長野が訊ねた。

「近所の人の目が気になるんだろう？　何か言ってきたら、バッジを見せればいいじゃないか」

「まあな」渋い表情を浮かべ、顔を擦《こす》った。

「荒熊《あらくま》さんがここで張りこんでいたら、大事《おおごと》になるかもしれないが」

今度は長野が声を上げて笑った。陰で「組織犯罪対策部のドン」とも言われる荒熊は、よくその筋の人間と間違えられる。いかつい顔に短く刈り上げた髪、ダブルのスーツという定番のスタイルは、彼が取り調べるべき人間——しかも昔風の暴力団員——の格好そのままだ。唯一の違いは、常に足元を固めているコマンドソールのブーツ。ダブルのスーツには不似合いなのだが、彼曰く「腹を蹴飛ばす時には、爪先が硬《かた》い靴《くつ》がいい」。実際に、硬い爪先を相手の柔らかい腹にめりこませているかどうかは分からないが。

三十分が経過した。「来た」と長野が短く告げたので、私の緊張感はゼロから一気に百まで押し上げられた。彼の視線を追うと、駅の方から、一人の男が歩いて来るのが目に入る。中肉中背。眼鏡をかけた顔にも、特に目立つ特徴はなかった。足をわずかに引きずっている——怪我《けが》でもしているのだろうか。オフホワイトのコートの前を開けて着ているのが、春を感じさせる。ソールの硬い靴を履いているのか、足音が夜空にやけによく響いた。近づいて来ると、左手にぶら下げたビニール袋が、がさがさと大きな音を立てる。

「この辺に、スーパーなんかあったかな？」私は駅前の様子を思い出した。駅舎を出るといきなり住宅地が広がっているはずだ。

「コンビニだろう。この辺りは、暮らしにくい街なんだよ」長野が顎《あご》を撫《な》でながら答える。

「それにしても何か、侘しくないか？」

「それを言うな。俺も同じようなものだから」実際私は、武蔵境のコンビニ、中華料理屋、定食屋に頼って何とか生きている。

「俺が声をかける」長野が一歩を踏み出した。既に顔見知りの長野がきっかけを作るのは自然だ。

「頼む」

私は彼に二、三歩遅れて、平岡に近づき始めた。街灯の灯りの下で顔がはっきり見えるようになっても、「平凡」という印象に変わりはない。特徴のない顔は刑事向きではないだろうか、などと考えた。尾行《びこう》や張り込みの時に、この手の特徴のない顔は、相手の記憶に残りにくい。

長野が、少しだけ体を屈《かが》めて話し出した。それで平岡が、長野よりもわずかに背が低いと分かる。長野は、気に入らない相手に対してはどこまでも高圧的に出るが、必要とあらば、卑屈《ひくつ》と言えるような態度も取れる。特に被害者や証人を相手にする時には。

平岡は長野の話にうなずきながら、ちらちらと私の方を見やった。眼鏡の奥の目が暗い。

当然、私のことは長野から聞いているだろう。当の本人が目の前に現れたら、愛想よく笑みを浮かべることなどできないはずだ。

長野がこちらに向き直り、私に向かってうなずきかけた。平岡の肩は少しだけ上がっており、依然として緊張は解けていない様子だ。一歩前へ進み出て、私に向かって馬鹿丁寧《ていねい》に頭を下げたが、営業用というわけではなく、あくまで同情が籠った仕草に見える。

「失踪人捜査課三方面分室の高城です」私は正式に所属を告げた。普段は略して「失踪課」なのだが、今日はきちんと言わなければならない気がしていた。

「平岡です」平岡の声は低いが深みがあった。営業トークをすれば、いかにも相手が信用しそうな声。

「ご面倒をおかけして申し訳ない。少し、話を聴かせていただけるとありがたいんですが」

「分かりました……」

平岡の喉仏《のどぼとけ》が上下した。次の瞬間には、手にしたビニール袋を見下ろす。私はすかさず申し出た。

「一度、部屋へ戻っていただいても構いません。何だったら、外で夕食を取りながらでも……」

「いや、部屋でいいです。この辺、食事をしたりお茶を飲んだりできる場所がないんですよ」

「ご迷惑じゃないんですか」

「お話ししなければならないことだと思います」

「では、ちょっとお邪魔して……」私は平岡のマンションを見上げた。全体の作りからして、一部屋一部屋はそれほど広いようには見えない。狭い部屋に上がりこむのは申し訳ないような気がしたが、彼の言う通りで、この辺りには、落ち着いて話をするための場所がないのだ。

部屋へ上がるまで、三人とも無言だった。長野がやけに緊張しているのを、狭いエレベーターの中で感じる。おかしい……この男は、滅多に緊張しないのだ。むしろ誰を相手にしても、自分のペースに巻きこんでしまうタイプである。先ほどまではこんな様子ではなかったわけで、平岡と小声で話し合っている時に何かあったのだろうか、と私は訝《いぶか》った。

部屋は1LDKだった。一人暮らしの男には、何かと使いやすい間取りである。平岡は、寝室に通じるドアをすっと閉め、私と長野をダイニングテーブルにつかせた。円形なので、三人がそれぞれ顔を見合わせる格好になる。

だが、平岡は座らなかった。「ちょっと失礼します」と言って、コンビニエンスストアの袋を始末し始める。かなり大量に買い物をしてきたようで、冷蔵庫にしまいこむだけでも結構な時間を要した。私はふと、炊きたての飯の香りを嗅いだ。ガス台の横に炊飯器。

家を出る時に、タイマーをセットしたのだろう。食事の邪魔をしてしまうのは申し訳ない……と罪悪感を覚えた。男の一人暮らしは、食事さえ段々面倒臭くなるものだが、自炊している人間は例外だ。規則正しく食事を作って食べることに、命を賭けている人間さえいる。それを邪魔してしまうのは、同じ一人暮らしの人間として申し訳ない限りだった。

平岡はガス台に薬缶をかけ、湯を沸《わ》かし始めた。

「どうぞ、お構いなく」私は思わず、断りの台詞を口にした。

「いや、ちょっと胃に何か入れておきたいので」私に背を向けたまま、平岡が言った。その口調がかすかに硬いことに気づく。刑事を二人、部屋に上げてしまったのが失敗だと、今頃気づいたようだった。だったら、お湯など沸かさなければいいのに。飲み物を出さなければ、その分早く、私たちを追い出せる。

しかし平岡は、丁寧にコーヒーの準備を始めた。冷蔵庫から大きなコーヒーの缶を取り出し、きちんと量ってペーパーフィルターに入れる。湯が沸いたところで、三つのカップに注ぎ入れて温めた。さらに大きなポットを用意し、フィルターに慎重に湯を注ぐ。程なく、香ばしい香りがダイニングキッチンに流れ始めた。コーヒーの淹れ方を見ただけで、真面目で几帳面《きちょうめん》な人間だと分かる。商売でもなければ、カップまでは温めないものだ。

平岡がカップを私たちの前に置いた。適当なマグカップではなく、きちんとした揃《そろ》いのカップで、彼の結婚生活の名残を感じさせる。冷蔵庫を開けると、角砂糖と紙パックのミルクを取り出し、ミルクはきちんとピッチャーに注いで私たちの前に出した。よほど頻繁に客が来る家でないと、こういう準備はない。彼の私生活は、案外活発なのかもしれない。せっかく出してもらったので、私は砂糖とミルクをコーヒーに加えた。長野はいつもの調子でブラック。私がカップからスプーンを引き抜くのを見て、平岡はようやく自分のカップに砂糖とミルクを入れた。あくまで客優先。自分の家にいる時までこういう気遣いをしていると疲れるのではないか、と私は心配になった。

「甘い物を飲むと、多少空腹が紛れますよね」私はさりげなく切り出した。

「ええ、まあ」平岡が曖昧な笑みを見せた。

「夕食時に申し訳ないです」

「予《あらかじ》め言っていただければ、何か準備したんですが」私とは視線を合わせないまま、平岡が言った。

「こちらも、いろいろ予定があるもので」私は言い訳した。もちろんこれは、警察的にはよくあることである。相手に準備する暇を与えず攻撃する——それは、善意の第三者が相手であっても変わらない。

さて、どこから攻めるか……私はカップを両手で包み、十数年前の想い出話から始めた。

「昔、あの公園の近くにハンバーガー屋があったの、覚えていますか」

「……ええ」何のことか分からない様子だったが、平岡がうなずいた。

「行ったこと、ありますか」

「何度か」

「美味い店でしたよね」最近増えてきた「グルメバーガー」の走りの店で、一番シンプルなプレーンバーガーでも千円したが、味は確かだった。

「ええ。高かったですけどね」平岡もよく覚えているようだった。

「パンに肉を挟んだだけの物が、あんなに高いんですから、食べ物商売は案外儲《もう》かるのかもしれませんね……あの店、潰れましたよ」

「そうなんですか？」平岡がようやく顔を上げた。会話には応じているが、明らかに話の流れに戸惑っている。

「店主が逮捕されたんです」

「ええ？」戸惑いが驚きに変わる。

「実は、麻薬常習者だったんです」それを知った時には、とことん嫌な気分を味わったものだ。

その店に私が入ったのは、数回だけだった。バーガーパテの味わいには感動したし、綾奈も気にいっていたのだが――子どもや女性向けのハーフサイズも用意していた――何しろ高かったから、いつの間にか足が遠のいてしまった。家族三人で四千円ほどにもなるのは、休日の昼食としては高過ぎた。

綾奈が行方不明になり、私が離婚して荻窪を離れて何年かした後、店主は突然逮捕された。話を聞いて慌《あわ》てて、担当部署に確認に走った。麻薬中毒の男が作るハンバーガーを食べていた——というのは、決して気分がいいものではない。幸い、店主が麻薬に手を出したのは、私が荻窪を離れてからだと分かったが、何となく釈然としなかったのを覚えている。店主は、とにかくアメリカが大好きな男で、年に二回は長い休暇を取って西海岸に旅していたのだが、その時に麻薬の味を覚えたらしい。

経緯を説明すると、平岡の顔色が白くなった。とっかかりの想い出話としては不適切だった、と反省する。

「あんな住宅街の真ん中で、そんなことがあるんですね」

「どこにでも犯罪の芽は潜《ひそ》んでいるんです」私はうなずき、すっと背筋を伸ばした。前置き、終了。ここから本番に入る。「当時の——私の娘がいなくなった時のことを聴かせて下さい」

「ええ……」平岡がカップに視線を落とした。何となく話しにくそうな雰囲気であり、部屋の空気が重苦しくなる。

長野が口を挟みたがっている気配がうかがえたが、私は首を振って彼を黙らせた。しばしば、長野の取り調べは勢いだけに走り勝ちなのだ。容疑者相手ならそれでもいいが、善意の第三者に対してはそういうわけにもいかない。時に相手を怒らせたり、恐怖で沈黙させたりしてしまう。

「その頃も、今の会社にお勤めだったんですよね」

「ええ」

　次の台詞を発するべきかどうか、私は一瞬悩んだ。これまで入っている情報では、平岡が妻を亡くしたのはもうずいぶん前である。綾奈が行方不明になる以前だというから、少なくとも十二年以上前だ。人によっては、そういう不幸を永遠に引きずる。しかし何故か、このまま綾奈のことを聴くつもりにはなれなかった。

「その頃はもう、お一人だったんですよね」

「……そうです」

　平岡の喉仏が上下し、カップを握る右手が白くなった。やはり、まだ触れて欲しくない過去なのだと気づく。

「事情は聴いています。奥さんを亡くされて、大変だったと思います」

「何か、ちょっと情けない気もするんですが」平岡の声は弱々しくなっていた。「どうしようもないことだったんです。家人は病気で……心筋梗塞《こうそく》でした」

「まだお若かったのに？」私は目を見開いた。

「ですから、困ったんです。生活習慣病もなかったし、体形も普通で、そういう病気とは縁がないと思っていましたから。医者も『そういうことはある』としか言ってくれなくて。

結局、どうして心筋梗塞になったのかは、分からなかった」ゆっくりと首を振る。「その頃、二人とも働いていたんです。妻は会社で倒れて、すぐに病院に運ばれたんですが、手遅れでした」

私は顔を擦った。一日分の疲れをはっきり意識したが、さらに平岡の暗い記憶が頭に流れこんで、疲労感を増幅させる。

「残念なことでした」

「大したことはない、と思ったんです。あの、妻が亡くなった直後には」平岡が顔を上げる。寂しげな笑みが浮かんでいた。「あれが十四年前……結婚して、まだ二年しか経っていませんでした。そう簡単には忘れられませんよね」

「分かります」

カップを握る平岡の手に力が入る。私はできるだけ無表情になるよう意識しながら、彼に向かってうなずきかけた。

「家族を亡くすのは、誰にとっても大変なことですから。少なくとも、私には分かります」

「ああ……そうですよね」平岡がうなずき、ゆっくりと息を吐《は》き出《だ》す。両肩の位置がゆっくりと下がった。「すみません。つい、自分が世界で一番不幸な人間だと思ってしまうんです」

「それは私も同じです」

　彼の心の痛みが、一気に流れこんでくるようだった。家族を失った状況、それに悲しみの質は人によってまったく違うのだが、理解することはできる。

「……そうですよね」

「これは、真相に近づくチャンスなんです」私はカップをテーブルに置き、身を乗り出した。それほど大きくない円形のテーブルなので——いかにも新婚夫婦向けの物だと気づいた——顔がぐっと近くなる。「あなたの目撃証言は、極めて重要です」

「ええ」

「娘がいなくなったのは夕方で、まだ人出もある時間帯でした。それが今まで、まったく目撃者がいなかったんです。娘は、まるで突然消えたように——」私は言葉を切った。あまりにも感情的になってしまっている、と気づく。私には常に、この問題があった。「刑事」と「父親」の狭間に落ちこみ、綾奈のことになると、冷静ではいられない。捜査一課が、私をこの一件の捜査から遠ざけようとしているのも当然だと思う。大きく息を吸って吐き、何とか気持ちを落ち着けようとした。長野が心配そうにこちらを見ているのに気づいたが、素早くうなずいて、問題はない、と伝える。

「あの、申し訳ないんですが、この前お伝えしたこと以外には、お話しすることは何もないんです」申し訳なさそうに平岡が言った。「本当に、あれだけで……」

「いや……」私はスーツの内ポケットから、綾奈の写真を取り出した。行方不明になる直前……正月に晴れ着を着た写真である。髪を上げているので、普段の様子とは違うが、顔ははっきり写っている。「見て下さい。この子なんです」

「ええ」

「間違いないでしょうか」

「ええ……いや、あの……」平岡もカップを下ろした。それまでずっと、お守りのようにしっかり両手で握り締めていたのだ、と気づく。「たぶんそうだと思いますけど、自信はないです。公園の中に女の子が一人でいるな、と思っただけで……でも、そんなにちゃんとは見ていませんでしたから」

「申し訳ないですが、他の写真でも確認してもらえますか。見る角度によって、顔つきは変わります」私は、数枚の写真をテーブルに並べた。いつも持ち歩いている写真……何百回となく取り出して人に見せているので、一部はよれよれになっている。

平岡が、トランプのカードのように自分の前に並べられた写真に視線を落とした。自信なさげに、体をもぞもぞと動かす。両手を絞りこむようにして、身を縮こまらせた。ゆっくりと顔を上げると、困惑の表情が広がっている。

「やっぱり、自信はないです」

「記憶にない、ということですか」

「ちゃんと見ていなかったんだと思います。そういう時、ありますよね。視界の端にちらりと入って、何となく記憶に残るけど、詳しいことは覚えていない……」弁解、そして謝罪するような口調だった。

「ええ」

「だから、申し訳ないですけど、あまり役に立てませんよね」

私は写真をまとめた。丁寧に重ね合わせ、手帳に挟んでポケットに入れる。どうにも釈然としない。重要な手がかりだと意気ごんで会ってみれば、当の本人は腰が引けているようだ。何だか騙《だま》されたような気分である。長野は、外れくじを引いてしまったのではないだろうか。

平岡は申し訳なさそうにしている。協力したい気持ちはあるが、これ以上はどうしようもない、という感じだった。こちらの期待が大き過ぎたのかもしれない、と私は反省した。

手帳の別のページを開き、もう一枚、綾奈の写真を取り出す。先ほどの晴れ着姿の物で、誰かに渡す時には、焼き増ししたこの一枚を選んでいた。これが一番よく写っている。

「取っておいてもらえませんか」

「いや、しかし……」緊張のせいか、平岡が顔を引き攣らせる。

「鬱陶《うっとう》しいかもしれませんが、顔を覚えて欲しいんです。写真を見ているうちに思い出すかもしれないし」

「そうですか」しかし平岡は、テーブルの上に置かれた写真をそのままにした。手にするのを恐れているようにも見える。

「何時頃だったか、覚えていますか?」

「はい?」突然質問が変わったので、平岡の顔に戸惑いの表情が広がった。

「いえ……時間が早かったんですよ」私は、すっかり頭の中に入っている時間軸を、すらすらと喋《しゃべ》った。「あの日、娘が学校から一緒に帰った友だち二人と別れたのが、四時半頃……その後、行方不明になっているんです。友だちと別れた後の動向がまったく分かりません。ただ、あなたが目撃したとすれば、四時半から六時の間ではないかと思うんです。あの季節は、五時を過ぎると暗くなって、人の顔なんか、はっきり見えなくなっていたはずですよね」

「そう、かもしれません」平岡が自信なさげに言った。

「失礼かもしれませんが、その時間帯はまだ会社にいる時間かと思いますが」

「ええ……」平岡が、記憶を揉《も》み出《だ》そうとするようにゆっくりと額を揉んだ。「よく覚えていないし、言いにくいことなんですが……」

「話して下さい。ここで喋ったことは、外には漏れませんから」

「その日、私はサボっていたのかもしれません。はっきり覚えてはいませんけど」

「そうなんですか?」私は目を見開いた。真面目で神経質そうなこの男の口から、こんな言葉が出たのが信じられなかった。

「あの頃は、営業で一日中外を回っていましたからね。営業って、一日の終わりに必ず会社に帰る必要もないんです。私たちはパソコンを持たされていましたし、何しろ携帯の会社ですから、当時もどこからでも連絡できたんです。日報——営業日報をちゃんと送っておけば、上司に何か言われることもないですから。時々早く上がって、家から日報を送っていたこともありました」

「外回りは疲れますからね」

「ええ。だから時々、外回りから直帰という形で会社をサボっていました。午後から家に帰ってしまったりして。たぶん、あの時もそうだったんだと思います」

「ではあの日は、仕事を抜け出して早く自宅へ戻った、ということですか」

「たぶんそうだと思いますけど、でもなにぶん十年以上も前のことですから……記憶がはっきりしないんです」

「日付も……覚えていないですよね」

「すみません」平岡が頭を下げた。「これじゃ本当に、何の役にも立たないですよね」

「いや、お話し下さっただけでありがたいです」頭を下げたが、私の不満は、ここへ来る前よりも大きくなっていた。

家を出てすぐ、長野に疑問をぶつける。

「どう思った？　記憶がはっきりしてないみたいだな」

「いや……何かおかしい」長野が首を捻《ひね》った。「前に話を聴いた時には、もう少し自信がある様子だったんだ」

「気持ちが変わったのかもしれない。だとしたら、こっちのミスだ。もっと、間髪入れずに話を聴いておけばよかったよ」

「確かに、作戦ミスだったかもしれないな。しかし、妙だよ。話して困るようなことがあるとは思えないんだが」

「ああ……」その時、私の頭の中に、疑念が入りこんできた。平岡は、犯人とは言わないが、あの事件に何か関係しているのではないか。だからこそ、突然警察に聴かれた時には誤魔化し切れなかったものの、後で気持ちを立て直して、言葉を適当に濁している——。

考えがまとまらないうちに、一人の男が路地から姿を現した。

「お疲れ様です」低い声。そちらを見ると、長野班の若い刑事、石原《いしはら》だった。小柄だが、軽量級の柔道選手のように体つきはごつい。

「おう、お疲れ」長野が気楽に声をかけた。

「お疲れ様です」石原が私に向かっても丁寧に頭を下げる。長野は礼儀も徹底的に叩きこんでいるようだ。本人に礼儀の観念が抜けているのはご愛嬌《あいきょう》である。

「上手《うま》くいきましたか?」石原が私に訊ねた。

「いや」私は静かに首を振った。「一歩引いた感じだった。最初からそうだったのか?」

「そんなこと、ありませんでしたけど」石原が怪訝そうに答えた。

「そうか?」

「ええ。最初は協力的でしたよ」長野と同じような感想だった。「この前、もっとはっきり聴いておくべきでしたかね」

「いや、それはいいんだけど、急に様子が変わったのかな」

「お話を伺《うかが》っていると、そんな感じです」

「よしよし、ここでいつまでも話をしているわけにはいかない。移動しよう」長野が両手を叩き合わせた。静かな住宅街の中で、乾いた音が銃声のように響く。

長野がちらりと平岡のマンションを見上げる。釣られて私も視線を上に向けると、平岡の部屋の窓が閉まったところだった。まるでこちらの様子を盗み見していたようである。

長野が険しい表情でうなずき、顎をしゃくる。私たちは、駅の方へ向かって足早に歩き出した。平岡のマンションから十分に離れたところで、長野が口を開く。

「最初はもっと、愛想がよかったというのかな……普通に話していたんだが」

「やっぱり、間を空けたのが失敗だったかな」私は緩く唇を噛んだ。攻めるべき時は一気に攻める——それが捜査の鉄則なのだが、今回の私は慎重だ、と自分でも意識している。

それが間違いだったということか。

この一件では、チャンスは多くない。誰が相手であっても、十二年も前の記憶を引っ張り出すのは容易ではないのだ。

「飯にしようか」難しい口調で長野が言った。

「飯を食う場所なんかないぞ」私はちらりと腕時計を見た。午後八時過ぎ。ひどく長くあの部屋にいたような気がするが、実際は三十分ほどだったのだ、と気づいて驚く。

「どこかに出よう。下北沢でも、代々木上原でもいい」長野は少し苛立っていた。

「どっちにも、静かに話せそうな場所はないな。あの辺、若者向けの店ばかりだろう」

「自分、下北沢でいい店を知ってますよ」石原が割りこんだ。

「お前、仕事をサボって美味い店でも捜してるんじゃないだろうな」長野が脅しをかけた。

「とんでもありません」石原が、千切れそうな勢いで首を振る。「たまたまです、たまたま」

「そうか?」

長野が石原を睨《にら》みつけた。石原が直立不動で固まったので、私は割って入った。

「まあまあ、話ができる場所があるなら、とにかくそこへ行こうよ。石原、案内してくれないか」

「歩いて行った方が早いですね。東北沢と下北沢って、歩いても十分もかからないんです」

彼に先導を任せて、私たちは歩き出した。線路沿いの分かりやすい道はなく、住宅街の中を縫《ぬ》うようにして進んでいかなければならなかった。歩いて十分とはいっても、実際にはもっと時間がかかったようだった。

結局私たちは、本多劇場のすぐ裏の小さな店に落ち着いた。ビルの一階に入ったこの店は、何と言ったらいいのか……食事を楽しむための店ではない。かといって、アルコール専門というわけでもなかった。どっちつかずの雰囲気で、私の好みではない。ただ、石原の言う「いい店」の定義——静かに話ができること——には合っている。稼《かせ》ぎ時《どき》だというのに、客が私たち以外に誰もいないのだ。

長野が適当に料理を注文し、石原には中ジョッキ一杯だけビールを許した。石原が嬉しそうに笑みを浮かべる。私は呆《あき》れて、長野に訊ねた。

「お前のところは、部下が酒を呑むタイミングまで許可制なのか」

「仕事がいつ終わるか決めるのは、俺だからな」

「お前はそれでいいのかよ」

石原に訊ねると、彼はきょとんとした表情を浮かべ、「長野班ではこれが普通ですから」と答えた。私は肩をすくめて溜息をつき、ファシズムとはこんな風にして始まるのではないか、と想像した。最初は熱狂。それが日常になり、いつの間にか不文律としてがんじがらめにされてしまう。

私は今夜も酒を遠慮した。ビールのように軽い酒を呑んでも仕方ないし、間違いなく酔いをもたらしてくれるいつもの「角」のストレートは避けるべきだと思う。今の私はまた、二十四時間臨戦態勢になっているのだ。

「とにかく、平岡さんの様子は変わったと思う……変わった感じがする」長野が言った。いつも曖昧な言葉を排する彼にしては珍しい言い方である。

「そもそも、どうやって探し出したんだ?」

「それは、徹底した聞き込みだよ。当時だって、あの辺に住んでいた人全員に話を聴けたわけじゃないだろう? 潰しきれなかった人も少なくなかったんだ。事情聴取その物を拒否した人も何人かいたし」

「ああ」当時そういう人間には、徹底したマークがつけられた。二十四時間行動を監視された人間は、私の記憶では三人はいたはずである。そのうち一人が、連続婦女暴行事件の犯人としてしばらく後に逮捕されたのは、とんだ副産物だった。

「他にも、どうしても摑まらない人がいたな」

「覚えてる」

「平岡さんは、そんな中の一人だった。ちょうど、綾奈ちゃんがいなくなった直後に引っ越して、こっちの網《あみ》をすり抜けてしまったんだ」

「綾奈が行方不明になったことは、彼も知ってたはずだよな」当時、行方不明事件はマスコミでも報じられた。数日間は、誘拐の可能性を恐れて公表されなかったのだが、しばらく動きがない状態が続いた後、公開捜査に切り替えられたのだ。そもそも、近所の人や学校関係者も捜索に加わってくれていたから、いつまでも隠しておけなかったのも事実である。その時に、警視庁の広報部は積極的に動いて——あの連中は、マスコミをコントロールするプロである——できるだけ記事を大きく扱わせた。綾奈の顔写真が掲載されたのは当然だが、自分の名前を新聞の紙面で見るのは、非常に奇妙な感じがしたものである。

「もちろん。しかし、どうも様子がおかしいんだよな」長野も首を捻る。「短い時間で態度が変わったのは、何か事情があるからだぜ」

「ああ」

「石原」

「はい」名前を呼ばれた石原が、背筋をぴんと伸ばす。まだビールには口もつけていない。

「動向監視を継続だ。何かおかしなところがないか、変な人間に会っていないか、チェックしてくれ」

「分かりました」石原がいきなり立ち上がった。

「ちょっと待てよ。飯ぐらい食おう」あまりにも唐突な態度に、私は彼の腕を引っ張った。

「いいよな、長野？　今から動いてもしょうがないだろう。彼ももう、家にいるんだし」

「ああ。明日の朝からでいい」

長野がいかめしい表情で答えた。緊張した表情のまま、石原がそろそろと腰を下ろす。料理が次々に運ばれてきて、男三人の侘しい宴会《えんかい》が始まった。私は一向に気持ちが上向かないまま、今のところ唯一の目撃者である平岡という男は何を考えているのだろうと、戸惑った。

きちんと筋道だった推測ができるほど、彼について知らないのだと、すぐに気づいたが。

3

平岡に対する長野班の動向監視は徹底していた。私も途中から夜の尾行や張り込みには参加したのだが、彼は非常に決まりきった毎日を送っていると分かっただけだった。

毎朝、午前八時過ぎに家を出て、九時前には会社に到着。昼間の行動パターンはばらばらだった。一日中会社にいる時もあれば、得意先や販売店を回って、ほとんど自席にいない日もある。一方夜は、ほぼ毎日残業しているようで、会社を引き上げるのは午後七時前後だった。不景気が続く中、交際費も削られているようで、営業担当であっても取引先を接待する機会は減っているらしい。一度だけ、金曜日に呑みに出かけたが、これは会社の同僚の送別会だった。

　不審な行動はない。これ以上のことを調べようとしたら、電話の盗聴やメールの解析が必要になってくるが、それは不可能だ。

「無意味だな。もうやめよう」動向監視が始まってから一週間後、私は失踪課を訪ねて来た長野――表敬訪問を装っていた――に対して結論を出した。いくら暇な時期だとはいっても、長野の部下に、いつまでもこんな仕事をやらせておくわけにはいかない。

「しかし、やめてどうする」長野はまだ、やる気を失っていなかった。「俺は諦《あきら》めてないぞ。まだまだやれる」

　確かにこの男になら、部下もついていくだろう、と私は感心した。本庁の係長ともなれば、部下に命令するだけで、自分はどっしりと報告を待ち構えているのが普通だ。それをこの男は、自分もローテーションに入って、早朝や深夜など、誰もが嫌う時間帯の仕事も平気で引き受ける。これでは部下もサボれない。

「いいんだ。後は俺がやる」

「やるって……一人で動向監視は無理だぞ」

「直接話をする」

「自信、あるのか」

「さあな」私は首を横に振った。実際、こればかりはやってみないと分からない。逮捕した容疑者を調べる時は、毎日一定の時間、顔を合わせることになる。それ故相手の変化も感じ取りやすいのだが、平岡の場合は事情が違う。あくまで参考人なのだ。毎日会う理由などないし、無理にそんなことをすれば、態度がさらに頑《かたく》なになる恐れもある。「とにかく、やってみる」

「そうか」長野が素早くうなずき、失踪課の中を見回す。午後六時。既にほとんどのメンバーが引き上げ、残っているのは愛美一人だった。よくある光景である。「だけど、何もお前一人でやることはないんだぜ」

「お前のところの若い連中には、迷惑をかけたくないんだ」

「それは気にするな」

「そういうわけにはいかない」私はワイシャツのポケットに入れた煙草に触った。何となく、両肩に重石《おもし》を置かれたような気分である。後で頭痛薬を呑んでおこう。肩凝りから頭痛になるパターンも多いのだ。

「分かった。何かあったら言ってくれ。これは……お前の事件だからな」

「分かってる」

「それと、面倒なことになるかもしれないが、杉並西署の捜査本部にも顔を出した方がいいぞ。向こうも情報は摑んでいるかもしれないけど、お前にちゃんと流すかどうかは分からないんだからな。一課長に何を言われても、そこは引くな。情報の筋は摑んでおけ」

「分かった」気が進まなかったが、長野の言う通りで、顔を出しておいて損はない。「捜査禁止」命令は絶対だが、陣中見舞いで顔を出して話をするぐらいなら、誰にも文句は言われないだろう。それならさっそく、今夜にでも行ってみるか……この時間でも、まだ居残っている人間はいるはずだ。せっかくだから、本当に陣中見舞いで、何か食べる物でも差し入れてやろう。

「じゃあ、俺は引き上げる。助けて欲しかったら、いつでも泣きつけ」

私は苦笑しながら彼を送り出した。本当は泣きつかなくても、勝手に助けてくれる男なのだが。しかしいつまでも、好意に甘えるわけにはいかない。これが私の事件なのは間違いないのだから。

長野を見送ると同時に、私は荷物をまとめた。捜査本部への土産《みやげ》は何がいいか……無難に菓子類だな、と考える。

「まだ残るのか？」愛美に声をかけた。

「ちょっと、データの整理が遅れてまして」

「珍しいな」

「今考えると、六条《ろくじょう》さんの存在って大きかったですよね」

六条舞《まい》は、一年前まで失踪課にいた。刑事としては戦力に数えられず、ほとんど現場に出たこともないが、考えてみれば失踪課の大きな業務の一つであるデータの整理と統計では、それなりに役に立っていたのである。実際、彼女がやめてから、そういう業務は残った全員で分担しているのだが、負担が増えているのは間違いない。

「人数が減ってきてるんだから、多少忙しくなるのはしょうがない。あまり無理しないように」

「別に無理じゃないですけどね」愛美が伸びをした。そう言えば今日は、一日中デスクワークをしていたはずで、肩凝りにでも悩まされているのだろう。「これからどこかへ行くんですか」

「杉並西署の捜査本部」

「大丈夫なんですか?」愛美が顔をしかめた。「あそこ、出入り禁止でしょう」

「ご挨拶だよ、ご挨拶」私はコートを羽織った。「他意はないから」

「そうですか」

愛美がさらりと言った。本当は、こちらの意図を見抜いているに違いない。私と長野の会話も、聞こえない振りをして聞いていたはずだ。

「さっさと帰れよ」

「ヘルプ、いらないんですか」

「何の?」核心の周辺を慎重に回るような会話。「これは俺の問題だぜ」

「でも、長野さんの助力は受け入れるんですね」

「あいつは勝手に動いてるんだ。俺が頼んだわけじゃない」

「そうですか」愛美の視線は、パソコンの画面に落ちたままだった。

「俺のことより、君の方はどうなんだ？　実家の方、放っておいていいのか」

途端に、愛美の耳が紅潮した。黒髪の隙間《すきま》から覗《のぞ》く赤い耳。慌てて髪をかき上げ、咳払《せきばら》いをする。

「それは、別に……」

「真面目に聴いてるんだけど」

「分かってます……でも、父はまだ入院中なんですから、どうしようもないじゃないですか」

「具合はどうなんだ？」愛美の両親は、少し前に交通事故に遭遇《そうぐう》している。助手席の母親は即死、運転していた父親も、一時意識不明になる重傷を負った。

「リハビリを始めたらしいです」

「すごいじゃないか」事故直後は、一生車椅子《くるまいす》になるかもしれない、と言われていたはずだ。「歩けるようになりそうなのか？」

「可能性はあります。本人の意思が強いみたいですからね。それは、つまり……」

「娘に迷惑はかけられない、ということか」

「そういうことだと思います」愛美がうなずく。

私は愛美の将来について、一時は非常に悲観していた。父親が車椅子の生活になったらどうするのか――愛美は一人娘であり、実家の近くには父親の面倒を見てくれる親戚もいない。仮に父親を一人で静岡に残したら、介護で大変な費用がかかるはずで、愛美はこのまま警視庁を辞めて、田舎《いなか》へ戻らざるを得ないのではないか、と考えていた。あるいは父親を東京へ呼び寄せ、面倒を見る……忙しい刑事の仕事を続けながら、そんなことができるとは思えなかった。

「とにかく、もう少し様子見ですね」

「だけど、たまには見舞いぐらい、行かなくていいのか」静岡までは、新幹線で一時間ほどだ。週末、半日だけでも顔を出しに行くのは難しくない。

「向こうが……父親が、『来なくていい』って言うものですから」

「強がりだと思うよ」

「本音《ほんね》だと思います。自分が弱っている姿を見せたくないんじゃないですか」

私は無言でうなずいた。愛美の両親は、二人とも教員だった。厳格、というか口煩《くちうるさ》い両親であったことは、話の端々から容易に想像できる。だからこそ、いつまでも強いイメージのままでいたい、と願うのは私にも理解できた。親はある程度の年になると、子どもに対して見栄を張りたがるものだ。高齢者の介護は大きな問題になっているが、実際には子どもの助力を断り、自力で何とかしている高齢者の何と多いことか……しかし、この状況は特別だ。

「そうは言っても、顔を出せば喜ぶんじゃないのか」

「そういう人じゃないですから」

もう一度うなずき、私は失踪課を後にした。これは極めてプライベートな問題であり、同じ職場の人間でも口を出すべきではない。最近はこんなものだが、どこか寂しい感じもする。私が若かった頃、先輩や同僚は人の私生活にも勝手に首を突っこんできたものだ。当時は鬱陶しいと思ったものだが、そういうことがなければないで、寂しい感じはする。

もっとも今の私に、隠すべきプライベートなどはないのだが。私が何をやっているか、何をしたいのか、周りの人間は誰もが知っている。

杉並西署の捜査本部には、まだ数人の刑事たちが居残っていた。所轄の刑事たちと、追跡捜査係の二人――西川大和《にしかわやまと》と沖田大輝《おきただいき》。この二人は、正規の仕事としてこの捜査本部に入っている。二人とも難しい顔をしているのは、仕事が上手くいっていない証拠だ。

私は所轄の刑事課長に挨拶して、差し入れの煎餅《せんべい》を渡した。刑事課長が、一瞬戸惑ったような表情を浮かべる。

「これは、まずいんじゃないかな」

「どうしてですか」

「賄賂《わいろ》では？」

私は声を上げて笑った。それが、刑事課長の緊張を少しだけ解《ほぐ》したようだった。

「他意はないですよ。娘のことでお世話になっているんだから、陣中見舞いぐらいは当然じゃないですか」

「そう？」

「そうです。考え過ぎですよ……とにかく、お世話になります」私は頭を下げた。捜査が遅々として進んでいないことには腹が立つが、逆の立場だったら……と考えると怒りは引っこんでしまう。十二年も前の事件の捜査を押しつけられて、張り切って動ける人間などいない。長野は別である。あの男にとって、綾奈の事件は特別なものだから。十二年前も、必死になって捜してくれたし、たぶん私と同様に、長い歳月の間ずっと、心に引っかかっていたはずである。

刑事課長への挨拶を終えると、私は西川と沖田の方へ向かった。追跡捜査係において好対照、というか「白と黒」と言われる二人。眼鏡をかけた西川は徹底した書斎派とでも言うべきタイプで、分析能力には定評がある。一方、目つきの悪い沖田は、猟犬のようなタイプだ。外を歩き回り、独特の嗅覚《きゅうかく》で必ず手がかりを掴んでくる。

二人の対応も対照的だった。西川は慇懃《いんぎん》に頭を下げ、沖田は足を組んだまま目礼しただけ。西川の前には、大量の資料が散らばっている。荻窪の現場近くの住宅地図が混じっていることに気づいた。住宅地図は、それこそ個人の名前まで入ったものだが、かなり多くの部分に赤いバツ印がついている。線の細さから、〇・三ミリの水性ボールペンを使っているのが分かる。いかにも細かい性格の西川らしい。

「チェック済み、ということか」私は訊ねた。

「そういうことです。でも、なかなかはかどりませんね」西川が残念そうに答える。

「分かる。十二年も前だからな。当時のことなんか、覚えている人の方が少ないと思う」

「そうなんですけど、このチェックは必ずやらなければならないことですから」

「高城さん、例の……遺体発見現場の家の人、どうなんですか」沖田が突然訊ねる。

「どうって」

「何度か話を聴いてるんですけど、何だか証言が曖昧なんですよね」沖田の眼光が鋭くなる。

「勘弁してくれ」私は肩をすくめた。「あの人は、被害者みたいなものなんだぞ。警察OBでもあるんだし……」

綾奈の遺体は、交通規制課を最後に勇退した高井《たかい》の家の基礎部分から見つかった。高井の家が火災で消失し、調査のために掘り起こしをやっている時に、偶然発見されたのである。実際、あの火災が起きなければ、綾奈は今も行方不明のままだったはずである。

「しかし、十年以上も気づかなかったのは、どうしてですかね。そんなこと、あり得るのかな」

「まさか、高井さんを疑ってるんじゃないだろうな」私は沖田を睨んだ。

「話がはっきりしないもんで」

「本人が何だか分かっていない話を、上手く説明できるわけがないじゃないか」

「そうですかねえ」薄《うっす》らと髭《ひげ》の浮いた顎を、沖田が撫でた。

「勘弁してくれ。高井さんは、娘が行方不明になった時も必死に捜してくれたんだぞ。仮に高井さんが事件に関係しているとすれば、そんなことをするはずがない」

「まあ、そうでしょうけど」沖田はなおも不満そうだった。

「いい加減にしろよ、沖田」

西川が割りこんだ。目の前の書類の山に手を突っこみ、捜していた物をすぐに見つけ出す。わざわざそんなことをしたのは、話題を変えるためだとすぐに分かった。

「遺棄現場の状況ですけど、かなり雑な隠し方だったことは分かりますね？」

「ああ」私は応じた。

「遺体が発見されたのは、地下五十センチほどのところ……子どものことですから、それほど大きい穴を掘る必要はなかった。いかにも慌ててやった感じです」

西川が、遠慮がちに私の顔色を窺《うかが》う。犠牲者の親に対して話す内容としては生々し過ぎる、と思っているのだろう。私は黙ってうなずき、話を先へ進めるよう、促した。

「現場の状況からして、犯人が遺体を遺棄した後に、基礎工事のコンクリートが流しこまれて、遺体は隠蔽《いんぺい》された格好になります」

「そうだな」

「あの時、よく雨が降っていました。娘さんが行方不明になった翌日から……三日間に渡って雨が降っていて、工事は中断していました」

「その通りだ」この件は、私も高井もはっきり覚えていたし、工事を請け負った業者の業務記録からも確認されている。

「その雨が、犯人にとっては具合のいい目隠しになったんでしょうね」西川が、書類に視線を落としたまま言った。「五十センチの深さに埋めてしまえば、多少雨が降っても露呈しないわけです。そしてすぐに、工事が進んで分からなくなる……当時の捜索の記録を読んだんですが、さすがに工事現場まで調べようとした人はいなかったようです」

「調べはしたんだ」私は訂正した。「子どもはよくそういう場所へ入りこむし、事故も起きる。ただ、簡単に目視で確かめただけだったな。工事の邪魔をするわけにもいかなかったし……」

「そうですね」うなずいて西川が続けた。「その時には、何も見つからなかった。もしも雨が降っていなければ、地面を掘って埋め戻した場所の様子が変わっていたかもしれませんけど、雨のせいで分かりにくくなっていたんでしょうね」

「俺たちの怠慢《たいまん》だよ」私は自嘲気味に言った。遺体が発見された後で、何度も思い出しては自分を責めたものである。高井の自宅の新築工事現場……私も何度か足を踏み入れた。その時に、綾奈が埋まっている上の地面を踏んでいたのではないだろうか。それで気づかなかったとしたら、刑事としても父親としても失格だ。

「高城さん、これは相当きついですよ」沖田が言った。

「よせ」

西川が素早く割りこんだが、沖田は止まらない。考えたことは、すぐ口にしなければ我慢できないタイプのようだ。長野とよく似ている。

「こういうことを言うのは悪いんですけど、俺たちは古い事件の扱いには慣れてます。だから、ある程度は勘で見通しが分かるんですよ」

「ああ」私はうなずいた。

「だから……」沖田が、両手をひらひらと動かした。適当な言葉が浮かばないようであったが、私は彼の本音をしっかり読み取っていた。彼の判断も、ある意味、プロのそれである。

「どうなるかは、まだ分からないさ」私はわざと強い調子で言った。「これから手がかりが出てくるかもしれない」

「何か摑んだんですか」沖田が鋭い視線を向けてきた。

「いや」私はあっさり嘘をついた。どうしてなのか、自分でも分からない。こうやって動いてくれている仲間がいるのだから、本当は情報を共有すべきである。その方が、効率よく捜査ができる。しかし私の中では、これは自分の事件だという意識が強かった。自分で解決しない限り、娘は浮かばれない。正式な捜査を封じられている以上、秘密を抱えて動くのも仕方ないではないか。

その後もしばらく話し続けたが、捜査本部もやはりいい情報は摑んでいないのだ、と私は確信した。もしもしっかりした手がかりがあれば、私には話すだろう。両手を縛られた人間に対しても、情報を与えるぐらいの温情は持っているはずだ。

立ち上がって席を離れると、二人が何やら小声で言い争いを始めるのが聞こえた。トラブルの原因になる材料を与えてしまったのか……しかし、二人のやり取りに割って入るのは、私の仕事ではない。

捜査本部に使われている会議室を出ると、西川が慌てて飛び出して来た。

「すみません、言葉が悪くて……沖田も悪気はないんですよ」と小声で弁解した。

「分かってる」私はぎこちない笑みを浮かべた。「まともな刑事なら、あいつみたいに考えるさ」

「変な期待を持たせたくないと思ってるだけですから」

「それも一種の思いやりだな」

「ええ……でも、諦めたわけじゃないですからね。うちは、こういう案件のプロです。何十年経っても、事件には必ず手がかりがあるはずです。絶対に見つけ出しますよ」

「期待してるよ」私は西川にうなずきかけて、その場を去った。

二人とも、プロ意識の高い男なのは間違いない。何かと反発し合う仲のようだが、それがまた、捜査のエネルギー源にもなっているのだろう。

そして私はなおも、これは自分の事件だという意識を強く持っている。誰にも渡さない。綾奈の恨みは、私が晴らす。


平岡の部屋の窓には灯りが灯《とも》っていた。ちらりと腕時計を見ると、七時四十分。だいたい、彼の平均的な帰宅時間はこれぐらいなのだ。今頃は、夕飯の準備に取りかかっているだろう。この前、彼の態度が少しだけ硬かったのは、夕飯の邪魔をしてしまったからかもしれない、と考える。これから料理をしようという時に客が来たら、誰だっていい顔はできない。

少し待つか。夕食が終わったタイミングを狙って話を聴くのも一つの手だ。腹が一杯になった時、人間はリラックスして無防備になるものだから。

これまでの動向監視では、平岡は帰宅した後、一度も外へ出ていない。近所に呑みに行くこともなかった——もっともこの近くには、酒が呑めるような店もないのだが。一度家に帰ると、そのまま翌朝まで出てこないのが常だった。

その情報を信頼して、私は少し近所を散歩して時間を潰すことにした。マンション前の道は細く、張り込みしているとどうしても目立ってしまうからだ。歩き出し、煙草に火を点ける……それにしても、味気ない街だ。本当に、家が建ち並んでいるばかりである。

駅まで戻り、自動販売機の缶コーヒーを飲みながら煙草を二本、灰にする。暖かく甘い液体が胃に入ると、少しだけ空腹が紛れた。ふと、平岡が淹れてくれたコーヒーの味が口中に蘇《よみがえ》る。美味かった……あれだけの味は、喫茶店でもなかなか出会えない。

あの時、自分たちは平岡をかなり苛立たせていたのだろう、と思う。几帳面な人間は、五分でも予定が狂うのを嫌がるものだ。しかも、他人の乱入によって狂わされるのは耐えられないだろう。一見平然としていた彼の頭の中では、実は嵐が荒れ狂っていたかもしれない。しかも腹が減っていたのは間違いないわけだし。空腹は、どんな人間からも冷静さを奪う。

だとしたら……私は彼の家の方へ引き返し始めながら考えた。こんな風に急襲するのは避け、予め面会の約束を取りつけるべきではないか。

しかし、一刻も早く平岡から話を聴きたいと願う気持ちは抑え切れない。食事は終わって、今は風呂に入っているかもしれないと思いながら、私は彼の部屋の前に立ってインタフォンを鳴らした。すぐに、ほとんど感情を感じさせない声で平岡が応じる。

「夜分にすみません。先日お伺いした、失踪課の高城です」

「ああ」惚《ほう》けた声。平岡は言葉を失ってしまったようだった。

「先日、聴き忘れたことがありまして……お休みのところ、申し訳ないんですが」

「入って下さい。鍵はかかっていませんから」

不用心だと思ったが、私はドアノブを回した。玄関を入ってすぐがダイニングキッチンで、彼はテーブルの前に立っている。テーブルには食器が乗っており、食事を終えたばかりか、まだ途中なのだと分かった。

小さな声で「失礼します」と言って靴を脱ぐ。何となく、きちんとしなければいけない気分になって、部屋に上がる前にコートを脱ぎ、靴をきちんと揃えた。平岡が急いで、食器を流しに入れる。動きを見た限り、皿は最低三つはあるようだった。男の一人暮らしの割に、きちんと食事を作っている証拠である。自炊で毎日三品を並べるのは、かなり面倒なはずだ。

「毎日自炊してるんですか」

「まあ……慣れてますから」どこか照れ臭そうに平岡が言った。「独身も長くなりましたからね」

「偉いなあ」私は思わず本音を漏らした。「私も独身ですけど、キッチンなんか、お湯を沸かす以外で使ったことはありませんよ」

「大抵の人は、そうでしょうね。東京に住んでいれば、食事は何とでもなるから……お茶でもどうですか」

「面倒でなければ」

うなずき、平岡がガス台に向かった。薬缶を火にかける。ポットはどこにも見当たらず、お茶やコーヒーを飲む時は、一々お湯を沸かしているらしい。勧められるまま、私はテーブルについて、彼の動きを見守った。食事の後はコーヒーではなく緑茶というタイプのようで、冷蔵庫から茶葉の入った筒を、食器棚から湯呑《ゆの》みを出した。ふと、気づく。この家には、きちんと食器のセットが揃っている。一人暮らしの男は普通、そんなことをせず、食器などばらばらだ。これはつまり——新婚時代を引きずっているのではないか。亡くなった妻が楽しげに揃えた食器を、未だに使っている。

人は悲しみを忘れることはない。想い出を捨て去ることもできない。そう考えると、胸が詰まった。

お茶は香り高く、湯気が気持ちを落ち着かせてくれる。

「マメですね」

「そうでもないですけど」平岡がぎこちない笑みを浮かべる。「今日はお一人なんですか」

「ええ。わざわざ凶暴な男を連れて来る必要もないでしょう」

平岡の顔に浮かぶ笑みが、困ったようなそれに変わった。長野は決して「凶暴」な面相ではないのだが、長年捜査に携わってきた人間に特有の殺気は帯びている。一般の人が、それで引いてしまうことはよくあった。一方私は、そういう殺気からは距離を置いている。綾奈がいなくなってから最初の七年間、ろくな仕事をしてこなかったせいもあった。その後、失踪課に異動してからの五年間で扱った事件には、悲惨な結果に終わる物も多かったが、血なまぐさかったわけではない。常に死体を相手にする長野とは、面相が違ってしまって当然だろう。

「お酒は呑まないんですか」目につくところにアルコールはないな、と思いながら私は訊ねた。

「基本的に、家では呑まないですね」平岡が首を振る。

「私は家でしか呑みませんよ。外で呑むと、醜態《しゅうたい》を晒《さら》すことも多いので。いい年でそんなことをしてると、みっともないですからね」

「実際私は、あまり強くないので……つき合いでたまに呑むぐらいです」

「営業だと、接待とかが大変なイメージがありますが」

「昔は、ね。そういう経費は年々削られてますから、最近は接待そのものが減っているんです。自腹で人に酒を呑ませるにしても、限界はあります」

「不景気ですねえ」

勤め人同士の普遍的な会話を交わしながら、私は質問に入る糸口を探った。もしかしたら、最初の情報以上の物は出てこないかもしれない——その可能性の方が高いだろうと思いながら、何かにすがらざるを得ない。

「あの時——十二年前なんですけど」

「はい」

平岡がようやく椅子に腰を落ち着けた。背筋をぴしりと伸ばしている。剣道の経験者ではないかと、私は想像した。湯吞みに手をつけようとしなかったので、私もそのまま放置して質問を続ける。

「引っ越しされる直前だったとか」

「そうです」

「だったら当時は、かなりばたばたしていたんですね」

「それは間違いありません。近所で騒ぎになっているのは分かったんですけど、正直言って、それどころではなかったので……それに当時は、ご近所づき合いもほとんどなかったんです」

「マンションやアパートだと、そんなものですよね」

「ええ」

「私の娘が行方不明になった話は、いつ知りましたか？　当時、新聞なんかでも結構書かれていたんですが」

「それが……」平岡が天井を仰いだ。「実は、まったく覚えていないんです。新聞かテレビか、ネットのニュース——何かで読んだのは間違いないと思うんですが、どこで知ったのかは覚えていません」

「でも、公園に一人でいたのが、私の娘だということは分かったんですね」

「それは、後から思い出したという感じでしょうか」何となく苦しそうに平岡が釈明した。

「最初に刑事さん……長野さんたちが訪ねてきて話を聴かれた時、一瞬で記憶が蘇ったんです」

「つまり、当時、あなたが目撃した女の子と、私の娘の失踪事件を、多少は関連づけて考えていた、ということですね」

「それは……そうかもしれませんけど、よく覚えていないんです」

「かなりの騒ぎだったんですが」

「すみません」平岡が頭を下げた。声のトーンが、謝罪する時のように低く落ちている。

「あの街にいたくなくて、とにかく早く引っ越したかったんです。他のことは、ろくに考えられませんでした」

「そうですか」私は腕を組んだ。かすかな違和感を覚える。平岡が荻窪から引っ越したのは、十二年前。妻が亡くなったのはその二年前だ。二年間も、あの街でぐずぐず悩んでいたのだろうか。「早く引っ越したくて」というなら、様々な後始末が終わってすぐ、新しい家を探せばよかったのに……厳しい質問かもしれないと思いながら、私は疑問をぶつけた。「奥さんが亡くなってから引っ越すまで、二年かかりましたよね。どうしてですか？」

「それは、自分でも説明できません」平岡があっさり答えた。「当時の精神状態は、まともだったとは思えないですから。自分のことも自分で説明できないんですよ」

「二年間、我慢したんですか」

「頭を殴《なぐ》られたこと、ありますか？」

「はい？」突然の質問の意味が分からず、私は首を傾げた。

「私はあります。殴られたというか、試合中に頭を強打しましてね……学生時代にアメフトをやっていたんですが」

そういう体格には見えないが……「アメフト選手は冷蔵庫のようながっしりした体形」というのは、アメリカの話なのだろう。そういえば平岡は、かすかに足を引きずっている。もしかしたら古傷だろうか……確かめると、彼は苦笑しながら認めた。

「そんなに大きくもない人間が、大男ばかりの中でプレーしていると、不利ですからね。膝を傷めて、今でも冬から春にかけて、寒い時には痛みます」

「やっぱり、大変なスポーツなんですね」

「ヘルメットを被《かぶ》っているから大丈夫なように思えるかもしれませんけど、大変ですよ。

ヘルメットとヘルメットがぶつかる時なんか、物凄《ものすご》い音がして、それだけで軽い脳震盪《のうしんとう》を起こします。そういう時って、半分意識が飛んだまま、プレーだけは続けているんですよね。本能って言いますか」

「何となく分かります」

「妻が亡くなってからの私は、まさにそういう感じでした。二年間、ずっと体と頭が痺《しび》れたような感じで」

妙な疑いを抱いた自分を、私は責めた。そういうことは、私自身、散々経験してきたではないか。私の場合、アルコールで感覚が鈍り、夢の中にいたような感じだが。

「ある日ふっと気づいて、もうこの街……この家にはいられないって思ったんです。妻との想い出が多過ぎて。そういうこと、高城さんならよくお分かりかと思いますが」

「ああ」私は生返事をしてしまった。突然、こちらの心の中に入ってこられて、驚いたせいもある。平岡は、そういうことをしそうにないタイプなのに。

「何か、あの頃のことは全部、夢の中の出来事のようです」

「ええ」

「あれからいろいろ考えてみたんですが、あれ以上のことは思い出せない」

平岡が力なく首を振った。灯りに照らし出された彼の髪に、かなり白い物が混じっていることに私は気づいた。

「高城さんとは事情が違いますよね」無理に元気を出したような口調で平岡が言った。「私はただ、突然の病気で妻を失っただけです。高城さんは……事件の犠牲者だ」

「そういう風に、自分を哀《あわ》れむのはやめようと思っています」実際はつい最近まで、世の中に自分ほど哀れな男はいない、と思っていたのだが。そうでなければ、時間の感覚がなくなるまで呑むようなことはしない。「自分を哀れむのではなく、憎もうと考えています」

「誰をですか？　犯人？」

私は素早くうなずいて認めた。言葉にしなかったのは、そうすると自分の中の邪悪な部分がぐっと前に出てきてしまいそうだったからだ。

「そういう風に、ある人に教わりました」犯罪被害者の会のメンバーで、本人もかつて娘を殺された経験を持つ、芝田《しばた》夫妻。過酷な経験を経て、現在は夫婦でクリスチャンになっている。その彼の口から、「憎む」という言葉が出た時に、私は驚いたものの、彼が説く理屈は理解できた。犯人を憎む――その感情を、生きる原動力にしてもいいのではないか、と。家族を殺された人間は、抜け殻のようになる。そんな時、憎しみ――完璧《かんぺき》な負の感情――があれば、前へ進む原動力になる。クリスチャンであることは関係ない、と彼は言い切った。それは宗教以前、人間の素の心にかかわる問題なのだろう。

「少なくとも私には、二つの義務がある。父親としての義務と、刑事としての義務です。どちらも、犯人を捜すことに結びついている。それはご理解いただけますね」

「ええ」平岡が目を伏せた。そのままの状態で私に訊ねる。「犯人を憎んでるんですか」

「憎んでます。親としては、八つ裂きにしてやりたいと思う」

「十二年経っても……」

「実際には十二年じゃないんです」私はテーブルに置いた湯呑みを両手で包みこんだ。少し熱が引いており、手に心地好い暖かさだった。「娘がいなくなってから十二年……それは間違いありません。でも、遺体が見つかってからは、二月《ふたつき》しか経っていないんです。私にとっては、まだ熱い事件なんですよ。だから、何でもいいから情報が欲しいんです」

「申し訳ありません」平岡が、一層低く頭を下げる。「そう言われても、記憶にないことは話せないんです。私が見かけた女の子が綾奈ちゃんかどうかも、自信を持ってイエス、とは言えません。写真を見た後でも同じです」

「平岡さん……」

「協力したい気持ちはあります」平岡がようやく顔を上げた。「でも、いい加減なことは言いたくない。参考にならないなら、忘れてもらった方がいいです」

「あなたを頼りにしてるんですよ」

「無理です」平岡が力なく首を振る。「人の役に立つのは、難しいものですね」

それきり、平岡は口を閉ざしてしまった。私がいくら質問を投げかけても、「はい」か「いいえ」で答えるのみ。世間話にさえ乗ってこなくなった。私はひどい焦燥感を覚えながら、今夜の事情聴取が失敗だったと悟った。同時に、かすかな疑いが首をもたげてくるのを意識する。平岡の態度の変化には、いくつかの原因が考えられた。一つ、本当に記憶が曖昧で、生真面目な性格から適当なことは言いたくない。二つ、はっきりした証言ができない事情がある——それは何だ？

「一つだけ、聴かせて下さい」

平岡がのろのろと顔を上げる。できれば今すぐにでも出て行ってもらいたいと思っているのは明らかだった。しかし私も、ここで引くつもりはなかった。

「最初、あなたは、公園で見かけた女の子のことを綾奈だと認めてくれました。それはどうしてですか」

「あの刑事さんたちの勢いが凄くて……びっくりしたんです。それで思い出したんですが」

「私がこの前来た時から、急に証言が……後ろに引っこんだように感じたんですが、それはどうしてですか」

「自信がなくなったからです」久しぶりに、彼の口からきちんと意味の通る言葉が出た。「いい加減なことは言いたくないんです。これ以上は何も喋りません——喋れません」

やはり妙だ。それとも、最初の段階で、私は期待を持ち過ぎてしまったのだろうか。私はお茶を一口で飲み干し、立ち上がった。何かがおかしい。だが、その「何か」に焦点が合わないのだった。

4

「どうだった」マンションを出た途端、どこかに隠れていた長野が姿を現し、私の腕を摑んだ。

「やっぱりいたか」私は思わず苦笑した。この男が、手をつけた案件を途中で放棄するはずがない。「手を引くように言ったはずだぞ」

「駄目だったのか？」長野は、私の言葉を聞いていなかった。

「態度は変わらない……いや、前より頑なになったな。何しろ『いい加減なことは言いたくない』だから」

「おかしいな」

長野がちらりと上を見上げる。その表情が一瞬変わったのを、私は見逃さなかった。何があったのかは分かっている。この前と同じように、平岡が窓から私たちを見下ろしているのだろう。長野がうつむき、そのまま歩き出した。マンションからかなり離れたところで、ようやく口を開く。

「どうもあの人は、俺たちが嫌いなようだな」犯人の性格を見極めようとする時のように、嫌悪感に満ちた口調だった。

「また窓から見てたんだな？」

「ああ。何だか監視してるみたいだ。俺たちがちゃんと帰るかどうか、確かめたかったんだろう。ちょっと態度がおかしいと思わないか」

「確かに、正常な感じではないな」違和感の原因は、まだ口に出して説明できるほどはっきりしてはいなかったが。

「俺の方で、一歩踏みこんでみようと思うんだ」長野が硬い口調で言った。

「と言うと？」悪い予感に襲われ、私は低い声で訊ねた。

「参考人じゃなくて、容疑者としてあの人を見る」

「それは――」

「急に態度が変わったのには、絶対に何か理由があるはずだ」長野が顎を撫でた。「確かに最初は、突然聴かれて、正直に話してしまったのかもしれない。その後あれこれ考えて、証言を拒否することにした――自分の犯行がばれるとまずいから。自然な流れじゃないか？」

「そんな風にするとかえって疑われる、とも考えそうなものだけど」

「そこまでは頭が回らなかったのかもしれない。待てよ……本人が容疑者というわけじゃなくて、犯人を知っている、ということも考えられるな」

「誰かを庇《かば》っているとか？」

「ああ……よし、お前はしばらく手を出すな。うちの部下にしっかり動向監視させるから」長野の目が急に輝き出した。

「仕事を放り出していいのかよ」

「今のところ、昼間も暇なんだ」長野が肩をすくめる。「顔を知られていない奴もいるから、尾行や張り込みにも都合がいい……ところで捜査本部の方、どうだった？」

「この件は話してない」難渋した表情を浮かべる西川と沖田の顔を思い浮かべると、申し訳ないという気持ちになってくるが、これは自分の——私だけの事件だという意識も依然として強い。

「話さない方がいい。大人数で動くと、目立つしな」

「だいたい、捜査本部はこの話を買わないかもしれない。独自に調べて、平岡さんに辿《たど》り着《つ》く可能性もあるけど」

「その時はその時だ。とにかく、明日から少しロープを締めてみる。お前は黙って見てろよ」

長野は、「じゃあ」と言い残して、さっさと去って行った。どうせ二人とも駅の方へ戻るのだから、一人で先に行く意味はないのだが。苦笑しながら、私は次第に顔が強張《こわば》ってくるのを意識した。いったい、何がどうなっているのか……十二年目にして現れた、たった一人の目撃者をどう扱えばいいのか、さっぱり分からない。

それからの一週間、私は無為に時間を過ごした。いや、決してぼうっとしていたわけではなく、長野から譲《ゆず》り受《う》けた名簿を潰そうとはしていた。当時現場の近くに住んでいて、事情聴取ができなかった人を捜し、話を聴く——だが、この作業は難航した。引っ越して追跡不可能になっている人もいたし、ようやく会えても、何百回と繰り返されてきた言葉を放つだけの人もいた。「何も見ていない」。

焦燥感を覚えると同時に、失踪課のメンバーの不気味な沈黙が気になり始めた。基本的に事件がなく、暇な日が続いているから、愛美や醍醐辺りが助力を申し出てきてもおかしくない状況だ。そうなっても、私は断っていただろうが……長野は勝手にこちらの土俵に入りこんできてしまうが、失踪課のメンバーに迷惑をかけるわけにはいかない、という意識も強い。

また、真弓の態度が妙によそよそしいのも気になっていた。私に対して、というより、仕事全体が手につかないような状態である。室長室に入ると、ぼんやりと壁を睨んでいるのに出くわして、面食らうこともあった。勤務時間中は常に集中している彼女にしては、珍しいことである。また、恒例の庁内外交——本庁の先輩や同僚に顔を売りに行く——が途絶えているのも気になった。彼女はまだ、本庁で本流の仕事に返り咲く野望は捨てていないはずなのに。もしかしたら年齢のせいか、とも考えた。真弓は三歳年上だから当然定年までの時間は私よりも短い。タイムリミットと考え、全てを諦めるために気持ちの整理をしているのかもしれない。

長野から電話がかかってきたのは、木曜日の午後だった。いつもテンション高く話す彼にしては、やけに声のトーンが低い。私は彼の最初の一言だけで、異変を察した。もっとも、「まずい」という台詞を聞いて何も思わない人間がいたとしたら、絶対的に勘が鈍いわけだが。

「何がまずいんだ」

「向こうに動きがばれた」

「ええ？」私は思わず声を張り上げていた。隣席に座る愛美が、ちらりとこちらを睨む。彼女に背を向け、声を潜めて訊ねた。「どういうことだ」

「今言った通りだ」むっとして長野が答える。

あり得ない、と私は思った。長野の部下たちは、徹底して実戦で鍛《きた》えられている。素人《しろうと》を尾行したり張り込みしたりして、気づかれるわけがない。

「ばれたのは仕方がない。で？」

「抗議を受けた」

「抗議って……」彼の言っている意味が理解できず、私はさらに声を潜めた。一口に抗議と言っても、レベルは一から百までいろいろと考えられる。面前で罵倒《ばとう》されることから、いきなり裁判を起こされることまで……長野の言う「抗議」がどの程度のレベルか、想像しかねた。

「上に抗議があったんだ」

「どのレベルに」

「課長」

「それはまずいな」私は思わず舌打ちした。一般人が警視庁捜査一課長と簡単に話せるわけはないが、本当に直接抗議の意を伝えたとしたら、長野たちの行動は問題視されるだろう。きちんと捜査本部を作り、追跡捜査係も投入して調べている事件である。それを、全然関係ない係の刑事たちが引《ひ》っ掻《か》き回し、あまつさえ情報も共有していなかったことが明らかになってしまうのだ。課長の怒りの矛先は、私にも向くだろう。いくら私が被害者の家族とはいえ、組織の枠をはみ出すことが許されるわけでもない。ただ酔っぱらって、仕事をサボっていた時期の私に対しては、警視庁は寛大とも言える態度で接してくれた。しかし、勝手に人の仕事に割りこむのは、それとはまったく別次元の問題である。警視庁は、刑事の飲酒癖よりも管轄の問題を大事にするのか、と思わず皮肉に考えてしまう。

「まずいんだ」長野が同調した。「要するにあの人は、容疑者でもないのに容疑者扱いされたって、抗議してきたんだよ」

「あれから接触したのか」

「まあ、それは……すまん、うちの若いのが先走った」

「そうか」誰がやったのだろう。石原か……あまりにも動きがない状況に苛立ち、少しちょっかいを出して刺激してやろう、と考えてしまうのもおかしくない。合法か違法かぎりぎりのやり方だが、警察に挑発されると、つい本音を吐いてしまう容疑者もいるのだ。「やってしまったものは仕方ない。それにしても、平岡も一課長に直談判してくるとは、ずいぶん度胸があるな」

「平岡本人が来たわけじゃない。弁護士だ」

「なるほど」それはそうか……しかし、仮に弁護士であっても、大変な英断である。そもそも、捜査一課長に面会するだけでも大変なのだ。高く分厚い壁が、何枚も立ちはだかっている。訴訟沙汰になれば、訟務課が矢面に立つことになるし。

「それがまた面倒なことに……法月《のりづき》さんの娘さんなんだよ」

「ちょっと待て」私は思わず、愛美の顔を見た。愛美と、法月の娘のはるかは、友人同士である。何か聞いているのではないか？　長野と話したまま、彼女に情報を伝えるために、私はわざと復唱した。「法月はるかが、一課長と面談したんだな？」

一瞬で顔を蒼褪《あおざ》めさせた愛美が、椅子を蹴るようにして立ち上がった。携帯電話を握りしめているのは、はるかに連絡を取ろうとしているのだろう。私は、電話を持っていない右手を伸ばして、彼女の動きを制した。愛美が、不満そうにのろのろと腰を下ろす。

私は、必要な情報を長野から引き出して電話を切った。彼の最後の忠告は「課長からは、お前にも連絡があるかもしれないぞ」だった。それはまあ、いい。叱責《しっせき》されると覚悟していれば、実際のショックは大したことがないのだから。

「どういうことですか」

私が携帯電話をデスクに置いた瞬間、愛美が食ってかかってきた。他のメンバーには聞かれないように注意しながら、話をまとめて説明する。しかし、次第に醍醐たちの視線が気になり始めたので、愛美を面談室に誘った。

「話は簡単だ」私は煙草のパッケージをテーブルに放り出し、一本引き抜いて口にくわえた。窓の外が、ちょうど駐車場の隅の喫煙スペースで、煙草を吸いながら談笑している渋谷中央署員たち――我が同士――の姿が嫌でも目に入る。「平岡という男が、はるかさんに相談して、はるかさんが捜査一課長に抗議した」

「聞いてませんよ、そんな話」

「仕事のことだから、彼女も君に話す義務はない……むしろ話しちゃいけないことじゃないかな」

「ああ」どこか惚けた声で愛美が言った。刑事と弁護士が友人同士でいるのは難しい。仕事柄、互いに相手に隠さなければならないことが多くあるからだ。その面倒臭さは、弁護士と結婚していた私にはよく分かる。はっきりルールを決めるか、暗黙の了解にするかはともかく、どこかで線引きしなくてはいけない。「聞いてません」

「それで正解だよ」私はうなずき、煙草をパッケージに戻した。鼻先に、かすかにニコチンの気配が残る。

「私は――私たちは、その平岡という男性のことを何も知らないんですけど」

「俺が話してないから、知らないのは当たり前だ」

「そうですか」

愛美の態度が案外あっさりしていたので、私はかすかな違和感を覚えた。綾奈の事件をきちんと捜査するようにけしかけたのは、彼女たちである。しかし実際に私が手をつけ始めると、そんな風に言ったことをすっかり忘れたように、無視し続けていた。もちろんこれは、私の個人的な捜査であり、彼女たちに手伝ってもらうことはできないのだが、話ぐらいは聴きたいと言ってくるのではないか、と思っていたのだ。

それは私の甘えかもしれないが。

身内に甘い警察にいると、どうしても依存心が強くなる。少しぐらいヘマしても、誰かが何とかしてくれる、と簡単に考えてしまうのだ。

　綾奈の件だけは人に頼ってはいけない、と気持ちを引き締める。だいたい、長野の好意に頼りっ放しだったから、こんなトラブルが起きたのだ。一課長から何を言われようが引くつもりはなかったが、とにかく長野たちには、これを機会に完全に引っこんでもらおう。こんなことで、彼らのキャリアに傷をつけたくない。

　私はもう一度煙草を引き抜き、掌《てのひら》の中で転がした。事態は急速に悪化している。捜査一課長に何を言われようが、正式な処分を受けようが、さほど気にはならない。馘にするならしてみろ、と開き直る気持ちさえあった。そうすれば、自由に動けるようになるのだから。ただしその場合、バッジの力を使えないことになり、私は公式には何の権力も持たないただの父親になる。

「もっと詳しく話してくれる気はないですか」愛美が切り出した。

「ない」

「どうして」愛美の表情が厳しくなる。

「これは俺の事件だから」

「……でも、はるかに話を聴いておきましょうか？」愛美が遠慮がちに申し出た。「私が聴けば、何か話してくれるかもしれない」

「そんなことはすべきじゃない。彼女だって、この件を聴かれても、何も答えないと思うよ。こんなことで友情が壊れたら、馬鹿らしいだろう」

愛美が唇を噛んだ。彼女は、友情と仕事を天秤《てんびん》にかけるようなタイプではないが——危うくなっても何とか上手く切り抜けるはずだ——この状況では、どちらを優先すべきか、判断が難しいところだろう。

「とにかく、余計なことはしないでいい」私は釘を刺した。

「余計なことじゃないと思いますけど」

「いや、余計なことだ。業務以外の仕事に口を出すのは、筋が違う」

「それを言ったら高城さんだって——」

ノックもなしに面談室のドアが開き、私と愛美の目はそちらに吸い寄せられた。醍醐が、暗い顔をして部屋の中を覗きこんでいる。

「電話です」

「俺に？」

「ええ……刑事総務課から」

「は？」身に覚えのない電話だった。刑事総務課は、刑事部全体の取りまとめ役である。課と課の間の調整や、研修などの業務が担当で、私に用事があるとは思えなかった。「何だ……というか、誰だ？」

「大友《おおとも》ですよ。大友鉄《てつ》」

私は首を捻った。刑事総務課の大友鉄なら知っている。元々捜査一課にいた男だし、二か月近く前にはちょっとした頼み事もした。この男は妻を交通事故で亡くし、子どもを育てるために、自ら志願して比較的時間に余裕のある刑事総務課へ異動したという変わり種である。他の役所や一般の会社なら珍しくもないかもしれないが、警察の中では異例だ。

「用件は？」

「聞いてません」醍醐が首を振った。「とにかく、高城さんをお願いします、というだけで……二番が保留になってます」

愛美が立ち上がった。自分が聞くべき話ではない、と判断したのだろう。私は、テーブルの上で点滅する電話のランプを見詰めた。ちかちかと神経質そうな赤い光が、鼓動を加速させる。

愛美と醍醐が去り、ドアが閉まった後、私は受話器を取り上げて点滅するボタンを押した。明快で聞きやすい大友の声――昔素人劇団にいたせいだろう――が耳に飛びこんでくる。

「高城です」

「大友です……ちょっと申し上げにくい話なんですけど、いいですか？」

それだけでもう、話の内容は見当がついた。少しだけ苛立つのを意識する。捜査一課長は、自ら私を叱責する方法は選ばなかったのだ。そもそも、同じ刑事部でも課が違うから、直接話をするのはルール違反でもある。現在の一課長は極めて官僚的なタイプだから、枠を飛び越えてまで何かしようとは思わないはずだ。だから、刑事部全体をまとめる総務課に苦情を持ちこんだに違いない。

しかしそれなら、失踪課の課長である石垣を動かせばいいのに。同じ課長でも、捜査一課と失踪課では格が違う。上から目線で苦情を申し立てればいいだけの話ではないか。

「言ってくれ。だいたい見当はつくけど」

「だったら、聞いたことにしておきますか?」大友が、少しほっとした口調で言った。この件は、彼にとっても極めて面倒なことなのだと想像がつく。人がいい男だし、断ることもできなかったはずで……そう考えると、私はどれだけ多くの人に迷惑をかけてきたことか。

「それでもいい。もしもそこで誰かが話を聴いていて、君がアリバイを作らなくちゃいけないなら、勝手に喋ってくれ。俺は受話器を置いておくけど」

大友が乾いた声で笑った。どうやら近くには誰もいないらしい。

「で、どういう嘘をついておきますか」

「高城は全部了解した、と言っておいてくれればいいよ……それにしても、何で君に頼んできたんだ? うちの課長に話を通すのが筋だろう」

「石垣《いしがき》課長と私と、どっちが頼りになると思います?」

私は思わず噴き出してしまった。石垣は自分の出世のことしか考えていない男で、しかもその道がほぼ閉ざされてしまったために、最近はすっかり鳴りを潜めている。以前は事あるごとに、分室の仕事に首を突っこんで、文句ばかり言っていたのだが。

「君は早く、管理職になるべきだな。君の命令なら、俺は黙って聞くよ」

「管理職は高城さんだと思いますが」

「俺は単なるナンバーツーだ」

「そう、ですか」

彼の口調には、妙な間が感じられた。どういう意味だ、と訊ねようとしたが、それよりも気になることがあったので、そちらを優先させる。

「一課長の怒りは、どの程度本物なんだろう」

「マックスを百として、七十ぐらいでしょうか」

「だったら、大したことはないな」

「急に弁護士に突っこまれて、戸惑っているだけだと思います。実際には、抗議なんてよくあることでしょう。警察の仕事は、相手に不快感を与えることも少なくないですからね」

「君の場合は、そういうことはないと思うけどな」大友は人当たりがよく、相手に警戒感を抱かせない。しかも態度が常に真摯《しんし》なので、彼に対して不満を抱く人間はまずいないだろう。特に女性受けがいいのは、古典的なハンサムだからだ。

「そうならないように、気をつけています……とにかくこの抗議は、形式的なものだと考えていますから、あまり気にしないで下さい」

「ああ……君も大変だな」

「いえいえ、これも仕事のうちなので。それより、高城さん？」

「何だ？」

「応援してますから」

それだけ言って、大友は電話を切ってしまった。あいつ……別れ際の捨て台詞が、妙にはまっている。役者の経験があるせいだろうか。さぞかし女性を泣かせている——あるいは喜ばせているだろうと、私は想像した。

一課長の怒りもさほど気にすることはない。長野は直属の部下だから、もう少しきつい言葉を浴びたはずだが、私は大友の言葉でかなり安心した。少しだけ頭を引っこめていれば、嵐は収まるだろう。ただし今後、平岡に対するアプローチは、慎重にいかなければならない。

しかし事態は、私が予想していたほど甘くはなかった。

5

気温が緩み、コートがいらない日が続いていた。私は、平岡の件を取り敢えず棚上げして——彼からの抗議は結局一度だけだった——再び「未聴取者」リストのチェックに取り組んだ。あの手この手を尽くしたが……結果が出ない。

そんなことばかりが続くと、どうしても平岡のことが頭に浮かんでしまう。あの抗議は何だったのか。本当の意図は……。

この件に関しては、何とかしようと思えばできないこともなかった。例えば、はるかの父親、法月を上手く利用するとか……以前失踪課に在籍していた法月は、定年を前に渋谷中央署の警務課に移り、間近に退職を控えている。その法月に頼んで、はるかの真意——つまり平岡の真意を確かめる手はある。

だがそれでは、法月に迷惑をかけることになる。親子であっても、法月は「仕事は仕事」と考えている。はるかも、父親から口出しされるのを望まないはずだ。ひとつ屋根の下で、親子が弁護士の守秘義務の解釈で言い争いをする様を想像するだけでも、いい気分はしない。

法月が、今回の件をどこまで知っているかは分からない。彼は、失踪課三方面分室が入っている渋谷中央署で働いているので、何だかんだで一日に一度は私たちと顔を合わせるのだが、そういう時もこの件に触れようとはしない。顔を合わせれば世間話はするが、それ以上のことは何もなし——そんな日々が続いて、私はストレスを感じ始めていた。

突破口を開いたのは、愛美だった。

ある朝、私が席につくなり、「ちょっといいですか」と切り出してきた。暗い眼差《まなざ》しであり、何かろくでもないことがあったのだ、と容易に想像できた。嫌な話は先延ばしにしない方がいい。私はコーヒーをカップに注ぎ、彼女を面談室に誘った。愛美は、自分の分のコーヒーも持っていない。よほど深刻で急ぎの用件だな、と私は気持ちを引き締めた。

もしかしたら、父親のことかもしれない。いよいよ警視庁を辞めて静岡の田舎に引っこみ、父親の介護に専念することにしたとか。

「昨日、はるかに会いました」

「おい——」私は声を荒らげた。「接触する必要はないと言ったはずだ」

「友だちとしても、会ってはいけないんですか？」

「いや、それは……」思わず声を張り上げてしまったことを恥じ、私は目を伏せた。この件では、どうも神経質になってしまう。

「そのつもりで会ったんですけど、どうしても仕事の話になりますよね……差《さ》し障《さわ》りのない範囲で」

「ああ」

「それで、例の話にもなりました」

「彼女、話したのか？」

「いえ……ただ事態は、はるかと関係ないところで動き始めているらしいんです。彼女は、依頼を受けて警察に抗議したところで、自分の仕事は終わったと考えていたようです。でもこの件、どこかでマスコミに漏れたようなんですよ」

「おいおい」私は眉をひそめた。「雑誌か？　テレビか？」

「新聞です」

それなら多少はましかもしれない。雑誌なら、適当な事をセンセーショナルに書き立てても「書き逃げ」できるが、新聞の場合、そうはいかない。特に最近は、記事の正確性について、どの社も神経を尖《とが》らせているはずだ。だからこそ、情報を握ったからといって、即座に書くとは限らない。そもそも、今回の一件が記事になるとも思えなかった。とはいえ、自分が知らないところで事態が動いているのは不気味である。

「もしかしたら、平岡さんが自分で漏らしたんじゃないですか」愛美が言った。

「何のために」

「私たちの――警察の動きを封じるために」

私は腕を組み、目を閉じた。考えられないことではない。マスコミの報道は、警察にとって足かせになりかねないのだ。たとえこちらが百パーセント正しいことをしていても、イチャモンのような記事で傷がついてしまうこともある。

「言い分は、『警察に無理な捜査をされた』ということらしいんです」愛美が身を乗り出した。眉間《みけん》に皺が寄っている。

「それもはるかさんの情報か?」事実は事実だ。捜査一課長への抗議も、そういう内容だったのだから。捜査一課は平岡に対して、「失礼があったとしたら遺憾である。今後はより適正な捜査を進める」と官僚答弁のような回答をしたというが、彼はそれに納得できなかったのか。

「ええ」

「はるかさんはこの件に絡んでないんだな? 彼女がマスコミに情報をリークしたとは考えられないか?」

「あり得ません」愛美が思い切り首を振った。「彼女のところにも取材が来て、びっくりして追い返したそうです。だいたいはるかは、そんな裏技を使うタイプじゃないですよ」

「本当に問題があったとしても?」

「しません。それに高城さんたち、何か間違ったこと、しましたか?」

　私はゆっくり腕を解き、ぬるくなったコーヒーを飲んだ。間違ったことは何もしていないつもりだが、それはこちらの勝手な思いこみかもしれない。Aという事象を見て、全ての人間がAと判断するわけではないのだ。Bに見える人もいるし、Cだと言い張る人もいるだろう。面倒なのは、本当はAだと分かっているのに、何か意図を持ってAではないと主張する人である。その意図が見えないと、普通にAが見えているこちらとしては混乱するばかりだ。

　私は、平岡の態度が微妙に変わっていった経緯を説明した。もっともそれは、あくまで私の印象に過ぎず、客観的に説明するのは難しいのだが。それでも愛美は、私の感じ方を読み取ってくれたようだった。

「長野さんのところ、相当無茶したんじゃないですか」

「俺が聞いてる限り、それほどひどいことはない」長野の言う「うちの若いのが先走った」という行為が、実際にどの程度平岡を刺激したかは分からないが。

「そうですか」愛美が顎を撫でた。「直接はるかに会ってみますか？」

「そうだな……つないでくれるか？」

「つなぐだけ？　私も行きますけど」少しむっとして愛美が答える。

「いや、君に迷惑をかけるわけにはいかない」

「これぐらい、迷惑でも何でもないです」愛美が首を振ると、髪がふわりと揺れた。「友だちに会いに行く、と考えればいいんじゃないですか」

「友だち、なくすぞ」私はコーヒーを飲み干し、立ち上がった。愛美を見下ろしながら、間を置く。私が望んでいるかどうかはともかく、本当にやれるのか？

「少しはシビアな話もできますよ」愛美が無理に強張った笑みを浮かべた。「それぐらいで崩れるような関係じゃないですから」

しばし、その場で沈黙したまま考える。はるかは平岡に会って、何か我々が知らない情報を摑んだ可能性もある。守秘義務を盾に取って何も話さない可能性が高いが、ことは私の娘の事件にかかわることだ。泣き落としでも何でも、摑んでいる情報を吐き出させることはできないだろうか。

愛美がゆっくりと立ち上がった。私を見上げ、指示を待っている。いつもの彼女なら、指示がなくても動き出すのだが……動きにくいのだろう、というのは分かる。この件は失踪課の業務には関係ないし、完全に私の個人的な戦いになっている。周りの目などは気にしないにしても、どのような決着が望ましいか、彼女自身にも分かっていないに違いない。だから動けないのだ。見えない結末に向かって走って行くために必要なのは、勇気ではなく無謀さである。

迷って欲しくない。彼女には真っ直ぐ生きて欲しかった。だが一方で、この事件にケリをつけるには、今まで協力し合ってきた仲間の力が必要なのではないかと、私は密《ひそ》かに考え始めている。自分の微力さを意識しているが故に。

はるかの事務所へ行くのは初めてだった。正確には事務所に行ったわけではなく、近くのコーヒーショップで落ち合うことにしたのだが。いずれにせよ、彼女の職場にこれほど近づいたことは、かつてない。

外堀通りに面したその店の窓際の席からは、はるかの事務所が入ったビルがよく見えた。オフィス街の新橋には恐ろしく古い建物も多いのだが、そのビルは比較的新しい。おそらく、平成になってからの建築だろう。そちらのビルの一階にもコーヒーショップがあるのに気づいたが、面会の場所として彼女がそこを避けた理由は、容易に想像できた。事務所の人間に見られたくないのだ。今私たちがいる店なら、人目を気にせず話すことができる。

見ているうちに、向かいのビルからはるかが出て来た。コートはなし。薄いグレーのかっちりしたデザインのスーツに、胸元が大きく開いた白いブラウスという格好が春っぽい。陽光を浴びて首筋がきらりと光ったのは、高価なネックレスをつけているせいだろう。実際彼女は、かなり稼いでいるようで、普段からいかにも高そうな服やアクセサリーを身につけている。担当はほとんどが刑事事件で、そういう仕事は儲からないと相場が決まっているのだが、事務所が非常に潤《うるお》っている、ということらしい。基本的に企業法務の仕事が多く、他に金にならない仕事を引き受けても、所属する弁護士には十分な給料を払えるということのようだ。そして、金にならない刑事事件の弁護の方が、事務所の社会的評判を上げるには役立つことが多い。つまり事務所にとってはるかは、事務所の「正義」を代表する顔なのだ。

長身のはるかがきびきびと歩いて、近くの歩道橋を目指す。途中で見えなくなったが、大股で、勢いよく階段を駆け上がっているのだろう。実際にそうかどうかはともかく、彼女にはそういうエネルギッシュなイメージがある。一方で、法廷での冷然とした態度から、「氷の女王」とも呼ばれているのだが。

「背が高いのは、羨《うらや》ましいですよね」愛美が溜息をついた。実際、彼女とはるかでは十センチ以上、身長差がある。

「そうか?」

「歩いているだけで、格好いいじゃないですか」

「姿勢がいいからじゃないか? 空手の効果だよ」

「私は剣道で……」愛美が唇を尖らせた。警察学校では、術科で剣道を学ぶ。

「頭を打たれ過ぎたか」

「あれで身長の伸びが止まりました」愛美が頭の上で掌をひらひらとさせた。

「二十歳を過ぎれば、自然に成長は止まると思うけどね」

愛美が頰《ほお》を膨《ふく》らませる。時折見せる、子どもっぽい表情だ。時にはこの状況から言い合いに発展することもあるのだが——私も自分を子どもっぽいとは思う——今日ははるかの登場で場の雰囲気が変わった。

凍りつく。

私は、法廷でのはるかを見たことはない。噂で聞いていただけの「氷の女王」が今、目の前にいた。わずかに細めた目。固く結ばれた唇。一歩進む度に揺れる長い髪は、冷気を放っているようだった。そんなはずはないのに、いきなり暖房が止まって店内の温度が急に下がったように感じる。愛美を見てかすかに表情を緩めたが、それはあくまで、彼女に対する友情を示しただけに過ぎない。私に顔を向けると、それまでよりも厳しい表情を見せつける。

私は黙って立ち上がり、自分たちが座っていた向かいの席に手を差し伸べた。はるかは慎重に腰を下ろし——必要以上に時間をかけ過ぎている感じがした——両手を組み合わせてテーブルに置く。正面から彼女と向き合った私は、取り調べを受ける容疑者の心境はこんなものか、と想像した。今まで何百人という容疑者を調べてきたのに、今初めて、調べられる人間の恐怖が理解できた気がする。

近づいて来たウエイトレスが立ち止まる。その場の空気に阻まれ、テーブルに近づけないようだ。はるかも完全にウエイトレスを無視していたので、私は勝手にコーヒーを三つ、頼んだ。

「最初に言っておきますが、依頼人のことについては何も申し上げられません」最初に口を開いて出てきたはるかの言葉は、傷一つつけられないような強い調子だった。

「まだ何も言ってませんよ」先制攻撃に、私は情けない台詞で応じるしかなかった。「しかし、話すつもりがないわけじゃないですよね？　わざわざここまで来てくれたんだから」

「話すつもりがない、ということを話すために来たんです」

「それは、ご丁寧にどうも」

はるかがまたすっと目を細めた。私は背筋が凍りつくのを感じたが、ここで引くわけにはいかない。この頑なな態度の裏には、真実がある。「話せない事情」というのは、まさにそういうことだ。

「平岡さんのことについては——」

「平岡さんという人が依頼人かどうかは、話せません」

「あのですね」私は思わず煙草をくわえ、火を点けた。愛美には話しているのに、どうして私には話せないのか。「これが事件なら、あなたは法廷で依頼人と一緒に被告席に座ることになる。そうなったら、依頼人かどうか言えない、ということはないでしょう」

「これは事件ではないと思いますが」

「事件にするつもりじゃないんですか？　不当捜査で警察を訴えるとか」

「今現在、そういう案件は取り扱っていません……高城さん？」

「はい？」私は顔を背《そむ》けて、窓ガラスの方に煙を吐き出した。

「私は精一杯誠実に話しています」

「私も精一杯誠実に聴いてますが」

睨み合いと沈黙。そこへコーヒーが運ばれてきて、ウエイトレスがまたも凍りつく羽目になった。私はすっと身を引いて椅子に背中を預け、何とか彼女の緊張感が解れるような雰囲気を作ろうとした。しかしウエイトレスの硬い態度は変わらぬままで、三つのカップを置く時には、震えてカタカタと音を立ててしまった。

「ねえ」愛美が急に、刑事ではなく友だちとしての声で語りかけた。「この一件……高城さんの娘さんのことと関係しているのは、分かってるわよね」

「そのことについても、何も言えないわ」はるかが愛美に視線を向けた。ここで友情が壊れても仕方ない、と覚悟しているような目つきと口調だった。

「はるか……」愛美が溜息をついた。

「ごめん」はるかが素早く頭を下げる。「相手が愛美でも、言えないことはあるの」

「大事な話なのよ」

「それは分かってる」

「関係あるかどうかさえ言えないの？」

「言えない。ごめん」はるかがまた頭を下げた。

埒《らち》が明かない……直接的な言葉をぶつけ合っても、彼女が歩み寄ってくるとは思えなかったので、私は禅問答《ぜんもんどう》ではるかの真意を摑む作戦に出た。

「あなたが、捜査一課長に抗議を申し入れたのは間違いない」

「それは事実です」

「その時点で、あなたが平岡さんの代理人だったのも確かです」

「そう、その時点では」

「当然、現在もそうだと思いますが」

「それについては何も言えません」

「だったら、平岡さんの問題がマスコミに漏れているのはどういうことですか？　彼が勝手にマスコミに接触したとでも？」

はるかの顔に、かすかに苦悩の色が過《よぎ》るのを、私は見逃さなかった。それでだいたい、状況が想像できる。最初、平岡は「警察の横暴だ」とはるかに泣きつき、はるかも然《しか》るべく処理した。だが何故か平岡は、勝手に暴走してマスコミに話を持ちこんだ――それについて、はるかはまったく関与していなかったわけだ。関与してはいないが、依頼人の名誉を守るために、何も言えないという姿勢を貫《つらぬ》き通《とお》している。

「一応言っておきますが、我々の捜査は正当なものでした。平岡さんは今のところ、私の娘――綾奈を最後に目撃した人です。貴重な証人なんですよ。何度も話を聴くのは当然だと思いませんか」

「その件についてはもう、捜査一課長にお話ししました。この場で蒸し返《かえ》すつもりはありません」

「彼から話を聴いたのは俺ですよ。一課長ではなく、俺に直接文句を言えばよかった」

「これは個人の問題ではありません。警察という組織として対応が間違っている、ということです」

「だったら、総監にでも文句を言えばよかった。警察は完全な上意下達の世界ですから、一番上を攻め落とすのが、一番効果的ですよ」

「それに現実味のないことは、高城さんならよくお分かりでは？」

重たい沈黙。私は手探りでコーヒーカップを取り上げ、彼女の顔を凝視したまま一口飲んだ。灰皿に置いた煙草はいつの間にか消えている。新しい一本に火を点け、また顔を背けて窓ガラスに煙をぶつけた。拡散した煙は、あっという間に見えなくなったが、残った香りに、はるかはあからさまに顔をしかめた。

「ミルク、使う？」

愛美がのんびりとした調子で合いの手を入れる。はるかがはっとした表情を浮かべ、愛美の顔を見た。表情が柔らかくなりそうなのを必死で持ちこたえた様子で、唇をきつく引き結ぶと、首を横に振った。

「これ、今日何杯目?」愛美が優しい口調で訊ねる。

「四杯、かな」

「三杯目まで、いつも通りにブラックでしょう? そろそろミルクか砂糖を入れた方がいいよ」

小さく溜息をつき、はるかがミルクのピッチャーを引き寄せた。愛美が使った残りを全部自分のカップに加えると、乱暴にスプーンでかき回す。

「平岡さんの代理で捜査一課長に面会したのは事実です」

「それは分かっています――おかげで、えらいことになってますよ」

皮肉をぶつけたが、はるかは動じる様子もない。彼女の内心の冷たさがじわじわと迫ってきた……ように思ったが、実際に私が感じていたのは、まったく別のものだった。苦悩。最初に依頼人の名前を明かさないと言ったのは、彼女なりの職業的なプライドなのだろう。ただしそういうプライドは、「捜査」の名目でぶち壊すこともできる。もしも平岡が容疑者ならば、こちらも強硬策に出られるのだ。しかし現段階ではあくまで参考人、しかも「警察のやり方に迷惑している」という相手なのだから、そうもいかない。押し引きのバランスが均衡してしまい、私とはるかの間で平岡が宙ぶらりんになっているようだった。

「要するにこういうことでしょう?」私はわざとくだけた口調で続けた。「最初の抗議については、言ってみれば公の物だから隠す必要もなかった。そしてあなたの仕事は、それで終わったはずですよね。そこから先は、あなたと関係なく――相談もせずに、平岡さんが勝手にやった。それだったら、あなたが何も言えないのは当然ですよね。有り体に言えば、平岡さんが勝手にマスコミと接触したことであなたも怒っている。違いますか？」

はるかは無言だった。この筋書きはかなりの高確率で合っていると私は確信したが、はるかが築いた壁は簡単には崩れそうにない。はるかはようやくコーヒーを一口飲むと、カップの縁を親指で擦ってから、ゆっくりと口を開いた。

「話せないのは、ご理解いただけますね」

「弁護士の仕事は、依頼人との信頼関係の上に成り立つ物ですからね」

「だから、これ以上のことは何も言えない……とにかくそういうことです」

「私の娘を殺した犯人に結びつくようなことであっても？」

はるかが一瞬、唇を薄く開いた。私は、その口から新たな手がかりが出てくるのでは、と期待したのだが、結局彼女の唇は、また一本の線になってしまった。強い意志が透《す》けて見える、薄い唇。言葉にならなかった思い、そこに何かがあるはずだと私は確信したが、攻めるべき材料がない。

「申し訳ありませんが、時間切れです」はるかがハンドバッグから財布を取り出し、コーヒーの代金五百五十円をテーブルに置いた。音を立てないように意識でもしているのか、ことさら丁寧に。私は五百円玉の上に十円玉が五枚重なるのを、黙って見ているしかなかった。

「はるか……」愛美が情けない口調で、すがるように言った。

「ごめん」はるかが素っ気なく返す。「愛美が相手でも喋れないことはあるから。私はちゃんと分けてるつもりだけど」

「分かってる」

分ける――友情と仕事を。刑事と弁護士の間でそれができないことは、私は身をもって知っている。別れた元妻は弁護士だった。平穏な時期には特に問題はなかったが、綾奈が行方不明になってから、私たちの感覚は対立し、夫婦の溝《みぞ》は決定的になってしまった。刑事は事実しか見ない。弁護士は事実ではなく、法廷で争われるべき事柄を見ている。この二つは同じようでありながら、微妙に違うのだ。同じであるのが理想だが、弁護士にとって、事実は絶対の原理ではない。裁判に勝つためなら、事実を無視することもある。

はるかが静かに立ち上がった。椅子を引く音さえ立てない。一礼し、踵《きびす》を返して私たちのテーブルから遠ざかる――一連の所作は日舞か何かのように優雅で、無駄がなかった。

愛美が大きく溜息をつく。私は自棄《やけ》になって煙草をふかした。愛美が顔を背けて煙から逃れ、最後には席を立って、私の向かいに座り直した。空調の関係で、そちらには煙が流れにくいのだ。

「何か隠していると思うんだけど、どうだ？」私は煙越しに愛美に訊ねた。

「ええ」愛美が即座に答える。

「平岡は単なる目撃者なんだろうか」

「今のところは、そうなんじゃないですか」

「だったら彼女も、あそこまで頑なになる必要はないと思う。むしろ、我々の捜査に協力してくれてもおかしくない。それによって、平岡さんの立場が悪くなることもないはずだ。犯人に辿りつけたら、感謝状でも贈呈したいぐらいだよ」

「何でしょうね」愛美が頬杖《ほおづえ》をついた。「平岡さんは犯人ではないと思いますけど……」

「どうして」

「もしもそうだったら、はるかがやっていることは、犯人蔵匿《ぞうとく》になる可能性があるじゃないですか。彼女なら、危ない気配に気づかないわけがないし」

「ああ」ある事件の犯人と知り合って、そのことを警察に言わなければ、「匿《かくま》っている」と判断できる。そしてどんな弁護士も、そこまでして依頼人は守らないものだ。基本的には弁護士も刑事も法と正義に則《のっと》って動くものであり、たとえそこにどれだけ巨額の金が絡もうが、簡単には転ばない。敢えて匿おうとするなら、よほど特殊な事情がある。

「はるかは、金よりも正義感を優先させるタイプですよ。そんなこと、言わなくても高城さんには分かっていると思いますけど」

「そうだな。だいたい平岡さんが、彼女を買収できるほどの金を用意できるとは思えない」

平岡の年収はどれぐらいだろう……同年代の、他業種の人間に比べれば多少は高いだろうし、独身の気軽さもあるだろう。八桁《けた》の貯金があってもおかしくはない。だが、はるかがそれに乗るとは思えなかった。仮に一千万円を受け取って平岡を庇ったとしても、その後に彼女を待っているのは、弁護士としての破滅だ。下手《へた》をすると、刑事被告人になる可能性もある。彼女は弁護士という職業に誇りを持っているはずで、たかが金でその立場を放棄するとは思えなかった。

「私、当たってみますよ」

「これ以上突っこむと、大事な友だちを一人なくすぞ」

「それは……大丈夫だと思います」言ってはみたものの、愛美は自信なさげだった。

「だいたい君たちは、普段どんなつき合いをしてるんだ？　まさか二人で、判例について検討してるんじゃないだろうな」

「まさか」愛美の表情が崩れかかる。「普通の、他愛もない話ですよ。仕事の話題なんて、滅多に出ません」

「でも、出ないわけじゃない」

「そういう時は、その場だけの話にします。お互いに話せないことも多いし、意見が対立することもあるから。それで一々、正面から喧嘩《けんか》していたんじゃ、友だちづき合いはできませんからね」

「何だか疲れる関係だな」

「でも、大事な友だちですから。仕事に直接関係ないところで友だちができる機会なんて、あまりないでしょう」

「それは分かる」

特に独身者の場合は。結婚していれば、互いの配偶者、それに子どもを介して人間関係は広がる。あるいは趣味を持っていれば、その仲間というのもいるだろう。しかし私も愛美も独り身で、特に趣味もない人間だ。たまたまできた友人を失いたくない、という気持ちは痛いほど分かる。

「あまり無理するな。平岡さんに対するアプローチは、また別の方法を考える」

「まったく別の方法を考えた方がいいんじゃないですか」

「どういう意味だ？」

愛美が、少し離れた場所にあった自分のカップを引き寄せる。一口飲んで、顔をしかめた。どうもこの店は、コーヒーの淹れ方は適当らしい。そういう店のようだから仕方ないのだろう、と私は諦めた。先ほどから、ひっきりなしに背広姿のサラリーマンが出入りしている——つまり、コーヒーを楽しむのではなく、あくまで打ち合わせや休憩のための場所なのだ。誰も味には期待せず、ただ椅子とテーブルを使いたいだけなのである。コーヒーの値段五百五十円は、場所代と考えるべきだろう。

「確かに、平岡さんは重要な目撃者かもしれません。でも、今まで聴いた以上の話が出てくると思いますか？　どんな話が出たのか、私は知りませんけど」

私は無言でうなずいた。確かに——彼女が言う通り、平岡は犯行そのもの、あるいは犯人の顔を目撃したわけではない。綾奈に関する空白の時間が、ほんの少し埋められただけなのだ。

「だから、他のアプローチもあると思います」

「例えば」

「それは、今は分かりませんけど……」愛美が唇を嚙んだ。

「大抵のことはやり尽くしている。今回の件は、長野たちのファインプレーだったんだけどな……今まで、たくさんの刑事たちが動いてくれた。今も、追跡捜査係の連中が知恵を絞ってくれている。あいつらもプロだぜ？　その連中が、上手いアプローチが見つからないで頭を抱えているんだ」

「でも絶対に、話を聴けていない相手はいると思うんです」

「ああ、それは間違いない」

「綾奈ちゃんの通っていた小学校、児童は全部でどれぐらいいました？」愛美が突拍子もないことを言い出した。

「それは……」数百人。基本的なデータなのに、自分がそれを正確に把握《はあく》していなかったことに私は愕然《がくぜん》とした。

「何百人もいたでしょう」愛美がうなずいて続けた。「その中で、あの公園で一度でも遊んだことのある子ども、という条件で絞っても、たくさんいるでしょうね。そういう子を、全部潰したんですか？」

潰せていない。綾奈と同じクラスだった子どもたちに対しては、私は後から追跡捜査もした。手応えはまったくなかったが、それはこちらの聴き方に問題があったからかもしれない。それに当時、学年が違う子たちに対する事情聴取は、完璧ではなかっただろう。小学生は、一学年違うとまったく違う――綾奈の名前や顔を知らない子がほとんどだったはずだし、子どもに対する事情聴取は難しい、という事情もある。当時、少年課がかなり頑張ってやってくれたのだが、それでも限界はあった、と考えるべきだろう。

だいたいあの頃、この一件はあくまで事件ではなかったのだ。綾奈は失踪しただけで、死んでいるとは誰も考えて――信じていなかったから。私の中で「駄目かもしれない」という気持ちが醸成されるにも、かなり長い時間がかかったのを覚えている。

「私、この件をやります」

「駄目だ。うちの仕事じゃないぞ」

「だったらどうして、長野さんの協力は受け入れたんですか？」

「あいつは同期だし、最初からこの件にかかわっていた」一貫して、ボランティアだったが。彼が刑事として、この件を正式に捜査したことはない。

「私なら、別の目で見られます」

「駄目だ」私は首を横に振った。「下手なことをしたら、君のキャリアも傷つく。これは正式な捜査本部事件なんだぞ？　捜査に参加していない人間が勝手に動き回ったら、上から目をつけられる。君だって、まだ捜査一課へ行きたいと思っているんだろう」

愛美は元々、失踪課に来る直前まで、捜査一課への異動が決まっていた。あるトラブルで、玉突き的に失踪課へ異動にならなかったら、今頃捜査一課の数少ない女性刑事として頑張っていたかもしれない。私自身、いつかは彼女を捜査一課に送り出してやりたいという気持ちがある。

「私を止めることはできませんよ。これは正式な仕事じゃないんですから。業務命令というわけにはいかないでしょう」

私は彼女の目を見据えたままコーヒーを飲んだ。あまりにも苦く、普段は入れない砂糖を、スプーン二杯も加えてしまう。甘ったるいコーヒーの味も、気持ちを落ち着かせてはくれなかった。

6

一桁なら楽勝。二桁の後半になると、一人では苦しくなる。三桁ともなれば、しっかりチームを組んで取り組んでも、長い時間がかかると覚悟しなければならない。

私は、綾奈が一年生だった当時の小学校の在籍者名簿を引っ張り出していた。まだ個人情報保護が煩く言われていなかった時代の遺物で、児童と保護者の名前、住所、電話番号が載っている。しかし私は、今までこの名簿を積極的に活用してはこなかった。当時の一年生から六年生までの人数、五百人強。学年の離れた五年生や六年生に話を聴いても、何か情報が出てくるとは思えなかったから、必然的に事情聴取の対象は、綾奈の同級生、それも比較的仲が良かった子たちに限られた。

狭く深い場所にかけていた網を、一気に広げる。今まで見落としていた手がかりが見つかる可能性もあるが、拡散したまま終わってしまうかもしれない。だが私は、この可能性に賭けた。愛美が何も言わなかったら、やろうとは考えなかったかもしれない。

名簿潰しに取り組み始めたのは、はるかと会った翌週の月曜日だった。いつの間にか、醍醐も自席に張りついて電話攻勢を始めていた。私は助力を断ろうとしたが、醍醐はにやりと笑って親指を立てるだけだった。言葉ではなく、態度で示されると断りにくい。あろうことか、普段の仕事を任せるには不安がある若手の森田《もりた》や、交通部から異動してきた田口《たぐち》まで、電話を手にした。一々礼を言わなければならないところだが、愛美がそれを押しとどめる。「何か分かってからにして下さい」と。

感謝はしたものの、このやり方はすぐにある壁にぶつかった。杉並西署の捜査本部も、同じことに目をつけて、絨毯《じゅうたん》爆撃を始めていたのである。何度か「他の刑事さんに話を聴かれた」と指摘され、私はこの作戦のマイナス面を悟った。何度も同じことを聴かれて、常に気分よく答えてくれる人間はいない。一方捜査本部でも、私が勝手に同じことをやっていると知ったら、臍《へそ》を曲げるだろう。いくら私が被害者の家族とはいえ、やっていいことと悪いことがある。上からきちんと「排斥」の指示が出ている以上、それを守ろうとするのは刑事の本能だ。問題は、私だけでなく、失踪課三方面分室の評判もがた落ちになってしまうことである。明らかに失踪課の業務ではないわけで、処分の対象にもなり得る。

水曜日の朝、私は全員を集めて「ストップ」をかけた。

「いいアイディアだったと思う」愛美の顔を見ながら言った。「でも、捜査本部のやり方とぶつかるのはまずい。大々的にやっていたら、いつか必ず向こうの耳に入るから。今後は、俺が一人で何とかする」

愛美がボールペンを噛み、悔しそうな表情を浮かべる。醍醐は苛立ちを隠そうともせず、指をデスクに打ちつけていた。しかし、これ以上仲間に迷惑はかけられない。私は名簿を持って席を立ち、面談室に閉じこもることにした。自席で電話していると、愛美たちはさらに苛々《いらいら》するだろう。

踵を返した瞬間、室長室のドアが開き、真弓が顔を見せた。一瞬私の顔を凝視した後、人差し指を曲げて部屋へ来るよう、私に指示する。むかつくジェスチャーだが、無視するわけにもいかない。室長室に入って、後ろ手にドアを閉める。話し合いを短縮するために、敢えて立ったままで話すことにした。この部屋はガラス張りなので、他のメンバーの視線が突き刺さってくるのを感じた。

「悩み相談なら、後にして下さい」

「何が?」真弓が驚いたように目を見開いた。

「隠さないで下さい。このところずっと、様子がおかしいじゃないですか」

「気のせいでしょう」真弓が椅子に座り直した。今のところは、いつもの真弓である。強い芯《しん》を持ち、しかもそこに人を近づけないようにバリアを張っている。どこか愛美と共通した雰囲気だ。

「で、何ですか」

「杉並西署の捜査本部と話をしました。捜査一課長と、追跡捜査係の鳩山《はとやま》係長とも」

私は思わず、椅子を引いて座った。デスクを挟んで、真弓と睨み合う格好になる。

「失踪課として、この捜査を正式に手伝います」

「それは無理でしょう」私は即座に反論した。「うちの業務じゃないですよ」

「縦割りは、警察の悪い伝統ね」

「しかしそうじゃないと、仕事が滅茶苦茶になる」

「あなたの口から、そんな台詞を聞くとは思わなかったけど」

真弓が皮肉を吐いた。私は口をつぐみ、怒りを何とか内側に封じこめようとした。何となく目が熱いのは、封じこめに失敗したからかもしれない。

「とにかく、うちから捜査本部に応援を出すことにしました」

「向こうはもう知ってるんですか」私は耳が赤くなるのを感じた。

「知ってます。私が教えたから」

「それは、どういう――」

「高城君、使える物は使わないと」真弓が真顔で私を見た。「最初から頭を下げて、一緒に仕事をさせてくれって頼めばよかったのよ」

「俺は、動かないように厳命されたんですけどね」

「あなたが動けなくても、他の人間は動ける。利害関係がないんだから」

冗談じゃない。これを利害関係と言わずして、何を利害関係と言う？　職場の仲間の敵討《かたきう》ちのために捜査本部の仕事を手伝うというのは、一種の私怨である。刑事の仕事としては正しくない。だが、私が反論しようとした瞬間、真弓が言葉を被せてきた。

「とにかく、これは正式な捜査になります。うちのスタッフが捜査本部を手伝うことに、障害はなくなりました」

「何をしたんですか」

「電話を二、三本。面会を二回ほど」真弓が肩をすくめた。「あなたが好きな言葉で言えば、庁内外交……その成果が出たっていうことよ。今日から、捜査本部に人を送って。まず、明神と森田でいいんじゃないかしら」

「こっちにも仕事があるんですよ」全員が揃っていれば、突発的な事案にも対応できる。名簿を放り出して外へ飛び出せばいいのだ。

「今は暇でしょう。取り敢えずは、留守番がいればいいんじゃないかしら。それが、あなた」

「どうして」

「あなたは利害関係があって動けない、ということになっているわよね。だからいつも通り、うちの本来の仕事を切り回して」

「馬鹿な」私は吐き捨てた。「これは俺の事件なんですよ。俺が自分で解決しない限り、綾奈は浮かばれない」

「だったら、捜査本部が先に犯人に辿り着いたらどうするの？　自分の手で手錠《わっぱ》をかけられなかったら、また後悔して、ぐずぐずの生活に戻るつもり？」

言葉を返せなかった。そう、その可能性は常にある。私が関与していないところで、捜査本部が犯人を割り出してしまう可能性はあるのだ。自分が捜査本部に入っていれば、仮に犯人に手錠をかけられなくても、やるべきことはやった、と満足できるだろう。温情で、手錠ぐらいはかけさせてくれるかもしれない。しかし、この状態では……私は唇を噛み締めた。きつく右手を握り締めると、手の甲が真っ赤になる。

だいたい真弓は、何がしたいのだろう。二か月前、幼い少女が行方不明になり、遺体で見つかった事件の捜査を続けている時、真弓は散々、私を挑発する台詞を吐いた。この事件の犯人をさっさと捕まえて、やるべきことをやるように、と。しかし実際にそうなってみると、背中を押したりはしない。

「今は暇な時期ね」

真弓がぽつりと言った。それは間違いない。失踪課が忙しくなる時期は、年に三回ある。夏、冬、春の学校の長期休みの時期だ。子どもたちは気軽に——あるいは死ぬほど思い詰めて——家を飛び出し、家族が慌てて相談に駆けこむ。この時期だけは、土日も必ず人が詰めるように調整していた。新年度が始まったばかりの今は、のんびりできる時期だ。

「何が言いたいんですか？」

「電話番ぐらいなら、公子《きみこ》さんがいれば十分か……」確かに、庶務担当の小杉《こすぎ》公子は、どんな仕事でもそつなくこなす。むしろ、三方面分室の本当の司令塔は彼女かもしれない。

「もちろん、ここの業務を完全に放り出すことはできないから、誰かは残ることになる。田口さんがいれば、何とかなるでしょう」

　田口を置いておいても、何の役にもたたないのだが……ずっと交通畑を歩いて来たこの男は、何かの間違い——人事担当者が名前を書き間違えたのでは、と私は疑っている——で失踪課に来たに違いない。刑事としての基礎も知らず、五十歳を越えて新しい部署に放りこまれても、戦力としては期待できない。

「つまり、俺は——」

「あなたにはまず、やって欲しいことがあります。一度立ち止まって考えること」

「それは——」

「とにかく、これは決定事項です。すぐに明神と森田を捜査本部に出して。しばらく、電話攻勢をしてもらうことになると思います」

「向こうで、このアイディアを出したのは誰ですか？」

「西川君に決まってるじゃない」真弓が薄く笑った。「彼は追跡捜査係の司令塔だから」

　クソ。誰が考えても同じ作戦になるのか……これなら、裏から手を回し、追跡捜査係に頭を下げて、密かに捜査に参加させてもらえばよかった。捜査一課長が一々現場の視察に来るわけではないし、現場の人間が同情して私をかくまってくれれば、上層部には知られずに綾奈を殺した犯人の行方を追えたはずだ。

「私からは、以上。後は——」真弓の前の電話が鳴った。彼女は一瞬顔をしかめたが、無視するわけにもいかず、受話器を取った。相手の声に耳を傾けているうちに、さらに不機嫌な表情になる。向こうの言葉が切れるタイミングを待って、一気にまくしたてた。「その件は、うちでは取材は受けません。広報部に連絡して下さい……そうです。直接電話してこないのは、基本的なルールじゃないですか。ええ、何も話せません」

真弓が受話器を叩きつけるようにして置く。プラスティック製の軽い受話器が耐えうる上限のような乱暴さだった。

「取材ですか？」私は訊ねた。

「東日《とうにち》の女性記者。例の件よ」

「平岡さんのこと」

「そう」真弓が額を擦った。「動きがないと思ったけど、まだ諦めてなかったのね」

「あの新聞はしつこいですよ」

「分かってる。私も何度も痛い目に遭ってるから。要するに、事件が好きなのよね……野次馬的に」乱暴に言って、真弓が受話器を取り上げた。壊れていないか確かめるようにそっと耳に当ててから、番号をプッシュする。左耳に受話器を押し当てたまま、「私は広報部と相談するから。あなたには、やるべきことがあるでしょう」と告げた。

　ある。ひとまず、メッセンジャーとして真弓の命令をメンバーに伝えることだ。室長室を出て振り返ると、真弓は電話であるにもかかわらず、身振り手振りまで交えて、広報部に窮状《きゅうじょう》を訴えていた。


　捜査本部で名簿を潰す作業には自分も加わりたかったのだが、私は真弓の忠告を受け入れ、首を突っこまないことにした。余計な騒動を起こすと、今後動きにくくなるからだ。平岡の問題に関しては、真弓が広報部と相談し、失踪課では一切取材を受けないことを明言した。もしも新聞記者が接触してきても、何も喋らないことをメンバーに徹底させる。

　もとより喋る気はなかったが、用心しなければならない。あの連中は、あらゆるタイミングを狙って警察に接触しようとする。下手をすると、家まで押しかけて来るのだ。それだけでも、家に帰らない理由ができたな、と思った。マスコミを避けるため、失踪課に泊まりこむ。

「連絡、入れますから」言い残して、愛美が失踪課を去って行った。彼女のことだからきちんとやってくれるだろう。捜査本部の中で肩身の狭い思いをしないといいのだが……こちらの協力をねじこんだ真弓の手腕には感心したが、必ずしも快適に仕事ができるわけではないだろう。

私は、考えることでその日の残りをやり過ごそうとした。名簿を潰す以外にも、やれることがあるのではないか。だが、どうにも頭が働かない。気になることがある時は仕方ないのだが、自分の腕が鈍《なま》っているのを意識せざるを得なかった。

しかも午後になって、ひと騒動起きた。練馬《ねりま》中央署から連絡があり、中学生の女の子が家に戻って来ない、という。家族の相手をしているうちに、午後の残りは潰れた。話を聴いた限り、プチ家出のようではあるが、携帯電話を家に残したまま、というのが気になった。今時、財布は忘れても携帯電話を忘れる人間はいない。私は醍醐と一緒に少女の自宅を訪ね、部屋を調べた。携帯電話を調べると、このところ頻繁に、「ま〜」と名乗る相手と連絡を取り合っていたのが分かった。正体は不明だが、やり取りの内容から、出会い系サイトで知り合ったらしい、と類推された。

私は、この「ま〜」を割り出す作業を醍醐に任せ、家族を慰め続けた。出会い系で知り合った男と一緒にいる可能性が高い、金がなくなれば戻って来るはずだが、それまでに何とか捜し出す、と。

醍醐は、電話番号とメールアドレスから、「ま〜」の正体をすぐに探り当てた。自宅は、新宿《しんじゅく》にあるアパート。そこを急襲した私たちは、半裸でベッドに潜りこんでいた女の子をあっさり発見した。幾度となく目にした光景だが、毎回鬱々たる気分になる。ここから先は家族の仕事だ。二人を監視したまま、家族に連絡を入れ、すぐに現場に来るように頼みこむ。待つのは、嫌な時間だった。居場所をなくしてもぞもぞと弁解する「ま〜」と、泣き出してしまった少女。厳密に言えば、この男は青少年育成条例違反を犯している。ただ、逮捕するかどうかは微妙なところで、私は所轄の生活安全課《せいかつあんぜんか》に判断を委《ゆだ》ねた。失踪課の仕事は、人を捜し出すこと。そこで何かが起きていた場合は、当該部署に引き渡す——というのがルールである。私たちはしばしばそのルールを勝手に破っていたが、今回ばかりは後始末を少年課にお願いするしかない。家族が来れば騒ぎになるのは目に見えていたし、今の私はその騒ぎに耐えられるほど強くなかったから。

両親が到着し、部屋の中ですぐに揉め事が始まった。父親の怒声、母親の泣き声。物理的なトラブルが起きないように、醍醐が玄関先で腕組みをして待機し、私はアパートの外で待った。所轄の連中が早く到着しないかと、一分に一回腕時計を覗きこみながら。

ようやく所轄の担当者が到着した時、私は疲れ切っていた。気分も体調も上向かないまま、現場を所轄の連中に引き渡す。醍醐もげっそり疲れたようで、アパートの階段を下りる背中は丸まり、この数時間で少し年齢を重ねたように見えた。

先に下りた醍醐が、振り返って二階の部屋を見上げた。悲しげな目つきであり、溜息が漏れ出る。

「しけた顔するなよ」

私は醍醐の肩を叩いた。酒でも呑まないか、と誘いたいところだが、今の私は酒を呑むべきではない、と分かっている。醍醐も、酒が欲しいような感じではなかった。

「帰りますか」

「そうだな」

「高城さん、これからどうするんですか」

「ああ……」何も決められない。午後は、真弓が言う通りに思案の時間として過ごすつもりだったのに、その予定はすっかり狂ってしまったのだから。今は、静かな時間が欲しかった。ただし、家に帰る気にはなれない。失踪課に戻るか……ここで醍醐を解放すれば、あの部屋で一人になれる。杉並西署へ応援に出た愛美と森田は、そのまま帰せばいい。この時間だと、もう失踪課には誰もいないだろう。

「何か手伝うことがあれば、つき合いますけど」ぶらぶらと歩き出しながら醍醐が言った。その視線は、ビルの隙間から見える、副都心の高層ビル街に向いていた。

「いや、今はいい。明日、杉並西署に行ってもらうつもりだから」

「それは構いませんけど、他にも……」醍醐が、もどかしそうに両手を動かした。

「いいんだよ。お前は家族の面倒を見るので手一杯だろう。早く帰ってやれ」醍醐は四人の子持ちで、一番下の子はまだ小さい。何かと手がかかるはずだ。

「それは何とでもなりますけどね」

「助けが欲しい時は、そう言うさ」本当に？　私は自分が何を考えているのか、分からなくなってきていた。助けて欲しいのか、あくまで自分一人でやり抜くべきなのか。考えていると次第に歩く速度が落ち、今にも止まってしまいそうになる。疲れを感じた瞬間、携帯電話が鳴った。愛美だった。

「今日はこのまま、捜査本部で作業を続けます」

「もう遅いぞ」

「相手が摑まるのは、むしろ夜ですよ」彼女の言うことはもっともだ。名簿に載っている電話番号は自宅の物である。専業主婦のいる家庭なら昼間から応対してくれるかもしれないが、今は、昼間は無人の家も多い。ましてや本当の狙いは、当時綾奈と同じ学校に通っていた子どもの方なのだ。彼らも十九歳から二十歳。大学へ行っていたり働いていたりで、昼間は家にいないだろう。

「どんな具合だ？」まだ聞くのは早いだろうと思いながら、私はつい訊ねた。

「今のところ、芳《かんば》しくないですね」愛美の答えはシンプルであるが故に、私の心に暗い影を落とした。「なかなか摑まりません。話が聴けても、そもそも当時のことを覚えていなかったりしますから」

愛美の声には、かすかに憤慨する調子が感じられた。そんなものか……あの当時、子どもが行方不明になったというので、学校では大騒ぎになったものだ。全校集会も何度か開かれた。それだけ大きな出来事を忘れてしまえるものか……そんなものかもしれない。現代は、インプットされる情報が多過ぎる時代なのだ。それを全て記憶しておける人間など、一人もいない。どんなに衝撃的な出来事であっても、十二年も経てば霧の向こうへ消えてしまうだろう。

「とにかく、まだ直接会いに行くべき人は出てきていません」

「そうか」いつの間にか、私はペースを取り戻して歩いていた。立ち止まって待っていてくれた醍醐にようやく追いつく。

「それと、連絡が取れなくなっている人も少なくないですね」

「引っ越したか」

「たぶん、そうです。取り敢えず、一度名簿に全部電話をかけてしまって、それから連絡がつかない人をピックアップします。具体的な対策はそれからですね」

「分かった。無理しないように」

「あの、こういうこと言いたくないんですけど」

「何だ」

「ここの捜査本部、それほど気合いが入っているわけじゃないですね」

一瞬怒りが湧き上がったが、それも当然だと思い直す。誰だって、十年以上も経って突然「事件」になった案件は扱いたくない。それが専門の追跡捜査係の二人まで熱が入らないのは、それだけ解決の可能性が低い、と考えているからだろう。プロは見切りが早い。

「出来るだけ手伝ってくれ」

「分かりました……今日、失踪課に泊まる気じゃないでしょうね」愛美がすかさず釘を刺してきた。

「そのつもりはない」どうなるかは分からないが、そう言っておかないと、余計な説教をされる羽目になる。

「私、今夜は一度失踪課に戻りますからね」

「俺がいるかどうかチェックするつもりなら、必要ないよ」

「そうじゃなくて、他にやることがあるからです」憤然とした口調で言って、愛美が電話を切ってしまった。

「明神ですか？」醍醐がちらりと私を見て訊ねる。

「ああ」

「何ですって？」

「失踪課に泊まるなってさ」

「ああ、やめておいた方がいいですね」醍醐が肩をすくめた。「明神は怒らせない方がいいですよ」

「分かってる」

今夜は、一人の部屋で悶々《もんもん》と過ごすしかないか……仕方がない。愛美に会わない程度に出来るだけ長く失踪課で時間を潰してから、帰宅しよう。家にいる時間が短ければ短いほど、余計なことは考えずに済む。

私は苦い思いを噛み殺しながら、家路に着いた——結局夕飯を食べ損ね、空腹を抱えた情けない状態で。

私の家がある武蔵境は、一言で言えばコンパクトな学生の街だ。家に向かう北口から続くタイル張りの武蔵境通りがメーンの駅前商店街だが、非常に短い。そのせいか、細い道路の両側に飲食店が所狭しと建ち並ぶ様は、どこか下町の雰囲気があって馴染みやすかった。食べる気になれば、この時間——十時近くなっても、店は幾らでも選べる。ファミリーレストランも牛丼屋もあり、チェーンの中華料理店の看板もまだ明るい。もちろん、呑み屋も選び放題だ。最悪、コンビニエンスストアで弁当を買って帰ってもいい。

今夜はそうするか……コンビニ弁当は、私たち刑事にとって、張り込みの相棒だ。特に美味くも不味《まず》くもないが、食べ慣れていて、何も考えずに空腹を満たすにはいかにも適している。

だが、たまたま入ったコンビニエンスストアでは、弁当の棚がほぼ空だった。ついていない……どうも今夜は、あらゆるつきに見放されてしまったようだ。仕方なく、チェーンの中華料理屋に寄り、チャーハンを頼む。四百二十円。注文してから食べ終えるまで七分。

腹は膨れたが、心に吹きこむ風はさらに冷たくなったようだった。

途中、コンビニエンスストアで水だけ買いこんだ。気温が下がり、コートがほしいほどである。しかし今さらどうしようもなく……自然に、歩くのが早くなった。結局、普通は十分かかるところを、七分で着いてしまう。変なところで新記録かよ、と苦笑が漏れ出た。

玄関ホールに飛びこもうとした瞬間、影が動いたような気がした。誰かが潜んでいた？　私は一瞬身を硬くした後、すぐに動いた。だが、扉に手をかけた瞬間――オートロックが実質的に標準装備になる前に建てられたマンションなのだ――声をかけられる。

「高城さんですよね」

無視してしまってもよかった。夜中に家の前で声をかけられても、答える義務はない。だが、一瞬気が緩んだのも事実である。女性の声だったのだ。いくら何でも、女性がこんな住宅地で危害を加えるとは思えない――。

甘かった。振り向くと、長身の女性が自信溢《あふ》れる笑みを浮かべて立っている。張りのある生地のコットンのコートを着ている。

「東日の沢登《さわと》と言います」

「申し訳ないが、喋ることはない」

私は即座に反応したが、向こうは聞いてもいないようだった。一歩踏み出し、「不快だ」と感じる距離にまで一気に近づいて来る。引いたら負けだと考え、私は何とかその場に踏み留まった。沢登……記憶をひっくり返すと、沢登有香《ゆか》という名前に思い至った。所轄を取材するサツ回りでも警視庁の担当でもないのに、事件になるとやたらに首を突っこんでくる記者として、警視庁関係者の間では有名である。

「平岡さんのことでお話を伺いたいんですが」

「話せないことになっているので」

「そう言わず、お願いします。平岡さんが、警察の事情聴取が不当だ、と訴えているんですよ」

「あなたたちに？」

「もちろん」

「弁護士経由で？」

「それは、どうでもいいじゃないですか。こっちにも言えないことはあります」

「だったら私も喋れませんね。だいたい、記者との接触は禁じられているんだから」

「この件は、高城さんにとっては極めて重要な事件じゃないんですか」それまで薄い笑みを浮かべていた有香が、急に表情を引き締めた。「娘さんのこと……何とか解決したいですよね」

「それは、あなたには関係ない」

「この件は、うちの会社でも、ずっと申し送りされてるんですよ……重要な未解決事件として。十二年前は、うちの新聞でもかなり大きく扱ったんです」

「ああ」それは覚えている。元々東日は事件が大好きな新聞で、綾奈の件も扱いは派手だった。こういう事件の場合、マスコミの扱いは重要なポイントになる。記事が目立てば目立つほど、人の目に触れる機会が多くなり、情報が入ってくる可能性も大きくなるのだ。

「うちも、ずっと追いかけていた事件なんですよ」

「それと平岡さんの訴えとは、直接関係ないのでは？」

「高城さん、焦ってませんか」

私は耳が熱くなるのを感じた。焦っている……当たり前ではないか。初めてといっていい、具体的な手がかりなのだ。気が逸《はや》り、どうしても相手に期待するものが大きくなる。それを平岡が疎《うと》ましいと感じるのは、ある意味自然な反応かもしれない。こっちは大したことは知らないのに、警察は突っこみ過ぎる、と。だが私も長野も、決して無理はしていない。平岡が不快に思うようなことはなかったはずだ。少なくとも、弁護士やマスコミにあれこれ不満を訴えるようなことは。

おかしいのはむしろ平岡の方ではないか、と私は疑いを強めた。どう考えても過敏過ぎる。彼の中でいったい何が起きたのか。

――いろいろ考えたが、取り敢えず重要なのは、目の前の危機を回避することだ。

「私の方からは、何も話すことはありません」

「背景説明が欲しいんです……平岡さんは、警察にとって大事な証人じゃないんですか」

私は有香の顔を凝視した。彼女もまったく目を逸《そ》らさず、見詰め返してくる。意志の強さ、職業意識の高さを感じさせたが、それは私には関係ない。余計なことを書かれたら、平岡は完全に警察から距離を置くだろう。私としては、しばらく冷却期間を置けば、彼は喋りだすのではないか、と予想していた。新聞にその邪魔をさせるわけにはいかない。記事になれば、平岡は自分の周辺が騒がしくなることを分かっていないのだろうか。一流企業の管理職として、スキャンダルはご法度《はっと》である。ただ警察の捜査に協力したというなら、むしろ褒《ほ》められる行動だが、警察と対峙《たいじ》したとなったら、いくらその言い分が正当に思えても、疑う人間は出てくるものだ。

「この件については何も話せません。どうしてもコメントが欲しいなら、広報部を通して下さい」

「その広報部がどんなコメントを出したか、知ってますか？『ノーコメント』ですよ」

馬鹿どもが……私は舌打ちした。マスコミの連中を追い払うなら、もう少し上手い言い訳を用意すべきである。だいたい、平岡が捜査一課長に抗議したのは事実なのだし。その事実を既に東日が摑んでいるとしたら――当然平岡は話しているだろう――記事にしてくる可能性が高い。「警視庁、参考人を容疑者扱い」とか。そんな事実があるかどうかは関係ないのだ。抗議した事実が一人歩きして、「警察がまたヘマをした」というイメージが、世間に浸透してしまう。

「高城さんの方でも、言っておいた方がいいことがあるんじゃないですか」

いかにも何か摑んでいそうな言い方だが、それは、「引っかけ」だろうと私は判断した。

「何もないですよ」

「事件の解決に向けて、私たちも協力できることがあると思うんです」有香の顔つきはあくまで真面目だった。

「マスコミに助けてもらうほど、落ちぶれてませんよ」

精一杯の強がりだった。軽く一礼して、玄関ホールに入る。さすがに有香も、そこまで入りこむ気にはなれないようだった。一度も振り返らずにエレベーターに乗ることで、私は嫌な思いを振り落とそうとした。

無理だった。

7

強がりを言ったものの、心のざわめきは消えなかった。もしもこの件が記事になったら、小さいかもしれないが波紋《はもん》が起きるのは間違いない。捜査の障壁になるかもしれないと考えると、その夜はほとんど眠れなかった。

ぼうっとしたまま朝を迎え、軽い頭痛を意識する。朝食代わりに頭痛薬を四錠。規定の二倍だが、どうせ市販の薬など、効き目が弱いのだ。それに私は、鎮痛剤の類《たぐい》を飲んで副作用——眠気《ねむけ》など——に襲われたことはほとんどない。

家を出た途端、昨夜のうちに真弓に報告しておくべきだった、と悔《く》いる。まだそれほど遅い時間ではなかったし、一刻も早く相談した方が、対策を練る時間も確保できたはずである。不安になり、歩きながら東日のニュースサイトを携帯で確認する……それらしい記事はなかった。それはそうだ。事件の参考人が新聞に不快感を訴えても、それだけですぐに記事になるわけではない。捜査一課長へ抗議したというのは大きな事実だが、警察に対する抗議の類など、いくらでもある。今は、誰もが誰かに、あるいは何かに文句を言っている時代なのだ。

注意しなければならないのは、新聞ではなく東日系の週刊誌だな、と思った。新聞社系とはいっても、週刊誌なら多少危うい記事でも書き飛ばすだろう。怖いのは、そういう記事がネットで二次利用されてしまうことだ。噂が広がり始めると、食い止める術はない。

私は朝一番で真弓に面会を求めた。それこそ、二人ともコーヒーも飲まないうちに。昨夜、東日の記者が自宅前で張っていたことを説明すると、真弓の顔が見る見る曇《くも》ってきた。

「そういうことは、昨夜のうちに報告してもらわないと」

「それで昨夜、何ができたと思います？　どうせ連絡を回すだけ回して、『結論は明日にしよう』という話になっただけでしょう」喋りながら、自分でも意味のない反論だと思った。脊髄《せきずい》反射で喋るのはやめようといつも思うのだが、感情的な問題になるとどうしようもない。

真弓がゆっくりと、背もたれに体重を預けた。椅子が軋《きし》んで、耳障りな音が私の頭に入りこむ。彼女はデスクに放り出してあったボールペンを手にし、天板を叩き始めた。そのスピードが次第に早くなる。

「で、あなたは何も話さなかったわけね？」短い沈黙の後、真弓が口を開いた。

「そもそも話すことがないですからね。ノーコメントを通しておきました。ただ、広報部も『ノーコメント』と言ったそうですよ……これはまずかったですね。逆に勘ぐられてしまう」

「現段階では、他に言いようがないでしょう」

「取り敢えず今朝の段階では、記事になっていないのが救いですね」

「そもそも書ける話かしら」

週刊誌向けではないかと、私は先ほど考えたことを説明した。新聞記者が、週刊誌に匿《とく》名《めい》で記事を書いて小遣いを稼ぐというのは、よくある話である。ましてや系列の週刊誌となれば、壁は低いだろう。むしろ推奨《すいしょう》される行為かもしれない。

「一応、ご報告です」話してしまうと楽になった。こういうものだ。責任の大きさは常に一定であり、情報をシェアする人間が多くなればなるほど、一人当たりが負う責任は小さくなる。見事な、日本式の責任回避。

室長室を出ると、愛美が心配そうな表情で出迎えた。杉並西署の捜査本部には、今日は醍醐と田口が出向いている。

「何かあったんですか」

私は事情を説明した。もう一人、責任を分け合う人間を増やすために。

「東日の……誰ですか？」

「沢登有香」

「ああ」愛美が唇をねじ曲げた。「有名な人ですよね」

「らしいな」

「自分の担当でもないのに、事件があると首を突っこんでくるそうじゃないですか」

「長野みたいなものだ」

愛美が苦笑した。どこの世界でも、そういう人間がいるのだろう。楽をしたいと願うのが普通の人間の本能なのに、何故か仕事を増やして、常にあたふたしていないと満足できないタイプ。

「確か、大友さんが知り合いですよ」

「何でそんなこと、知ってるんだ？」

「噂ですよ、噂」

私は目を細めて愛美を見た。大友と、直接の接点はないはずだ。前に一度、「結婚相手としてどうだ」と勧めてからかったことがある——妻の死後、彼は独身を貫いている——のだが、その時は鬼の形相《ぎょうそう》で睨まれたものだ。

「その噂、どこまで本当だと思う？」

「たぶん、当たってると思います」

「普通、新聞記者と知り合いというのは、隠しておきたいことだと思うけど」

「大友さんは、適当にあしらってるみたいですけどね」

「なるほどね」私はにやりと笑った。「あいつ、イケメンだからな。女性をコントロールするのはお手の物か」

「大友さんはそういうタイプの人じゃないと思いますけど……コントロールとか、そういうことはしないんじゃないですか」庇うように愛美が言った。

「奴のこと、よく知ってるじゃないか」

愛美が顔を赤くする。これは絶対に、二人はどこかで会っていると私は確信した。研修か？　刑事総務課にいる大友の主な仕事の一つは、研修の主催である。しかし愛美は、最ではない。

近そういう研修に出ただろうか……まあ、いい。プライベートな問題に首を突っこむべき

「言っておきますけど」愛美が硬い口調で弁明した。「これは大友さんの同期……高畑《たかはた》さんから聞いた話ですからね」

「君は、彼女と親しいのか?」

「刑事部で、女性は少数派ですから。どうしても、いろいろなことで情報交換したりするようになるんです」

高畑敦美《あつみ》。可愛らしい顔の下の体は、がっしりした格闘家のそれだ。陰で「アイドル系女子プロレスラー」と揶揄する人もいる。

「余計なお世話かもしれませんけど、大友さんに話して、記事を抑えるように頼んでもらうのも手かもしれませんよ」

「それはどうだろう。そんなことをすると、かえって何かを隠蔽しているように思われるかもしれない」

「大友さんは、その辺を上手く誤魔化すのが上手いっていう評判ですけどね」

「それは知ってる」私は顔を擦った。あの男が捜査一課時代に期待されていたのは、相手をリラックスさせ、自然に言葉を引き出すことだ。刑事なら誰もが憧《あこが》れる力であり、「超能力よりも羨ましい」と溜息をつく人間さえいた。見た目の爽《さわ》やかさ、それに誠実さを感

じさせる喋り方からくるものだろうが、長く警察の中にいて、あれほどすれていない人間も珍しい。

「何だったら、高畑さん経由で話をしてもらいますけど」

「いや、大友とはちょっとした知り合いなんだ。わざわざつないでもらう必要はない……しかし確かに、真面目に考えた方がいいかもしれないな」

本当に？　こんなことで仲間を頼るのは申し訳ない。だが自分には何の力もなく、広報部も上手く対処したとは言い難い。大友も、こういう事態で自分の能力が求められるとは思わないだろうな、と考えると、苦笑いせざるを得なかった。


まな板の上の鯉《こい》の心境とはこういうものか、と私は思った。いや、それよりもたちが悪いかもしれない。鯉は、その小さな脳で、自分が三枚におろされることを意識しているかもしれない。だが私は、自分たちを巡《めぐ》る状況が記事になるのかならないのか、知る由もないのだ。

考えてもどうにもならないことを考えても意味はない。そうやって自分を納得させようとしたのだが、それで安心できるわけではなかった。漏れ伝わってきた話では、広報部も対応に苦慮しているという。一度「ノーコメント」と言ってしまった以上、その後警察側から東日にアプローチするのは難しい。向こうが何か言ってくるのを待つしかないのだ。

下手に動いて、藪蛇《やぶへび》になったら元も子もない。

　愛美たちが杉並西署に派遣され始めてから、一週間が過ぎた。四月も下旬に入り、暖かい日が続いていたが、心まで溶かされるわけではない。

　ある日の午後、公園の近所で聞き込みをしていた私の携帯が鳴った。愛美だった。

「今から杉並西署に来られますか？」

「そこならすぐ行けるけど……」公園から署までは、歩いても二十分ほどしかかからない。

「俺は、捜査本部には出入り禁止になっているんだぜ」

「だから、非公式に、です」誰かに聞かれるのを恐れるように、愛美が声を潜める。「表立っては言えない話ですから」

「どういう意味だ」私はベンチに腰を下ろした。木立の陰になる場所だが、こぼれ落ちてくる陽射しは、初夏のものだった。煙草に火を点け、彼女の説明を待つ。

「捜査本部の人たちとは、ずいぶん話したんです。追跡捜査係のお二人とも……ざっくばらんに」

「それで？」

「煮詰《につ》まっています」前置きが長かった割には、あっさりと言い切った。

「だろうな」名簿の追跡が終わった、あるいは終盤を迎えたのだと悟る。そして手がかりはない。「で、煮詰まりを解決する方法は？」

「高城さんの勘に期待したい、と」

「俺は出入り禁止なんだけど」私は繰り返した。平岡の件もあり、捜査一課長をかなり怒らせてしまっているのは想像できる。

「だからそこは、あくまで非公式に、ですよ。ばれなければ大丈夫です。捜査本部にいる人間は、全員口が堅いですから。皆、高城さんの助力を欲しがっているんです」

私はゆっくりと煙草を吸った。願ってもない話である。彼女の言う通り、ばれなければ何をしてもいい。譬《たと》えて言えば、これはラグビーの試合と同じなのだ。密集の中で相手を殴りつけようが蹴ろうが、レフリーが見ていなければ反則は存在しない。そして味方の選手が、外から見えないように細工してくれれば……卑怯な手だ、という考えが脳裏を過る。本当は正々堂々と、「自分も捜査に加わらせてくれ」と主張を続けるべきだった。だが、それに費《つい》やすエネルギーを考えると、うんざりしてしまったのも事実である。警察の組織は堅牢で融通《ゆうずう》が利《き》かない。システムとしては極めて優秀なのだが、システムが優秀になると、しばしば個人が突出して力を発揮する機会はなくなる。もちろん結果が出れば、「組織」は満足するわけだ。個人の気持ちはともかく。

「来てもらえますね？」それが当然とでもいうように、愛美が自然な口調で言った。

「今、考えている」

「高城さんは、何か手がかりを摑んだんですか？」

愛美の言葉が耳に突き刺さり、心の奥に定着した。何もない。唯一の手がかりである平岡は、今や危険人物であり、近づけなくなっている。諦めたわけではないが、再度接触するにはもう少し時間を置いて、別のアプローチを考えねばならないだろう。それこそ、大友に任せてみようか、という珍妙なアイディアさえ浮かんでいた。人当たりのいいあの男なら、上手く情報を引き出してくれるかもしれない。

「――分かった。二十分で行く」

そう言って電話を切ったが、私はその後で煙草が一本灰になるまで待った。すぐに立ち上がらなかった理由は……次第にはっきりし始めた。

自分が何もしていない――その事実が怖いのだ。

捜査本部や失踪課の他のメンバーに捜査を任せ、自分は自分で考えて歩き回ってきたが、ここまで何一つ、有力な手がかりがない。何もしてこなかった――少なくとも成果を上げていない自分の姿を、捜査本部の連中に見せるのが嫌だったのだ。偉そうなことを言って、結局何もできていないではないか――そう嘲《あざけ》られるのを恐れた。

手の甲をまだら模様に染めていた木漏れ日が、ふいに消える。上空を見上げてみると、分厚く黒い雲が、空を覆い始めていた。

人は弱い。少なくとも私は弱い。こんな状態になってまで、まだ他人の評判を気にしている。気にすべきは、綾奈を殺した犯人を挙げることだけなのに。

捜査本部は、嫌な空気に包まれていた。私はドアの所で立ち止まったまま、集まっている人間たちの顔を確認した。昼間なので外に出ている人間も多いが、本庁の捜査一課からの応援組、所轄の刑事課の連中、それに追跡捜査係の二人と愛美、醍醐がいる。愛美が立ち上がったので、うなずきかける。誰に話すべきか迷っている間に、彼女が近づいて来た。一つ咳払いをしてから私にささやく。

「仕切りは、一課の藤村《ふじむら》係長です」

この前捜査本部に来た時には会わなかったが、藤村なら面識はある。私が捜査一課にいた最後の頃——もう十一年も前だ——に、所轄の刑事課から上がってきた若手刑事だった。それが十年経つと、係長になっている。現在警部ということは、出世は早い方だろう。

「声、どうした？」愛美の声が少ししわがれているのに気づいて訊ねる。

「電話し過ぎですね」喉に手をやる。

「選挙運動みたいだな。後でのど飴《あめ》一年分、奢るよ」

下らないジョークだった。一瞬言葉を切り「ありがとう」とつけ加える。愛美が驚いて目を見開いたので、私は今まで彼女に、どれだけ感謝の意を伝えてきただろうか、と悔いた。

藤村が立ち上がり、私に向かって頭を下げた。真っ白なワイシャツの袖《そで》をめくり、ネクタイを少し緩めている。整髪剤で艶々と濡《ぬ》れた髪が、蛍光灯の光を受けて光っていた。

無言のうちに、刑事たちが藤村を中心にして集まった。講堂方式で、椅子が全部前を向いていたので、折りたたみ式のテーブルと椅子を動かし、会議ができる形に仕立て上げる。私は藤村の正面に座り、両脇を醍醐と愛美が固める。

「いろいろとありがとう」自分でも驚いたが、素直に言葉が出た。

「いや……申し訳ないです」藤村が頭を下げた。鹿児島出身——警視庁内の一大派閥だ——で、太い眉と黒目がちの大きな目が意志の強さを感じさせる男なのだが、今は困った犬のように見える。

「十分な捜査をしてもらっていると思う。誰だって……十二年も経ってから事件を捜査し直すのは大変だ」

「こういうことでお呼びたてするのは、申し訳ないことです」藤村がまた頭を下げた。

「捜査一課長の指示に反していることも分かっています。ただ、正直言って手詰まりなんですよ。俺は、高城さんは最初から捜査に加わるべきだと思っていました」

「そんなことが一課長の耳に入ったら、夏のボーナスが減るぞ」

藤村が引き攣った笑みを浮かべた。今日の私は——今日に限らないが——ジョークに関しては完全に不発だ。

「西川の意見を聞かせてくれないか」私は、藤村の左隣に座る西川に目を向けた。冷静な判断が欲しい時、この男はやはり頼りになる。

「そうですね」落ち着いた声で言って、西川が眼鏡をかけ直す。手元の書類にちらりと視線を落として、迷いなく話し始めた。「この捜査は、完全にハンディを負った状態で始まっています。言い訳にはなりませんが……今のところ、有力な目撃証言はなし。平岡氏の証言も、犯行に直接つながるものではありません。犯人像についても、今のところまったく不明です。当時疑われたのは、変質者の線ですね？」

私はうなずいた。西川は評判通りの男のようだ。常に論理的に話し、感情を忍びこませない。しかしその彼にして、わずかに眉間に皺が寄っているのを私は発見した。

「その当時のリストについては、再捜査しました。当時捜査線上にいた変質者は五人。いずれも杉並西署管内の居住者です。当時、五人全員について完全なアリバイが成立しました。再捜査でも、それを崩すほどの材料は見つかっていません。また、五人のうち二人は既に亡くなっています」

死亡率四割……十二年の歳月を思う。感傷に浸《ひた》る場合ではないと思い、私はその二人の死因を確認した。

「病死、です。現状、疑うべき要素はありません。変質者の線に関しては、念のために隣接署全域に広げて調べましたが、やはりこれは、という情報はないですね」

「分かった。当時学校に在籍していた児童の方は？」結果は分かっていたが、そこは確かめざるを得ない。

「当時の在校児童、五百七人。そのうち、現段階で連絡が取れたのは四百三人です。内訳は――」

私は手を上げて、彼の細かい分析を制止した。この数字が重要だとは思えない。西川も、あまり話を細かくする意味はないと思ったようで、うなずいて話を先へ進める。

「連絡が取れていない人間がまだ百四人いるんですが、現在鋭意追跡中です。このうち電話に出ない、ないし番号が変わってしまっている可能性が高いのが五十一人。残り五十三人は、荻窪からは引っ越したものと思われます。全員と連絡が取れるまでには、少し時間がかかりそうですね」

これが最後の可能性ではないか、と私は思った。しかし、これまで四百三人から話を聴いて有力な情報が出てこなかった以上、残る百四人から証言が得られる確率は低いと言わざるを得ない。

「結構引っ越した人が多いな」

「子どもが小学生だと、親もまだ若いですからね。賃貸から家を買う段になって引っ越す家族も多いはずです」

ヤドカリの殻が大きくなるように。綾奈が行方不明になってからの十二年間は、日本経済の「失われた二十年」の後半に被っている。家を買うメリットを感じなくなった人が増え、不動産取り引きが低調なまま推移した時代だ。それでも、全ての人間が永遠に賃貸住宅に住み続けるわけではない。ローンを背負っても家を買おう、と考える人は、依然として多いはずだ。

「引っ越した連中については、引っ越し先が分かれば話は聴けますよ。それは、絶対にやります」沖田が話に割りこんできた。両手をズボンのポケットに突っこみ、少し浅く腰かけて足を伸ばしているせいで、ひどくだらしなく見える。だが、何故か不謹慎という感じではなかった。大リーガーがガムを嚙みながら試合に出ていても、不真面目に見えないようなものかもしれない。人を黙らせる実績を上げていれば、不遜な態度も許される。

「そうだな」

「もちろん、過大な期待をされちゃ困るけど」

「沖田」西川が鋭い声で忠告した。

「いや、いい。それぐらいは分かってる」私は沖田に向かってうなずきかけた。沖田が、厳しい表情でうなずき返す。過大な期待はするな――彼は捜査の基本を思い出させてくれた。

「とにかく、まだ話を聴けていない人を捜し出して話を聴く――その基本方針は守ろうと思いますが、いかんせん、他に手がない」藤村が悔しそうに言った。「だから、情けない話ですが、高城さんに知恵を借りようと思ったんです」

「申し訳ないが、今のところ上手いアイディアはない」

がっかりした空気が流れるのを、私ははっきりと意識した。捜査から外されているだけで、私はアイディアを持っている、と期待されていたのだろう。人手さえあれば、有効な手段になるアイディアを。私はここ数週間、自分が何もしてこなかったことを改めて自覚した。動きを封じられていたなら、必死で考えるべきだったのに。平岡に固執《こしつ》し過ぎたせいもある、と反省した。

「とにかく、当時の在籍児童全員に話を聴くようにするしかない。徹底して、しつこく思われても食い下がるんだ」その結果、また本庁に抗議がいくかもしれないが。「潰し終えたリスト、あるか？」

西川がテーブルの上に身を乗り出し、プリントアウトしたリストを見せてくれた。「備考」欄《らん》には事情聴取の内容が簡単に記されている。何度もアップデートされたのだろう。毎晩、あるいは毎朝の西川の仕事だったはずだ。

リストをめくりながら、そこに何か重要なことが隠れていないか、精査した。だがこれは、二課が扱うような経済事件ではない。突然、数字がまったく別の意味を持って浮かび上がってくるようなことはなかった。

ふと思いついて顔を上げる。短い時間集中していただけなのに、もう首と肩が凝り、頭痛が忍び寄ってきていた。何かを期待するように、西川がこちらを凝視する。私は首を振って、リストに戻った。

リストは、学年順に並べられていた。一番上が六年生。最後の綾奈が在籍していた一年生の名簿を見る。備考欄に「未連絡・電話不明」「未連絡・引っ越し」とあるのが全部で七件。これだ。まずこれを優先的に潰さなければならない。私は七人の児童の名前を確認した。今でも覚えている名前もある。実際綾奈と同じクラスの児童は、ほとんど覚えていたのだ。当時、そして後にも事情聴取した相手もいる。しかし、他のクラスの児童は思い出せなかった。

改めて確認すると、一年生全体は三クラスで、綾奈のクラスに関しては、「未連絡」は一人だけだった。綾奈が行方不明になった直後に事情は聴かれているはずだが、その後で引っ越して所在不明、ということか……やはりもう一度事情は聴かなくてはならない。後で確かめれば、また別の情報が出てくるかもしれない。

「まず、七人を集中的にやってみないか？」私は提案した。「綾奈――娘と同じ、一年生だった子どもたちだ。他の学年の子よりは、記憶がはっきりしているかもしれない」

「下手な鉄砲数撃ちゃ当たるってもんでもないですからね」沖田が話に乗ってきた。「その方が、いくらかでも可能性が高いかもしれない」

私は彼に向かってうなずきかけた。続いて、藤村に視線を向ける。

「ひとまず、そういう方針でどうだろう」

「分かりました」藤村がうなずく。「助かります。どうも、ここに籠っていると頭が固くなる」

「申し訳ない。大した役にはたたなかった」
「とんでもないです……ただ、高城さんは、捜査自体には加わらないで下さいよ。やっぱ
り、上には秘密にしておきたいもので」
納得できたわけではないが、うなずかざるを得なかった。こうやって呼んでもらい、捜
査会議に加われたことだけでも、藤村には感謝しなければ。
「問題は、この七人を潰し終わっても、何も出てこなかった場合ですね」常に先読みする
性格らしく、顎を撫でながら西川が心配そうに言った。
「その時は、鉄砲をもっと撃ちまくるんだよ。どこかで当たるかもしれない」沖田が割り
こんだ。
「お前は、そういう非効率なことばかり言ってるから、駄目なんだ」西川が唇を尖らせた。
「頭で考えて結論を出すより、歩き回った方が早いだろうが。お前は、ケツに根っこが生
えてるんじゃないか」沖田も言い返す。
「考えもなしに歩き回って、結論にぶつかる可能性はどれぐらいある？　お前は、不可能
を可能にしようとしてるんだよ」
「実際、何度もそうしてきたじゃないか」沖田が鼻を鳴らした。「俺には不可能なんてな

いんだよ」

これが有名な西川─沖田の諍《いさか》いか。私は苦笑しながら立ち上がった。それが合図になったように、二人が口を閉ざす。

「下手な鉄砲でも、下手じゃない鉄砲でも、何でもいい。撃たないことには始まらないからな」締めの挨拶としてはあまり決まっていないな、と私はまた反省することになった。

短い打ち合わせだったが、妙に疲れた。私は署の駐車場に彷徨《さまよ》い出て、煙草に火を点けた。ゆっくりと煙草を吸いながら、「七」という数字について考える。その中から何か出てくる可能性は、限りなくゼロに近い、と言ってよかった。

刑事としての思考方法で考えれば。

迷宮入りしてしまった事件は、少なからずあるものだ。手がかりだと思っていた物が外れて、捜査が迷宮に入ってしまった事件もあるし、最初からまったく犯人の見当がつかなかった事件もある。犯人が積極的に隠蔽工作をするケースなどほとんどないが、それでも運よく逃げ切ってしまうことはあるのだ。大抵は、警察の詰めが甘かったが故に。

十二年前の、あの公園を思い出す。それほど大きくはない公園で、子どもたち──小学校低学年の子どもたちが遊ぶには、手頃な場所だった。砂場、ブランコ、鉄棒。一通りの遊具があり、公園にしてはトイレが綺麗だったのを覚えている。周囲をぐるりと木立が覆い、外から中は見えにくくなっていたが、危険な感じはしなかった。照明がつけ替えられたばかりで夜でもかなり明るかったし、人の出入りが多かったから。実際、公園の近辺では、痴漢《ちかん》や不審者による事件など、一件もなかった。子どもにとっても親にとっても、安全な遊び場所。

綾奈にとっては、安全ではなかった。

妻は買い物に出かけていた。それ自体は、イレギュラーな行動でも何でもない。平日の午後買い物に行くのは、妻のいつもの行動パターンだったから。しかし妻は、そのことで——家にいなかったことで——ひどく自分を責めた。いくら慰めても癒《いや》せないほどの落ちこみ。それが私たちの関係に亀裂を入れたのは間違いない。

しかし犯人の存在だけは、「不運」では済まされない。あちこちで行き止まり、なかなか進まない捜査に苛立ちながらも、私の怒りはまだ消えていなかった。それだけが、私を動かす原動力だった。

人の気配に気づいて頭をめぐらすと、庁舎から沖田が出てきたところだった。煙草を手にしている。どこかバツが悪そうな表情を浮かべているが、私は素早くうなずきかけて、同士の視線を送った。両手でライターを覆うようにして煙草に火を点け、天に向かって煙を噴き出す。

「失踪課も、結構鍛えてますね」

「俺が鍛えたわけじゃない」

「あの電話攻勢……俺は疲れましたよ」沖田が首を振る。「高城さんの部下は粘《ねば》り強《づよ》い」

「あんたは、外を歩き回ってる方が性に合ってるんじゃないか」

「その通りで……ま、これからは歩き回ることになると思いますけどね」

「そうだな」

「高城さん、甘いことを考えてないでしょうね？」

「甘いことって？」言いたいことは分かったが、敢えて訊ねてみた。

「問題の七件……七人に話を聴けても、それで手がかりが出てくる保証はないですよ」

「分かってる」

「これから先のことは……現段階では何も分からないな」

「ああ。だけど、やろうとする気持ちがなければ、何も始まらない」全ては私の責任である。綾奈がいなくなってから七年間、私は何もせずに酒に溺れていた。その間、捜査を進めていれば、手がかりが摑めたかもしれないのだ。当時なら、まだ人の記憶も新しかったわけだし。「迷惑かけるな」

「別に迷惑じゃないですよ」素っ気無く言って、沖田が煙草をふかす。「難しい事件なのは間違いないですけどね」

「だから、大変だと――」

「難しい事件は、大好きなんですよ」沖田がにやりと笑った。「うちが、一課の中で何て言われてるか、知ってるでしょう？」

いろいろあるが、一番ひどいのは「尻拭《ぬぐ》い係」だ。だが私は、その言葉を呑みこんだ。失踪課も、行方不明者の家族に対する「アリバイ工作係」と言われている。刑事部にあっては、どちらも異端のセクションだ。

「尻拭いとか、美味しいところだけ持っていくとか。そういうことを言われるとむかつくんですけど、仕事には誇りも持ってますから」

「人ができなかった事件を仕上げる」

「そうなんです」沖田が、煙草の先を私に向けた。「こっちは、そのプライドだけでやってるようなもんで……ただ、事件を追いかける面白さって、あるでしょう？　綾奈ちゃんの事件を面白いというのは不謹慎かもしれないけど」

「言いたいことは分かるよ」

「必ず、犯人は捕まえますよ」沖田が、煙草を持つ手に力を入れた。フィルターが潰れ、灰が地面に零《こぼ》れ落ちる。「どんな場所で仕事をしていても、刑事の気持ちは鈍りませんからね」

沖田が、煙草をペンキ缶に投げ入れた。茶色く汚れた水の中で煙草がくるりと回り、すぐに沈んでいく。

私は彼に対して、うなずくしかできなかった。口の悪い男だが、腕は確かだ。そして熱い気持ちを持っている。

一人ではない、と私は強く意識していた。

8

知恵を貸してくれと頼まれ、ちょっと喋って終わるわけにはいかない。私は自分でも、七人のリスト潰しに手を貸すことにした。「手を出すな」という正論に対しては、「人手が足りないはずだ」と押し切った。それに一度でも助力を求めれば、捜査本部の方にも共犯意識が生まれるはずである。

念のため、失踪課に昔のアルバムを持ちこんだ。手元に残った、数少ない想い出。元妻は離婚した時、綾奈の記録を全部自分で引き取ったつもりでいたはずだ。実際に服や文房具、玩具《おもちゃ》などは持っていったし、私も敢えて反対はしなかった。しかし何故か、アルバムが一冊だけ手元に残った。デジカメで記録を残しておくようになる、直前の時代。私はフィルムカメラで綾奈の成長を撮影して、まめにアルバムに貼りつけていた。

そこには、同級生たちの写真もあった。集合写真を何枚か複写し、捜査本部の人間にも持たせる。小学生の頃の顔が分かっても役に立つとは思えないが、念のためだ。

私が担当したのは、臼井《うすい》裕《ゆう》。確か、小柄で小太りの子どもだった。近眼で、一年生でも眼鏡をかけていたはずである。写真を確認すると、記憶が裏づけられた。運動会の時の集合写真……子どもらしく、丸い頬に満面の笑みを浮かべている。綾奈のクラスの子は、全員赤いキャップを被っていた。細い顎紐が、裕の丸々とした顎に食いこんでいるのが見える。

どこへ引っ越したかを調べるのは、それほど難しくはない。子どもが転校するには住民票が必要だから、必ずきちんと手続きするのが親の常識である。だから役所で照会すれば、引っ越し先の住所も必ず分かるのだ。

その日、私は東京を西から東へ動いた。最初に杉並区役所へ。そこで、裕の一家は七年前に江東《こうとう》区へ引っ越していたことが分かった。杉並区内の住所は、名前からしてアパートかマンションだが、新しい住所は一戸建てのようだった。賃貸物件を出て、新築一戸建てに入居したのだろう。七年前ということは、裕が中学生になるタイミングを見計らってのことだったはずだ。子どもの都合を考えれば、その時期が一番適している。

杉並区役所は丸ノ内線の南阿佐ヶ谷《みなみあさがや》駅前にあるので、その後の移動は簡単だ。すぐ側に杉並西署があるので、捜査本部に顔を出して行こうかと思ったが、一瞬のことだった。

わずかでも時間を節約するために、すぐに地下鉄に乗る。

大手町《おおてまち》まで出て、東西線へ乗り換えた。この駅は、地下に広がる一つの街ほどの大きさがある。丸ノ内線から東西線への乗り換えはさほど遠くはないが、途中で迷ってしまった。三十年以上も東京に住んでいるのに、情けない……時間の無駄だと思いながら、広大な地下道を急ぐ。

大手町から南砂町《みなみすなまち》までは、十二分ほど。地下鉄の中で私は、裕の写真をずっと見ていた。その顔から、現在の姿――十九歳の顔を思い描こうとしたが、無理だった。今の姿を見たら、当時の面影《おもかげ》を感じることができるかもしれないが、逆は不可能である。

南砂町は、駅の南と北で大きく表情が変わる。マンションも建ち始めているが、南側は基本的には工場や倉庫が多い街である。空き地が多く、空が高い。一方北側にはいきなり団地が建ち並んでいて、生活の匂いが濃く漂う。その団地を左側に見ながら歩いていくと、今度は戸建ての家が建ち並ぶ住宅街が姿を現した。それにしても、かなり遠くまで来てしまった感が強い。同じ東京でも、ビルが建ち並ぶ都心部や、隙間なく家が詰めこまれた南西部に比べると、家と家の間隔も広い感じがする。そういえば、あと三駅東へ行くと千葉なのだ、と気づいた。

裕の家はすぐに見つかった。葛西橋《かさいばし》通りを越え、清洲橋《きよすばし》通りの手前。一方通行の細い道を歩いて行くと、一階部分がレンガ張り、二階が黄色く塗られたモルタルという洒落《しゃれ》たデザインの一軒家があった。奥まって作られた玄関の前が駐車スペースで、白い日産ティアナが停まっている。反射的に腕時計を見ると、午後二時。父親の職業が何かは分からないが、通勤に車は使っていないようだ。しかし、かなりの高給取りだと判断していい。ティアナは安い車ではないのだ。

玄関で、表札を確認する。「臼井」の名前しかなかった。ドアの横には自転車が一台。明らかに女性が乗るタイプである。裕はいるのか、いないのか……私は肩を一度上下させて呼吸を整え、インタフォンを鳴らした。すぐに女性の声で返事があったが、私は一瞬、名乗るのを躊躇《ためら》った。何と言ったらいいか……裕の母親なのだろうが、「綾奈の父親」としての私を覚えているかどうか。名乗って分からなければ気まずくなるし、「警視庁の高城」でプライベートな正体が分かれば、空気は硬くなるだろう。

結局私は、出来るだけ正確に説明することにした。

「警視庁失踪課の高城と言います……南荻窪小学校の……」

「綾奈ちゃんのお父さんですか?」

即座に反応が返ってきたので、私は少しだけ苦しい気分になった。あの事件が、未だに児童たちの家族に影を落としていることが分かったから。

「そうです」認める。喉の奥に、何かが詰まったようだった。

「今、開けます」

廊下を走る音が、かすかに聞こえてきた。その直後、ドアが開く。裕の母親……私の記憶にはなかった。あの頃、私は多くの人と会っていたが、一々顔を覚えていられる精神状態ではなかった。普段は仕事柄、人の顔はすぐに覚える方なのだが。

母親は、何を言っていいのか、分からない様子だった。そのまま二人の間で空気が凍りつく。私の方でも上手い台詞が見つからなかったが、ここで黙っていては、何のために南砂町まで来たのか分からない。だが、私が口を開きかけた瞬間、母親が先に喋りだした。

「綾奈ちゃんのこと、残念でした。まさか、あんなことになるなんて」

「ああ……ご存じでしたか」

「ニュースで見ました。どこかで元気でいるって信じてたんですけど……」

「残念です」

「その関係ですか？」

「ええ……事件になってしまいましたから」

「大変ですね」母親の目に浮かぶ暗い色は、悲しみや苦しみを正直に映し出した物だと思った。「上がって下さい」

「いや、玄関先で結構ですので」

「そうですか？」

母親が、玄関先に膝をつく。そうすると見下ろす形になって、私としては少々話し辛かったのだが、また立ってもらうのも変だ。そのまま続けることにする。

「実は、裕君を捜しているんです」

「裕が何か?」母親の顔が一気に暗くなった。

「いや、何があったわけじゃないんです。当時綾奈と同じ学年だった子たちに、もう一度話を聴きたいと思って、捜しているんです。全員から話を聴く予定です」全員、を強調する。特定の人間を疑っているわけではない、と信じて欲しかった。「今は? 大学生ですか?」

「ええ。去年の四月から、山形に行っているんです」

山形か……ずいぶん遠くへ行ったものだ。だが、摑まえられないことはない。携帯電話様々だ。

「たまには帰って来ますか?」

「向こうでバイトがあるって言って、帰って来ないんですよ」

「自分で生活費を稼いでいるなんて、偉いじゃないですか」綾奈も今頃はそういう生活をしていたかもしれないと考えると、暗い気分になる。

「生活費じゃなくて、遊ぶお金ですけどね」母親が皮肉に唇を歪めた。「仕送りの額は変わってないんですから」

「連絡先、教えてもらえませんか? 話したいんです」

「ええ……」母親が躊躇した。彼女はまだ、私を刑事として見るべきなのか、同級生の父親として対処すべきか、迷っているに違いない。

「綾奈は殺されました」言わずもがなの事実を私は告げた。母親がぴくりと肩を震わせるのを見て続ける。「どうしても犯人を見つけたいんです。そうしないと、綾奈は浮かばれません」

工夫のない泣き落としだ、ということは分かっていた。しかしこれが一番効果的でもある。実際母親は、すぐに裕の携帯電話の番号と住所を教えてくれた。

「アパートですね……ここに電話は入ってないんですか」

「携帯で用事は足りますから」

本当は、家の電話にかけて話をしたかった。携帯は、いつでもどこでも話せる代わりに、集中力に欠ける会話になりがちだから。向こうが喫茶店や学食ででも電話を受けたら、きちんとした話を続けるのは難しくなる。

しかし、分かっただけでも儲け物だ。私は、母親に予め連絡してくれるように頼んでから、家を辞去した。一歩前進。もちろん、彼に電話して手がかりが得られるかどうか、保証はなかったが。

すぐに裕に電話してもよかったが、歩きながらというわけにはいかなかった。彼が逃げる理由はないはずだし、私自身、どこか落ち着いた場所に身を置いて話がしたかった。焦る気持ちを押さえつけ、都心部へ引き返す。ただし、三方面分室まで戻るだけの気持ちの余裕はなかった。ふと思いつき、大手町で千代田線に乗り換え、日比谷《ひびや》駅で降りる。すぐ近くにある千代田《ちよだ》署に一方面分室が入っているから、あそこで電話を借りよう。

顔を出すと、顔馴染みの竹永《たけなが》がいた。捜査二課畑が長かった男で、現在の立場は私と同じ、分室のナンバーツー。私の顔を見ると、かすかに顔をしかめる。

「事件じゃないぜ」

「高城さんが来ると、何かあったっていう感じになるんですよね。警戒警報発令です」

「まさか」苦笑してから、私は電話を貸して欲しい、と頼みこんだ。

「ややこしい話ですか」

「ああ」

「だったら、静かな場所がいいでしょう。うちの面談室を使って下さい」

三方面分室の面談室は、相談に訪れる家族を少しでも和ませようと、警察らしからぬ雰囲気に仕立て上げられている。外に向かって――外は駐車場だが――大きく開いた窓、ポップな色合いの什器《じゅうき》類。しかし一方面分室のそれは、明らかに取調室を簡単に改装しただけのものだった。窓は高い位置に、小さな物が一つあるだけ。恐らく多くの容疑者の汗や涙が染みついたテーブルは傷だらけで、そこに座ると、家族の不安はいや増すだろう。

だが私としては、ドアを閉めればほぼ完全な静寂が得られるのがありがたい。

私は、部屋の隅の電話台に乗った警察電話のコードを引っ張って大きなテーブルまで持ってきた。椅子に腰を下ろし、手帳をめくって、先ほど書き留めたばかりの電話番号を確認する。単なる数字の羅列《られつ》だが、新しい世界への招待状のようにも見えた。過大な期待はするなよ、と自分を戒《いまし》める。これまで何度も、浮かれ、調子に乗り、結局失敗だったと分かって落胆してきたのだ。物事を円滑に進めるには、フラットな精神状態でいなければならない。

母親から連絡がいっていたのだろう、裕は呼び出し音が一回鳴っただけで電話に出た。私は名乗り——向こうがこちらをしっかり認識しているかどうかは分からなかった——早々に事情を説明した。

「——というわけで、当時の状況をもう一度調べ直しているんだ」

「ええ」

どこか腰が引けたような声だった。それはそうだろう……たぶん裕は、自分が容疑者として扱われているように思っているはずだ。

「あの日自分がどうしてたか、覚えてるかな」

「家にいましたよ」やけにはっきりと答える。

「間違いなく？」

「間違えるわけ、ありません。あの日のことですから……」裕の声が暗くなった。「寒かったでしょう？　出かけるのも面倒臭くて、家でゲームをしてました。そうしたら連絡が回ってきて……夕飯を食べた後だったけど……そういうことがあったから、記憶は確かですよ」

「ああ」

「びっくりして、うちの親も外へ捜しに行ったんです。俺も行きたかったんだけど、親に止められて」

「そうか」あの日、何人ぐらいの人が捜索に参加してくれたかは分からない。道行く人が全員、綾奈を捜し回っていてくれるように感じたものだが。

「何だったんでしょうね」

「それがまったく分からないから、困っている」

「あの……ニュースで見たんですけど……」裕の言葉は実を結ばない。

「たぶん綾奈は、失踪したその日に殺されていた」私は必死で感情を押し殺しながら答えた。「公園の北側に、建設中の家があったの、覚えてないか？」

「ああ、何となく」

実際には覚えていないだろうな、と判断した。礼儀として話を合わせているだけだろう。しかしそれは、彼の優しさの現れだ、と判断した。優しい人間でなければ、わざわざこんな電話の相手はしない。

「あの翌日から何日か雨が降り続いて、工事が中断していた。まだ基礎工事の段階だったんだけど、夜中に遺体を埋めるのは難しくなかったと思う」

電話の向こうで、裕が唾《つば》を呑む音が聞こえて来た。怖がらせてしまったか、と私は反省した。今時の十九歳は、まだまだ子どもである。現実の恐怖に対する耐性は低いはずだ。

「あの、忘れたわけじゃないです」

「ああ」

「というか、忘れられるわけがありません。仲間で集まると、今でも必ず綾奈ちゃんの話になるんですよ」

「そうか……」

「あの時は、怖かったんです。それが今でも、頭の中にこびりついています。何が起きたのか分からないで……女の子たちは、もっとショックがひどかったですけど」

「ああ、分かる」

「行方不明になって……何が起きたのか分かっていれば、少しは怖くなくなっていたかもしれないけど、何も分からなかったから。俺、あの時初めて『神隠し』って言葉を知ったんですよ」

まさに神隠しだった。現実にはそんなことが起きるわけはないのだが、捜索の途中、何度その言葉を聞いただろう。馬鹿馬鹿しいと思いながら、私はいつの間にか、自分でもその言葉にしがみつき始めた。人は、簡単には姿を消せないものだ。必ず何か痕跡《こんせき》が残る。今になって考えれば、綾奈の場合、雨が全てを流してしまったことになる。

「今でも、小学校時代の仲間と集まることはあるのかな？」

「年に一回ぐらいは。俺も高校の頃までは、参加してました。地元に残ってる連中は、もっと頻繁に集まっていると思いますよ。仲、いいですから。もしかしたら、綾奈ちゃんのことがあったからかもしれないけど」

「どういうことかな？」

「皆、同じ怖さを味わったんですよ。それに何となく、自分たちにも責任があるような気がして……特に、まひろと絵里菜《えりな》は」

綾奈が一緒に下校した二人だ。この二人には、私も何度も会っている。二人とも今は大学に通っているのだが、私が会いに行くと、子どもに戻ってしまったように怯える。もしかしたら、行方不明になったのは綾奈ではなく自分たちだったかもしれない——その恐怖は容易に想像できた。私が会いに行けば、嫌な想い出が蘇るのは分かっていたのだが、それでも会って話を聴かざるを得ず、その都度落ちこんだ。有益な話は何も引き出せず、毎回二人を怯えさせるだけに終わったから。

綾奈の同学年の子たちは、程度の差こそあれ、未だに綾奈の存在に縛られている。あんな形で姿を消した同級生――思い出す度に、かすかな不安に襲われただろう。しかも十二年経って、状況は最悪の形に変わった。悪夢そのものである。

「すみません、役にたつ話がなくて」

「いや、いいんだ」ふと思いついて、私は手帳の別のページを開いた。綾奈と同じ学年で、まだ連絡が取れていない七人――今は裕を除いて六人だ――について聴いてみる。

裕は、五人まではすらすらと現在の状況を告げた。直接会う機会は少なくなったが、メールアドレスは知っているし、年賀状のやり取りをしている人間もいる――問題は六人目。

「黒原晋君《くろはらしん》は？」

「黒原だけ、分かりませんね。確か、二年生になる時にどこかへ引っ越したんだけど、その後は連絡を取ってないです」

「仲はよくなかったのかな」

「そうですね……あまり友だちがいないタイプだったと思います。申し訳ないけど、顔も思い出せないです」

私は、運動会の集合写真を手帳から取り出した。名前が書いてあるわけではないが、多くの子どもが誰なのかは見当がつく。消去法を使った結果、名前と顔が一致しない人間が五人いた。うち、男子は二人。このうちのどちらかが黒原晋なのだろう。

「だったら、今何をしているかは分からない？」

「分かりません」

「引っ越しは、何のためだったんだろう」

「ええと……」裕が考えこむ様子が伝わってきた。

「確か、お母さんの仕事の都合っていう話だったって先生から聞いたと思うけど……詳しいことは覚えてないです」

「お母さん？　お父さんではなくて？」

「黒原のところは、母子家庭だったと思います。あ、でも、だからどうしたって話じゃないですけどね」裕が慌てて言った。「今時、母子家庭なんて珍しくもないし」

「分かるよ」同学年の中でいじめでもあったと思われたらたまらない、と考えたのだろう。そういう問題は長く尾を引きがちだし、それが原因で、かつての同級生の中に怪しい人間がいると疑われるのも辛いはずだ。

「でも、とにかく、晋のことは分からないですね」

「本当に、親しい友だちはいなかった？」晋のことは誰が調べていたか……愛美だ。彼女の手間を少しでも省いてやれればと思って、私は訊ねた。

「いなかったと思いますよ。友だちがいないというか、周りの遊びに加わらないタイプ」

「物静かな子、か」

「そうです」勢いよく裕が言った。「体も小さくて、前から二番目か三番目だったんじゃないかな」

やはり印象がない。授業参観や運動会で、私は綾奈の同学年の子たちには何度も会っている。中には自然に印象に残る子もいる——元気な子や、一年生にしては大きい子だ——が、晋に関しては、私もまったく覚えていなかった。

裕は、気になるなら晋の居場所を調べてみる、とまで言ってくれた。私はありがたくその言葉を受け取った。実際に彼がそうしてくれる保証はなく、単に早く電話を切るための方便だったかもしれないが、そういう言葉をかけてもらっただけでもありがたい。

電話を切り、そっと溜息をつく。そのタイミングを見計らったように、竹永がドアを開けた。両手にコーヒーカップを持っている。私の前に置くと、「どうぞ。何だかお疲れみたいですから」と勧めた。

「ああ、まあ……悪いな」私は顔を擦った。積もりに積もった疲労感は簡単には拭い去れないが、コーヒーを一口飲むと、疲労の薄皮が一枚だけ剝《は》がれたように感じた。

「何か、こっちでも手伝いましょうか？　今、特に抱えている案件もないし」

「ご好意だけ受け取っておくよ。これは失踪課にとっては、公務じゃないから」

「高城さんの口から、そんな縦割り行政の建前を聞かされるとは思ってませんでしたよ」

竹永がにやりと笑う。「らしくないなあ」

「そうは言っても、実際あちこちで軋轢《あつれき》が起きてるんだ。これ以上面倒なことになると、俺が警視庁を辞めるぐらいじゃ済まなくなる」

「まさか、本気でそんなこと考えてるんじゃないでしょうね」竹永が心配そうに目を細めた。

「どうするかな」実際、将来は考えないでもなかった。綾奈を殺した犯人が見つかったら——その後でも、私が警察にいる意味はあるのだろうか。今や、私が警察にいる意味は、それしかないと言っていい。定年まで、魂《たましい》が抜けたような状態で給料を受け取るのは気が進まなかった。

「高城さんを必要としている人は、たくさんいますよ」

「そういうお世辞はやめろよ」言ってしまってから、ひどい台詞だと思った。竹永が気にしている様子はなかったが、一人反省せざるを得ない。「俺を持ち上げたって、何も出ないぜ」

「一杯奢るぐらいはありじゃないですか？」

竹永がにやりと笑ったので、私は苦笑しながらうなずき返した。そう、この件が無事に解決したら、一杯奢らなければならない人間がたくさんいる。それこそ、私は破産するかもしれない。それもまた、面白い人生だが。支えてくれた人と一緒に美味い酒が呑めれば、警察を辞めることになっても後悔はしない。いい記憶を胸に辞められるだろう。

「いつでも手は貸しますよ」

「そういう風にならないことを祈るけどな」

「そうですよねえ」竹永が首を捻る。「こんなこと言うと、高城さんは怒るかもしれないけど、そんなに難しい事件とは思えないんですよ」

「そうか？」こんなことを言う人間は初めてだった。

「私の勘ですけどね」竹永が耳の上を人差し指で叩いた。「きっと、すごく単純な事件だと思います。終わってみれば、『何だ』というような」

「そうかな……」

「証言が少ないだけです。条件は悪いけど、基本はシンプルな事件なんですから。犯人に辿りつくのは難しくはないですよ」

うなずきながら、私は頭の中で彼の言葉を否定していた。シンプルだからこそ難しい。一見簡単そうに見える事件は、確かに単純な手がかりが一つ見つかっただけで解決するパターンが多い。しかし、その肝心な手がかりが見つからないことも、ままあるのだ。複雑な事件には幾つもの手がかりがある。逆に言えば単純な事件の手がかりは少ないはずで、しかも私はまだそれを見つけていないのだ。

そのまま三方面分室に戻るか、杉並西署の捜査本部に顔を出す手もあった。だが私は、何となくその気になれず——少し頭を冷やしたかったのだと思う——綾奈が眠る寺を訪れた。

杉並区の外れにあるその寺は、私たちとは何の関係もない。ただ、綾奈が最後の時間を過ごした街の近くが、永眠する場所として相応しいのでは、と思っただけだ。墓の場所を決めたのは私で、元妻は何も言わなかった。何も言わないことで、精神状態を正常に保っていたのだと思う。

どのみち、彼女は綾奈の墓に参ることなどないだろう。葬儀が終わってしばらくしてから、突然「再婚する」と連絡してきたのだ。五十歳で新しい人生を踏み出すのに、死んだ娘の存在など邪魔になるだけだろう。私は、彼女を「薄情だ」と責める気にはなれなかった。誰にだって、嫌な記憶を振り払って新しい人生を始める権利はある。その気力があるだけ立派だ、とさえ思った。

ただ、何もわざわざ、再婚を知らせてくれなくてもよかった。あれは嫌がらせだったと、私は今でも思っている。

まだ新しいその墓に、私は何度か参っている。ただし、来る度に用心深くならざるを得なかった。そんなことはまずないと確信していたが、元妻と鉢合わせするのが怖かった。整然とした市街地のような墓地をわざと行ったり来たりしながら遠回りして墓に近づき、誰もいないのを確かめる。毎回馬鹿なことだと思うが、今回もそうした。

誰か、いる。

鼓動が早くなるのを意識した。墓の前にしゃがみこんだ女性は、深く頭を垂《た》れている。

元妻ではない、とすぐに分かった。もっと若く、小柄。しかし、誰が……また墓石の間の狭い通路を上手く移動し、横から近づいて行く。二つ手前の墓のところまで来た時、女性が顔を上げ、その瞬間に私は相手が誰か、分かった。綾奈の担任だった羽村望都子《はむらもとこ》。あの頃、まだ大学を出て教員になったばかりだったはずだ。若く美しい先生は、子どもたちの人気者で、綾奈も家に帰って来ると、彼女のことばかり話していたものである。

望都子の美しさは、少しだけ後退していた。最大の原因は加齢だろうが――あの頃若かった彼女も、もう三十代半ばになっている――それ以外にも、心労がありそうな感じがした。今の時代、教員を続けていくのは大変だ、と聞いたことがある。子どもばかりでなく、親の相手も面倒なのだろう。

立ち上がった彼女が、私に気づいた。驚いたように目を見開き、一歩下がる。だが、無愛想な表情で立っている男――私が綾奈の父親だとすぐに分かったようで、何とか笑みに近い表情を浮かべて頭を下げた。私は馬鹿みたいにそこに突っ立って、ぼうっとしていた。自分以外の誰かが綾奈の墓参りに来る――そんなことを想像もしていなかったが故に。

気を取り直し、彼女に近づいた。夕方の墓地はひどく静かで、かすかに線香の匂いが漂っている。今しがた、彼女があげてくれたものだ、と気づいた。小さな花と、お菓子も。

それを見て、私は鼻の奥にかすかな痛みを感じた。そのお菓子――チョコレートをコーティングしたクッキーだった――は、綾奈のお気に入りのおやつだったのだ。

「そのクッキー、まだ売ってるんですね」

「ロングセラーですよ」望都子が低い声で答える。「昔から……私が子どもの頃から、ずっと売ってます」

「気づかなかったな」酒呑みなので、私は甘い物が苦手だ。綾奈がクッキーを食べさせようとしても、いつも誤魔化してしまったことを思い出す。パパ、今お腹が一杯だからね。

「すみません、勝手にお墓参りして」

「いえ、こちらこそ……」こちらこそ何なのだ。礼を言うべきなのは分かっていたが、何故か言葉が実を結ばない。

「昔のクラスメートも、ここに来ているみたいですよ」

「そうなんですか」

「ご存じないとは思いますけど……そんなこと、一々言いませんからね」

「でしょうね」

他愛のない会話を交わしながら、私は彼女にも話を聴かなければならないのだ、と気づいた。連絡が取れていない七人——今は六人に減った——について聴きたい。彼女には何度も会った。しかし今まで、そういうアプローチをしてこなかったので、新しい切り口で話ができるかもしれない。

「ちょっとお時間をいただいてもいいですか？」

「ええ……」望都子が、手首をひっくり返して時計を見た。あまり乗り気ではない様子だったが、私はこの機会を逃すつもりはなかった。しばらく前までは、何となくやる気がなかったのに、今はまた、気持ちが前を向いている。ここに眠る綾奈が、無言で気合いを入れてくれたのかもしれない。

「短い時間でいいんです。お忙しいのは分かっていますから」

「そうですね」

「近くにファミリーレストランがあったと思います。そこでいいですか？」明快な答えを貰《もら》わないうちに、私は場所を指定した。こういう時は、多少強引にいった方がいいのだ。

「分かりました」望都子がようやくうなずく。かなり強い決心が必要なようだった。

私たちは無言で墓地を抜け、ファミリーレストランに向かった。記憶にあったよりも遠く、そこまで歩いて行く間、会話をつなぐのに困ったが。しかし私は、彼女の左手薬指に結婚指輪があるのに気づき、それを話の糸口にした。確か、最後に会った時には、まだ独身だったはずである。

「結婚されたんですか？」

「ええ」

「お相手は」

「同じです。教師です」

「夫婦で同じ商売だと、いろいろ大変でしょう」

「向こうは中学校ですから。全然違うんですよ」

「羽村先生は、今も小学校で教えているんですか？」

「ええ。今、三年生の担任です……学校は三つ目ですけど」

そうだった。地方公務員である教員にも異動がある。しかも小学校だと、数年に一度変わるはずだ。

「三年生ですか。難しい年頃だ」

「でも、可愛いものですよ」

望都子が微笑《ほほえ》む。幹線道路を走るトラックが巻き起こす風が、彼女の細い髪を乱していった。

「最近の学校は、いろいろ問題も多いように聞いていますけど」

「一部の学校では、確かに問題はあります。でも、そういうことはニュースになったりして大きく取り上げられるから、目立つんじゃないでしょうか。ほとんどの学校は、穏やかなものですよ。むしろ、覇気《はき》がない……子どもたちも昔に比べて、元気がないような感じがします」

「そうですか」商売柄かもしれない、と少しだけ暗い気分になる。私も、子どもが行方不明になった事件を担当するし、その関係で少年課との関係も深い。そのせいか、どうしても子どもたちのマイナス面にばかり目が行ってしまうのだ。少年課の連中が話す最近の子ども像を聞いていると、道徳という言葉は死語になったとしか思えないし。

　ファミリーレストランに落ち着くと、私はコーヒー、望都子はオレンジジュースを頼んだ。彼女に遠慮して禁煙席を選んだので、何となく気持ちが落ち着かない。ワイシャツの胸ポケットに入れた煙草のパッケージに触れることで、何とか冷静さを保つようにした。

「実は、綾奈の事件を調べています」

「そうなんですか？」はっとしたように、望都子が顔を上げた。「私はてっきり……」

「身内の人間は捜査を担当しない、と」

「ええ」

「今回は特別です。どうしても自分の手で犯人を逮捕しないと、綾奈が納得してくれないような気がしましてね」

　そこで私は、ようやく笑みを浮かべることができた。この犯人に手錠をかける以上の快感はない、と思ったから。つき合って望都子も笑ってくれたが、頬が引き攣ったようにしか見えなかった。

　飲み物が運ばれてきてウエイトレスが去ると、私は早速本題に入った。問題の七人――マイナス一人で六人の行方について訊ねる。

「もちろん、全員覚えています」

疑うまでもない。私はうなずいた。だが、続く望都子の言葉が、一瞬芽生えかけた希望を打ち消す。

「覚えていますけど、今の居場所を知っているかどうかとなると……卒業すると、連絡が取れなくなってしまう子が多いですし。今何をしているか、噂で聞くこともありますけど、あまりはっきりしたことは分からないんです」

「例えば、福田亜希《ふくだあき》ちゃんは？」眼鏡をかけた、ほっそりした子。一時、綾奈と同じピアノ教室に通っていた。

「彼女は今、芸大にいます」分からないと言う割には、即座に答えた。裕が教えてくれた通りだった。

「じゃあ、ずっとピアノを？」

「芸大には声楽で入ったんですけどね。でも、ずっと音楽を続けてきたのは確かです。素晴らしいことだと思います。今でも年賀状をくれるんですよ。凝ったデザインで、同じ芸大でも、美術の方に進んでもよかったぐらいです」

そういう子は、いつまでも胸を張って昔の担任とつき合えるだろう。私は一瞬、暗い気持ちを味わっていた。綾奈はピアノが上達する前に、教室に通えなくなってしまったのだ……そう考えると、娘の閉ざされた可能性に思いを馳《は》せてしまう。

「大住真《おおすみまこと》君は？」この子は一年生にしては背が高く、集合写真でもいつも一人だけ目立っていた。運動神経抜群で、運動会ではヒーローだった記憶がある。

「今年、J1のチームに上がりました」望都子の顔がほころぶ。

「サッカーですか……」

「ええ。中学生の時から、下部チームでやっていて。生え抜き、ということですね」

「驚いたな。多士済々だったんですね」裕に聴いて知っていることばかりだったが、私は大袈裟《おおげさ》に言ってみせた。

「そうかもしれません」望都子がようやく、屈託のない笑みを見せた。話しているうちに、望都子は六人中五人については、現在何をしているか知っていることが分かった。

「自分で考えていたより、よく知っているんですね」本当に驚いたように言って、望都子が首を振った。

「それは……」これを自分で言っていいかどうか、私は悩んだ。だが結局、口にすることにした。「あの学年が、特別だったからかもしれません」

「綾奈ちゃんのことで」

「嬉しい話ではないですけど、特別に、共通の記憶があったのは間違いないでしょう」

「そうですね……私にとっても、特別な学年でした。特に綾奈ちゃんのクラスは、教師になってすぐに受け持ったし……あんなことがあったわけで……」

声が頼りなく消える。私はコーヒーを一口飲み、彼女が落ち着くのを待った。ほどなく、しっかりと顔を上げ、私の顔を見据える。

「大丈夫です。すみません。この件では、私はしっかりしていなくちゃいけないと、いつも思っていたんです。でも、駄目なんですね。自分の責任でもあると思うし、それを考え始めると、どうにもならないんです」

「誰のせいでもないですよ。悪いのは犯人です。犯人を捕まえれば、たぶん皆が、背負っている荷物を降ろせるはずです……ところで、黒原君……黒原晋君についてはどうですか？」

「黒原君ですか？　あの……今どうしているかは分かりません。綾奈ちゃんがいなくなった後で、転校したんですよ」

「お母さんの仕事の関係だったとか」

「確か、そうです」

「母子家庭だったそうですね」

「それは、何も関係ありませんよ」望都子の口元が強張った。「母子家庭だからって、内か問題があるとは……」

「そういう意味じゃありません」私は顔の前に手を上げた。「それぐらいは、私にも分かります。偏見《へんけん》を持っているつもりもありません。お母さんは、当時どんな仕事をしていたんですか？」

「その頃は、保険の外交をされていたと思います。でも、結構大変だったようで、何か別の仕事を始めるからっていう話でした。本当に大変だったとは思いますよ。確か、晋君が小学校に上がる何年か前にご主人が事故で亡くなって、それ以来ずっと、女手一つで育ててきたんですから」

「他にご家族は？」当時、晋の母親はまだ若かったはずだ。両親も健在だった可能性が高い。自分で稼ぐために働きに出る発想は分からないではないが、両親の援助を受けるという選択肢もあったはずだ。

「確か、実家は秋田かどこかで、援助は期待できなかったみたいですね」

「転校先は秋田ですか？」考えられないでもない。晋が小学校一年生までは何とか一人で頑張ったとしても、そこで限界を迎えたとか。仮に疎遠になっていても、実家を頼ろうとするのは、不思議でも何でもない。

「いえ、練馬でした」

「近いですね」考えてみれば、杉並と練馬は隣接している。縦の交通網が発達していないから、公共交通機関に頼るとひどく遠い感じがするが、車ならすぐ近くだ。

「ええ」

「新しい仕事のことは、何か聞いていましたか？」

「いえ、特には。あまり話されたくない様子だったんです。疲れ切った感じで、急に老けた様子もありましたし……ごめんなさい、失礼ですよね」

「そんなことはありません……その頃、お母さんは何歳ぐらいでしたか？」

「確か、三十代の半ばでした」

ということは、私より何歳か年下、ということか。最近は男女とも結婚が遅くなっているが、私が結婚した頃は、「男二十八歳、女二十六歳」というのが、平均的だったはずだ。晋の母親も、そんな感じだったのだろう。

「その後、連絡は？」

「まったく取っていません」

「そうですか」私は手帳を開いた。「他の友だちにも聴いてみたんですが、晋君のことは誰も知らないようですね。今は音信不通のようです。失礼ですが、苛められていたとか、無視されていたとか、そういうことはありませんでしたか？」

「ないです」望都子が即答した。「全員が仲のいい学年でしたから。晋君は静かな子だったけど、それは本当に、ただ大人しいという意味だったんですよ。本を読むのが好きな子で、外で遊び回るタイプじゃなかったということです」

「そうですか……今まで話を聴けていない同窓生にも、話を聴こうと思っているんですけどね」

「ええ」

「晋君は、今も練馬にいるんでしょうか」

「分かりません。調べる方法は、高城さんの方がお詳しいかと思いますが」

その通りだ。また住民票を当たって行けば、探り出すのは難しくないだろう。実際、愛美はもう、見つけているかもしれない。接触すれば話を聴きに行き、またもや「何も知らない」という答えを得て、肩を落として帰って来る——そういう結末になるのは簡単に想像できた。しかし何故か私は、嫌な予感を覚えていた。自分でも説明できない予感であるが故に、心が泡立つ。

9

「練馬の後に、また引っ越していますね」電話の向こうで愛美が言った。先ほど連絡を入れてからの短い時間で、情報をつなげたようだった。

「どこへ？」歩きながら私は訊ねた。

「秋田」

「なるほど」晋の母親、弥生《やよい》の出身地は秋田だから、実家に戻っても不自然ではない。

「秋田のどこだった?」

「仙北市《せんぼく》――前の田沢湖《たざわこ》町ですね」

私は頭の中で、秋田県の地図をひっくり返した。概して東北地方には詳しくないが、岩手県との境に近いことだけは何となく分かる。

「で、連絡は?」

「電話番号が分からないんですよ」申し訳なさそうに愛美が言った。「携帯も、固定電話も。その名前では登録がないようなんです」

「親の名前は分からないか? 実家だとしたら、親の名前で電話の登録があるだろう」しかし、携帯電話を持っていないのも不思議だ、と思った。今時、生きていくための必需品なのだから。もっとも、実家に頼って生活していれば、携帯は必要なかったのかもしれない。

「そこは今、調査中です。秋田県警にも協力を依頼しました」

「分かった。一度、そっちへ戻る」電話を切り、ズボンのポケットに落としこんだ。一瞬立ち止まり、深呼吸する。自分がこの情報に固執する理由は何だ? 「嫌な予感」という、説明できない曖昧な物だけだ。

急に吹き始めた風が、後ろから首筋を軽く叩いていく。思わず首をすくめ、背広の襟《えり》を立てた。

秋田はまだ寒いのだろうか、とぼんやりと考える。

失踪課に戻ると、午後六時を過ぎていた。愛美は誰かと電話で話していたが、私の姿を認めると、素早く頭を下げた。目が真剣。報告したいことがあるのだと気づいて、私は自席に腰を下ろした。煙草を一本吸いたいところだったが、彼女の電話が終わりに近づいている雰囲気だったので、そのまま待つ……なかなか終わらない。居残っていた公子が、お茶を持ってきてくれた。

「どうも」湯気を見て、わずかに心が和む。

「お疲れですね」

「いや……ちょっと墓参りに」

「そうですか」公子の顔が、わずかに歪む。

私はうなずくだけにして、お茶を啜った。自分はそんなに話しかけにくい雰囲気を放っているのだろうか、と訝りながら。愛美の声が、自然に耳に飛びこんでくる。

「――はい、分かりました。すみません、お手数をおかけして」

受話器を置き、一つ溜息をつく。それからゆっくりと首を回した。ばきばきと硬い音がする。

「そんなに大変だったのか」

「亡くなってました」

「誰が?」

「弥生さんのご両親とも。タイムラグはありますが」

「で、本人たちは」

「分かりません」愛美が首を振る。彼女が疲れている原因が想像できた。ここまで追いかけてきて……と軽い徒労感を覚えているのだろう。「メモをまとめますか? それとも、話しますか」

「話してくれ」愛美は基本的に書くのが早いが、今はまとまった報告書を待つ時間さえ惜しい。

愛美がデスクで広げた手帳を凝視し、すぐに顔を上げた。一瞬間を置いて話し始める。

「まず、練馬へ引っ越したのは、十二年前……綾奈ちゃんが行方不明になった直後ですね」

「新年度に合わせて引っ越したんだろうな」

「確証はありませんが、時期的にそうだと思います。ただ、引っ越してから、母親が何の仕事をしていたかが分かりません。学校側ともあまり話をしていなかったようですし……晋君は、練馬第三小学校へ転入していますけど、そこにいたのは二年だけで、四年生になる時に秋田へ引っ越しました」

母親一人で踏ん張ってみたものの、結局実家に頼らざるを得なかったわけか……私はお茶を一口飲んで腕組みをした。

「今、秋田の地元――角館《かくのだて》署にも確認してもらいました。ご両親は、田沢湖の近くで小さな旅館をやっていたようですね。正確には弥生さんの父親が。母親は、十年前に亡くなっています」

「そういうことか……」

いろいろなタイミングが合うようだ。晋たちが秋田へ引っ越したのが十年前。つまり、晋の祖母が亡くなった時期と一致する。弥生は経済的な問題で、父親の方は旅館に女手が欲しくて、両者の思惑が一致した、と考えるのは自然である。

「それでこの旅館――『水鳴荘《すいめいそう》』ですが、四年前に廃業しています」

「どういうことだ？」私は眉を顰《ひそ》めた。

「父親が亡くなったのがきっかけのようですけど、詳しい事情は所轄も摑んでいませんでした」愛美が首を振った。「廃業したという事実以上のことは分かりません。現地の交番の担当者も、当時とは変わってしまったので、詳しい状況が分からないそうです」

「変わったって……異動しただけだろう？」

「いえ、定年で辞めた、と」

少しだけ壁が高くなる。今も秋田県警に勤めていれば、摑まえて話を聴くのは難しくない。しかしOBとなると、電話一本で気軽に、とはいかないものだ。知り合いでもいれば頼みこめるのだが、いくら交遊範囲の広い真弓でも、秋田県警に知人はいないだろう。

「で、本人たちは？」

「不明です。ただ、もしも弥生さんが水鳴荘で働いていたとしたら、もう田沢湖付近にはいないんじゃないですかね」

「あの辺に、働く場所がそれほどあるとは思えないしな」

「観光地だから、旅館やホテルなんかはありそうですけど……」

「いや、田沢湖は、そんなに賑やかな場所でもないはずだ」

私はノートパソコンを開き、現地の地図を調べた。秋田新幹線がすぐ側を走っており、交通の便は悪くないのだが、旅館の類はやはりあまり見当たらない。田沢湖に遊びに行く人は、少し離れた角館に宿を取るのではないだろうか。観光地としては、あちらの方が有名だろう。

「秋田県警にお願いするのも、難しいと思いますよ」遠慮がちに愛美が言った。

「分かってる」私は、新幹線のダイヤを調べた。これからだと、田沢湖駅に停まる新幹線はもうない。盛岡《もりおか》まで行って、明日の朝一番から動き始めるか。盛岡から田沢湖までは、四十キロほどしかない。秋田街道——国道四六号線を車で走れば、一時間もかからないだろう。

「行くつもりですか？」愛美が私の考えを読んで訊ねた。

「行くべきだ、と思う」

「手がかりがあるとは限りませんよ」

「分かってる。分かってるけど、潰し切れていない以上、調べるべきだ」

愛美が唇を引き結んだ。納得していない。彼女は「効率」や「無駄」を理由に、動く動かないを決める人間ではない。自分の直感に素直に従うタイプだが、今回はそこに響く物がない、ということなのだろう。

醍醐が帰って来た。開口一番、「黒原晋の話、聞きました？」と訊ねる。

「明神からだいたい聞いた」

醍醐が愛美の顔を見る。愛美がうなずき、発言を醍醐に譲った。

「練馬に行って、当時の担任に直接会ってきました。秋田へ引っ越したのは、母親の仕事の都合で、ということです」

「旅館だな？」

「ええ。祖母……母親のお母さんが女将《おかみ》をやっていたんですが、亡くなったんですね。それで、旅館の仕事を手伝わなくてはいけなくなった、ということでした」

予想通りか。しかし、二回の転校がいずれも母親の仕事の都合というのは……小学生には辛いことだったのではないか。

「練馬の小学校ではどんな感じだったんだ？」

「大人しい子……というか、目立たない子だったみたいですね。転校してきて、学校に馴染めなかった感じで」

大人しく、目立たない。その評価は、杉並の小学校でも同じだった。そういう子なら、度重なる転校は普通の子よりもずっと重荷になっただろう、と同情する。

「ちょっと、何て言うんですか」醍醐の歯切れが急に悪くなった。「殻に閉じこもっている感じもあったそうです。転校生なので、先生もずいぶん気を遣っていたみたいですけどね」

「大人しい子が転校してくれば、馴染めなくて友だちができないのもおかしくはない」言いながら、私はかすかに疑問を抱いていた。黒原晋……本当はどういう子だったのだろう。当時、直接事情聴取できなかったせいもあって、印象がないのが痛い。

いや、事情聴取できなかったわけではない。私が話を聴かなかっただけで、同学年の児童全員に、一通りは話を聴いたのだ。濃淡の差こそあれ……そのデータは今、所轄の刑事課から捜査本部に移されたはずである。私は受話器を取り上げ、杉並西署の捜査本部を呼び出した。電話に出た西川に事情を説明するとすぐに、「ありますよ」と答える。彼の頭の中は、コンピュータのファイルシステム並みに整理されているという噂は、本当のようだ。十秒もしないうちに、データを引っ張り出してくる。

「ファイルで残ってます。送りますか？」

「そうしてくれ」

電話を切ってすぐ、パソコンにメールが送られてきた。調書を見ると、晋に話を聴いたのは何と長野である。晋は相当怯えたのではないか、と私は苦笑した。

この調書は、普段私たちが作る調書とは似ても似つかない。基本的には、被疑者なり参考人が話した通りの言葉を記録するのだが、相手が小学生なので、相当補整が入っているはずだ。とにかく晋が何も知らなかった、ということだけは分かる。綾奈とはそれほど親しくなかったし、行方不明になった当日はずっと家にいたので、外のことは分からない。

当然のことながら、調書には担当した刑事の個人的な印象は書かれていない。私はすぐに、長野の携帯電話を呼び出した。彼は、どこか用心するような口調で電話に出たが、「ちょっと待て」と言い残してすぐに切ってしまった。何だか騙されたような気分になり、手の中の携帯を凝視する。すぐにコールバックがあった。

「悪い。廊下に出て来た」

「一課の中では話しにくいか」

「今は、大人しくしているしかないんだよ」長野にしては珍しく弱気だ。廊下の壁に手をつき、近くを歩く人たちに背を向けて話している様が目に浮かぶ。

私は、今やっている捜査について説明した。長野はいつも一言多い男だが、今回に限っては口を挟まず説明を聞いた。

「黒原晋という子のことだな？」

「ああ」

「物凄く無口な子だったよ」

「本当に？」

長野がむっとした口調で反論する。

「何で疑う？　俺が忘れるわけないじゃないか」

「そうだな」

「印象に残るほど無口な子だったんだよ。ほかの子は皆、ショックを受けてた。泣き出して、ちゃんとした話ができない子も多かったんだ。あるいは興奮して、意味のないことを喋りまくるか。ところがこの子は、そういう感じじゃなかった」

「具体的には？」

「呆然《ぼうぜん》としていた」

不思議でも何でもない。いかにも、という反応だ。あまりにも大きなショックを受けた時、人はぽかんと口を開けて、目の前の人をまじまじと見詰めるぐらいしかできなくなる。しかし、綾奈とはそれほど親しくなかった晋が、そんな反応を見せるものだろうか。

「さすがのお前でも、まともな情報は取れなかったようだな」

「あれは、誰か女性に任せるべきだったと思うよ。子どもは苦手だ」

彼が頭を掻く様が目に浮かぶ。子どもが怖がるような強面《こわもて》だということは、自分でも分かっているのだ。

「あの時は人手が足りなかったから、仕方がない」

「実際、ちゃんと話を聴いた記憶がないからな。どうなんだ？　何か、怪しいと思うか？」

「まさか」私は彼の言葉を一笑に付した。「すぐに引っ越してしまったから、あれから追加の事情聴取ができていない。もう一度話を聴きたいだけだよ」

「そうか……しかし、難しいかもしれないぞ」

「どうして」

「簡単に心を開かない子がいるだろう？　あの子はまさに、そういうタイプだったんだ。どうしてそうなったかは、俺には分からないけどな」

秋田へ行く——私は真弓に何の相談もせず勝手に決めた。明日から公式には行方不明になるが、少なくとも愛美は私の行き先を知っているわけで、何とかなるだろう。彼女も、私を引き止めるだけの言葉を持っていないようだった——後押しする言葉もなかったが。結局彼女にしても「分からない」ということなのだろう。

午後七時二十八分発の盛岡行きに間に合うのではないか……渋谷中央署を出て、目の前の歩道橋を駆け上がりながら私は考えた。盛岡着は午後十時過ぎ。明日の早朝から動けるので、時間を無駄にしなくて済む。

だがその計画は、すぐに頓挫《とんざ》した。携帯電話が鳴り出す。歩道橋の上は人通りが多く、しかも上に首都高三号線、下を玉川通りが通っているので、電話で話をするには最悪の場所なのだが、刑事の習性として、かかってきた電話を無視することはできなかった。本庁のどこかの番号だ。通話ボタンを押して耳に押し当てると、よく通る大友の声が頭に流れこんでくる。

「どうした？」にわかに不安になった。私の方から大友に非公式に仕事を頼んだことはあるが、向こうから連絡があったことはない——先日の、捜査一課長への抗議の件が初めてだった。だいたい大友以外でも、刑事総務課の人間が直接電話をかけてくることなど、まずない。

「ちょっと話せますか」

「いや、これから出かけるんだ」腕を上げて時計を見る。「あまり時間がない」

「何とかなりませんか」大友が粘る。

「電話で話せないことなのか？」

「できれば、お会いしたいんですが」

まさか、こんな形で妨害されるとは。私は辛うじて、舌打ちを我慢した。大友には、何度か無理な頼みを聞いてもらったことがあるから、無下《むげ》にはできない。まあ、これから会ってても何とかなるか……七時二十八分を逃しても、盛岡行きの新幹線は、午後八時台に二本あるはずだ。それに間に合わせるためには、大友に東京駅まで来てもらうしかない。

「東京駅まで出て来られるか」

「大丈夫です。出張なんですか？」

「ああ、だから時間がないんだよ」

「分かりました。どちらへ？　ホームで待ち合わせしましょう」

　簡単に打ち合わせをして、私は電話を切った。途端に鼓動が激しくなり、歩道橋の上で立ち尽くしてしまう。大友は、いわゆるパニックとは縁のない男で、何があっても沈着冷静なタイプだ。それがこんな風に慌てるとは……何かあったに違いない。

　風がぶつかってきて、私は現実に引き戻された。ぼうっとしている場合ではない。大友の用件が何だかは分からないが、それをさっさと済ませて、東北へ向かわなければ。妙な妨害が入ったことで、「行かねばならない」という気持ちはさらに強くなっていた。

　渋谷から銀座線と丸ノ内線を乗り継いで、東京駅まで二十分弱。ちょうど盛岡行き新幹線が発車した直後に、私はホームに到着した。次の盛岡行きが出発するまでには、まだ時間がある。しかし、どこかに入りこんでじっくり話をしているほどの余裕があるとは思えなかった。大友を捜しながら、こういうオープンスペースで会うのを了承したということは、そもそも大した話ではないのだろう、と自分を納得させる。誰かに聞かれても問題ない程度の……それなら、電話でもよかったのに。大友の真意が読めない。

「どうも」

いきなり背後から声をかけられ、私は慌てて振り返った。大友が、薄い笑みを浮かべて立っている。ゆっくりと、顔の高さにビニール袋を掲げた。

「弁当です。差し入れで」

「俺が飯を食い終わってたら、どうするつもりだったんだ？」

「その時は、息子のお土産にするつもりでした……ビールはないですよ」

「いいんだ。禁酒中……みたいなものだから」

大友がうなずいた。わずかに顎に力が入るのが分かる。

「どこで話す？　ホームで立ち話はまずいだろう」この時間でも、人が大勢いる。次の新幹線の乗車を待つ列を作る人、売店で駅弁や雑誌の品定めをするサラリーマン、少し早くつき過ぎてしまって、手をつないでぶらぶら歩きながら時間を潰すカップル……こんな光景が、終電が行ってしまうまで続くはずだ。やはり、静かに話をするには向いていない。

「待合室でいいんじゃないですか」

大友の視線が、すぐ近くにある待合室を捉えた。ガラス張りの待合室の中には、ざっと数えただけでも、時間潰しをしている人が五人はいる。しかも出入りが激しい場所なので、集中して話を聞くのは難しいだろう。しかし、他に適当な場所があるわけでもない。仕方なく待合室に入り、並んで腰かけた。途端に鉄と油の臭い、ざわめきなどが遮断される。ほっとして、横に座る大友の顔を見た。端整なその表情からは、何も読み取れない。

「で、わざわざ会う必要がある話って何なんだ？」

「東日の彼女……会いましたよね」

私は思わず顔をしかめた。あれから記事が出ることもなかったので、忘れかけていたのだ。

「会ったというか、向こうが家まで押しかけてきたんだよ」

「図々しい娘《こ》ですから」大友が苦笑した。どうやら彼も、痛い目に遭わされたことがあるようだ。

「で、その件がどうした」

「念のため、抑えておきました」

「どうやって」私は目を見開いた。彼女は、簡単に引き下がるタイプには見えなかったのだが。

「まあ……ちょっとした知り合いなので」

愛美が言っていたのは本当だったのか。向こうがネタ元にしていたのか、大友の方で利用していたのかは分からないし、それは聞くだけ野暮だ。表面上は、新聞記者とのつき合いはご法度なのだが、現場ではそういう原則は無視されている。互いに利用価値があると分かっているし、それぞれ自分の方が得をしていると思っているからこそ、隠れてでもつき合いを続けるのだ。

「まさか、こっちの関係じゃないだろうな」

私は小指を立てて見せた。あまりにも古めかしく下品なジェスチャーだったせいか、大友が苦笑する。

「違いますよ。そういう線引きはちゃんとしてますから。だいたい彼女は、タイプじゃないですし」

「そうか？　美男美女でお似合いだと思うが」

「実は、一課から話が降りてきて、抗議の件について少し調べたんです」

私は、無意識のうちに背筋を伸ばしていた。あの件は、表面上は沈静化していた。しかし実際には、まだ水面下で渦巻《うずま》いていたのかもしれない。役人というのは――警察官も上級管理職になると官僚色が濃くなる――普段と違うことが起きるのをひどく嫌がるから、何かあると思えば、事前に潰してしまいたがる。今回は、大友がその任に選ばれた、ということか。何となく申し訳ない気持ちになった。

「調べたというか、対策を取ったんですが」

「どんな風に」

「まず、先方に会いに行きました」

私はうなずき、先を促した。先ほどから大友は、固有名詞を出していない——今のところ「東日」だけだ——が、言いたいことは分かる。「先方」は平岡だ。

「縷々《るる》話して、こちらの立場を納得していただきました」

「マジかよ」私が直接接触した限りでは、あの男は微妙に扱いにくかった。最初は戸惑いだけが見えていたものの、その後で弁護士に相談して一課に抗議してきたり、マスコミに窮状を訴えたりした時点で、面倒臭さの指数は天井付近まで上昇した、と言っていいだろう。「よく納得させられたな」

「そこは、誠心誠意、こちらには悪意がないということを説明して」

「それだけで？」確かに、大友の柔らかい物腰は、人を一発で信用させる。交渉事もイケメンが有利なのか、と私は皮肉に思った。

「あとは、まあ……多少の謝罪と」

「それは、公式な物じゃないんだろう？」

謝った、謝らないは、後々面倒な問題を引き起こしかねない。実際今回の件でも、抗議を受けた捜査一課長は正式には謝罪していない。「遺憾に思う」「今後は十分注意を払う」という官僚答弁に徹しただけだった。

「それで相手は納得したのか」

「と思いますが」

「やるな」警察官の能力としてそれが大事かどうかは分からなかったが、私としては感謝すべき場面だった。ダムに開いた小さな穴を、崩壊前に塞《ふさ》いだようなものだから。だが、大友は淡々としていた。あくまで自分の仕事を軽くこなしただけだ、とでも言うように。

「東日の方も、ちゃんと食い止められたと思います」

「まさか、変な手を使ったんじゃないだろうな」

「違いますよ」大友が苦笑した。首を横に振った途端に、膝の上に置いたビニール袋ががさがさと音を立てる。「抗議してきた人が納得して引き下がったとなれば、東日も尻馬に乗って騒ぐわけにはいかなくなるでしょう」

「だけど彼女も、振り上げた拳《こぶし》の下ろし所がないじゃないか。このままで大丈夫なのか?」

「まあ、そこは食事を一回奢り、ということで」

「身銭を切ってやる仕事じゃないぜ」私は顔をしかめた。だいたい、一回奢られただけで取材をストップするなら、そもそも大した話ではない。

「もちろん、経費として請求しますよ。これは公務ですからね」

大友が、花が開くような笑みを浮かべる。それで私は、この男が沢登有香に対して個人的な感情を抱いていないのが分かった。単に、つきまとってくる煩い記者、と思っているだけなのだろう。第一、有香との間にパイプがあることは上層部も知っているわけだから、妙なことはできないはずだ。

「つまり高城さんには、安心して突っ走ってもらって大丈夫、ということです」

「ああ」

クレームの心配はなくなった。しかしそうなると、もう一度平岡に話を聴かなければならない、という気持ちが強く湧き上がってくる。そのことを話すと、大友の表情が暗くなった。

「先方……あの人、何かありますよね」

「どうしてそう思う？」大友を見る視線が鋭くなってしまう。

「クレームの内容に、ちょっと不自然な感じがしました」

「と言うと？」

「高城さんと長野さんは、正式な捜査ではなく、平岡さんに事情聴取したわけですよね。何もしていないのに疑われたこともそうですけど、担当でもない人が勝手に動いたのだから、ルール違反ではないか、とクレームをつけてきた」

「ああ」

「普通の人が、そんなことを気にするでしょうか。警察官は警察官、誰が話を聴きにきても同じだ、と考えるんじゃないですか」

「確かに」

「絶対に、何か隠していると思います」

もどかしい……私も、同じようなことを感じていた。だが「隠している」と疑ったわけではなく、微妙な変化が気になっていただけなのだ。その違和感は、大友が感じた物と共通しているのだろうか。

「突っこみようはあると思うんだ」

「それにしても、ある程度時間は置いた方がいいと思います。高城さんと長野さんをこの件の捜査から外す、ということで一応納得してはくれましたけど、向こうにも、もう少し冷静になる時間は必要だと思いますから」

「疑ってるのか？　何か、直接関係しているとか」

「そこまでじゃないですけど……僕だったら、ゆっくり調べます。何度も会って、時間をかけて、他愛無い話から始めますね。まず、信頼関係を築かないと」

「俺には、そんな風にのんびりやっている時間はない」

「高城さん」大友がすっと背筋を伸ばす。ひどく礼儀正しい感じで、膝の上に乗った弁当とのアンバランス感が際立った。「こういうことを言うのは失礼かもしれませんが、時間はあると思います」

失礼でも何でもない。綾奈は死んでしまったが、それが分かったのは三か月前だから、時効を気にする必要はないのだ。いくら時間をかけても構わない。法律的にはそういうことになるのだが、私の気持ちは逸っている。一刻も早く、犯人に手錠をかけたいと願う気持ちに変わりはなかった。

「ご忠告、どうも」

腕時計に視線を落とす。新幹線が出るまでには、まだだいぶ間があった。しかし大友は、私の動作で、この辺が潮時だと判断したらしい。弁当を渡すと立ち上がり、私の前に回りこんで、一礼した。

「余計なことだったかもしれませんが」

「とんでもない」私も立ち上がった。この男は、一種の特命全権大使だ。面倒な仕事を押しつけられて、うんざりしたのは大友の方だったと思う。「迷惑かけたな」

「いえ」

「一つ、忠告していいか」

「何でしょう」大友の表情が強張った。

「上から見れば、君は動かしやすい人間だと思う。人間性も、刑事総務課にいるという立場も。でも、嫌な時は嫌だと断った方がいい。便利屋で終わっちゃ駄目だ」

「ええ」うなずく大友の表情は真剣だった。

「君もいつか、一線に復帰する時があるだろう。そういう時、我を押し通す気持ちを失っていたら、便利屋のままで終わるぞ」

「承知してます」

「分かってるならいいんだ……ありがとう」

本当は、握手でもしたい気分だった。海外の映画だったら、まさにそういう場面だろう。無償の好意に感謝し、固い握手、その後に互いの肩を叩き合って別れる。だがここは日本であり、私も大友も、硬いことに定評のある警察官なのだ。目立つことはできない。

大友が一礼し、待合室を出て行った。もう一度腰を下ろした私は、東日の件は思ったよりも深刻ではなかったのかもしれない、と考えた。というより、捜査一課長の怒りが本物ではなかった。大友のような人間を使って火消しに走ったのは何のためだったのだろう。警察を攻撃させないため？　自分のミスにしないため？

私のためだったとも考えられる。

だいたい、捜査本部が私にアドバイスを求めてきたことだって、おかしい。いくら捜査が行き詰まっていても、公式に除外されている人間に話を聴くような冒険はしないはずだ。ということは、あれも一課長が了承していた可能性がある。それどころか、課長本人がけしかけたのではないか。

表面上、私はあくまで捜査から除外されなければならない。身内が絡んだ犯罪——その身内が被害者でも加害者でも——の捜査はさせないというのは、警察内の暗黙のルールだ。

刑訴法にも服務規程にも書かれてはいないものの、約束事としてはかなり強い。

だが私は、今もこうやって動き回っている。普通は、どこかで分かってしまうものだ。チームの捜査から外れて一人動く人間は、どうしても痕跡を残しがちなのだから。

自然に頭が垂れる。この場にいない全ての恩人に感謝したい気持ちになってきた。

10

「クッキーカッター」という言葉を、私はどこで覚えたのだろう。妙に耳に残るが、誰から聞いたのか、あるいはどこかで読んだのか、思い出せない。

レンタカーを借りるために、JR盛岡駅の前を歩きながら、私は考えた。この光景……新幹線の駅前は、日本全国どこへ行ってもほぼ同じ景色である。つまり、同じクッキーの型から生み出された同じような街だ。駅前には、ロータリーになったタクシー乗り場。その向こうに繁華街が形成されているのだが、この辺りが呆れるばかりに似ているのだ。ビルの看板を見ても、自分がどこにいるのか分からない。生保、予備校、ファストフード店にチェーンの居酒屋。最近は消費者金融の看板こそ少なくなったものの、相変わらずの看板天国だ。しかしそれらの中に、地元関係の看板を見つける機会は少ない。

寝不足だった。昨日の新幹線は盛岡止まりだったので、寝る時間はたっぷりあったのだが、いろいろ考えることもあり、目を閉じても眠気は訪れなかった。投宿した駅前のホテルは、何故か暖房の調整がうまくいかず、一晩中むしむしした部屋の中で何十回となく寝返りを打ち続ける羽目になった。こんなことじゃ動き回れないな、と思いながら目を擦る。例によって朝飯は食べていなかったが、今朝はどこかでしっかりと取るつもりだった。効率的に動き回るのにエネルギー補給は必要だし、眠気覚ましのためには、口を動かしているのが一番効果的だ。

もっとも眠気は、歩いているうちに急激に引いていった。寒さが眠気を打ちのめす——東京は初夏の感じなのに、盛岡は明らかにまだ春である。東京より五百キロも北にあるのだから当たり前だが、雪までちらついてきたのにはうんざりした。

それにしても、タクシーが多い……駅前のロータリーはタクシーで溢れていた。運転手たちは、手持ち無沙汰に外に出て、雑談をしている。表情は一様に冴えない。利用者の数に比して、タクシーは明らかに供給過剰のようだ。最近はこの業界も不況だから……レンタカー業界も同じなのだろう。朝一番のせいもあるが、事務所の中はがらがらで、薄ら寒い空気が流れていた。

車を借り出し、出発する前に、駅ビルのコーヒーショップでホットドッグとコーヒーのモーニングセットを仕入れた。その場で食べてもよかったのだが、一瞬迷った末、車内で食べるために持ち帰りにする。

大失敗だった。パンは香ばしく、ソーセージもぱりっとして美味かったのだが、ケチャップとマスタードをかけ過ぎた。手が汚れ、あろうことかシートに零してしまって、思わず悪態をつく。食べ終えても、いつまでも肉の臭いが車内にこもり続けたので、仕方なく窓を開けた。エアコンの温風と身を切るような冷気がせめぎ合い、すぐにエアコンが負ける。所詮《しょせん》自然の力には敵わないということか……ついでに、今日最初の煙草に火を点けた。深々と吸いこみ、軽い吐き気がこみ上げると同時に、意識が鮮明になってくるのを感じる。

市内の道路では、朝の渋滞が始まっていた。ロータリーから、新幹線と平行に走る駅前の道を抜け、立体交差に至るまで十分近くかかってしまう。これでは東京のラッシュと変わらない。苦笑しながら、車を西へ向ける。県道一号線を走り、稲荷《いなり》町の交差点で、秋田街道に合流。途端に、広々とした道が広がった。秋田方面から盛岡市内に向かう道路が朝の通勤ラッシュで渋滞しているのに対し、逆方向に向かう私はストレスなく運転できた。

しかし、この辺まで来ても盛岡らしい感じはしない。そもそも何が盛岡らしいのかは分からなかったが、駅前と同じように、全国どこでも見られるような光景が広がっているだけだ。コンビニエンスストア、巨大な駐車場を備えた郊外型の書店、自動車販売店にガソリンスタンド。チェーンの家電量販店もあった。雫石《しずくいし》川に沿って走るこの街道は田舎の一本道のイメージを抱いていたのだが……東北自動車道の盛岡インターチェンジ手前には、巨大な郊外型のショッピングセンターまであった。

しかし盛岡インターチェンジを過ぎると、さすがに田舎らしい雰囲気が濃くなってくる。一面に広がる枯れた水田の中に、ところどころ家が建っている光景は、東京ではお目にかかれないものだ。この辺りの道路はほぼ一直線で見通しがよく、ずっと先の方まで見えるが、この先も似たような光景が延々と続いているのは、簡単に想像できる。

市街地を出て三十分ほど経つと、にわかに山の気配が濃くなってくる。道路は緩い上り坂になり、周辺は濃い緑に包まれた。改めて、岩手県はそのほとんどが山地だということを意識する。途中からはカーブが多くなり、余計な考えを押し出して運転に意識を集中しなければならなかった。

盛岡駅を出てから一時間、ようやく県境を越えて秋田県仙北市に入る。水鳴荘を訪ねる前に、一度新幹線の田沢湖駅へ寄り、情報を仕入れることにした。

秋田、東北新幹線の駅は、どれもこぢんまりとしているのは知っていたが、田沢湖駅も例に漏れない。ただし、デザインは相当凝っていた。駅前のロータリーに向かう面がガラス張りで、その内側には、屋根を支える太い木製の柱が整然と並んでいる。ガラスは緩やかなカーブを描き、庇《ひさし》のように突き出た屋根とコントラストを成していた。美術館だと言われても納得してしまいそうな、洒落たデザインだった。

ただし、駅前には何もない。屋根のついたタクシーの待合所には、客待ちの車が一台停まっているのみ。綺麗に整備されたロータリーの中に、他に車は見当たらない。その外側にも、小さな食堂、土産物屋《みやげもの》があるぐらい。荒野に突然駅が出現したようなものである。ガラス張りのせいで、駅舎の中には明るい光が満ちている。さらに駅舎の内部には、ふんだんに木材が使われていたので、柔らかい雰囲気もあった。そういえば秋田は杉が名産のはずだが、これも秋田杉のPRなのだろうか。

観光案内所で旅館のパンフレットを貰い、「水鳴荘」を調べる。田沢湖の西側にあったはずだが……見当たらない。潰れた旅館は載っていないということか。窓口にいた若い女性に訊ねると、困ったような表情をされた。

「ご存じない？」つい、少しだけ意地悪な口調になってしまう。観光案内の仕事をしている人が、旅館について知らないのはまずいのではないだろうか。

「すみません。ここへ来たばかりなので」

「地元の人じゃないんだ」

「はい、大仙《だいせん》です」

確か仙北の隣町のはずだが、潰れた旅館に関する情報まで求めるのは酷ということか。彼女がここで働き始める前に倒産していたとしたら、そんな情報は知る由もないかもしれない。

情報を求めて、私は次に市役所の田沢湖庁舎に立ち寄った。古い小学校を思わせる素っ気無い庁舎で、すぐ側に山が迫っているために、深い谷底にいるような気分になってくる。近くに並んでいる海老茶色の屋根の平屋建ては、おそらく公営住宅だろう。周囲に人気《ひとけ》はなく、駐車場にも車は数えるほどしか停まっていなかった。どこで話を聴けばいいのか分からなかったので、取り敢えず玄関を入ってすぐ右にある「地域センター」に顔を出した。何となく、ここなら街全体の様子が分かるだろう、と思った。

応対してくれたのは初老の男性で、「水鳴荘」という名前にすぐに反応した。

「ああ、黒原さんのところですね」

「潰れたんですよね？」

「そう、もう四年前になりますね」

「やっぱり、不景気で？」

「ご主人が亡くなってね。もちろん、不景気のせいもあるけど」老職員の顔が歪んだ。「この辺、観光の街だから。不況だと、真っ先に影響を受けますからね。いろいろ努力しても、観光客はそんなに増えるわけでもないし」

「新幹線の効果もなかったんですか」

「秋田新幹線はねえ……」老職員が苦笑する。「あれはあくまで在来線ですよ。乗りました？」

「いえ」

「あのスピードで新幹線なんて言ったら、東海道新幹線を作った人たちは激怒するんじゃないかな」

　あまりにあけすけな言いように、私は苦笑するしかなかった。田舎にとって、新幹線は最大の雇用対策だと思っていたのだが、それは東京に住む人間の思いこみなのかもしれない。新幹線さえ通れば、東京へ直結して客が来る——地元の人も、開通前はそう信じていたに違いない。「経済効果」の適当な予想を出したシンクタンクもあったかもしれない。だが、思ったよりも観光客は集まらず、企業誘致にも効果がないことが分かってくると、期待が大きかっただけに、落胆も大きくなるはずだ。

「水鳴荘のことですが」

「ゆっくり駄目になっていった感じだと思いますよ。あそこは戦前からやっていた古い旅館でね。新規の客を呼べるわけでもなく、建て替えるにしても資金の問題がね……そういう状況、分かりませんか」

「何となく、理解はできます」

「女将さんが亡くなったのも、大きかったんじゃないかな。愛嬌のある人でね。女将に会いたいっていうだけで、毎年同じ時期に訪ねて来る常連客がいたぐらいですから」

「十年前に亡くなった、と聞いています」

「確か、その頃だったかな？　その頃から客が減ってきて……ご主人一人だと、いろいろ大変なことも多いよね」

「娘さんが手伝っていたはずですが」話が核心に入りつつある、と意識した。

「ああ、そうそう。でも、上手くいかなかったみたいですよ」

「娘さん……弥生さんは女将ではなかったんですね？」

「私が聞いてた話だと、あまり表に出たがらない人だったそうだから、普通に従業員として働いていたんじゃないかな。女将さん向きじゃなかった、ということなんでしょう」

「弥生さんには、息子さんが一人、いたと思いますが」

「さあ」老職員が首を捻る。「それは……聞いたことがないな」彼は振り返って、他の職員にも確かめてくれた。答えはなく、戸惑いの表情が幾つも並んだだけだった。それも当然だろう。旅館そのもののことについてなら、情報は集まるかもしれない。だが、子どものことなど、誰も知らなくても当然だろう。いくら田舎では噂が広まりやすいといっても、限界はある。

「どこに住んでいたかは分かりますか？　旅館の近くでしょうか」

「いや、学校の近くにいたはずですよ。そこから旅館まで通っていたと思います」

「今、娘さんはどうしているんですかね？」

「旅館が潰れてからは、話を聞きませんね」

「住民票は？」

「それは、税務課の方で扱ってますので、そちらで確認して下さい」老職員が、廊下の奥を指差した。玄関を背にして左側。

礼を言って、税務課に向かう。用事はすぐに済んだが、結果は私を戸惑わせるだけだった。

弥生は、住民票をどこへも移していなかった。書類上は、今でもこの近くに住んでいることになっている。本当に？　どうやって生計を立てているのだろう。この辺で働くといえば、公務員か農業、観光産業ぐらいしかなさそうだが。

地域センターに戻り、先ほど話を聴いた老職員の手をもう一度煩わせた。収穫、なし。旅館が潰れた後、弥生たちがどうしているかは知らないという。

礼を言って庁舎を出た。何となく釈然としない。住民票がまだここにあるという事実は、弥生たちが今もこの街に住んでいる可能性を示唆《しさ》する。一方、住民票を無視して引っ越してしまう人間も、少なからずいる。失踪課にいると、そういうケースを嫌というほど見ることになる。そうせざるを得ない場合も少なくないのだ。

例えば、夜逃げする時など。住民票の住所を訪ねてみたが、やはり人が住んでいる気配はなかった。

田沢湖駅から、国道三四一号線を北上。途中で県道三六号線を左折すると、ほどなく田沢湖畔《こはん》に出る。穏やかに凪《な》いだ湖面を横目に見ながら、水鳴荘があった場所を捜して車を走らせる。湖をぐるりと一周する道路沿いにあるはずだが……三六号線が湖にぶつかる辺りに何軒かの宿があったが、走っているうちに、建造物は一つもなくなった。右手に湖、左手に木立を見ながらしばらく南下していくと、ドライブインのような場所に出る。この奥の方に建物があるはずで……あった。鬱蒼《うっそう》とした森の中に隠れるように、旅館の建物が残っている。朽《く》ち果《は》てた、という感じではない。ただ、ひっそりと隠れるように建ってい る様子を見た限りでは、やはり営業している気配はなかった。廃業したことは分かってい るのだが、建物はまだあるわけで……どういう状況になっているのだろうと、私は首を傾げた。

観光客が訪れるには時間が早いのだろう。複数の建物に取り囲まれた広大な駐車場には、ほとんど車が見当たらない。私はコーヒーカップを片手に車を降りて、完全に冷えたコーヒーを一口で飲み干した。もう一度車の中に体を突っこんでゴミをまとめると、土産物屋の店先のゴミ箱に突っこんだ。伸びをして体をリラックスさせてやり、煙草に火を点ける。周囲を見回し、この辺が田沢湖観光の中心地なのだろうか、と訝る。土産物屋の他には、食事ができる店が何軒か、固まっているだけなのだ。湖の方に目を転じると、船着場がある。湖面を渡ってくる風の冷たさに、思わず身をすくめた。この季節、東京と東北では気温が違い過ぎ、薄いコート一枚では、かなり辛い。慌てて煙草を吸殻入れに放りこみ、震える体を両腕で抱くようにして、目の前の土産物店に飛びこんだ。まだ客は誰もいない。

暇そうにしていたレジの女性――私と同年輩のようだ――に、水鳴荘について訊ねる。

「ああ、ここの横の細い道から、車で入れますよ――でも、もう、やってませんけど」怪訝そうな表情。

「誰もいないんですか？」

「ええ。潰れたんです」女性の言い方は淡々としていた。少なくとも、弥生たち家族とは知り合いではなかったのでは、と考える。仮にも顔見知りだとしたら、こんなふうには喋れないはずだ。

「ご家族は？」

「さあ……知りません」あまりにも素っ気無い物言いだと思ったのか、慌てて「申し訳ありませんが」とつけ加える。

私はうなずいて彼女の謝罪を受け入れ、店を出た。湿《しめ》った風が体を叩き、身震いしてしまう。まったく、もっと分厚いコートを手に入れるべきだった……しかし、昨夜着の身着のまま盛岡に着いたのは午後十一時過ぎ。今朝も早くから動き始めているから、どうしようもなかった。とにかくここは、我慢するしかない。

土産物屋のすぐ脇の道に車を乗り入れる。辛うじて車がすれ違えるほどの幅しかなく、両側から張り出した木の枝のせいでさらに狭くなり、実際には車一台がやっと走れるぐらいだった。気をつけて走らせても、時々枝が車に当たってばちばちと音を立てる。舗装もかなりがたが来ており、所々《ところどころ》で車が不快に揺れた。途中、かなり大きな穴を越えていく時には、歩くよりもスピードを落とす。

百メートルほど行くと、大きな岩に取りつけた木製の看板が見えてきた。雨や雪に打たれるままになっている看板はほとんど朽ち果てていたが、「旅館　水鳴荘」の文字が辛うじて読み取れる。

砂利敷きの駐車場に車を乗り入れる。目の前に建物はあるが、ほとんど森の中で一人きりになったようなものだった。車を降りて、周囲を見回す。建物は駐車場に向かって横に長い作りで、部屋の窓は全て湖側を向いていた。二階と三階の部屋からは、常に湖が見えるはずで、眺望も売りの一つだっただろう。

木造の建物はまだしっかりしていたが、人の気配はない。横に大きく開く入口のドアに手をかけてみたが、びくともしなかった。ガラス越しに中を覗きこんでみると、広々としたロビーが広がっている。くすんだ赤い絨毯が見えたが、本来はもっと鮮やかだったはずだ。右手に受付。となると、左手にはソファやテーブルが並んでいるはずだが、がらんとしていた。自動販売機の類もなし。廃業した時に、什器類は全て運び出してしまったのだろう。しかしエレベーターの横には、何故か自転車が二台、置いてある。

念のため、ドアを拳で叩いてみた。虚《うつ》ろな音が響くだけで、当然返事はなく、唐突に侘しさがこみ上げてくる。

弥生たちは、ここにはいない。

当然、旅館に住んでいるわけもないのだが、少なくともこの建物に、しばらく人が入っていないのは間違いない。廃業したということは、建物も土地も人に渡った可能性が高いのだが、だったら何故、そのまま残っているのだろうか。

どうしようもないからかもしれない、と思った。

水鳴荘は、元々それほど賑わう宿ではなかったのだろうか。この辺は温泉が出るわけでもないし、観光資源が田沢湖しかない状況では、客を集めるのは難しいはずだ。

旅館が廃業してしまった証拠が、目の前にある。しかし私の捜査はここから始まるのだ。建物、それに駐車場を調べて、どこかに連絡先が貼りつけられていないか、捜す。見当たらなかった。売りに出しているとすれば、不動産屋の連絡先ぐらいはありそうだが。

建物にも土地にも、必ず持ち主がいる。親が死んだなら、弥生が相続したと考えるのが自然だ。しかし廃業したということは、既に手放したと考えるべきだろう。弥生は女将ではなく、単に一従業員として働いていたという話だから、自分で切り盛りしていく気にはなれなかったのではないか。相続すれば、重荷になると考えるのが普通である。

法務局を当たらなければ。所有権が弥生に移っていれば、そこに住所も記載されているはずである。住所がきちんとしていなければ不動産取引はできないはずで――いや、仮にそういう取り引きがあったとしても、記載されている住所はここの物だろう。弥生たちの住民票は移されていないのだから。

湖畔まで戻って、もう一度広大な駐車場に車を停める。聞き込みをしようにも、この辺には何もない。先ほどの土産物屋はあてにならないし……食堂にでも当たってみるか。昼になれば、それなりに客も入ってくるだろうから、それまでが勝負だ。

土産物屋の隣にあるレストランに入った。まだ準備中だったが、たまたま目についた女性店員に声をかけると、すぐに店長につながれた。バッジを見せると、二階に通される。何もそこまでしなくても……と思ったが、一階は開店準備で忙しいのだろう。

もっとも店長は、二階からの眺めを私に見せたかったようで、「是非に」と窓際の席に誘ってくれた。確かに絶景ではある。田沢湖はそれほど大きな湖ではなく、こうやって少し高いところから見ると、全体がほぼ一望できた。

「綺麗でしょう」私と同年輩の店長――高峰《たかみね》と名乗った――が、嬉しそうに言った。

「観光シーズンは賑わうんでしょうね」

「もうそろそろですかね。角館の桜、ご存じですか？」

「いえ」

「有名ですよ。武家屋敷沿いとか、檜木内《ひのきない》川沿いの桜は、一見の価値がありますね。そこと、田沢湖観光がワンセットになっているんです」

「遊覧船ですか」

「あれに乗ると、田沢湖の美しさがよく分かりますよ。何しろ日本で一番深い湖ですから。水の色が深いんですよね。夏場は泳げますから、子どもたちで賑わいますしね」

あちこちで吹聴しているように、慣れた口調だった。放っておけばいつまでも、この辺りの観光案内を続けそうだったので、私は話を遮った。

「ここの裏にある水鳴荘のことなんですが」

「ああ、廃業されて」さらりとした口調だった。直接関係ない人間にとっては、大したことがない話なのかもしれない。

「四年前ですね？」

「確か、それぐらいだったと思います」

「その後、どうしたんですか？　今見てきたんですけど、建物はそのまま残っていますよね」

「確か、売却したと思うんですけど……不動産屋かな？　でも、その後不動産屋も転売できていないようですね。今は単なる空き家ですよ」

「この辺の土地だと、あまり買い手がないんでしょうかね」

「そうかもしれません」高峰がうなずいた。ウールのベストの下のネクタイをそっと撫でつける。「あれだけ広い土地をまとめて買っても、使い道がないんじゃないかな。この辺に来る人は、だいたい角館に泊まりますからね。あとは、湖の反対側に小さなホテルがあるぐらいで」

「ご主人、亡くなったんですよね」

「ああ、黒原さんね」高峰がうなずいた。「癌《がん》でね……結構長患《ながわずら》いしたんですよ。亡くなる一年ぐらい前からは、旅館の方にはほとんど顔を出してなかったんじゃないかな。入退院を繰り返して」

「実際に旅館を切り盛りしていたのは、娘さんですか？　弥生さん」

「切り盛り、というほどじゃなかったはずですよ。娘さんは、旅館の経営にかかわっていたわけじゃないから」

「じゃあ、旅館の仕切りは……」

「古くから働いていた人が中心になって、やっていたんでしょうね。でも、そういうやり方では旅館は上手く動かない。やっぱり、ちゃんと女将やご主人がいないとね。旅館は、顔が勝負なんですよ」

やはり弥生は、自分が旅館を背負って立つ、という気概は持っていなかったようだ。それはそうだろう。実際には、全面的に父親に頼りっぱなしだったのではないか。自分はただ、従業員として働くだけ。それをいきなり、「全部任せる」と言われても、首を縦には振れなかっただろう。仕方なく、集団指導体制で何とかやりくりしているうちに、旅館の経営が行き詰まる……簡単に想像できた。

「黒原さんが亡くなった後、廃業することに決めたのは娘さんですね」

「それはそうでしょう。一応、跡取りですからね」

「特に問題はなかったんですか」

「なかったと思いますよ」高峰があっさりと言った。「経営が上手くいってなかったし、立て直すにも、上手い手がなかったですからねえ。皆、仕方ないと思ったんじゃないですか。だいたい、いろいろ大変だったと思います」

「いろいろ、とは？」

「これですよ、これ」高峰が親指と人差し指で丸を作った。「結構借金があったみたいで、それを返しながら旅館を続けていくのは、難しかったはずです。だから旅館を売り払って、借金を清算して、それでおしまい、という感じだったんじゃないでしょうかね」

「娘さんが今どこにいるか、ご存じないですか？」

「聞いてないですね」急に興味をなくしたように高峰が身を引き、椅子に背中を押しつけた。

「ここにはかなり長く住んでいた……元々、生まれはこっちですよね」

「そうです。もちろん、会うことはありましたけどね。この辺で商売をやっている人間は、皆知り合いですから」

「どんな人だったんですか？」

「大人しい人でしたよ。東京にいる頃は、結構苦労されたと聞いてますけどね。親御さんも心配していたみたいです」

高峰がワイシャツの胸ポケットから煙草を取り出し、さっと掲げて見せた。吸っていいか、の万国共通のサイン。私はうなずき、自分も煙草を取り出した。べこべこになった灰皿を二人で分け合う。今さらながら気づいたが、この店もかなりくたびれている。この辺りには、何か新しい物があるのだろうか、と私は訝った。何十年も時が止まったままなのではないだろうか。窓に目をやる。岸辺から伸びた桟橋《さんばし》の奥には、古びた遊覧船が停泊していた。砂浜には、これもくたびれたボートが引き上げられている。湖面は相変わらず静かに凪いだままで、水の色は濃い。この色が、日本一の深さによるものなのだろうか。

「実際、苦労しているんです。東京に出て結婚して、ご主人を亡くされていますから。それから女手一つで、息子さんを育ててきたようです」

「息子さんのことは、よく知りませんけどね」

「会ったことはない？」

「ないです」

それはそうだろう。家はここから遠く離れた場所だし、わざわざ旅館に遊びに来るとも思えない。

　高峰が、上を向いて煙を噴き上げた。エアコンから噴き出される暖気がおかしな具合に回っているのか、煙草の煙が妙な渦を巻く。私はそれで初めて、ちゃんと暖房が入っているのだと気づいた。窓のすぐ側に座っているせいか、外にいるのと同じぐらい寒い。

「娘さん……弥生さんは、普通に仕事をしていたんですか」

「だと思いますよ。でも、詳しくは知らないな。会えば挨拶ぐらいはしたけど、そんなに話したことはないし」

　ふと、敢えて意地悪な質問をぶつける気になった。

「私も田舎の出なんですけど、Uターンしてきた人に関しては、いろいろ噂が流れますよね」

「まあ、無責任なことを言う人はどこにでもいるから」

「弥生さんに関しても？」

　高峰が咳払いをして、煙草を灰皿に押しつけた。底がぼこぼこになっていて安定しないので、左手で押さえながら、右手で火を消す。本人が噂の輪に加わらなくても、何か聞いたことはあるのだ、と私は確信した。

「東京から戻って来た理由について、何か聞いてますか」

「それは、ほら、女将さんが亡くなったから。小さい旅館だけど、ああいうところは人手が必要なんですよ」

「どうなんですかねえ。今、東京は仕事が大変じゃないんですか」

天秤にかけたのだろうか、と私は頭の中で計算を始めた。東京で仕事をするつもりなら、職種さえ選ばなければ何とでもなるはずだ。正式に就職せず、アルバイトをかけ持ちする手もある。それでもかなりの額を稼げるはずだ。一方で、生活費は秋田とは比べ物にならないぐらい高い。秋田で実家にいれば、生活費のことはさほど心配しなくて済むはずだが、仕事は実家の旅館を手伝うしかなくなる。どちらにも一長一短があり、弥生の迷いは深かったはずだ。

「弥生さん、今どこにいるんでしょう？　家は田沢湖駅の近くだったんですよね」

「確か、そこからここまで通ってたはずですよ」

「今は？」

「いないんじゃないかな。旅館を畳《たた》んだ後で、どこかへ行ったっていう話だけど……どこだかは聞いてないですね」

「夜逃げですか？」

「まさか」高峰が笑ったが、その笑いはすぐに小さくなって消えた。冗談にならない、と思ったのかもしれない。

「夜逃げなんですね」私は念押しした。

「夜逃げかどうかは分かりませんけど、いつの間にかいなくなっていた、ということです。誰にも挨拶をしていないし」

それを一般的には「夜逃げ」と呼ぶ。私は、嫌な気分が胸の中で膨れ上がってくるのを感じた。引っ越しにはそれぞれ理由があったとはいえ、何だか弥生は息子を連れて逃げ回っているような気がしてならない。

何から？

「いなくなったのはいつですか？」

「はっきりしたことは分かりませんけどね、旅館が廃業してからちょっとして……四年前ですよね」

「そう聞いています」

「春……だったかな。ちょっと時期ははっきりしないんですけど」

「そういうことに詳しい人、誰かいませんか？　旅館の元の従業員とか」

「そうねえ」高峰が顎を撫でた。「皆、結構ご高齢の方だったから。旅館が廃業したんで、それを機会に仕事を引退した人がほとんどですよ」

「そうですか……」どこかでフォローできるのだろうか。いずれにせよ、旅館関係者を摑まえなければ話にならない。強引に頼みこむと、高峰は何人かの名前を挙げてくれた。ただし、住所までは把握していない。いずれもこの近くに住んでいるというから、何とか見つけ出すことはできるだろう。

「あ、一人、近くで働いている人がいるか」高峰が両手を叩き合わせた。

「誰ですか」私は煙草が指を焦がしそうになっているのに気づき、慌てて灰皿に押しつけた。バランスの悪い灰皿が、ひっくり返りそうになる。

「あのね、この前の道をちょっと北の方へ行って……田沢湖駅方面へ向かう道路があるの、分かります？」

「ちょうどその方向から来たところですよ」

「その近くに、小さいホテルが一軒あるんです。ホテルというか、ペンションが大きくなったようなものだけどね」

「そこに、誰が？」

「ええとね、重田《しげた》さんという女性なんだけど、水鳴荘が廃業した後で、そちらに転職したんです」

「同業他社、ということですか」

「そういう感じですね。彼女なら、いろいろ知っていると思いますよ」

「会ってみます」私は、テーブルに置いた煙草を拾い上げた。「住みこみなんですかね？」

「それは知らないけど、だいたいホテルにいるみたいですよ」

「分かりました。ご協力、感謝します」

「あ、でも」

高峰が何となく未練がましい声を出したので、立ち上がりかけた私は、もう一度腰を下ろした。

「ちょっと話しにくい……話してくれるかどうかは分かりませんよ」

「どういうことですか？」

「訳ありでしてね」

「どんな訳、ですか」

「それはちょっと、私の口からは言えないですね」

どうしてもったいぶる必要がある？　少し厳しく揺さぶってやろうか、と思った。しかし彼も、意地悪しているわけではなく、無責任なことは言えないと自重しているのだろう、と解釈する。

「分かりました。厄介な相手なんですね？」

「否定はしませんよ」高峰が少しだけ唇を歪める。面倒事に首を突っこんだな、とでも言いたげだった。

11

高峰の言っていたホテルはすぐに見つかった。「右折して入って行く道路が分かりにくい」ということだったが、他に脇道がないので見逃すわけがない。

「ブルーヒルズ」という看板を確認してから、敷地に車を乗り入れる。こちらも水鳴荘と同じように砂利敷きの駐車場で、車が三台停まっていた。最大で十台ほど駐車可能……部屋数も同じようなものだろう。ただし、高峰の言っていた「ペンションが大きくなったようなもの」という表現は過小評価だった。実際には、小さいがいかにも高級そうなホテルである。少ない上客を相手に、目玉の飛び出そうな値段の料理と嫌味のないサービスで高い金を稼ぐ——自分には縁のない場所だな、と思いながら車を降りる。いつの間にか、あまり寒さを感じなくなっていた。ようやく遅い春がきた、ということか。

中に入ると、すぐに小さなホールとフロントがあった。フロントについていたのは、四十歳ぐらいの女性。名乗り、バッジを見せると、かすかに顔をしかめた。こんなところには、警察の人間は滅多に来ないのだろう。だいたい客商売の人間は、警察を嫌う。トラブル――トラブルの気配さえご法度なのだ。

「こちらに、重田尚美《なおみ》さんという女性がお勤めですよね」

「ええ、まあ……」

「いるんですか、いないんですか？」曖昧な態度に苛立ち、つい大声を出してしまった。何故、隠す必要がある？　犯罪者を匿っているとでもいうのか。私は一つ深呼吸して、頭を冷やした。「廃業した水鳴荘のことを調べているんです。以前、そちらに勤めていた、と聞いたもので」

「ああ」女性の表情が緩んだ。ブルーヒルズのことでなければ、どうでもいいのだろう。

「話を聴くの、ここでいいですか？」

「ええ、場所を貸してもらえるとありがたいです。難しい話ではないですから、すぐ済みますよ」

「食堂の方でお待ちいただけますか」

食堂ではなくレストランだった。木材をふんだんに使った内装は暖かな感じで、三角屋根のせいか天井が高く感じる。テーブルは全部で十。これで「十部屋」という推理が裏づけられた、と思った。ここで、宿泊客全員が一斉に食事できるわけだ。もっとも、食事専用の場所というわけではなく、軽いライブも楽しめるようだった。窓側――田沢湖と反対の山側だ――にはグランドピアノ、ドラムセット、ギターアンプにウッドベースが置いてある。ジャズのカルテットが、軽いライブをこなせそうだ。壁には、ミュージシャンのポスターがべたべたと貼ってある。

「お待たせしました」

振り向くと、先ほどフロントにいた女性が、いつの間にかレストランの出入り口に立っていた。重田尚美の姿は……彼女の後ろだ。隠れるように立って、肩越しにちらりと私の顔を見る。ひどく怯えている様子だった。促されてようやく前に出たが、テーブルにつこうとはしない。

「座って下さい」

声をかけると、びくりと体を震わせる。そんなに警察が怖いのか……苦笑するよりも疑念を抱いてしまった。

「大した話じゃありません。参考までに聴かせてもらいたいことがあるだけですから」

私が言うと、彼女はようやく椅子に腰を下ろしてくれた。ただし私の正面ではなく、四人がけのテーブルの斜め前。背中を丸め、両手を膝につき、顔を上げようとはしない。椅子に浅く腰かけているのは、いつでも逃げ出せるようにしているのではないか、と思った。

「何かお飲みになりますか」

フロントの女性が、極めて自然に言った。普段なら、飲み物は断ることもある。相手の好意にすがるのが嫌だったし、何となく賄賂を受け取るような感じもするから。しかし今日は、何かが必要だった。私と尚美の間に漂う緊張を緩和するような何かが。ただ面と向かって話しているだけだと、緊張感は際限なく膨れ上がっていくだけだろう。飲み物があれば、彼女にとっていざという時の逃げ場になる。私としても、そろそろ今日二杯目のコーヒーが必要だった。ここはカフェインの力を借りて、集中力をしっかりキープしておかなければ。

「コーヒーをもらえますか……二つ」

「あの、私が」仕事に逃げようとするかのように、尚美が立ち上がりかけた。受付の女性が、それを制してキッチンに消えていく。腰を浮かしかけた尚美が、渋い表情で椅子に落ち着いた。実際には落ち着いておらず、しきりにキッチンの方を気にしていたが。

「警察官と話すのは緊張しますか」

「ええ。はい、あの……」落ち着きがない。声はかすかに不快なぐらい、細く甲高《かんだか》かった。

意思の疎通を図るのが大変そうだった。コーヒーが出てくるまで待つか……そう思って、私は尚美の様子を観察した。小柄な体を、フロントの女性と同じ濃いベージュ色の制服に包み、長い髪は結い上げていた。伏し目がちだが目は大きい。年齢は三十代……いや、分からない。三十五歳から四十五歳の間のどこかではないかと読んだ。小柄で、半袖《はんそで》の制服から突き出た腕は病的に細い。旅館やホテルでは力仕事も多いはずなのに、これで無事に勤まるだろうか、と心配になった。

突然、尚美が顔を上げる。何かを決心したように、きつく唇を結んでいた。私は両手を緩く組み合わせ、テーブルの上に置いた。無理に誘い出さず、向こうが話し始めるのを待つ。

「あの……」

「何でしょう」私は表情を緩めた。向こうから話す気になっているのだから、穏やかにいこう。

「一つ、聞いていいですか」

「どうぞ」素早くうなずく。

「私のことを調べに来たんですか」

「どういう意味ですか?」嫌な予感がした。

「私……人を殺したことがありますから」

その事件については、一切記憶がなかった。私とはまったく関係がない福島県での事件だというから、当然である。こういう言い方が正しいとは思わないが、説明を聞いているうちに、世間の耳目を引くような事件ではなかったと分かった。コーヒーの準備が終わる間に話し終えるぐらいだから、極めて単純だったとも言える。

尚美は、高校を卒業した翌年、結婚した。ところが、高校の先輩だったこの男が下種野《げす》郎で……という、ありがちなパターンである。結婚してしばらくすると暴力的な本性を露《あらわ》にし、しまいには子どもにまで虐待《ぎゃくたい》の手を伸ばすようになって、尚美は子どもを守るために夫を刺し殺した。裁判ではその辺りの事情も考慮されたが、やはり人が一人死んだ事実は重かった。実刑判決を受け、服役を終えた後に故郷の福島ではなく、秋田まで流れてきたのだという。服役中、子どもは両親が預かっていた。両親は娘の事情を十分分かっており、ずっと家で面倒を見てもいいと言っていたそうだが、事件のあった場所での生活には耐えられそうになかった、と尚美は打ち明けた。

水鳴荘で五年。それからブルーヒルズに移って四年。湖畔で九年間を過ごすうちに、彼女は三十七歳に、息子は十五歳になっていた。晋より四歳年下か、とつい計算してしまう。もしかしたら、知り合いだったのではないだろうか。

彼女の人生の要約版を聴き終え、肝心の問題に突っこもうとした時、ちょうどコーヒーが運ばれてきた。私は両手を引き、テーブルにカップが乗るスペースを作った。フロントの女性は、穏やかな表情を浮かべている。たぶん、尚美の事情は全て分かっているのだろう。なにしろ田舎のことだし、隠しておくのは不可能だ。むしろ尚美は、上手く人生を再構築できたのではないだろうか。ずっと隠し通して、ばれた時にまた人生が崩壊するよりも、打ち明け、周りの人が受け入れてくれるかどうか賭ける道を選んだのだろう。

それはおそらく、成功した。

私はブラックのまま、コーヒーを一口飲んだ。美味い。苦さと酸味のバランスが完璧で、後味はすっきりしている。眠気を吹き飛ばすというより、穏やかな気持ちを呼び起こすコーヒーだった。

「美味いですね」

私は、尚美に話しかけた。三十七年間の人生の半分ほどを私に明かした尚美は、静かに微笑むだけだった。さあ、ここからだ……尚美が警察を恐れる理由は、十分に分かった。逮捕された後に、酷《ひど》い扱いを受けた可能性もある。だがそれは、今の人生には何の関係もないことだ。

「言葉は悪いですが、どうでもいい話ですよ」

尚美が唇を引き結ぶ。精一杯頑張って嫌な告白をしたのに、その努力を否定されたような気分になったのかもしれない。

「失礼」私は拳を固め、その中に咳払いをした。「私は東京の、警視庁の人間です。あなたの事件……過去のことについてはまったく知らなかった。あなたに会いたかったのは、黒原弥生さんについて知りたいからなんですよ。正確に言えば、息子の晋君と話をしたいんです」

「晋君?」眉が釣り上がった。「どうしてですか? まだ子どもじゃないですか」

「もう十九歳ですよ。立派な大人でしょう」

「でも……」

「重要な情報を持っているかもしれないんです」あるいは持っていないかもしれない。こうやって人を嫌な気持ちにさせ、話を聞きだそうとしている努力も、実はまったく無駄に終わる可能性もある。「私にとっては、重要な証言者なんです」

「何か、事件の関係ですか」

「私の娘が殺された件について、です」

尚美がはっと顔を上げた。化粧っ気のない顔が、さらに白く見える。「死」は、彼女にとって、他の人が受け取るのとまったく違う意味合いを持つのだろう。

私は三十秒で事情を説明した。淀《よど》みなく。言葉の選択を間違うこともなく。それが嫌だった。次第に、自分とは関係ないことになってしまうようで。だがこれは、あくまで捜査である。ぐずぐず話していたら、相手の関心は離れてしまう。

「そう……ですか」尚美が小さく溜息をついた。「大変なんですね」

「犯人を見つけることでしか、娘の供養《くよう》はできないんです」

「でも、晋君が関係しているというわけでは……」

「もちろん」私は首を振った。「娘の当時の同級生、というだけですから。ただ、今まできちんと話を聴けていないんです。すぐに転校してしまったので、フォローができていなかったんですね。まさか、東京からこんなに離れたところにいるとは思っていませんでした」

「晋君は……ちょっと変わった子でしたね」

「そうですか？　どんな風に？」

「こっちが挨拶をしても、急に逃げ出したりして」

「どういうことでしょう」

「分かりません。東京の子だから、この辺に馴染めなかったのかもしれませんけど……自分でちょっと壁を作っていたんじゃないでしょうか」

それにしては反応が極端過ぎる感じがしたが。いきなり逃げ出すというのは、普通はあり得ない。

「今、どこにいるか、ご存じないですか」

「分かりません」尚美がコーヒーカップに視線を落とした。「中学を卒業して、この街を離れたみたいなんですけど、どこへ行ったかは……」

「夜逃げ、ですか」

「言葉は悪いですけど、そんな感じです。あの頃、すごくばたばたしてたんです。旦那さんが亡くなって、旅館を廃業するかどうか、決めなくちゃいけなくて」

「最終的に廃業を決めたのは、弥生さんですか？」

「ええ。一応、跡取りだったわけですし。私たち従業員の中には、弥生さんに女将さんになってもらって、何とか旅館を続けたいっていう人もいたんですけど、弥生さんがどうしてもその気にならなくて」

「特に、女将としての修業もしていなかったんですね」

「普通に、私たちと一緒に働いていました」

私は腕を組んだ。弥生はどんな女性だったのだろう。荻窪の小学校で何かの機会に会っていた可能性もあるが、まったく記憶にない。もしかしたら、元妻は詳しく知っているかもしれない……妻は当時、弁護士の仕事を離れて子育てに専念していた。学校の行事には積極的に参加していたし、ＰＴＡのつき合いもきちんとこなしていたはずだ。しかし、彼女に事情を聴くとなると……秋田に飛んできたことよりも、はるかに大きな決断になる。誰かに押しつけてしまえばいいのだ、とふと考えた。正規の事情聴取なら、何も私がする必要もない。だが彼女は、この件には触れて欲しくないはずだ。綾奈の葬儀の時も、何とか早く忘れたい、という態度が透けて見えたぐらいだから。森田でも行かせてみるか。がつがつしたところのないあいつなら、元妻も淡々と受け入れて話をするかもしれない。あるいは覇気のなさにうんざりして、叱り飛ばすかもしれないが。彼女は弁護士に特有のある気質——議論好き——を備えている。自分の意見をきちんと言わない人間に対しては、切れるかもしれない。

しかし、やってみる価値はある。だがその場合、やはり森田ではなく愛美に頼むのが妥当だろう。事故の確率は、できるだけ低くしておかなければならない。この会談が終わったら失踪課に連絡、と頭の中でメモに書きこんだ。

「弥生さんは、どんな女性だったんですか？　いろいろ難しい立場だったと思うんですが」

「そう、ですね……旦那さんも、あまりいい顔をしてませんでした」

「それは、どうして？」

「あ、いえ……それは旦那さんが悪いと思います」尚美が、誰かを悪者にしないよう、必死になっているのはよく分かった。死んだ人間が相手でもそうだろう。「弥生さん、向こうでいろいろ大変だったと聞いてます」

「晋君がまだ小さかった頃に、ご主人を亡くしているから」

「頑張ったと思いますよ。一人で子どもを育てていくのは、大変なことだから。弥生さんをこっちへ呼んだのは、旦那さんなんです」

「女将が亡くなって、その代わりだったんでしょうか」

「旦那さんはそのつもりだったようですけど、弥生さんは断ったんです。自分にはそんなことはできないからって。それで普通に働く、という話になったんです。そういう話し合いをしたの、私も見てました」

「ご主人としては、女将になって旅館を継いでもらいたかったんですね」

「そうだと思いますけど、結局、そんなに揉めたわけでもなくて、弥生さんは普通に私たちと一緒に働いていました」

旦那さん——弥生の父親が何を考えていたかは分からない。家族経営で旅館を続けていたら、ある年になると後継者問題を考えるようになるのは当然だろう。弥生に女将の仕事を覚えさせて、跡を継がせようと考えたのは自然だ。それを何故、簡単に諦めたのか。

「弥生さんは、どんな人だったんですか」私はもう一度質問を繰り返した。知りたいのは「立場」ではなく「性格」だ。

「基本的には、静かな人で」

「仕事の面では？」

「そつなくこなしていましたけど、そうですね……いろいろ忙しくて大変みたいでした」

「というと？」

「田沢湖駅の方に住んでいたんです。晋君の学校のためだと思いますけど……私もそうですけどね。いつも晋君の面倒を見るのが最優先で、仕事を抜け出したりすることもしょっちゅうでした」

「あなたも大変だったんじゃないですか？　今でも大変だと思いますけど」

「うちは……大丈夫です。何でも一人でできるように育てましたから。少し寂しい思いをさせたかもしれないけど、それは私の責任ですから。嫌なことや不便なことがあったら、全部私のせいにしていい、と言ってあります」

そこまで自分を追いこまなくても、と思った。だが尚美にとって、子どもとの関係は複雑なものなのだろう。何しろ、子どもの父親を殺したのは彼女自身なのだ。その事実を子どもが知っているかどうかは分からなかったが、どちらにしても、母子の関係がぎくしゃくするのは目に見えている。

「そこまで自分に厳しくすることはないと思いますが」

「いえ……」尚美が首を横に振る。まとめた髪がふわりと揺れた。「一生かかります。それは分かってるんです」

私は、胃の中に固く尖った物を呑みこんだような痛みを感じた。職業柄、罪を犯した人間との接触は多い。時には彼女のような反応を示す人間もいる。一度背負った罪は、服役しても絶対に消えず、生涯背負って生きていくしかない、と覚悟した人間が。

息苦しい会話に疲労を覚え、私は窓の外を見た。よく手入れされた中庭の向こうに、杉の木立が広がっている。花粉はどうなっているのだろう、と心配になった。コーヒーを一口飲み、気持ちを鎮める。煙草が欲しかったが、何とか我慢した。煙草に火を点ける仕草は、会話の句読点になってしまうことも多い。その結果、相手の集中力が切れるのだ。今、切れかけているのは私の集中力だったが。

「弥生さんは、晋君のことを気にかけていた様子だったんですね」

「ずっとそうでした」

「どうしてでしょう」私は両手を組み合わせ、大きな拳を作った。「晋君も、こっちへ引っ越してきた直後はともかく、その後は成長したわけですよね」

「でも、弥生さんがずっと心配しているのは、何となく分かりました。やっぱり学校に馴染めないっていうか……普通中学生になれば友だちも増えて、部活動を始めたりして、親から段々離れていきますよね。でも晋君の場合、そういうこともなくて。だいたい、家に籠っていたようです」

「学校には普通に行っていたんですか」不登校の可能性を念頭に置いて、私は訊ねた。

「行っていたと思います。小さな学校ですから、不登校になったりしたら、すぐに分かりますからね。とにかく、周りの子たちは……普通に接しようとしたみたいですけど、晋君の方で壁を作っていた感じで」

「ずいぶん頑なだったんですね」

「そう……頑なというか、自分から壁を作った感じです」

「あなたの息子さんは、晋君とは友だちではなかったんですか」

「いえ、うちのは学年がずいぶん下ですから」

「だれか、仲がいい友だちはいなかったんですかね」

「それは、私は分かりませんけど……いなかったと思います」

そうですか、と相槌《あいづち》を打って、私は小さく溜息をついた。今のところ、メモしなければならないような話はない。手帳は背広の内ポケットで眠ったままだった。螺旋《らせん》階段方式で行こう、と決める。ぐるりと回って、話を元に引き戻すのだ。その時に一階分上に上がっていればベストだが、今回はそういきそうにもない。

「旅館を畳む時、弥生さんとは十分な話し合いをしたんですか」

「話し合い、という感じではなかったです。弥生さんはもう、やめることを決めていて、頭を下げるだけでしたから」

「どうしてですか？　続けることもできたと思いますが」

「それは、ちょっと違います」遠慮がちに尚美が反論した。「弥生さんは、女将としての修業をしていなかったし、そもそも、あまりお客さんも来なかったですから」

「流行っていなかったんですか」

直接的な質問に、尚美がかすかに苦笑する。だがすぐにうなずいて、続けた。

「旅館商売は難しいんです。昔は結構流行っていた時期もあったそうですけど、努力が直接売り上げに結びつかない世界ですから」

「何というか……最後の挨拶みたいなものはあったんですか？」

「挨拶？」尚美が首を傾げた。

「最後のお客さんを送り出して、仕事が終わった日に、ご苦労様でした、みたいな」

「ないですね。淡々と終わりました」

「今、あの旅館は誰の所有になっているんですか？　もう誰かに売り渡した？」

「角館の不動産屋だったと思いますけど、そこは私も詳しく聞いたわけじゃないので」

やはり登記簿を当たってチェックするしかないか。どうにも面倒臭く、一直線に進まない仕事に苛立ちを覚える。そして私は、尚美の疲労を感じ取っていた。普段、こんなに話すことはないのではないだろうか。

「すみません、お仕事中にご迷惑をおかけして」引き際と判断して、私は頭を下げた。

「いえ……」何か言いたいことがある様子だったが、尚美は口を開く代わりに、テーブルに視線を落としてしまった。

私は名刺を取り出し、裏に携帯電話の番号を書きつけた。テーブルの上に置き、指先で彼女の方に押し出す。それに気づいた尚美が、ゆっくりと顔を上げた。

「何か思い出したら、電話して下さい。お願いします」

尚美がゆっくりうなずいたが、言葉は出てこなかった。言いたいことはあったかもしれないが、全部呑みこんでしまったようだ。

礼を言って辞去する。フロントの女性は、最初会った時と同じ場所にいたが、私を見る目は少しだけ変わっていた。最初は、多少胡散臭《うさんくさ》く思っているような視線を感じたのだが、今は秘密を共有する者同士のような視線を送ってくる。私は彼女にうなずきかけ、時間を割いてもらった礼を言った。女性は何も言わず、小さく一礼しただけだった。どんな事情であれ、警察は迷惑がられているのだ、と意識する。余計なことは言わずにさっさと去るのが一番いいだろう。

駐車場に出て、車のドアを開けてから煙草に火を点ける。久しぶりの一服で、頭がくらくらしてきた。目を瞑《つぶ》って眩暈《めまい》に耐えていると、突然「高城さん」と声をかけられる。慌てて目を開けると、尚美が建物から出てくるところだった。制服姿は、この気温には辛いようで、唇が蒼くなっている。

私は無言で彼女を見た。言うべきことを言う決心がついたのか。それなら何も、こちらから話を誘導しなくてもいい。

「一つだけ……あの、印象なんですけど」

「何の印象ですか」

「弥生さんなんですけど」

「ええ」

尚美が唇を引き結ぶ。細い唇は、一本の線のようになった。やはり喋りにくいのか。私は無言で、煙草を携帯灰皿に押しこんだ。二人の間に流れていた煙が空気に溶けて消え、途端に私は濃い緑の香りを意識した。

「弥生さんって……」

「ええ」

「何かから逃げていたような感じがするんです」

逃げる。逃亡。何から？　弥生は犯罪者なのか？

私は軽いショックを受けたまま、田沢湖の周りを走り続けた。煙草を吸うことさえ忘れ、周囲の景色も目に入らない。

人の印象は、当てになる時も当てにならない時もある。だが、犯罪者が犯罪者を見る目は、意外にしっかりしているものだ。後ろめたさ、恐れ……そういうものが共通しているからだろうか。私たちの場合、相手を一目見た時に、「こいつは何かやっている」と感じることがあるが、その感覚に近いかもしれない。

もちろん、根拠はない。尚美は、弥生と深い話をしたことはないというし、具体的な証拠は何もないのだ。ただ、ふと見た瞬間に感じる気配……何かから逃げ回っているような感じは、明らかにあったという。自分もそうだったから、と尚美は少し自嘲気味に明かした。留置場にいる時、刑務所で服役している時、出所後に実家にいた短い期間、そして今。この街で暮らしてかなり長くなり、周りにはずいぶんよくしてもらっているのだが、今でも誰かが噂しているような気がしてならないという。初めて訪れた客が、後ろ指を指しているような感じも……たぶんそれは、一生ついて回るだろう。彼女自身が感じている通りに。

「弥生さんが何かやった、というわけじゃありませんから」一気に喋ってから、尚美は慌てて否定したものだ。「そんなこと、話したこともないですし、分からないんです」

そう言われれば、その場では「そうですか」としか答えようがない。具体的な話ではなかったわけだし。だが尚美の言葉は、私の頭に染みついて離れなかった。

同じ匂い。

気づくと私は、水鳴荘のすぐ近くまで来ていた。いつまでも周回コースを回っているわけにはいかないし、電話もかけなければならない。土産物屋の駐車場に車を入れ、エンジンを切った。急に寒さを感じる。先ほど、コーヒーを半分しか飲まなかったせいもあり、まだカフェインの必要性を感じている。車から降りて、自動販売機でブラックの缶コーヒーを買った。百二十円で、駐車場を借りる埋め合わせにするつもりでもあった。

湖面が近いせいか風も強く、やけに寒い。湖の方に目を転じると、岸辺ぎりぎりのところに金色の女性の像が立っていた。水かさが増すと、水中に入ってしまうのではないだろうか……今はすぐ近くまでアプローチできるので、近寄って写真を撮っている観光客が何人もいる。たぶん、この湖の名物なのだろう。せっかく観光地に来ても、何が名物なのかまったく分からない。仕事柄出張することも多いのに、自分は日本という国のことを何も知らないのだと、思わず苦笑した。

まず、愛美に電話をかける。事情を説明すると、彼女は一瞬黙りこんだ後、「そうですか」と短く言った。感情を感じさせない口調だった。

「犯罪者、ということについては……」

「単なる印象ですよね」愛美がばっさりと切り捨てる。

「そうかもしれないけど、辛い思いをした人間にしか分からないこともある」

「彼女が綾奈ちゃんを殺したんですか」

私が敢えて避けていた想像を、愛美があっさりと口にした。手にしていた煙草を、思わずきつく潰してしまう。

「そういうことは言ってない」

「高城さんが、彼女の印象を正しいと思ったら、その可能性は排除すべきじゃないと思います」

缶コーヒーを一口。冷たく苦い液体が喉をひっかき、少しだけ気分を落ち着かせてくれた。そう、あらゆる可能性を排除すべきではない。まだこの捜査に関しては、糸口さえ摑めていないのだから。

「一つ、頼みたいことがあるんだ」

「何ですか」身構えるでもなく、愛美がさらりと訊ねた。

「弥生さんのこと、調べられるか？　晋君が杉並の小学校にいた頃のことだ」

「最近——そっちにいた時の様子と比べるんですね？　クラスメートの父兄を当たりますか？」

「ああ」彼女の勘の良さには毎回助けられる。これが森田や田口だったら、説明して納得させるのに時間がかかるし、やらせても期待している答えが出てくる可能性は低い。

「やってみます。でも高城さん、最近の弥生さんのこと、どこまで調べられるんですか？居場所もまだ分からないんでしょう？」

「旅館の元従業員が、この辺に住んでいるんだ。旅館が廃業してからは働いていない人がほとんどだから、話を聴けると思う。あとは、売買の記録を調べて……担当した不動産屋なら、事情を知っているかもしれない」

「じゃあ、もう少しそっちにいるんですね」

「そのつもりだ。それと……」

「はい？」私が口を濁したのに気づき、愛美が少しだけ高い声を出した。

「弥生さんを知っている元父兄というと、俺の元妻も含まれる」

「——別に、除外するつもりはありませんけど」しかし彼女の口調には、戸惑いが混じっている。候補として考えていなかったのは間違いない。

「彼女は、PTAの役員もやっていた。他のお母さんたちとのつき合いは、かなり濃かったんだ」

「聴いた方がいい……ですよね」

「ああ」

「私が、ですよね」明らかに、愛美の勢いは削《そ》がれていた。それはそうだろう。元妻は今や、殺人事件の被害者遺族になった。だが私と違い、犯人追及に執念を燃やしてはいない。なるべく早く忘れて、人生の後半を穏やかに過ごしたいと願っているはずだ。

「君以外に誰がいる？」

「室長とか」

「ああ」少しでも年齢が上の女性が相手をした方が、元妻も喋りやすいかもしれない。愛美は真摯な態度で相手に臨むが、時に〝生意気だ〟と見られることもある。「上手く説得できれば」

「……私がやります。任せてもらっていいですか？」

「それは助かるけど、いいのか？　ばれないように動けよ」

「密かにやりますから。状況が分かったら、こっちから連絡します」

「頼む」

　電話を切ったが、にわかに落ち着かない気分になった。もしも修羅場になったら、どうすればいいか……私と離婚後、妻は弁護士として現場復帰している。民事事件が専門で、警察とぶつかることはまずないのだが、こちらのやり方はよく分かっているはずだ。愛美や真弓が、トラブルなく対応できるかどうか考えると、どうしても心配になってくる。しかし頼んだ以上、任せるしかない。少なくとも、私が出て行くよりはましだろう。

溜息をつき、コーヒーを飲み干す。煙草を缶の中に押しこんでゴミ箱に捨て、車に乗りこむ。やるべきことはいくらでもあった。まず、決まった時間にしか対処してくれない役所……法務局で、旅館の現在の持ち主を捜すつもりだった。たぶん「角館の不動産屋」なのだろうが、そこで話を聴いて弥生の現住所が割り出せればそれでよし、分からなければ旅館の元従業員に話を聴いていくしかない。本来は、何人かでやるべき仕事だが、今は自分一人でやらなければならない、と気合いを入れ直した。皆が協力してくれているが、これは自分の——自分だけの事件だという意識は強い。

12

田舎にいると、移動の時間が馬鹿にならない。東京のような渋滞があるわけではないが、とにかく車で走る距離が長くなるのだ。

まず法務局。登記情報はオンラインで取得できるが、今は手元にパソコンがない。失踪課の連中の手を煩わせるのも申し訳なかったので、直接支局を訪ねることにする。もしかしたら、職員が何か事情を知っているかもしれないし……最寄りの支局は大曲《おおまがり》にあった。仙北市に隣接する大仙市内なのだが、田沢湖付近からだと、車で一時間以上。県道六〇号経由で国道一〇五号線、通称角館街道に出て、ひたすら南下する。途中で角館の市街地をかすめるように真っ直ぐ進み、やっと大曲の法務局に辿り着いた時には、午後一時になっていた。土地と建物を登記簿で確認すると、現在の所有者は角館にある不動産屋だと分かった。電話で話を聴いても良かったが、田沢湖駅方面へ戻るついでに——晋が通った小学校と中学校に行ってみるつもりだった——直接訪ねることにする。

いつ食事ができるか分からないので、何かを腹に入れておきたい。一〇五号線に戻る途中でコンビニエンスストアを見つけ、サンドウィッチとコーヒーを買いこんだ。朝と同じような食事……だがそれは、私にとって日常が戻ってきたことを意味した。短い時間で味気なく取る食事こそが、刑事の日常なのだ。

ハンドルを握ったまま食事を済ませ、後はひたすら考える。弥生の態度は何を意味するのだろう。考えてみれば、故郷に戻って来てからの彼女も、ひたすら身を隠していたような気がする。女将になれば、客の接待などで表に立たなければならないし、地元のつき合いもあるだろう。そうしないことで、とにかく大人しく、身を隠していられるようにしたのではないか。

彼女が綾奈を殺していたら……やはり考えられない。まず、動機が何もないのだ。親が子どもの同級生を殺した事件は、過去に例がないわけでもないが、それは極めて特殊な事例である。だいたいそういう時は、事件の前からトラブルがあるもので、周囲の人間はすぐに気づくはずだ。当時何も噂になっていなかったということは、トラブルはなかったと判断して間違いない。

偶発的な事故？　それも考えにくい。犯意があった場合とそうでない場合、人間の対応はゼロと百ぐらい違うものだ。偶発的な事故だったら、人はいくらでも言い訳を考えつくし、周りの人間も納得できることが多い。

あり得ない。そんなことをずっと隠し通しておくのは不可能だ。

しかし疑いは、悪性の病原菌のようなものである。完全に否定できるだけの材料――薬が効かない限り、体の中でどんどん増殖していく。

不動産屋は、私よりも、あるいは醍醐よりも若く、森田に近い年齢のようだった。街の不動産屋というと、何十年もそこに居を構えて商売をしている老人、のようなイメージがあるが、彼はたまたま、父親の跡を継いだばかりなのだという。突き出た腹のせいでずり落ちそうなズボンを、サスペンダーで辛うじて支えている。

「ちょっとお待ち下さい」という言葉を信じて、カウンターの前で待つこと二十分。事務室に引っこんでしまった彼は、なかなか戻って来なかった。もしかしたら逃げられたかもしれない——その理由は、私の想像力では思いもつかなかったが。

「お待たせしました」

額の汗を拭きながら戻って来た店主が、カウンターの上に一枚の書類を広げる。売買契約書のようだった。書類は私から見て逆さになっていたが、弥生の住所はすぐに読み取れる。仙北市田沢湖生保内《おぼない》……。

「これで間違いないんですか」

「ないですよ。正式の書類ですから」

店主が、カウンターの向こうで椅子に腰を下ろした。立っているのがきついらしい。それはそうだろう、と私は皮肉に考えた。極端に太っていて、膝が体重を支えきれない感じなのだ。店内はあまり暖房が効いていないのに、額から滲み出す汗が止まらない。カウンターを挟んで対峙していても、彼の体温が感じられるようだった。

売買の日付を確認すると、四年前の三月である。弥生の父親が亡くなったのが、その年の一月だから、わずか二か月ほどで廃業を決め、土地と建物を売ってしまったわけだ。いくら何でも、動きが早過ぎないだろうか。

その疑問を口にしてみたが、店主は首を——ほとんど見えない首を振るばかりだった。

「これはオヤジがやった取り引きですんで、詳しいことは知らないんですよ……そのオヤジはもう、亡くなりましたし」

「ああ、それであなたが跡を継いだんですよね」

「そうです。しかし、まあ、この土地も困り物ですよ」小さな溜息。

「売れない？」

「売れませんねえ。結構まとまった土地なんですけど、使いようがないんですよ。それこそ、旅館でもやってくれる人がいればいいんですけど、今のご時世だと、そういう冒険はなかなかできないでしょう」

「この売主の女性……黒原弥生さんなんですが、連絡先は分かりますか？」

「それは、こちらに」太い指で売買契約書を指した。弥生の名前だけではなく、下にある不動産屋の名前まで隠れてしまったが。

「いや、今はこの住所にはいないんです。携帯電話の番号とか、分かりませんか」

「調べてみたけど、それはないですねえ。この住所と電話番号だけしかありません」

真面目に捜したのか、と思わず聞き返しそうになった。だが、この男も馬鹿ではあるまい。目端が利かなければ、こんな商売はできないはずだ。私に嘘をつくメリットもないだろう。

仕方なく、不動産屋を辞した。今のところ、はっきりと引っかかってくるような手がかりはない。ただガソリンを無駄にして、秋田の空気を排ガスで汚染しているだけだ。まったく……苛立ちが募《つの》り、煙草の本数が増えてくる。車内の灰皿が一杯になってしまったが、捨てる場所もなく、無理に吸殻を押しこむと、消え残りの煙が漂い出てきた。小さな火事。仕方なく、窓を開けて走り続けると、午後にしては冷たい空気が車内を凍りつかせていく。メーターの中には外気温表示もあるのだが、なるべく見ないようにした。数字を知ると、今感じているよりも寒さがひどくなるような気がする。

角館から田沢湖駅までは、国道四六号線を延々と東北方向へ走って行けばいい。トリップメーターを見ると、今日の走行距離は既に二百キロになろうとしている。数字を見た途端に、軽い疲労を意識した。

田沢湖駅の近くまで戻って来ると、既に日が暮れかけていた。ちょうど、学校が終わる時間帯。私は、駅の北東側にある中学校に足を運んだ。

今日はつきに見放されていると悲観していたのだが、ここに来て初めて、私は幸運に恵まれた。中学三年生の時に晋の担任だった教諭と会えたのだ。

安平《やすひら》と名乗った男性教諭は、三十代半ばの、いかにもタフそうな感じだった。がっしりした体形をジャージに包んでいるので、てっきり体育の先生ではないかと思ったのだが、担当は英語だという。ただし、サッカー部の顧問。職員室の隅にある応接セットで話を聴いたのだが、そこからは校庭がよく見える。ちょうどサッカー部が練習を始めるところで、彼の意識もそちらに流れているようだった。

「手短に済ませます」集中力が切れている人間から、効果的に話を聴き出すのは難しい。私はハードルを低く設定することで、彼の気持ちを持ち上げた。

「どうぞ」顔をこちらに向ける。第一印象は精力的な感じだったが、さすがに緊張しているのが分かった。

「こちらに在籍していた黒原晋君のことなんですが、卒業後、どこへ行かれたか、ご存じないですか」

「盛岡です」

「盛岡？」突然、予想もしていなかった街の名前が出てきて、私は間抜けな声を出してしまった。最初に学校を訪ねればよかった、と悔いる。今まで歩き回って調べてきたことが、全て無駄になるかもしれない……気を取り直して話を進めた。「進学ですか」

「違います」

「じゃあ、就職で？」

「いや、それもよく分からないんですが……」安平が言葉を濁す。

「普通、卒業後の進路については、学校はきちんと把握しているはずですよね。特に中学校だったら」高校進学がほぼ百パーセントという時代である。就職した方が、かえって目立つだろう。

「実は、進路が決まらなかったんです」

「もしかしたらそれは、お母さんが勤めていた旅館が廃業したことと関係しているんですか」

「それもあるような、ないような……」依然として、安平は歯切れが悪い。

この時点で、私の頭の中ではあるシナリオが出来上がっていた。収入源である旅館の仕事を失った弥生は、新しい仕事を探していた。しかしこの辺りでは、母子二人で暮らしていけるだけの収入を得られそうな仕事はない。となると、一番近い都会である盛岡へ出て行こう――そう考えるのは自然ではないだろうか。何しろここは秋田県の西の端で、少し走ればすぐに盛岡なのだ。

「秋田市じゃなくて、盛岡なんですか？」

「ええ、そういう話でした」

「盛岡の方が近い？」

「そうですね。県境は越えますけど、距離的には盛岡の方が近いです」

「晋君が進学しなかったのも、旅館が廃業したせいなんですか？」

だとしたら残酷な話ではある。受験勉強もしていたのに、年が明けたら旅館は倒産し、街を出て行かざるを得なくなる。目標にしていたのがこの辺りの公立高校だったら、対策を一から練り直さなければならなくなるだろう。

「いや、進学しないというのは、前から言っていたことです。受験シーズンが始まるずっと前から」

「それは……働くのが前提での話ですか」

「それがはっきりしないから、困っていたんですよ」安平が、本当に困ったように唇を尖らせた。「最初の三者面談の時に、『進学しない』って言われて……それはそれでいいんですよ。進路は自由ですし、就職する子は毎年いますから」

「こちらの生徒さん、何人ぐらいいるんですか」

「今現在、百七十人。一クラス三十人ほどで、一学年二クラスです」安平がすらすらとそらんじた。

「子どもも少なくなりましたよね」私の中学時代といえば、一クラスは四十人を超えているのが当たり前だった。

「この辺も、昔は結構子どもがいたんですけど、仕方ないですね。時代の流れです」

「で、晋君は就職すると？」

「そこをはっきり言わなかったんです。進学しないというだけで、就職するとも言わなかった」

「どういうことですかね。何か問題でも？」

「まあ……」安平が腕組みをして、窓の外を見た。サッカー部の練習が気になって集中できないのではなく、別の理由で話せない、という感じがする。

「進学や就職の妨げになるような事情があったんですか」

「そういうわけじゃないですよ。勉強は……中の上、というところかな。高校進学が難しい状況ではなかった」

「友人関係はどうだったんですか」

「晋君の方で、友だちづき合いには興味がなかった感じはあります」

またも「壁」か。晋が学校に馴染めていなかったのは間違いない。いや、馴染むのを拒否していたということか。

「晋君が、東京から転校してきたのは、ご存じですよね」

「ええ、練馬からですよね」

「ここ、小学校はすぐ隣にあるんですよ。だから、小学校から中学校まで、子どもたちは皆知り合いみたいなもので」

「都会からの転校生が馴染めなくて、苛められたりというのは珍しくないと思いますよ」

「それはないです。この辺の子は、皆純朴《じゅんぼく》ですから」安平が反論した。

そんなことはない――私にも反論はあった。最近の子どもは、テレビとネットの影響で、全国どこでも均質になっている。東京の子どもと仙北市の子どもの意識や行動に、大きな差があるとは思えなかった。

「ただ、本人が馴染めなかったというか、馴染もうとしなかったというか」

「田舎の子を馬鹿にして？」

「そういうんじゃありませんよ」

安平が慌てて顔の前で手を振った。彼が晋を貶《おとし》めたいのか庇いたいのか、よく分からなくなっていた。もちろん、学校の先生が子どものことを完全に把握しているわけではない。表面だけは見えていても、心の底までは知らない、というのが普通だろう。

「だったら、どういう状況だったんですか」

「私の口からはあまり言いたくないんですが……変わったこともありました」安平が慎重に周囲を見回す。

「ここで出た話は、絶対に外へは漏れませんよ」

「晋君は、小学生の時に家出しているんです。そんなに大したことじゃないんですけどね」自分で言って、すぐに自分で火消しに回る。

詳しく話を聴くと、プチ家出とも言えない一件だったようだ。母親の弥生が仕事から帰ると、晋が自宅にいない。慌てて捜し始めたが、夜九時になっても見つからなかった。その頃になると、近所の人や学校関係者も捜索に参加し、警察に届けようかという話にまでなったようだ——私は、綾奈が行方不明になった時のことをつい思い出した。そうしていた矢先、晋がふらりと姿を現した。自宅の裏山にいた、ということだった。山といっても、木立に覆われた小高い丘に過ぎなかったが。ただしその時は、二月。裏山の中に一晩いたら、凍死していた可能性もある。

しかも晋は、その後も——小学生の時にはしばしば行方をくらましていたという。時には学校をサボって。いつも自宅の裏山にいたというのだが、小学校の先生たちが事情を聴き取ろうとしても、この件になると口を開こうとしなかったらしい。しかし中学生になると、そういうこともなくなった。

「反抗期、というわけではないようですね」

「お母さんとは仲が良かったですよ」安平が答える。「三者面談の様子を見ていれば、だいたいそういうことは分かるんです」

「それで、卒業後の話なんですが、結局どうなったんですか」

「就職なら、こっちでも指導しないといけないんです。進学より就職の方が難しいですからね。最近は、中学を卒業してすぐに就職する子は少ないですから、求人もあまりないんです。不況も続いてますし」

「本人の希望は、どういうことだったんでしょうか」

「それが……まったく分からないんですよ」

私は首を傾げた。話が堂々巡りになっている。

「面談はしたんですよね？　それに、そうでない時でも、話を振ったりはしなかったんですか」少しむきになっているな、と自分でも意識した。何となく、安平の態度が無責任に思えたのだ。

「晋君は、ちょっと……何て言うんですかね、やっぱり壁を作っていたんです」

「先生に対しても？」

「そうですね。それを破れなかったのは、こっちの責任でもあるんですが」バツが悪そうに、安平が唇を歪めた。「でも、一クラスに一人ぐらいは、そういう子がいるんです。いませんでしたか？」

いた。中学校時代、三年間同じクラスにいたのに、一度も喋ったことのない男の存在を、唐突に思い出す。私だけがそうではなく、他のクラスメートも同じだった。今はどうしているか……まったく分からない。

「あまり無理に突っこめませんしね。それに、旅館の件がありましたから、お母さんもずっと忙しくて」安平の弁解は続いた。

「でも、進学しない予定だったのは間違いないんでしょう？　盛岡へ引っ越したというのは、どういうことだったんですか」

「全然分からないんです。卒業式の日にいきなり引っ越すと言われて、それが会った最後でした」

無責任な、と思わず言いそうになった。一クラスが三十人もいないのに、どうして一人の生徒をフォローしきれないのか。卒業してしまったらそれきりなのか……だが、いかにも申し訳なさそうな表情を浮かべている安平の顔を見ると、何も言えなくなってしまった。

「その後はまったく連絡を取っていないんですね」

「ええ」

「今の詳しい住所も分からない？」

「残念ですが、盛岡としか」

「住民票は、ここから移していないんです」

「そうなんですか？」安平がはっとして顔を上げた。

「高校に入学するにも、住民票は必要なはずですよね。学区の関係とか、そういうことで」

「ええ」

安平の眉間の皺が深くなる。彼が何を考えているかは分かった。夜逃げ。何から逃げた？　いくつかの言葉が頭の中で渦巻き、一つの実態を結ぼうとしていた。だがそれはまだ、言葉にできない——してはいけない物である。

「詳しいことを何も言わなかったのは、異常だと思いませんか？」

「ええ……正直、そう思いました」安平が爪を弄《いじ》った。「思いましたけど、事情が事情でしたから。実家の旅館がなくなるというのは、大変なことですよ。生活を一から立て直さなければならないんだから」

しかしその状況と、晋が進学しなかったこととは、恐らく関係ない。

「晋君、中学では本当に何も問題を起こしていなかったんですか」

「まあ……周りとほとんど触れ合わなかったことを除いては、何もないですよ。正直言えば、かなりの変わり者だと見られていましたけど、それでどうこういうことはありませんでした」

あくまで必死に、何もなかったことにしたがっている。それは分からないでもない。卒業生のことであっても、学校にトラブルがあったと指摘されるのはたまらないだろう。

「親しい友だちは、一人もいなかったんですか？」

「いなかったですね。残念ながら」

安平は、晋の身の上を特に心配していない。しかし私は、怒りよりも彼に対する哀れみを覚えていた。安平はとうとう、晋の心の底を覗けなかったはずだ。それなりに経験を積んできた教師にしてなお、正体を摑めない存在。

そういう人間を相手にしなければならないという点で、私と彼には共通点がある。

弥生がかつて住んでいた家のすぐ裏側は小高い丘になっていた。家は平屋建てで、おそらく築四十年ぐらいは経っている。午前中にもちらりと見たのだが、表札はない。やはり今は、誰も住んでいないようだ。

私はすぐに、近所の聞き込みに回った。とはいっても、近くには家が数軒あるだけで、すぐに終わってしまう。会えば挨拶ぐらいはするが、近所づき合いはほとんどなかったようで、二人がどこへ行ったのか、誰も知らなかった。唯一すぐ隣の家に住む老女が「盛岡」と聞いていたが、それ以上詳しい情報は得られなかった。聞き込みの範囲を広げてみてもいいが、結果は同じような気がする。これからどうするか……。

ふと思いついて、弥生たちが住んでいた家の裏手に回ってみた。小高い丘には所々雪が残り、簡単に足を踏み入れられる様子ではない。しかし、周辺を見回しているうちに、獣道があるのに気づいた。既に暗くなっているが、何故か気になり、足を踏み入れてみる。下生えで足が滑りそうになったが、杉の幹を摑んで何とか体を引っ張り上げる。空気はひんやりとしているのに、程なく汗が滲んできた。

少し開けた場所に出る。深い木立に囲まれ、音が消えた世界に、自分の息遣いと枯れ枝を踏む音だけが聞こえる。突然私は、ここここそ晋が家を出て姿を隠していた場所なのだ、と気づいた。木の幹を柱代わりにして、一辺一メートルほどのビニールシートを、屋根のように張り巡らしている。その下には、すっかり色褪《いろあ》せた青い寝袋が置いてあった。静かに腰を下ろしてみる。

何もない。音も、人の気配も。ほとんど暗くなった中、いつも持ち歩いている小型のマグライトで周囲を照らしてみた。すぐに、ジュースの缶、それにポテトチップスの袋が見つかる。どれも汚れ、ポテトチップスの袋はほぼ土に帰りつつあったが、それでもかつてここで、一人の少年が時間を潰していたのは間違いない。尻の下に硬い感触がある。寝袋の中に手を突っこんで引っ張り出すと、漫画本だった。ポテトチップスを食べ、ジュースを飲み、漫画を読む。いかにも小学生らしい行動だ。こういう秘密基地を作りたがるのも、理解できる。子どもの行動パターンは、どの時代でも同じようなものなのだろう。

晋は基本的に、家でも一人だったのではないか。弥生はずっと働きに出ていて、母子二人の時間も多くはなかっただろう。もしかしたら弥生は、夕飯を作りに一度戻って来て、また旅館に出かけるようなこともあったかもしれない。家自体が秘密基地のようなものだったはずなのに、何故わざわざ山に――山というのは大袈裟か――に籠ったのだろう。よほど家にいたくない事情があったのか……晋が大きく深い孤独の中にいた理由は何なのだろう。

まだ言えない。言葉にできない。しかし、嫌な予感が膨れ上がってくるのは抑えられなかった。

丘を降りると、すっかり体が冷えていた。こういう時は、「角」をストレートで一気に流しこむに限るのだが、今日はまだ動き回らなければならない。晋の中学時代の友人たちに会って話を聴いておきたかった。安平によると、晋の同級生六十人のうち、今も地元に残っているのは数人だという。他の子どもたちは、大学進学や就職のために、既にこの街を離れた。誰でも経験する道である。逆に数人しかいないということは、今夜中に全員から事情聴取を終えられるかもしれない、と私は自分を勇気づけた。

　車に乗り込み、エンジンをかける。生暖かい風が吹き出してきて、少しだけ体が緩んだ。携帯電話を取り出して着信を確認すると、少し前に醍醐から連絡があったことに気づく。あいつもまだ動いているのか……かけ直すと、すぐに電話に出た。

「何かあったのか？」

「練馬の小学校の関係者にもう一度当たってみたんですけどね、晋君はやっぱり、クラスでも完全に孤立していたみたいです」

「苛めとかで？」

「いや、本人が誰ともつき合おうとしなかったみたいですね」

「周りはどう見てたんだ？」

「苛めなんかはなかったそうですけど、ちょっと病的だ、と言う人もいましてね」

「誰が」無神経な言い方に、私は少しばかり腹を立てていた。

「いや、まあ、先生が」醍醐が少し引いた声で答える。

「無責任じゃないか。病的だと思えば、ちゃんとフォローするのが先生の役目だろう」

「でもそれは、きちんとコミュニケーションが取れていれば、の話ですよ」醍醐は何故か、教師を擁護するような口調になっていた。「晋君はほとんど口も利かなかったそうですから。それじゃどうしようもないでしょう」

「母親は？」

「それが変なんですよね。放っておいてくれ、とはっきり言ったそうです。だいたい、学校の行事にもほとんど参加しなかったようですし……実際、精神科を受診させるべきかもしれない、という声もあったようです」

「それだと、かなり深刻な状況だぞ」私は煙草に火を点けた。不味い……珍しいことだった。朝起き抜けの一本で吐き気を感じることはあるが、この時間帯に煙草が味気なくなることはない。

「ただし、成績は普通だったんです。授業はちゃんと聞いていたし、宿題を忘れることもない。テストの点数も普通。となると、精神科は大袈裟過ぎますよね」

「そうだな」煙草を持ったまま、私は顔を擦った。「あれか、今風に言えば、コミュニケーション障害ってやつか」

「そんな感じなんでしょうけど、小学生だといろいろありますよね」

「お前の個人的な感触は？」私は窓を開けた。冷たい空気が流れこむと同時に、車内が煙草の煙で白く染まっていたのを改めて意識する。

「何とも言えません」

醍醐にしては、遠慮した言い方だった。そこに私は、自分が得たのと同じ感触を感じ取っていた。だが、無理強いする気はない。言葉にすれば、最悪の事態に至りそうな気がしていたから。代わりに私は、田沢湖に引っ越してきてからの晋の様子を話した。

「症状が悪化したような感じですね……病気だったとしたら」

「それは俺には判断できないが、何かある」

「何かある」醍醐が鸚鵡《おうむ》返しに言った。「そうですね。何かあります……で、どうするんですか」

「しばらくは盛岡にいる——少なくとも、ここから盛岡に引っ越したのは間違いないようだから、そこを調べたい」

「盛岡は相当広いですよ」

「分かってる。でも、住んでいれば、必ず見つけ出せるはずだ」

「……そうですね」

「明神は、何か言ってたか」

「特に聞いてませんけど、何か？」

「いや、いいんだ。余裕があったら、母親——弥生さんが練馬時代にどんな様子だったかも探ってみてくれないか？　仕事の内容とか、近所づき合いとか。杉並時代の様子については、明神に頼んである」

「分かりました。何か分かったらまた連絡します」

頼む、と心の底から願うように言って電話を切った。一つ溜息をつき、携帯電話を背広の内ポケットに落としこんで、シフトノブに左手を置く。苛々する。自分は何を捜しているのか……一つ分かっているのは、このまま晋から話が聴けないと、この苛立ちは絶対に消えない、ということだ。

くたくたになって盛岡市に戻った時には、午後十時になっていた。昨夜泊まったホテルの部屋を念のためにキープしておいた自分の用意のよさを、褒めてやりたい気分だった。昼過ぎに食べたサンドウィッチはとうに消化され、胃の中は空っぽである。

部屋に入る前に腹ごしらえをしようと、フロントで、何か軽く、早く食べられるものはないか、と訊ねた。即座に麺類を勧められた――岩手が麺王国だということを忘れていた――が、この時間だと蕎麦《そば》屋はとうに店じまいしている。そもそも、一人でわんこ蕎麦を食べるのは悲し過ぎる。となると冷麺か……焼肉の締めで食べるイメージしかないが、「盛岡なら冷麺単独で食べるのも珍しくない」と言われたので、それで済ませることにする。考えてみれば、焼肉など久しく食べていないし――一人の食事が多い独身者としては、焼肉屋に入る機会は多くはないのだ――この時間に肉をたらふく食べたら、胃薬の世話になるのは目に見えている。

フロントのスタッフに教えてもらった店はホテルのすぐ近くで、午前二時まで営業しているのが分かった。しかしさすがに十時を過ぎているせいか、客は少ない。四人がけのテーブルが三分の一ほど埋まっているだけだったが、肉を焼く音、それに香ばしい匂いが充満していて、賑やかな雰囲気ではある。店員に、冷麺だけでもいいかと確かめると、向こうはそんなのは当たり前だ、という素っ気無い態度で応じた。九百円。結構いい値段である。辛さは調整できるというので、最近とみに痛みが続く胃のことを考えて、「控え目」にした。

冷麺がくるまで、煙草を一本。目がしばしばする。睡眠不足に加え、徒労感……これがいつまでも続くのかと考えると、ぞっとした。明日からはせめて、食事ぐらいはきちんと取ろう。エネルギー補給が足りないと、体だけではなく心もへたってくるのだ。

冷麺の本場というからどんな物が出てくるかと思ったら、私もよく知っている冷麺そのものだった。透明感のある細い麺に、大量のカクテキと煮た牛肉、きゅうりと半分に割ったゆで卵が乗っている。スープがかすかに赤いのは、カクテキから流れ出した汁だろう。相当辛いのではないかと気持ちが引けたが、実際にはほとんど辛味を感じることはなかった。スープは旨味、塩味、酸味が複雑に入り混じっていたが、全体に淡い味わいである。麺が硬いので、必死に噛んでいるうちに、何となく腹が膨れてくる。食べ終えた時には、すっかり満腹になっていた。

夜になると一段と冷えこみ、ホテルへ帰る短い道程が辛かった。部屋の冷蔵庫には酒も入っているはずで、呑めば体が温まるのは分かっていたが、呑む気にはなれない。もしも明日、二日酔いのまま捜査に出たら、綾奈に対して失礼だ。

足を止め、暗い夜空を見上げる。吐く息はわずかに白かった。遠くへ来てしまった、とつくづく感じる。普段、狭い東京の中でうろちょろしていると、東京以外の街へ来た時に、やたらと広さを感じる。孤独感も。そんなものには慣れっこで、むしろ孤独は友人ぐらいのつもりでいたのだが、胸の中に忍び寄る寂寥《せきりょう》感は否定できない。

しかし、孤独を味わいたくても、簡単にはそれが実現できないのが今の世の中だ。人と人を二十四時間つないでいる携帯電話——それが鳴り出した瞬間、孤独の時間は幕引きになった。溜息をついて背広のポケットから引っ張り出しながら、黒原母子のように携帯を持っていない生活はどんな物だろう、と考える。孤独になれなくても、不便さを我慢するよりましなはずだが。

「奥さんに会いましたよ」愛美がいきなり切り出してきた。

「元、だ」私は即座に訂正した。

「ああ、すみません」悪びれた様子もなく言って続ける。「とにかく会いましたけど、弥生さんについては、普通の人だった、という話です」

「中途半端な印象だな」私は顔をしかめ、煙草に火を点けた。弁護士の経験があるせいか、元妻は人の顔色を読む技術に長《た》けていた。顔色というか、その奥にある本音を。ただしこの場合、「普通」の持つ意味合いは違う。

「学校での活動も普通にしていたし、周りの人とも自然に話していたし。母子家庭だったから、いろいろ大変ではあったみたいですけどね、仕事との両立とか」

「ああ」

「何か、気に食わないですか？」愛美が不審そうに訊ねる。

「いや、普通であることが、普通じゃないんだ」醍醐の話を説明した。

「じゃあ、練馬に引っ越してから様子が変わったということですか」

「そういうことだ」

「何かあったんですかね」

「事情は、いろいろあると思う」母子二人の暮らしなら、経済的な問題もあるだろうし、息子の教育問題で悩んでいたかもしれない……いや、それはないか。そうだったら、むしろもっと積極的に学校と接触するはずだ。秋田の小学校で家出騒ぎを起こした時など、大騒ぎしてもおかしくなかったのに。醍醐が調べてくれた件も含めて、愛美としばらく話し合ったが、二人とも奥歯に物の挟まったような言い方しかできなかった。互いの胸の奥にある物は、分かっているのに。

「こっちでも、もう少し聞き込みをしてみます」

「変化の原因が気になるな」

「ええ」重苦しい声で愛美が相槌を打った。「放っておくわけにはいかないですね。それと、晋君のことについても調べてみます。もしかしたら、今でも連絡を取り合っている友だちがいるかもしれないし」

「そうだな」同意しながら、心の中では無駄だろうと諦めていた。今日会った、中学時代のクラスメートたち……晋との関係については、一様に「卒業後、一切連絡はない」「どこに住んでいるかも知らない」と言い切った。彼らの話す様子を見た限り、嘘をついているとは思えなかった。また、学校の中で苛めがあった様子もなかった。先生は知らなくても、子どもたちは知っている、ということもあるのだが、どうも晋は、学校の中で透明人間になるよう、自分に強いていたようである。まともに会話を交わしたこともない――話しかけても、必要最低限の返事しか返ってこない、という証言は一致していた。

笑っているのを見たことがない、とも。

「また連絡します」話しているうちに疲れてしまったのか、愛美の口調には元気がなかった。

「悪いな」

「いえ……あの、奥さん、普通の人じゃないですか」

「元妻だ」私は強張った口調で二度目の訂正を入れた。彼女の言う「普通」の意味が分からない。もちろん夫婦の間の緊張感は、他人が知る由もないのだが。私としては、二人の間でどんなに硬く冷たい言葉が飛び交ったか、説明する気にもなれない。

「私たちとは、普通に話してくれましたよ」

「それは、正規の事情聴取だからだろう」

「まあ、そうかもしれませんけど……」愛美はどこか不満そうだった。

「とにかく、面倒な仕事を押しつけて悪かった」話が変な方向へ流れそうだったので、私は素直に謝った。

「別に面倒じゃありませんよ」

「いや、面倒だろう」

「奥さんのことを言っているなら……」

「元妻、だ」三度目の訂正。だいたい向こうは、再婚する予定になっている。もう、私にはまったく関係ない人間になるのだ。

電話を切って溜息をつく。やはり、自分の人生は、他人には理解してもらえないものだと痛感した。部下に理解してもらおうと考えるのも、情けない話ではあったが。

13

翌朝、私は岩手県警本部を訪ねた。昨日は朝早く盛岡市を離れてしまったので分からなかったが、自分の足で歩いてみると、中心部は意外にコンパクトだと気づく。大抵の公共施設は、「城跡公園」として整備された岩手公園周辺の狭い地域に集まっているようだ。

県警本部は、公園の北西側にある、素っ気無い直方体の建物だった。グレーのタイル張りで、近づくとそれなりに年季が入っているのが分かった。警視庁の本庁舎も、建ってから三十年近くが経っているのだが、それと同じぐらいの古さだろう。隣には検察庁、そして消防本部があり、この辺りが治安の中心であることが分かる。

非公式の訪問であることを明かした上で、地域課長に面会を求める。明確に事件であれば刑事部を訪ねるのだが、誰かの居場所を知りたいという程度の話であれば、所轄を統括する地域課に知恵を借りるのが一番いい。岩手県警はそれほど規模が大きくないので、警視庁のような「地域部」はなく、地域課は生活安全部の一セクションだった。

地域課長の三枝《さえぐさ》は、驚いたような表情で私を出迎えた。警視庁の刑事が何の用件でここまで来たのか、想像もつかない様子である。中肉中背、少し白髪が混じった髪を綺麗に七三に分け——分け目の地肌がくっきり見えるほどだった——海老茶色のウールのベストを着こんでいる。そういえば庁舎内は、少し暖房が弱いようだった。

「人をお捜しで？」

「そうなんです」私は彼のデスクの前の折り畳み椅子に座った。課長席の隣には応接セットがあるのだが……とちらりと視線を送った。このポジションに座っていると、何だか上司に報告しているような気分になる。

「岩手のどこですか？」

「盛岡市内、ということしか分からないんですが、それも曖昧な情報です」

三枝が顔をしかめる。口の脇に刻まれた皺が、少しだけ深くなった。

「はっきりしたことは分からない、と」ボールペンの先でメモ帳を叩いた。

「元々、秋田の仙北市に住んでいた母子です。子どもが中学を卒業するタイミングで引っ越したんですけど、『盛岡の方へ行く』と言い残したことだけしか分かりません」

「夜逃げ？」

「それに近いかもしれません」

三枝がうなずき、巨大な湯吞みから茶を一口啜った。結局今朝も朝食を抜いた私は、口中に突然爽やかな緑茶の味が蘇るのを感じた。

「盛岡の方、ねえ」三枝が首を傾げた。「他県の人が岩手を見ると、全部『盛岡の方』かもしれませんよ。だいたい、岩手県内の他の市の名前、いくつ思い浮かびます？」

「まあ、それほど多くは……」ひどい自虐だな、と私は思った。「取り敢えずは、盛岡市内に絞って調べたいんですが」

「といっても、市内には所轄だけで三つあるんですな」三枝が座り直した。初任科の生徒に講義する警察学校の先生のような声色になっている。「一番大きいのが盛岡東署で、これが市内の大部分をカバーしています。それと西署、これは北上川の西側……紫波《しわ》署の管轄も、一部は盛岡市内ですね」

「市町村合併の影響ですか？」

「そうそう。紫波署の管轄の盛岡市っていうのは、旧都南村《となんむら》のことですから」

「秋田から夜逃げしてきた母子が身を隠すとしたら、やっぱり市内の中心部ですかね」すっかり「夜逃げ」を普通に使っている自分に嫌気がさしてきた。実態がなくても、言葉にしているうちに、頭の中では事実になってしまう。

「そのお母さん、何歳ぐらいの人ですか」

「今年、四十七歳ですね」

「四十七歳ねえ……こっちに知り合いでもいればともかく、今、不況でしょう？　四十七歳で働けるところ、あるかな」

「秋田では、旅館で働いていたんですけどね」

「ホテル、旅館……」順番に指を折っていった。「確かにそういうところは人の出入りが多いから、働きやすいかもしれない」

「本当に不況なんですか？　東北は今、景気がいいと聞いてますけど」嫌な言い方だが、「復興バブル」という言葉も耳にする。実際、阪神淡路大震災の後の兵庫県が、そういう状態だったはずだ。

「ああ、それは仙台だけの話ですよ」三枝が顔を歪めた。「あそこは東北の中心ですからね。復興のために集まる人も金も多い。国分町《こくぶんちょう》辺りは、近年にない大変な賑わいだそうで」

仙台市随一の繁華街は、そんな風に変わったのか……震災前に出張で来たことがあるが、あの頃はむしろ、落ちぶれた繁華街の典型のように見えたものだ。

「盛岡辺りはそうでもない？」

「仙台の復興バブルが、こっちまで及ぶかどうか、ねえ……」三枝が苦笑する。「東北の中でも、岩手はいつも後回しだから」

さらりと言ったが、それは何百年にも及ぶ歴史的経験から、岩手の人の心に染みついた感覚かもしれない。実際、海岸部の復興は遅々として進んでいないようだ。

「ま、それはともかく、取り敢えずは東署を訪ねるのをお勧めしますよ」三枝があっさり話題を変えた。不景気話は、枕詞《まくらことば》のような物なのだろう。「あそこが市内のほぼ全域をカバーしているわけだから、もしも本当に盛岡に住んでいれば、当たる確率は一番高い。そこで駄目なら、他の署に聴いてみるのがいいでしょう」

「分かりました。お手数をおかけして……東署は、どの辺りですか」

「車ですか？」

「ええ」

「ここからだと、歩いて行った方が早いですね。ここの前の道を右へ出て、最初の信号を右折。そこを二百メートルぐらい行った右側です」

「車を置いておくわけにもいきませんが……」

「ああ、構わないですよ」厄介払いするように、三枝が顔の前で手を振った。「本当に、歩いた方が早いですから。うちの人間には言っておきますから、そうした方がいい」

それがせめてもの好意だというように、三枝は「歩き」を強調した。確かに二百メートルか三百メートル程度なら、一々車を動かしているより、歩いた方が早い。素直に三枝の勧めに従うことにした。

今朝は昨日より少しだけ暖かく、歩いていても寒さは感じなかった。風は強いが、春を感じさせる、生ぬるさである。指示された通りに歩き出し、すぐに奥州街道に出た。ＪＲの駅からかなり離れたこの場所が、盛岡市の目抜き通りということになるのだろう。仙台ほどではないが、広い道路が真っ直ぐに伸び、見通しがよく歩きやすい道路だった。目の前に岩手銀行の本店、少し歩くと右手に県庁が見えてくる。窓に斜めに補強材を入れた建物が多いのは、やはり余震対策だろうか。

東署の庁舎は、県警本部そのものよりも新しく立派だった。一階部分はグレーの砂岩造り、二階から上が薄い茶色のタイル張りという建物で、警察署というより普通の会社の本社ビルのようにも見える。最近建てられた警察の庁舎は、威圧感を与えないように配慮しているのか、だいたいこんなものだが……奥州街道に面した、コンクリート打ちっ放しになっている正面玄関から入り、地域課長に面会を求める。

私が歩いていた間に、三枝から連絡が入ったようで——面会時の無愛想さが嘘のような手回しのよさだった——地域課長の清水《しみず》が愛想よく迎えてくれた。こちらは制服姿。三枝よりは若く、私と同年輩だろうか。がっしりした体格で、髪はほとんど坊主に刈り上げていた。折り畳み椅子ではなく、課長席の脇にあるソファを勧められる。愛想がいいのは本人の態度だけではなく、すぐに課員がお茶も出してくれた。今日最初に口に入れるお茶は、十分熱く濃く、体に染み渡っていく。

「いろいろ大変ですね」清水が同情をこめて言った。

「いや、仕事ですから」

「今、巡回連絡をチェックさせていますので、うちの管内に住んでいれば分かると思います」

「助かります」

巡回連絡は、警察が地域住民の居住実態を把握するために行うものである。住民票に関してはは、弥生たちのように実際の居住地に移していないケースも多いが、警察としてはそれとは関係なく、どこに誰が住んでいるのか把握しておきたいものなのだ。巡回連絡表に記入してもらうことも、交番の大事な仕事である。だからこそ外勤の警官たちは、面倒臭がられ――時には嫌がられながらも、一軒一軒ドアをノックして歩く。

調べるには少し時間がかかるだろう。無言を通すわけにもいかず、私はこれまでの捜査の概略を説明した。

「なるほど。夜逃げですね」

清水が納得したようにうなずく。また「夜逃げ」。誰もが簡単にこの言葉を使うし、私の頭にも染みついてしまっているが、まだ決めつけてはいけない、と自分を戒める。だいたい夜逃げしても、完全に痕跡を消すことはできないのだ。私たちは、突然姿を消した人を何人も見つけ出してきた。

だが今回は、少しだけ様子が違う。黒原母子を見つけ出すのは、それほど簡単ではないような気がしていた。

「盛岡市の繁華街は、どの辺りになるんですか」

「県警本部の裏手の方……城跡公園沿いから、県道二号線にかけての辺りですね。通称、大通商店街。でも、ささやかな物です。仙台辺りの大きな繁華街をイメージされると、がっかりしますよ。風俗店もほとんどないですしね」

「とはいっても、風俗店を当たるのは大変じゃないですか」

「一晩で終わるでしょう」清水があっさり言った。「あの業界は、横のつながりがありますからね。名前さえ分かっていれば、結構すぐに、どこにいるか分かるものですよ。今はいなくても、いついたかぐらいは分かるでしょう。それにそもそも、盛岡の繁華街は規模が小さいですから、当たる店もそれだけ少ない。まあ、巡回連絡で居場所を把握できていなかったら、歩き回ってみればいいんじゃないですかね」

清水が顔を横に向けた。若い巡査部長が近づいて来たのだが、二人が交わした視線を見ただけで、警察は黒原母子の居場所を摑んでいないことが分かった。清水が渋い顔で報告を受け、私に向き直る。

「申し訳ないですが」清水が本当に申し訳なさそうに言った。「こちらではやはり、把握していませんでした。すみませんね」

「とんでもない」落胆を隠しながら私は言った。

「借金、あるんじゃないですかね」清水がぼそりと言った。

「そうかもしれません。旅館の土地と建物は売却したんですが、商売は上手くいってなかったようですから、清算できなかったのかもしれませんね」

借金取りから逃げるために……というのはいかにもありそうな話だ。しかし、昨日会った重田尚美は、そんな話はしていなかった。小さな旅館のことだし、深刻な借金があれば、従業員にも伝わっていただろう。しかも弥生は「経営者」ではなかったわけだから、全てを自分で背負い込んで口をつぐみ、逃げ出す、というのは考えにくい。

「分かりました。ちなみに、盛岡は初めてですか」清水が訊ねる。

「ええ」

「土地鑑は？」

「ほぼないですね」

「うちから人を出しましょうか？　そちらの捜査共助課から一声かけてもらえば、問題ないですよ」

「いや、それでは申し訳ないですから」私は顔の前で手を振った。

「そうですか？」清水が首を振った。「うちは今、ちょうど暇でしてね。若い連中を遊ばせておくとろくなことがないから、こきつかってやった方がいいんです」

私は苦笑しながら首を横に振った。彼の言い分はもっともだが、そこまで好意に甘えることはできない。

「もしも、面倒なことになったらお願いするかもしれませんが、今はまだ一人でできますから。ここに顔を出したのは、仁義のためですよ」

アメリカの探偵が出張に出た時、地元の警察署に顔を出すように。それをやっておかないと、身に覚えのない容疑で逮捕される——そんな話を、私はどこかで読んだのかもしれない。人は自分でも覚えていない記憶に影響されるものだ。

「いつでもどうぞ。ご遠慮なさらず」

人にこれほど親切にしてもらったことがあっただろうか。いや、ある……周囲の人は常に、私に親切だったと思う。十二年前のあの頃も、私が必死過ぎて気づかなかっただけだ。どれだけ多くの人の顔をしかめさせたのかと考えると、ぞっとする。

「ま、内輪の話ですからね」清水がさりげなく言った。

そう、警察一家は内輪で助け合う。警官殺しが滅多に迷宮入りしないのはそのためだ、と皮肉に言う人もいるぐらいだ。他の事件でも、それぐらい必死になればいいのに……結局私は、内輪の人間の掌の中で、動いているだけなのだろうか。今も文句一つ言わず助けてくれる仲間がいるし、大声を出せば、いくらでも援軍が集まるだろう。

しかし、それに甘えてはいけない。これは私の事件であり、誰かの手を借りるのは、最小限に留めなければならないのだ。

けじめのために。

東署を出て、今度は裏道を通って県警本部に向かった。城跡公園の脇を通る道で、昭和の香りを残す、ささやかな繁華街が道沿いに広がっている。城跡公園は綺麗に緑が整備されており、気持ちと時間に余裕がある時なら、見物してみたいと思わせるものだった。鳥居があるのに気づいて首を傾げたが、公園の入口近くに神社があるのを見て合点がいった。

県警本部から車を出し、近くに駐車場を見つけて停め直す。それから大通商店街に戻り、ぶらぶらと歩き始めた。古びたデパートのようなビル……地元の銀行……チェーン店はほとんど見当たらず、ほぼ地元の店のようだった。しかし時間が早いせいか、多くの店がまだシャッターを閉めている。昼過ぎてもこのままだったらシャッター商店街そのままだが、単に営業時間になっていないだけのようだった。

途中、商店街のイラストマップを見つけて足を止める。大通商店街を少し西の方へ行くと、「映画館通り」にぶつかるらしい。地図を見ると、確かにその通りには映画館が固まっているようだった。今時、狭い場所にこれほど多くの映画館が固まっている街も珍しい。盛岡の人はそんなに映画が好きなのだろうか、と私は訝った。と同時に、狭い映画館に、黒原母子が並んで座っている様子を想像してしまう。他に娯楽もなく、ささやかな楽しみとして……嫌な想像だった。私は頭の中で、あの二人をどんな立場に追いこもうとしているのだろう。

イラストマップの前に立ったまま、古い写真を取り出した。十二年以上前のクラス写真……そこに写った晋の姿は、今に至るまで面影を止めているだろうか。さらに、昨夜遅く醍醐から送られてきた写真を携帯で見る。練馬の小学校で、ＰＴＡの集まりに一度だけ出た弥生の写真を拡大したものだった。集合写真を引き伸ばしているのでそれほど鮮明ではないが、何となく雰囲気は感じ取れる。肩までの長さの髪。顔色から、化粧っ気がほとんどないのが分かった。他の母親たちは、ストロボの光で顔の凹凸が飛んでしまうほど、顔を白く塗っているのに。目は伏せがちで、他の母親たちが笑っているのに比べ、少しだけ強張った表情を浮かべていた。面長の顔立ち、細い目、薄い唇。元々幸が薄そうな顔なのか、何かを憂《うれ》えているのか。

当時の弥生は三十五歳。三十五歳から四十七歳までの十二年で、顔つきが大きく変化してしまう人もいる。しかも写真はぼんやりしていた。はたしてこれを見て、現在の弥生の顔を思いつく人がいるだろうか。

思わず挫《くじ》けそうになったが、最初から諦めていては何にもならない。取り敢えず、今日最初のコーヒーを飲んで、気合いを入れ直そう、と決めた。

ぶらぶら歩いているうちに、ドーナツショップを見つけた。朝からドーナツか……これではまさにアメリカの警官だ。苦笑しながらも、中で煙草が吸えることが分かったので、店に入った。朝食なので、甘いドーナツではなく、ソーセージが入ったパイを選ぶ。昨日の朝飯も同じようなものだった——小麦粉と肉——と後から気づいた。

喫煙席で、コーヒーを一口、煙草を一服。パイは脂《あぶら》っこく、後で胃もたれがしそうだったが、それでもエネルギーを補給することだけを考え、ひたすら口に押しこむ。とにかく今は、聞き込みを続けるしかない。休んでいる場合ではないと思い、熱いコーヒーを急いで飲み干し、すぐに店を出た。出る間際に、店員に写真と携帯の画像を見せてみたが、まったく見覚えはないという。最初から上手くいくわけがないのだが、出鼻を挫かれたような気分になる。

少し歩くと、映画館通りに出た。大通商店街が昔ながらのごみごみした繁華街だとすれば、こちらはすっきりと整備された駅前通り——駅からは遠いが——という感じである。真っ直ぐな道路が延び、歩道には「CINEMA STREET」のバナーがかかったオブジェが並んでいた。金色の十字架のようなオブジェの中央付近には、花が添えられている。ささやかな緑だが、それでもアクセントにはなっていた。肝心の映画館は……と見回したが、自分がいる近くには見当たらない。

この辺も、人通りは少ない。店員が普通に働いているのは、コンビニエンスストアぐらいだった。開いている店に手当たり次第に飛びこみ、写真を見せて回る。ヒットなし。映画館通りを二往復した頃には、既に疲れを感じ始めていた。それでも気持ちを奮《ふる》い起《た》たせて、大通商店街に戻る。今度は、映画館通りのさらに西側へ移動して、取り敢えず商店街を端まで行ってしまうことにした。こちらも、映画館通りの東側とさほど状況は変わらず……平日の午前中早い時間帯なので、人の姿はほとんど見えない。後は、大通商店街の裏側にある、細い道を探っていくしかないが、覗いてみると、そちらはさらに寂れていた。

とにかく、歩け。歩いて人に話を聴かないと。しかし「知りません」「見たことありません」と否定の言葉ばかりを聞いているうちに、自分はまったく見当違いのことをしているのではないか、と心配になってきた。

十時を過ぎると、次第に店のシャッターが開き始める。それで少しだけ、聞き込みの勢いが加速してきた。

最初の手がかりは、大通商店街を東の端まで戻って、最初に「デパート」と見たビルの中で得られた。建物自体は「岩手県産業会館」というお堅い建物のようだが、その一階部分が「サンビル」というショッピングセンターになっている。

しかし、何というか……雑然とした場所だ。パン屋、ネクタイ専門店、菓子屋、靴屋と、様々な店が、狭いフロアの中でひしめき合っている。その中心では、産直野菜の売り場が大きな顔をしていた。さすがに野菜は新鮮そうで、しかも安い。自分には関係ない世界ではあるが……私は紳士洋品店に顔を出した。ループタイをした七十絡みの男性店主が、愛想よく応対してくれる。暇な時間のようだった。

晋の写真を見せると、分厚い眼鏡を外し、ほとんど写真に鼻をくっつけるようにして凝視した。それでもはっきりとは見えないようで、別の眼鏡をかけ直し、写真をガラス製のカウンターに置いてもう一度じっくりと見た。

「この子?」指差したのは、まさに晋だった。

「そうです」

「見覚えは……ないなあ」首を捻る。「小学生ですか?」

「十二年前には」

「そんなに昔? じゃあ、今は何歳ぐらい?」

「十九歳ですね」

「じゃあ、分からないな。こういう顔の子も見たことはないし」

「面影は残っているんじゃないかと思いますけど」

「そりゃ無理だよ。小学生と十九歳じゃ、全然顔が違う」

店主が呆れたように言って、写真を取り上げた。全てを拒絶するように、私の眼前に突き出す。仕方なく、私は写真を受け取った。携帯の写真を見せても無意味だな、と思ったが、念のためにチャレンジする。

「これはまた……見辛いねえ」顔をしかめながら、画面に近づける。「ずいぶんぼやけてるじゃない」

「集合写真を引き伸ばしたんですよ」

「じゃあ、仕方ないな。もしかしたらこれも、十二年前の写真?」

「そうです」

「そう言われてもねえ……」携帯を顔から離したが、またすぐに近づけた。「待てよ？　この人、女の人だね？」

「ええ」

「見たことあるな……最近」

「いつですか？」

私は思わず、カウンターの上に身を乗り出した。店主が嫌な顔をして身を引く。

「いつって、そんなはっきりとは覚えてないよ。この年になると、一年前でも一週間前でも同じなんでね」

「思い出して下さい。どこで見ました？　この店ですか？」

「うちへ来たわけじゃないけど……」

店主が携帯をカウンターに置いた。かちり、と冷たい音が響く。それが終了の合図にならないことを私は祈った。

「その辺で買い物してたのかな？　いや、違うか。買い物してたわけじゃなくて、ぶらぶら歩いていたというか……」

「どうして覚えているんですか？」

「うん？」

「そういう姿を見ただけで覚えているほど、印象的な顔ですかね」

「理由なんか、自分でも分からないよ」

店主が分厚い下唇を突き出す。しかし、何かあったのだと私は確信していた。弥生の顔は、強く印象に残るものではない。よほどおかしな行動をしなければ、覚えていられないはずだ。

その時、カウンターの上に置いた私の携帯が震え、メールの着信を告げた。「失礼」と言って取り上げ、確認する。愛美。さっと目を通すと、新しい画像ファイルが添付されているのが分かった。鑑識《かんしき》課に依頼して、弥生の写真に十二年の年齢を足した顔をシミュレートしてもらっていたのだが、それが完成したのだという。添付ファイルを開き——元の画像もかなり修整したようで、結構クリアな画像だった——店主に見せる。

「これでどうですか?」

今度は、携帯をそれほど顔に近づけずに済んだ。眼鏡を軽く直しただけで、「これは何の写真?」と訊ねる。

「さっきの女性の十二年後の姿——の想像図のようなものです」

「ああ、似てるわ。確かに見たよ。でも、こんなに健康的な感じじゃなかったね。もっと痩《や》せてた。女性は、少しふっくらしている方が健康的じゃないかね」店主がにやりと笑った。

「ええ、まあ、そう言う人もいるでしょうね」この理屈は女性には通用しないだろうと思いながら、私は曖昧に答えた。長年の流浪の生活が、弥生をくたびれさせてしまったのだろうか。「それで、何をしていたかは……」

「それは分からないなあ。覚えていない」

しばらく押し引きを進めたが、店主からはそれ以上の情報を引き出せなかった。ふと思いつき、近くに写真店かコンビニエンスストアがないか、訊ねる。古くからの写真館があると聞いてサンビルを飛び出したが、歩いているうちに心配になってきた。この画像をプリントアウトしてもらおうと思ったのだが、そういう古い写真館に、適当な設備があるのだろうか。

歩いて行くうちに、パソコン教室の看板が目に入った。むしろここで何とかなるのではないか？　パソコンとプリンターさえあれば……私は、ビルの二階にあるパソコン教室に突入した。ドアを開けると、キーボードを打つかすかな音が耳に飛びこんでくる。中には学校の教室――規模はだいぶ小さいが――のようにデスクが並び、その上にパソコンのモニターがずらりと並んでいる。全員六十歳過ぎに見える男女が数人、モニターに向かっていた。明るい板張りの壁、大きな窓から入ってくる陽光。パソコン教室という言葉がイメージさせる薄暗い雰囲気は一切なかった。

中はむっとするほど暖房が効いており、若い男性講師は半袖のポロシャツ姿だった。デスクの間を回って、屈みこんではあれこれ教えている。教室の中を見回し、手の空いている人間がいないか、捜した。一人、教室の隅に座ってパソコンに向かう、これも若い男がいる。揃いのポロシャツを着ているので、講師だと分かった。中に足を踏み入れると、視線が一斉に突き刺さってくる。一つ咳払いしてそれを無視し、教室の奥まで進むと、パソコンに向かっていた男がようやく顔を上げ、私に気づいた。大声で話せない雰囲気だったので、私はちらりとバッジを見せた。男の顔からわずかに血の気が引く。

「ちょっとお願いがあってきたんです」男の耳に顔を寄せて囁《ささや》く。「時間はかからない……かからないと思います」

「難しい話ですか」男は露骨に身構えていた。

「いや、全然」私は両手をさっと広げて見せた。「ちょっと話をさせてもらっていいですか」

「ええ、じゃあ、こちらへ」男が渋々歩き出した。教室の前にあるドアを開け、私を中へ入れる。

更衣室兼事務室のようだった。教室もそれほど広くないが、こちらはさらに狭い。四畳半ほどのスペースに、無理矢理デスク二つとロッカーを三つ、さらに部屋の中央には折りたたみ式のテーブルが二つ置いてある。そのせいで、中を自由に歩き回ることは不可能だった。

「何でしょうか」

男がドアを閉め、不安気に訊ねる。私は、彼の首からぶら下がっているＩＤカードに素早く目を通した。

「福山《ふくやま》さん？」

「はい」福山が、すっと胸に手を伸ばしてＩＤカードを掌で隠した。これ以上正体を知られたくない、とでもいうように。

「プリンターを貸してもらえませんか」

「え？」目を見開く。

「プリントアウトしたい写真があるんです。迷惑なのは分かってますが、ここが一番早そうだったから。金は払いますよ」

「ああ、そういうこと……いいですよ。別に金もいりません」

「申し訳ない」

私は携帯電話からカードを取り出した。

「マイクロＳＤですね」福山が私からカードを受け取り、デスクの引き出しを漁《あさ》ってアダプターを取り出した。それを使ってパソコンにセットし、すぐに画像を呼び出す。

「どれですか？」

私は彼の肩越しにパソコンのモニターを覗きこみ、写真を指定した。大きな画面で見ると、加工した画像の不自然さが目立つ一方、顔の特徴は強調されて見える。

「この女性ですね？　ちょっと待って下さい」

すぐに、プリンターが動き始めた。私はパソコンの隣に置いてあるプリンターの前に移動し、紙が吐き出されてくるのを待った。はっきり見える。これなら、携帯電話の小さな画面を見せて回るより、よほど効果的だろう。

紙を取り上げ、礼を言おうとして横を見ると、福山は腕組みして画面を凝視していた。

「何か問題でも？」

「いや……この人、誰ですか？」

見たことがあるのか？　弥生は、大通商店街を頻繁に利用していたのだろうか。私は「黒原弥生さんという女性なんですが」と答え、「捜しているんです」とつけ加えた。

「黒原弥生さん……」

「ご存じない？　この辺で見たことがあるとか」

「いや……本当に黒原さんなんですか」

「本物かどうか？　それはちょっと……昔の写真を、加齢シミュレーションソフトで修整したんですよ」

「ああ、そういうことですか。それ、あまり優秀なソフトじゃないみたいですね」

「どういうことですか？」

「こんな顔じゃなかったですよ」

14

長年刑事をやっている私でも、これほどの幸運にぶつかることは珍しかった。行き当たりばったりで聞き込みを続け、「これは」という結果が生まれることなど滅多にないのだ。まさか、黒原弥生がこのパソコン教室に通っていたとは。

「ええと……この人ですね」

福山が、画面一杯に写真を拡大した。受講者の集合写真で、この教室で撮った物だと分かる。しかしこの写真でも、一番端に立っている弥生は顔を伏せがちだった。シャッターが下りるタイミングで顔を伏せてしまえば「もう一枚」ということになるが、そうならないぎりぎりのタイミングを狙ったようでもある。顔が写るのを何とか避けようとしているような……。

「ここだけ切り取ってプリントアウトしましょうか？　拡大しても、顔はしっかり見えますよ」

「お願いできますか？」

「楽勝です」言葉通り、福原は手の動きが見えないほどのスピードでパソコンを操り、写真を拡大した。それをすぐプリントアウトし、私に手渡す。「こんな感じですね」

二枚の写真を並べてみると、違いは一目瞭然だった。この教室に通っていた時――四年前の写真は、ソフト的に加齢させた写真よりもずっと痩せて、実年齢より老けて見える。長年の苦労が偲ばれる顔つきだった。後ろで縛った髪に白髪が混じっているのがはっきり見えたし、厳しく引き結ばれた口元には、くっきりと皺が刻まれている。

「ここに通っていたのは四年前ですね」私は確かめた。

「ええ。四月と五月の二か月……週に三回いらっしゃってました」パソコンの画面を睨みながら福山が答えた。

「ということは、二十回ぐらい？」

「そうですね。時間にして二十時間です」

「それぐらいで、必要なことは覚えられるんですか？」

「それは、その人が何を求めているかによります。黒原さんの場合は、エクセルとワード中心でした。パソコンはまったく初心者だったので、ちょっとゆっくり目に……それでも、普通の会社でパソコンを扱えるぐらいのレベルまではいったと思います」

「仕事のためだったんですか」

「ええ」

「どこですか？」自分の声が次第に尖るのを意識する。

「それは聞いていないんですけど……」福山がすっと身を引いた。「就職のために必要だからって……それしか聞いてなかったんで」

「具体的な話は出なかったんですね」

「こちらとしては、そういう情報は特に必要ではないので……」福山は、ほとんど言い訳するような口調になっていた。

「住所は分かりますよね？　そういうデータは当然あると思いますけど」

「ああ、ありますよ」

福山が、すらすらと住所を読み上げた。盛岡市繋《つなぎ》。まったく聞き覚えのない地名だった。

「どの辺ですか？」

「ええと、雫石との境になるんですけど、御所湖《ごしょこ》ってご存じですか？」

私が首を振ると、福山がパソコンの画面上に地図を呼び出してくれた。昨日、すぐ近くを通っていたことに気づく。秋田街道の、ほんの少し南側。湖そのものは東西に細長い、川が太くなったような形だった。ダム湖なのかもしれない。

「これは、どういうところなんですか」

「湖……って、それは当たり前ですよね。温泉ですよ。繋温泉っていうのがあって、ちょっとした保養地になってます。旅館とかホテルもありますよ」

旅館、で田沢湖とつながった。結局弥生は、故郷を離れても同じような仕事を選んだのだろうか。水鳴荘では、パソコンなど導入していなかったのかもしれないが、ホテルで働くとなると、パソコンのスキルぐらいは必要なのかもしれない。点が一本の線につながりつつある快感を、私ははっきりと感じていた。

地図を大きく拡大してもらう。確かに旅館やホテルがあり、民家も並んでいるようだった。小学校と中学校も……いや、晋は既に中学校を卒業していたから、それは関係ないか。高校へ通っていなかったとすると、この辺りで働いていたのだろうか。十五歳の少年が働けるような場所があるとは思えなかった。新聞販売店ぐらいか……しかし、ざっと見た限りでは、そういうところは見つからなかった。もしかしたら働きにも出ず、家に閉じ籠《こも》っていたのかもしれない。田沢湖で、閉じ籠るための秘密基地が必要だったように。地図を見た限り、付近は緑が豊かなようだ。その気になればまた山の中に寝袋を持ちこみ、一人で過ごすこともできただろう。

住所が分かったことで一安心して、私は弥生の人となりに話題を変えた。

「どんな感じの人でしたか？」

「基本的には、すごく真面目に勉強する人でしたよ。とにかく、早く覚えなくちゃいけないって、急いでました。仕事で必要だったんでしょうけどね」

「でも、それが何の仕事かは言わなかった」

「ええ」

「前に、旅館で働いていたんですよ」

「ああ、なるほど」福山がうなずいた。「繋温泉なら、旅館もありますしね。そういうところで働く人って、結構職場を変わったりしませんか？　旅館を転々としたり」

「そういうこともあるようですね……個人的な印象はどうですか？　真面目ということ以外で」

「何だか疲れてました」

「肉体的に？　それとも精神的に？」

「両方、ですかね。その……ちょっと老けてる感じもあるじゃないですか。いつも暗い顔で、パソコンに慣れないせいかな、と思ってたんです。不向きな人、いるでしょう？」

「私もそうですよ」

「まあ、確かに向き不向きはあるんでしょうけど」福山が苦笑した。「とにかく必死な感じでした」

「教室の人と話したりとか、食事に行ったりとか……」

「なかったと思いますよ。仕事で覚えなくちゃいけないから来てたわけで……お年寄りなんかは、趣味みたいに通ってくる人もいますけど」

「彼女は免許を持っていなかったんですけど、繋温泉からこの辺までは、バスか何かで来られるんですか?」

「基本的に、この辺の人は車を使うけど……バスはあったかなあ」すぐにパソコンに向かい、検索を始める。「ああ、ありますね。繋温泉からこのすぐ近くのバスセンターまで来られますよ。四十分ぐらいかな。本数も結構ありますね」

「そんなに遠いわけじゃない」

福山が乾いた笑い声を上げた。

「盛岡で四十分も車に乗ったら、相当遠くまで行けますよ。繋温泉も、そんなに近いわけじゃないですから」

しかし、通えたわけか。旅館に住み込みで働きながら、週に三回、盛岡市の中心部にあるパソコン教室に通う——無理な生活ではあるまい。私は礼を言って、パソコン教室を辞去した。大きな収穫だ。この線を追っていけば、必ず黒原親子に辿り着ける。

なのに何故か、気が進まない。

駐車場に戻りながら、昨夜の決意をふと思い出した。食事ぐらいはまともにすること。まだ十一時だが、少し早目の昼食にしてもいい。朝も油っこいだけの食事だったし、少しは体によさそうな物を食べておこう。この辺りなら、適当に食事を取れる場所はいくらでもあるはずだ——しかし、結局このまま繋温泉まで行ってしまうことにした。寝かしておいていい情報だとは思えない。

　車のドアに手をかけた瞬間、携帯が鳴る。何か邪魔されたような気分になったが、出ないわけにはいかない。愛美だった。しかも呑気《のんき》な口調だった。

「駅までお願いします」

「駅？」

「盛岡駅に決まってるじゃないですか」

「何やってるんだ」私は思わず声を張り上げた。手伝いに来たつもりかもしれないが、これはまずい。私一人が勝手に出張してきただけでも問題なのに、愛美まで失踪課を空けてしまったら、真弓も無視してはいられないだろう。

「応援ですけど」愛美が涼しい声で言った。

「別に、応援は必要ない」

「高城さん一人だと頼りないから」

「何言ってるんだ。もう、弥生さんの居場所を見つけたよ」

「本当ですか？」愛美が声を潜める。駅のざわめきに、声が埋もれそうになった。

「少なくとも、四年前にどこにいたかは分かった。これからそこを訪ねてみる」

「盛岡で遊んでたわけじゃないんですね」

「当たり前だ」いつものの、少しからかうような、突っかかるような口調。むっとすると同時に、私は居心地の良さも感じていた。日常は日常なのだ。

「一緒に行きます。本当にそこで摑まるなら、二人の方がいいですよね。というわけで、今、駅にいるんですけど」

「分かった……十分で行く」交番の前で待っているように指示し、車を出した。

盛岡市は、同じ東北でも仙台とは違ってコンパクトな街である。しかし市内の渋滞は予想外に激しく、特に橋を渡るのに手間取った。結局駅まで、十分ではなく十五分かかってしまう。

愛美は言われた通り、駅前交番の前に立って待っていた。交番を見て、ここは市内で一番大きい東署ではなく西署の管内なのだ、と気づく。愛美は分厚いウールのコートを着こんで、寒さ対策も万全だった。二泊ほどはできそうなサイズのボストンバッグが、一時の気まぐれでここへ飛んで来たのではないことを証明している。確信犯。後部座席のドアを開けてバッグを放りこむと、すぐに助手席に体を滑りこませる。一瞬顔をしかめたが、「やっぱり」とつぶやくと、ハンドバッグからプラスティック製のプレートを取り出し、グラブボックスの上に張りつけた。

「禁煙」

「おいおい」失踪課の覆面パトカーに張ってあるのと同じものだと気づく。三方面分室で喫煙者は、私一人。今や覆面パトカーも完全禁煙になっているのだが、そのルールを無視してしばしば煙草をふかす私に対して、愛美がプレッシャーをかけようと張りつけたものだ。

「臭いんですよ」

「このレンタカーは喫煙車だぞ。煙草を吸うのは俺の権利だ」

「同乗者がいる時ぐらい、禁煙にして下さい……で、どこまで行くんですか」

「盛岡市の西の外れ、繋温泉というところだ」

「また旅館ですか?」愛美が勘鋭く告げる。

「それは分からない。住所が分かっただけなんだ」

私は、偶然からパソコン教室で割り出した弥生の住所を告げた。愛美がハンドバッグから折り畳んだ地図を取り出し、ばさばさと音を立てながら広げる。駅前交番の中から、制服警官がこちらを見ているのに気づいたが、無視して話を進めた。何か言われたら、バッジを見せればいいだけの話だ。

「旅館から旅館へ、ということですかね」福山と同じようなことを言う。

「慣れた場所の方が、働きやすいんだろうな」

「シナリオを書くのは難しくないですよね」地図を畳むと、愛美がスマートフォンを取り出して検索を始めた。繋温泉のことを調べているのだろう。そうしながらも、喋りは止まらない。「親から旅館を受け継いだけど、借金があるか何かの理由で、廃業せざるを得なかった。で、借金取りから逃れるために、県境を越えて盛岡まで来たけど、働く場所はやっぱり旅館しかなかった、という感じじゃないですか？　ああいう所なら、住みこみの従業員用に、寮なんかもあるはずですよね」

「ああ。その住所が寮かどうかは分からないけど」

「行ってみればすぐに分かりますよ。で、晋君は？」

「それは分からない。今のところはっきりしているのは、秋田では高校に行かなかったということだけだ」

「働いているんですかね」スマートフォンの画面を凝視しながら愛美が言った。

「それも分からない。痕跡が消えているからな。とにかく現場で――」私の携帯電話が鳴り出したので、口をつぐむ。画面には西川の携帯電話の番号が浮かんでいた。話が長くなりそうだと思い、愛美に「繋温泉まで運転できるか？」と訊ねた。

無言で助手席のドアを押し開け、愛美が外へ出る。私もドアを開け、同時に通話ボタンを押した。

「西川です」暗い声だった。

「ご苦労様」

「あまりいい知らせじゃありません」こちらを不快にさせないためか、最初に予防線を張った。

「ああ」私が助手席に座ると同時に、愛美が車を発進させた。ナビの設定をしなくて大丈夫なのだろうか、と一瞬心配になる。しかし彼女は、自信満々の態度でハンドルを握っていた。

「残り五人に関してですが、全員接触できました。いい証言は取れませんでしたが」

「そうか……」予想してはいたことだったが、可能性が萎《しぼ》んでいくのは辛い。ゆっくりと喉を締められるような感じだった。

「まだ会えないのは、黒原晋君だけです」

「手がかりは摑めた」私は簡単に事情を説明した。電話の向こうで、西川がメモを取っている様子がうかがえる。

「一か所ポイントを見つけたら、そこから追跡するのは難しくないですね。そこへ人を集中させましょうか？」

「いや、まだそこまでやっていいかどうか分からない。容疑者というわけじゃないんだし」

「晋君、綾奈ちゃんが行方不明になった直後に学校を休んでるんですよ」

「そうだったのか？」知らない事実だった。誰かが聴いていたかもしれないが、私の記憶にはない。

「二日ほど休んで、出て来た時にはひどく落ちこんでいた様子だった、と。それで、学年の終わりには転校ですよ」

「何が言いたい?」

「これぐらいの材料では、まだ判断したくないですね」

西川らしい慎重な言い方だ、と思った。これが沖田なら、思いついたことを片っ端から口にしているだろう。

「分かった。今の話は参考にしておく」

「そうして下さい。あまり変な想像はしない方がいいですよ」

「俺は目の前のことしか見てないよ」

「何かあったら……いつでも応援を出す準備はありますから」

「ああ」一瞬言葉を切ってから、「その時は、防寒装備は完璧にした方がいい。こっちはまだ寒いんだ」とつけ加える。

西川が軽く笑って電話を切った。冗談ではないのに……この男が笑うポイントが、私には摑めなかった。

愛美は確実に、秋田街道へ向かう道路を走っていた。昨日、私も走った道路である。見覚えのある光景が次々と通り過ぎた。秋田街道まで出て一安心する。後はずっと西へ走り、途中、どこかで左折すれば間違いなく繋温泉に辿り着くはずだ。

「西川さん、何か?」電話を切ってしばらくしてから、愛美が訊ねた。

「他の五人、全員潰し終えたそうだ。収穫はゼロ」

「しょうがないですね」

「失踪課の連中はどうしてる？」

「聞き込みを続行してます。黒原さん親子に対する聞き込み」

「……疑ってるのか？」

「高城さんほどじゃないです」ハンドルを握ったまま、愛美が器用に肩をすくめた。「まだ何も言えませんけどね。具体的に疑わしい材料は出ていないんで」

「その通りだ。虚心坦懐《きょしんたんかい》でいこう」

「ずいぶん難しい言葉を知ってますね」

「刑事は、四文字熟語が大好きなんだよ」あるいは格言好きと言うべきか。しかし今の状況を上手く言い表す四文字熟語を、私は他に思いつかなかった。

　御所湖は、普通の川よりちょっと幅が広いぐらいだろうと想像していたのだが、実際にはかなり大きな湖だった。橋を渡り終えた辺りに、旅館やホテルが何軒か固まっているのが見える。一直線に続く長い橋は、海上を行くようなものだった。

「普通の温泉観光地ですね」橋を渡ってすぐ右折した後、愛美が言った。

「観光できそうな場所はないけど」

「日帰り入浴の客もいると思いますよ。日本人は、温泉が大好きだから」

「ああ……」

相槌を打ちながら、ふと、温泉に入るのはどんな気分だろうと思った。温泉になど、長いこと行っていない。それこそ、綾奈が五歳の時に、熱海《あたみ》に連れて行って以来だ。バブル崩壊後の熱海はひどく寂れた印象だったが、温泉の質に変わりはなく、芯から体が溶けていくような感覚を味わったのを思い出す。今の自分に必要なのは、心を溶かす温泉かもしれない。何というか……私の心は凍ったままなのだ。犯人を合法的に追跡する行為は、いつでも興奮をもたらす。行方の分からない相手を捜し、謎を一つ一つ潰し、急に目の前に明るい一本道が見えてくる経験は、何物にも替え難い。それこそが刑事の仕事の醍醐味だと思うし、それがあるからこそ、仕事の九割を占める退屈な行為――無益な張り込みや報告書の作成――にも耐えられる。

だが今、私はまったく高揚《こうよう》していなかった。綾奈を殺し、遺体を遺棄した犯人を捜す――胸を焦がし続けた思いは、急速に熱を失いつつあるようだった。

理由は分からない。あるいは、分かっていても認めたくないのかもしれない。この世で一番見えないのは、自分の心理だ。

愛美がすぐに、当該の住所を見つけ出した。少し山の方へ入った場所。湖岸から奥に向かうに連れ、車もすれ違えないほどの細い道路に変わる。そんな場所に車を停めておくと面倒なことになるので、結局一度湖岸の広い道路に戻り、そこにレンタカーを駐車することにした。近くに交番があるが、何か言われても説明すれば大丈夫だろう。そもそも、このレンタカーのナンバーは、岩手県警の中では既に知られているかもしれない。何かあっても見逃すこと――馬鹿な。いくら「警察一家」といっても、暴走を見逃すようなことはないはずだ。

盛岡市の中心部からかなり外れたこの辺りは、少し気温が低いようだった。ウールのコートを着ている愛美は平然としていたが、私は自然と背中が丸まるのを意識する。日が高いうちに市街地に戻れたら、絶対に厚手のコートを買おう、と決めた。このままいつまで岩手にいるかは予想もつかないが……黒原母子は、この街も離れて、また別の土地に移り住んだかもしれない。それこそ、沖縄とか。

頭を振り、愛美に先導を任せて細い道路を登って行くと、ごく普通の住宅地になった。二階建ての家が建ち並び、所々に地元政治家のポスターが張ってある。

住宅地の真ん中には、併設された小学校と中学校がある。木造校舎で、二階部分に木のベランダをしつらえた造りは、どこかで見たことがあった――西部劇の映画だ。凶悪な人間が支配する街へやって来た保安官が、一杯だけウイスキーを引っかけていく酒場が、こんな造りだったのではないか。

愛美は無言で、どんどん先へ進んでいく。地図もスマートフォンも見ていないが、自信たっぷりな様子だった。車を停めてから五分ほど歩き、傾斜が少しだけ苦痛になり始めた頃、振り返って、「ここですね」と告げる。

アパートだった。平成になって東京では絶滅したような、木造二階建て。屋根はくすんだ青で、壁の白も黒ずみ始めている。各戸の前にはプロパンガスのボンベが並んでいた。静か。誰かがいる気配はない。

「やっぱり、どこかの旅館かホテルの寮ですよ」愛美が指摘した。

「そんな感じだな」

私は一階の一番端、道路側に近い部屋の前にある郵便受けを確かめた。十二部屋、全てに名前があるが、「黒原」はない。既に引っ越してしまったのか……急にがっくりとして疲れを覚えたが、愛美はまったく平然としている。私をその場に残したまま、近所の聞き込みを始めた。五分ほど姿を消していたと思うと、スマートフォンを弄りながら戻って来る。

「ホテルの寮でした。『清風苑《せいふうえん》』……近くですね。車で行きましょう」

「歩いて行けないのか」反射的に言ったが、自分の言葉は頭の中で虚ろに響くだけだった。追いかけてきた手がかりが一瞬にして消えたショックは、小さくはない。弥生たちを追いかけたいのか追いかけたくないのか分からなかったが、とにかくここで大きく後退してしまったのは間違いない。百メートルの半ばまで行ったつもりが、スタート後五メートル地点に引き戻された感じだった。

「あの場所に、いつまでも車は停めておけませんよ」

それもそうだ。何だか彼女に引っ張られるままだな……情けなく思いながら、私は坂を降り始めた。今度は私がハンドルを握り、彼女に案内役を任せることにする。助手席でぼうっとしていると、余計なことばかり考えそうだ。少なくとも車を運転をしている限り、それに集中しなければならない。

しかし、集中は二分と続かなかった。先ほど渡って来た橋を通り過ぎると、愛美がすぐに右折するよう指示した。細い坂道を一気に上がっていくと、ホテルの正面玄関に出る。広い駐車場が眼下に広がっていたが、愛美は坂道を歩いて登る手間を省いたようだった。玄関脇の駐車スペースに車を停める。

「清風苑」というやや古めかしい名前に相応しくなく、建物は近代的なホテルだった。ロビーは広々としており、フロントもそれなりに格のあるホテルのように重厚感を出している。内部は、ごく最近リニューアルされたようだった。座り心地の良さそうなソファが並んだロビーの一角からは、御所湖が一望できる。

ちょうどチェックインの時間帯なのか、フロントは賑わっていた。団体客がうろうろしていて、なかなか割りこめない。愛美が、ロビーを横切って歩いて行く女性従業員を強引に摑まえ、支配人、ないし社長と面会できるようにと交渉した。困惑顔の女性従業員が、フロントの奥にあるドアの向こうに消え、一分も経たないうちに、濃紺のダブルの背広姿の男が姿を現した。私と同年輩だが、ほっそりとしている。頬など、こけ落ちていると言ってもいいほどだった。怪訝そうな表情は浮かべていたが、ホテルマンの常で、愛想だけはいい。丁寧に頭を下げると、ロビーの方に私たちを誘った。その間、私は彼の名札から「石田《いしだ》」の名前を読み取った。

ロビーからは、御所湖が一望できた。こういう状況でなければ、見とれてしまうような光景である。だが、石田が漂わせる緊張感がこちらにも伝染して、私はすぐに本題に入ることにした。

「こちらに、黒原弥生さんという女性が勤めていませんか」

「黒原……」惚《とぼ》けている様子ではない。

「今は勤めていなくても、少なくとも四年前には勤めていたかと思いますが」

「ああ、黒原弥生さん」反応したが、どことなく表情が暗い。

「今は勤めていないですよね」私は念押しした。

「ええ、そう……四年前にはいましたよ。でも、今はいないんです」

「辞められた？」

「そう、ですね」どことなく歯切れが悪かった。こちらと目を合わせようともしない。

「この近くにある寮にお住まいだったと思いますが」

「そうです」最低限の反応しかしない、と決めたようだった。

「捜しているんですが、今どこにいるかはご存じないですか」

「いや、それは……分かりません」

「夜逃げじゃないでしょうね」

「そういうわけでは……」

　はっきりしない彼の態度に、私は軽い苛立ちを覚えた。問題を起こして辞めたのでもない限り、隠すようなこととは思えない……実際には問題を起こしたのか？　その疑問をそのまま口にしてみた。

「問題というわけではないんですが」相変わらず歯切れが悪い。

「四年前、黒原さんはここに勤めながら、盛岡市内のパソコン教室に通っていたんじゃないですか？　それはここでの仕事のためだったと思いますが」

「ええ……あの、これはどういうことなんでしょうか」石田の顔には、依然として戸惑いが浮かんでいる。

「古い事件の捜査をしていて、黒原さんに話を聴く必要が出てきたんです」

「黒原さんが何かしたんですか？」

「そういうわけではありません」実際には「分かりません」なのだが、話をスムーズに進めるために、私は適当に誤魔化した。

「そうですか。私どものような客商売は、評判が……」

「基本的に、ホテルには関係ないことだと思います」

「分かりました」ようやく意を決したように、石田が背筋をすっと伸ばした。「いえ、何があったというわけではないんですが、ちょっと気になりまして」

「何がですか？」

「急に辞めたからです」

急に辞める——夜逃げ。またこの言葉が頭に浮かんだ。

「何かトラブルがあったんですか」

「そういうわけでもないんです。理由は、はっきりとは言わなかったんですけどね」

「最初からいきましょうか。黒原さんは、どういうきっかけでこちらに勤めることになったんですか」

この段階で、ようやく愛美が手帳を広げる。ウォームアップ終了、を感じ取ったのだ。

「うちで求人広告を出していて、それを見て訪ねて来られたんですね」

「それが四年前の……いつ頃でした？」

「三月の終わり頃だったと思います。はっきりしたことは、記録を見てみないと分かりませんが」

石田が腰を浮かしかけたので、私は立ち上がって両手を突き出し、彼の動きを止めた。

正確な情報は、後で補えばいい。今は、大まかなストーリーを把握しておきたかった。

「訪ねて来て、すぐに採用したんですか」

「この業界は、出入りが多くてですね。いつも人手不足なんです」いつの間にか石田は額に汗を浮かべていた。ハンカチで丁寧に拭うと、話を続ける。「黒原さんは、秋田の方でずっと旅館のお仕事をなさっていたということでしたから、経験者優先で採用させてもらいました」

「で、寮を提供した」

「ええ。その時はたまたま空いていましたので」

「息子さんが一緒だったと思いますが」

「ああ、はい。そうでした」

「彼は何をしていたんですか？　どこか、この辺で働いていたとか」

「いや、そういう話は聞いていませんけど……」ようやく話がスムーズに流れ始めたのだが、石田の口調がまたあやふやになった。

「働いていなかった、と？」

「ええ、そうだと思います」

「何か事情があったんですか」

「こういうことはあまり言いたくないんですが」

「捜査ですので、是非ご協力を」

石田が天を仰ぎ、もう一度ハンカチで額を拭った。溜息をつくと、諦めたように話し出す。

「息子さんが引きこもりだ、と聞きました」

「それは、黒原さんから直接聞かれたんですね？」

「そうです。母子家庭なんだけど、そういう事情があって、普通に仕事ができない。できるだけ、働く場所と住む場所を近くにしたいので、こういう職場が理想的だという話でした」

「それを呑んだんですか」

「呑むというか……」石田の顔に戸惑いが広がる。「そんな大袈裟な話じゃありません。黒原さんが旅館勤務の経験者で、こちらも人手が足りないという条件が一致しただけですから。それに変な話ですけど、引きこもっている人が、迷惑をかけることもないでしょうしね」

「息子さんに会ったことはありますか？」

「いや、私はないです」

「あの寮に住んでいる他の従業員の方は？」

「それは……あるかもしれませんね」

後でチェックしよう、と決めた。同じアパート――それも小さなアパートに住んでいれば、嫌でも互いの私生活を知ることになるはずだ。私は話を引き戻した。

「で、パソコン教室に通わせた、と」

「うちは、事務処理をパソコンでやっていますから。黒原さんは触ったことがないというので、うちで費用を出して通わせたんです」少しだけ顔が歪んだ。せっかく投資した金が無駄になった、とでも思ったのだろう。

「普通に仕事をしながら通わせたんですよね。ずいぶん面倒見がいい」

「仕事に必要なことですから」

「で、結局こちらには、どれぐらいいたんですか」

「確か、六月の末には辞めています」

「いきなり？」

「一応、相談は受けましたけどね。ただ、その話をした時には、もうすっかり荷物をまとめてしまっていたんです。ひたすら頭を下げて、申し訳ないって謝られて……そこまでされたら、こっちも引き止めておくのは難しいですよね」

「どこへ行かれたかは……」

「それは聞いていません。正直、少しむっとしたのも事実です」

「分かりました」

だいたいの筋書きは分かった。やはりこれは夜逃げだ。しかし何故？　まるで誰かに追われていたような感じだが、誰が追っていたのかは分からない。

このホテルでの聞き込みは、まだ終わらない。弥生にまつわる出来事の正確な日時、それに親しかった従業員――そんな人がいればだが――の話を聴いて、もう少し肉づけしなければならない。

少しずつ外堀は埋まりつつあるが、むしろ謎は増える一方だった。

弥生はいったい、何を考えていたのだろう。何から――誰から逃れようとしていたのだろう。

15

清風苑で働いて十五年になるという山口明美《やまぐちあけみ》も、弥生と同じようなキャリアを積んできた女性だった。まず身の上話から入ったのだが、ここへ来る前に、山形の温泉でも十年近く働いていたことがすぐに分かった。その前は……結婚して東京で暮らしていたが、夫と折り合いが悪く家を飛び出したのだという。ひどい話だが、夫は彼女を探そうともしなかった。それ故二十五年間、まったく会わないままなのに離婚も成立していないという、奇妙な状況が続いている。相手が生きているか死んでいるかも分からない。彼女に言わせれば、「どうでもいい話」だった。

　そういう生活を送ってきたせいか、真弓と同い年――五十三歳にしては疲れ切り、年取って見える。話も回りくどく、弥生の話題に入るまでに十分もかかった。二十五年に及ぶ夫からの逃亡生活……それだけ考えれば大変なことで、初対面の人間に向かってぺらぺら喋ることとも思えないが、彼女はむしろ、語るのを楽しみにしているようだった。「怖い」と言いながら、自分の中では既に笑い話になっているのか。

「……で、黒原弥生さんのことなんですが」打ち明け話が延々と続きそうなので、私は話題を変えた。

「私と同じ匂いがしたわね」予想外の詩的な表現だった。

「彼女は旦那さんを亡くしているんですよ」

「旦那じゃなくて、何か別の物から逃げてきた、という感じ」

「例えば？」

「さあ？　私の印象だから。何となく、聞きにくい雰囲気があったわね。嫌がってるのを、無理して聞くわけにはいかないでしょう」

　煙草で痛めつけられたしわがれ声で、明美が言った。話を聴いている場所――ロビーの一角にある喫煙ルームは、彼女にとっては居心地のいい場所のようだった。

「仕事はどうでしたか?」私は三本目の煙草に火を点けた。朝からずっと歩き回り、車の中でも禁煙を強いられたので、体がニコチンを欲している。

「それは、ちゃんとできてたわよ。こういうところの接客の基本は、どこも同じようなものだから。一度仕事を覚えたら、だいたいどこでもできるのよ」

「パソコン教室にも通ってましたよね」

「うちは、それは必須だから」明美が両手を挙げ、キーボードを打つ真似をした。「私も研修を受けましたよ。案外簡単なのよね。もちろん、弥生ちゃんも楽勝で覚えてたけど」

「でも、辞めた」

「そうね」明美も三本目の煙草に火を点けた。「結構、あっさりと」

「何があったんですか?　仕事上の問題でも?」

「ここで?　それはないわね……辞めなくちゃいけないトラブルみたいなことは」

「息子さんは?　寮に一緒に住んでいたんですよね」

「はっきり言えば、引きこもりよね」そう言う明美の口調に、暗さはなかった。「でも今時、そういうのは珍しくもないでしょう」

「学校に行っていたわけでもなく、仕事もしていなかったんですね」

「だから、弥生ちゃん、こっちへ来たっていうこともあったみたいよ」明美が顔を寄せて囁いた。

「どういうことですか」彼女は意外に深く事情を知っている。互いの身の上を明かしあったのだろうか。

「環境を変えるっていう感じ？　もちろん、お父さんの旅館を売り払わなくちゃいけなかったっていう事情はあるけど、晋ちゃんのためもあったみたいね。環境を変えれば気持ちが変わるっていうことはあるでしょう」

「その効果は……」

「なかったみたいだけどね。ここには三か月もいなかったわけだし……何とかしようと思っても、気持ちの問題は時間がかかるでしょう？」

「分かります」私はうなずき、灰皿に灰を落とした。「ゆっくり時間をかけて、立ち直らせるつもりだったんでしょうね」

「晋ちゃんはね、別に暴れたりとか、そういうことはなかったのよ。たまには、弥生ちゃんのために夕飯を作って待ってたりしてたぐらいだから」

ということは、母子の仲は悪くはなかった。しかも晋は、一方的に弥生に依存していたわけでもなかったことになる。仮に、本当に引きこもりだったとしても、外へ出るチャンスをうかがっていたのではないか？　実際、買い物ぐらいには出かけていたのだろう。

「どんな子でした？」

「静かな子ね。何か、いつも緊張していたみたいだけど、慣れない土地だったせいもあるかもね」

「話したことは?」

「ほとんどないわねえ。挨拶するぐらい。こっちが話しかけても、ちゃんと答えが返ってこないから、そういうタイプかと思って……話すのが苦手な子、いるでしょう?」

「息子さんのこと、弥生さんは何か言ってましたか?」

「引きこもりだけど、悪い子じゃないからって。中学校の時に学校に馴染めなくて、不登校みたいになったって言ってたわよ」

嘘が一つ。小学校の時には突然家出したりはしたが、中学校ではそんなことはなかったという話だった。出席日数は問題なし。成績は中の上。軽い嘘かもしれないが、何か意図があるのだろうか。

溜息をつき、明美が窓の外を見た。釣られて私もそちらに視線を向ける。対岸がはっきり見えた。中空にある太陽が、湖に細長い橋の影を作る。

「弥生さん、ここには溶けこんでいたんですか?」

「まあ、普通に……」無難な答えを口にした後、明美が訂正した。「ちょっと引っこみ勝ちだったかな?」

「周囲の人と馴染もうとしなかった?」

「そうね。ちょっと距離を置いているというか、仕事で必要なこと以外は話そうとしなかったし」

「何かから逃げているような感じだったんですよね？」

「感じよ、感じ。あくまで私がそういう風に感じただけ。根拠なんか何もないですからね」明美が慌てて首を振った。

「でも、あなたはそう感じたんですよね」私は、もう少し具体的な情報を引き出そうと粘った。

「まさか、何かの犯人ってわけじゃないでしょうね」明美が頬を両手で挟みこんだ。顔の横を煙草の煙が立ち上る。それが目に染みたようで、左の人差し指で目尻を擦った。

「そういうわけじゃありません」少なくとも今現在は。

「きっと、辛いことがあったのよ」

「ええ」

「だから、あまり苛めないでくれる？」

「苛めるも何も、居所が分からないんだから、どうしようもないじゃないですか。それともあなたは、居場所を知っているんですか？」

　明美が無言で首を振った。それはそうだろう。弥生は夜逃げ同然に姿を消し、携帯電話も持っていない。ここの従業員とも距離を置いていたというから、誰かと連絡を取り合っていたとは考えられなかった。

「給料は貰っていたんですよね」愛美が突然質問した。

「それはもちろん……でも、大したことはないですよ。まだ見習い期間だったし、寮費も引かれるし。手取りで五万円か六万円って感じだったんじゃないかしら」

愛美が何を考えているかは想像がつく。口座を持っていれば、銀行には当然住所のデータがあるはずだ。盛岡へ越して来てから新たに銀行に口座を開いたとしたら、その後どうなっているだろう。最初はここの住所を記載していたとしても、引っ越したら新しい住所を登録し直すのが普通ではないだろうか。銀行の口座があったかどうか、明美の事情聴取が済んだ後で、石田に確認しよう。

「ちょっと気になることがあったのよね」明美が唐突に切り出した。

「何ですか」私は口にくわえた四本目の煙草をパッケージに戻した。こういう「ちょっと」が大変な手がかりになることもある。

「男が、ね」

「男」馬鹿みたいに繰り返しながら、私は自分がかすかに緊張するのを意識した。今まで、弥生の足跡に男の影が重なってきたことはない。異質な存在であるが故に、やけに印象に残った。

「男がね、一度訪ねて来たと思うの」

「それはいつ頃ですか？」

「たぶん、辞めるちょっと前。五月か……六月になってたかしらね。弥生ちゃんが休みの日で、私、夕方にちょっとアパートに戻ったんですよ。その時、たまたま部屋から出て来る男の人を見かけて」

「どんな人でした？」

「さすがに、はっきりと顔までは見なかったけど」

嘘をついているのでは、と私は疑った。明美は、女性らしい好奇心から、周囲に目を配っているようだ。噂も大好きなのは、これまでの話し振りからよく分かる。

「顔はともかく、雰囲気とか……覚えている範囲で」

「中肉中背、としか言いようがないですね。四十過ぎぐらいだったかしら。弥生ちゃんと同じぐらいかな……たぶん、そうね。ちょっと足を引きずっていて」

足を引きずる……私は、頭の中で何かに焦点が合うのを感じた。

平岡も足を引きずっていた。アメフトをやっていた時代の古傷。冬から春にかけて、寒い時期には今でも痛む時があるという。平岡なのか？　いや……足に古傷を抱えた人などいくらでもいるはずだ。気を取り直して質問を続ける。

「どんな様子でしたか」

「普通に部屋から出て来て……それだけ」

「見かけたのは、その一回だけですか」

「そうね。でも、この辺りの人じゃないわよ。それなら、だいたい顔は分かるから。狭い町だしね」

「その男が訪ねて来てしばらくしてから、弥生さんはここを出たんですね?」

「そういう計算になるわね」

私は愛美の顔を見た。誰だろう? 彼女は肩をすくめるだけだった。私に分からないことを、自分が知る由もない、とでも言うように。確かに……昨日秋田でも、弥生の男関係については一応聴いてみたのだが、そういう噂は一切なかった。となると、繫温泉に引っ越してきてから知り合った相手か。少し早過ぎる感じもするが……もちろん、男と女の関係は、一瞬にして成熟した物になることもある。

「寮——アパートに男性を連れこんだりして、問題はないんですか?」

「それは、その人の自由だから。家族で住んでる人もいるし、煩く言う人はいないですよ。皆大人なんだから」

明美への事情聴取を終えた後、私たちは他の従業員にも一通り話を聴いた——主に、弥生の部屋を訪ねて来た男について。「見た」という証言は幾つかあり、照らし合わせると、男は少なくとも二回、弥生を訪ねてきたようだった。しかし、特定に至るような情報はない。

清風苑を辞去した時には、午後一時になっていた。愛美は私に運転を任せ、さっそく電話をかけ始めた。相手は、弥生が清風苑の給与口座を持っていた地元銀行の支店。愛美は脅したりすかしたりして、現在の口座の状況を確認しようとしていたが、向こうも口は固い。最後には、「直接来れば話す」というところに落とし所を見つけたようだった。

電話を切った愛美がぶつぶつ文句を言い始めたので、私は宥《なだ》めた。

「協力しないと言ってるわけじゃないんだから、いいじゃないか」

「七時ぐらいに行ってやりましょうか」憤然とした口調で愛美が言った。「行くまで待ってると言ってましたから、少し残業してもらってもいいでしょう」

「馬鹿言うな。早く話を聴こう……だいたい腹が減ってるから、苛々するんじゃないか」

実際私も、空腹を覚えていた。市街地まで戻って食事を取るか……しかし、よく知らない街で、あちこち店を捜し回るのも馬鹿らしい。ふと、秋田街道の途中に、大きなショッピングセンターがあったのを思い出した。ああいう場所には必ずフードコートがあるはずで、時間をかけずに食べられるだろう。

盛岡インターチェンジを通り過ぎ、秋田街道の左側にあるショッピングセンターに車を乗り入れる。平日の昼間とあって、ガラガラだった。愛美は頬杖をついたまま、車が停まってもぼんやりとしている。

「どうかしたか？」

「いえ……今、インターチェンジを通りましたよね」

「ああ」

「盛岡って、東京からどれぐらい離れてるんでしたっけ？」

「五百キロ、かな」

「遠いんだ……一日で走るにはきつい距離ですよね」

彼女の考えは何となく読めた。東京でひっそりと暮らしてきた母子二人が、こんな遠くまで……逃げてきた？　何から？

私たちは無言で、ショッピングセンターの二階にあるフードコートに入った。そういえばずっと米を食べていないなと思い、ステーキを奢ることにする。とはいっても、八百円。愛美はうどん屋で、釜あげうどんを頼んだ。何も麺王国の盛岡で讃岐《さぬき》うどんを食べなくても……と思ったが、私の食事も盛岡とは何の関係もない。

「昼からずいぶん重いですね」愛美が、私のトレーをちらりと見て言った。

「昨日からろくな物を食べてないんだ」

「冷麺とか、食べました？」

「昨夜、な。でも、あれは盛岡じゃなくても食べられる」

会話が途切れる。いつものことで、別に気まずい雰囲気にもならない。彼女とは何十回……いや、何百回一緒に食事をしただろう。反発し合いながらも、今では互いの腹の内が読めるようになってきている。

「室長に、異動の話があるようです」

愛美が突然言い出し、私は肉の最後の一片を喉に詰まらせそうになった。

「何だって？」

「今言ったことで全部ですけど」

「異動って、どこへ」

「失踪課の課長に昇進」

なるほど。私は一人うなずいた。これで、真弓がずっと不調だった理由が分かった。捜査一課への返り咲きを狙っていた彼女の思惑は、結局実現しそうにない。本庁の課長にまでなれれば、警視庁の警察官としては御の字のはずだが、自分の狙いと違う人事だったら、どうしても不満が残る。ましてや彼女に残された時間は、それほど多くない。民間企業と違って、取締役になって定年が延びる、ということはないのだから。

「だったら石垣課長は？」

「どこか、多摩の方の署長だそうです」

私は思わず、声を上げて笑ってしまった。出世欲の強い石垣は、ずっと都心部の署長か、他の「本筋」部署の課長への横滑りを狙っていたはずだ。多摩地区でも大きな所轄はあるが、やはり格落ち感は否めない。

「ざまあみろ、とか思ったでしょう」愛美が面白そうに言った。

「いや、ああいう署長を迎える所轄の連中は可哀相だな、と思った」

今度は愛美が声を上げて笑った。すぐに真面目な表情に戻って「課長の思惑は外れたわけですね」とつぶやいたが、どことなく嬉しそうだった。

「マイナスのことで手柄を立てようとしても、そう上手くはいかないよ」失踪課では、プラス査定になるような実績は作りにくい。管理職ともなれば尚更だ。石垣はリストラを進めること――「引き算」だ――で自分の点数を上げようとしたのだが、その思惑は一切実現しなかった。「で、室長の後釜は？」

愛美が私の顔を凝視した。まさか……嫌な予感がこみ上げ、胃に落ち着いたばかりのステーキが暴れ出したような感じがする。

「俺じゃないだろうな」

「他に誰かいるんですか？」

「冗談じゃない」私はナイフとフォークを皿に放り出した。「まだ決まった話じゃないよな？　早くて秋だろう」

「でしょうね」

「ちょっと中に入って引っ掻き回してくれないか？　俺の悪い評判を流すとかさ。そうすれば、予定は崩れる」

「悪い評判だったら、とっくに流れてると思いますけど」愛美が意地悪そうな笑みを浮かべる。

「だったら、もっと悪い評判だ。君の全能力を傾けてもらってもいい」

「見返りは？」

「昼飯十回分、奢り」

愛美が溜息をつき、「高城さん、安いですね」と言った。

「そんなもんだよ、俺の値段は」

軽口を叩きながら、私は腹の底に重い物を呑みこんだような気分になった。失踪課の室長は、普通の「課」でいえば管理官扱いで、階級は警視になる。私の年で警視、管理官は珍しくもないが、どこか妙だ。警部までは、試験を通れば誰でも辿り着ける。しかしそこから上は、選抜の世界なのだ。昇進は、「普段の業務成績を鑑《かんが》み……」という曖昧な基準になる。その「業務成績」にも様々な要素が考えられるが、要はいかに上に気に入られるか、だ。そして私の評判は、十二年前から地に落ちたままのはずである。

「高城さんが室長になったら……」

「君は、異動希望でも出すか」

「今までとそれほど変わらないと思いますけどね」愛美が肩をすくめる。「それに異動希望なんて、滅多に叶《かな》わないし」

「捜査一課を諦めるのか？」

「人事は時の運です……でも、この話も特別なものじゃないと思いますよ」

「どうして」

「皆、長いから」

確かに。失踪課は、刑事部の中では忘れられた存在なのかもしれない。これほどメンバーの入れ替わりがないのは、他のセクションでは考えられないことだ。

「ま、そんな先のことは、考えるだけ無駄だな」

「高城さん、室長になるのが嫌なんですか」

「考えてもいなかっただけだ」

目の前にポストをぶら下げられて拒否する人間など、まずいない。特に警察においては。何しろ警察は「組織の中の組織」だし、人事においては極めて官僚的な世界で、誰もが昇進や異動には関心を持っている。稀《まれ》に「現場を離れたくない」と言って昇任試験も受けず、最後まで巡査長——これは一種の名誉職で、試験なしで昇進できる——で終わる人間もいないわけではないが。

「まさか、放り出すつもりじゃないでしょうね……ここの仕事」

「どうかな」ここで正直に気持ちを打ち明けていいのかどうか、悩む。愛美はずっと年下だし、立場上は私の部下だ。綾奈の事件が解決したら、もう警察でやることはないのではないか――そんなことを打ち明けられても、彼女も困るだろう。

「中途半端はよくないですよ」

「誰でも、仕事は中途半端に終わるんだよ。定年がきたら、その時点で担当している仕事があっても、放り出すしかない」

定年は誰にも避けられない。そして間違いなく、仕事はその時点で終了になる。真偽のほどは分からないが、私が聞いた公安部の伝説で、このような物があった。ある夜、午後十時過ぎにゲリラ事件が発生した。首相官邸に向かって金属弾が打ちこまれたという、極めて挑発的な事件。当然、公安一課を中心に、現場に大勢の警察官が動員された。指揮を執っていたのは、公安一課の管理官。いつものように現場で精力的に働いていたが、午前零時に課長に肩を叩かれると、すぐに指揮車を離れたという。そのまま帰宅。日付けが変わったので定年になり、業務を続けられなくなった、というのだ。その時、課長と管理官の間でどんな会話が交わされたかは知らないが、あまりにも事務的に過ぎないだろうか。私は、公安の官僚的体質を揶揄するための作り話ではないかと思っているのだが、定年とは基本的にそういうものだ。それまでの人生が、一気に断ち切られる。

「まあ、考えても仕方ないな」私はトレーを持って立ち上がった。米を食べないといけないな、と思っていたのに、ライスは少し残ってしまった。彼女も悪いタイミングで、食欲がなくなる話を持ち出したものだ。

まったく……しかし、この件で文句を言っても仕方がない。誰かに確かめるわけにもいかない。いつか、はっきりした情報は私の耳にも入ってくるはずで、その時に判断すればいい。

ただし、それまでに綾奈の事件が解決していたら、だ。

それも、今考えるのは無駄なことである。


愛美が電話で話していた限り、銀行の態度はかなり頑なだろうと思ったが、実際に面会してみると、情報はスムーズに引き出せた。

弥生の新しい住所は、銀行に届けられていた――行員の説明だと、市内の北部になるという。ただし、電話番号の記載はなし。これが最終目的地になるだろう、と私は緊張を覚えた。少なくともこの口座は、生きている。公共料金が引き落とされ、弥生本人が金を出し入れしている形跡もあるのだ。

「やりましたね」外に出ると、愛美が弾《はず》んだ声で言った。

「すぐに行ってみよう」まだ午後二時半。まず家を確認して、近所の聞き込みを続ければ、勤め先も確認できるはずだ――と思ったが、違和感を覚える。弥生の口座には、少なくとも先月から金の「入り」がなかったのだ。それは、彼女が現在は働いていない可能性を示唆する。だいたい、入金をしているのも弥生本人である。今時、給料を手渡しするような職場があるのか？　それこそ、日雇いの土木工事の現場ぐらいではないだろうか。もしかしたら弥生は、そういうところで働いているのかもしれない。岩手県の沿岸地域の復興は遅々として進んでおらず、逆に言えば公共工事の需要がいくらでもあるはずだ。そういうところの方が、金の払いもいいはずだし。

「あり得ないですね」私の指摘に、愛美が即座に反論した。「工事現場で働く女性は、ほとんどいないですよ。やっぱり、力仕事の世界ですから」

「だったら他に、どんな場所がある？　水商売だって、今時、給料は振り込みだろう」

「まあ、それは……聞き込みでもしてみないと分かりませんね」

謎は残るが、少なくとも住所が分かっただけでも収穫だった。

弥生が住んでいるのは、市街地の北方にある団地だった。どうやら数十年前に、安い住宅供給の目的で建てられた物らしい。小高い丘陵地帯には、真新しい一戸建ての民家、小綺麗なアパートも並び、郊外の新興住宅地の様相も強かったが、中心になるのは直方体を並べたような、素っ気ないデザインの団地である。こういう団地も、建物としてはそろそろ寿命がきているのではないだろうか。東京郊外のニュータウンも、今では活気を失い、再開発が大きなテーマになっている。

「家賃、安いのかな」

愛美がすぐに、スマートフォンで検索を始めた。

「二万円台みたいですね。格安です」

「公営住宅ならそんなものか」二万円……この辺りで働くとして、収入はどれぐらいなのだろう。ピンからキリまでだろうが、少なくとも安い家賃は、二人の生活を多少は楽にしてくれたはずだ。

弥生が住む団地は三階建てで、白壁に薄いえんじ色の屋根がアクセントになっている。エレベーターはなく、外階段がついていた。四階建ての棟もあったが、そちらにも階段しかないのだろうか。

どこに車を停めていいか分からず、私たちは結局一度、団地を離れた。きちんとナンバーが振ってある駐車場に停めるわけにもいかないし、団地の敷地内の道路も危ない。道路が、実質的な駐車場として機能しているケースを、私は何度も見ていた。結局、丘の下にあるコンビニエンスストアの駐車場に車を停め、店員に一言声をかけて、しばらく預かってもらうことにした。

歩いて団地に戻ると、途中で脹脛《ふくらはぎ》が悲鳴を上げ始める。団地に至る道路も急坂で、無理なカーブを描いているのだ。これは、高齢者には相当きつい……新婚でこういう団地に入居した人たちも、今はかなり高齢になっているだろう。設計者は、住む人の加齢まで考えてこの場所を選んだのだろうか、と腹が立ってきた。愛美が平然としているのにも、また苛つく。どうしても自分の年齢を意識させられた。

「ここだな」息が乱れているのを悟られないよう、私は短く言った。

「二階ですね」

言って、愛美がさっさと階段を上がっていく。私は彼女の後に続いて一歩一歩を踏み締めながら、妙な懐かしさを感じていた。私自身は団地に住んだことはないが、捜査では何度も訪れたことがある。どの団地にも共通する、少し古びて湿ったコンクリートの匂いが、階段付近には充満していた。

あった。

二階の二〇四号室の扉に、確かに「黒原」の表札がある。とはいっても、紙に手書きしたもので、既に字はかすれて読みにくくなっていた。小さなインタフォンを鳴らすと、中で割れたような呼び出し音が響いたが、返事はない。反射的に腕時計を見ると、午後三時過ぎだった。当たり前か……普通に勤めていれば、この時間には家にいるわけがない。だが、晋はどうしたのだろう。未だ引きこもりを続けているとしたら、家にいるはずだ。考えられるパターンは二つ。引きこもりが悪化して、インタフォンの呼びかけさえ無視するようになった。もしくは社会復帰を果たし、自分も働いている——後者であって欲しいと願ったが、こればかりは本人に会ってみないと分からない。

私たちは手分けして、さっそくドアをノックし始めた。だが、二階の部屋はすぐに、全員が外出中だと分かった。あるいは空き家。反応は一切なかった。上下の階にも手を広げたが、驚くべきことに、この棟全体に人がいないのだ、とすぐに気づく。

何となく薄気味悪い感覚を抱きながら、私たちは外へ出た。今日は曇り空で、空気は重く湿っているのだが、それでも外気に触れてほっとする。

「何だか、幽霊屋敷みたいじゃないですか」愛美が感想を漏らした。

「確かに」

この棟の前には、砂利敷きのかなり広い駐車場があるのだが、車は数えるほどしか停まっていない。市街地からは遠く離れ、近くに鉄道の駅があるわけでもないこの辺りだと、車は必需品のはずだが……この時間だと、皆働きに出ているのか。自転車もほとんど見かけなかったことを思い出す。様々な状況を考えると、満室とは言い難いのがすぐに分かった。一方で、駐車場の脇にある円形の花壇《かだん》では、まだ寒いのに綺麗に花が咲いている。ここを手入れしている人はいるわけで……意味が分からない。少なくなった住人たちが、自治会の活動だけはしっかり続けている、ということか。

「ノックし続けるしかないな」

「そうですね」愛美も怪訝そうな表情だった。腕時計に視線を落とす。「時間が悪いのかもしれません。六時を過ぎれば、皆帰って来るんじゃないですか？」

「それまで三時間は、ノックする時間があるよ」

愛美が肩をすくめ、周囲をざっと見回した。「じゃあ、私はこっちを」と左側を指差す。私の担当は、道路を挟んで右側、か。

「何かあったら電話してくれ」

愛美がうなずき、早足で歩き出す。

何かあったら——何もなかった。住人が在宅している家もあったが、誰も弥生のことを知らない。晋を見た人間もいなかった。妙な話だ、と私は途中から違和感を覚え始めていた。こういう古い団地では、最近のマンションと違って、自治会の活動も活発なはずである。住人同士、まったく顔を合わせない、という状況は考えられない。

聞き込みを開始して一時間後、私は愛美に電話を入れた。彼女も、同じように空振りを続けていたが、一つだけ気になる情報を得ていた。二月ほど前のことだが、弥生の部屋の前に一人の男がぽつんと立っていたという。

「この辺の人じゃないんだな？」

「ええ」

「何か特徴は？」

「外見は特に……ごく普通の人、ということでした。ちょっと足を引きずっていたそうですけど」

またか。私の頭の中では、再び平岡の顔が大きく浮上していた。この情報を愛美に話すべきかどうか……言葉を呑みこんでしまう。自分でも理由は分からないが、話すべきではない、という気がしていた。

「他には何もないです。よほどひっそり暮らしていたんですかね」

「社会との接点を切ったみたいに」

「でも、働いてはいたでしょう。収入はあったんだから」

「生活保護を受けていた、という可能性はないかな」

「それは……あり得ますね。どうします？」

「市役所へひとっ走りしてくれないか？　電話で話してくれるとも思えない」

「分かりました。高城さんは？」

「もう少しここで聞き込みを続ける」

愛美と落ち合って車の鍵を渡したが、別れた後は言いようのない不安に陥り、聞き込みの足が止まってしまった。駐車場の端で、隠れるようにして、煙草を二本、立て続けに灰にする。少しだけ気分は持ち直したが、たぶんこの先も同じような話しか聴けないだろうと想像すると、うんざりした。「見たことはない」「知らない」。空は暗くなり始め、夕方が忍び寄ってきている。仕方ない、とにかく全部潰すまでだ。今度誰かに話を聴けたら、取り敢えず自治会長を教えてもらおう。そういう人なら、何か情報を持っているはずだ。

弥生の部屋がある棟の脇を、老女が通り過ぎる。腰が曲がりかけているが、杖が必要なほどではないようだった。しかし階段を上るには、手すりを頼りにしなければならない。彼女が二階に消えるのを見て、私は走り出した。

ダッシュで階段を駆け上がると、足が悲鳴を上げる。情けない状態だと思いながら、私は何とか彼女に追いついた。まさにドアを開けようとしているところで、「すみません」と声をかける。

老女が、びっくりしたように振り返った。ひどく小柄で、髪は半ば白くなっている。かすかに怯えた顔つきだったが、バッジを示すと表情を緩めた。どうやら、警察に対しては敵意を抱いていないタイプらしい。

「ちょっとお話を伺いたいんですが」素早く表札を見る。金子《かねこ》。

「ああ、どうぞ」老女が大きくドアを開けた。廊下でもいいと思っていたのだが、人を部屋へ上げるのに抵抗はないようだった。

「いいんですか」

「寒いから」

確かに。陽が西に傾くに連れ、私は少しだけ肌寒さを感じ、コートを仕入れ損なった自分の間抜けさに腹が立ってきた。御所湖にいる時に、コートを手に入れようと決めていたのに。

中は、典型的な団地サイズだった。ダイニングキッチンの他に、振り分けで二部屋。老女は金子華子《はなこ》と名乗り、私をダイニングテーブルにつかせた——かなり強引に。玄関先でも話せると思っていたのだが、むしろ来客が嬉しい様子だった。テーブルの上には、お茶の缶、湯呑み、輪ゴムで縛った煎餅の袋などが置いてあり、生活の匂いが濃厚に漂っている。食器棚も一杯に埋まっていたので、老夫婦二人暮らしではないか、と私は想像した。

「ご主人は？」

「亡くなりました。五年前に」

「失礼しました」ちらりと和室を見ると、仏壇が置いてある。最初に気づかなかった自分の鈍さを恥じた。

華子が軽く頭を下げ、私の謝罪を受け入れた。居心地の悪さを感じつつ、私は話を切り出すタイミングを計ったが、彼女がお茶の用意を始めたので、しばらく黙ったままでいることにする。世間話ができるほど、この辺りのことは知らない。天気の話一つでも、東京とはまったく状況が違うのだ。

お茶は濃く、美味かった。深い味わいが喉から胃に染みこむのを待ち、私はこの部屋が二〇六号室だったことを頭の中で確認した。弥生の部屋は二〇四号室。この団地に住む人たちの、隣近所のつき合いはどうなっているのだろう。私は、自分のマンションの住民の名前をまったく知らない……たまに会う顔もいるが、軽く目礼するぐらいである。

「黒原さんのことを伺いたいんですが」

「ああ、二〇四号室の」大儀そうに腰を下ろしながら、華子が言った。

「いらっしゃらないんですけど、お仕事なんですかね」

「そういえば、最近見ないわね」華子が首を傾げる。

「前はよく会ったんですか」

「そんなにしょっちゅうじゃないけど……あちらはお勤めだしね」

「どちらへ？」

「詳しくは知らないけど、何か介護のお仕事らしいわ」

それだけで絞り切れるだろうか、と不安になる。介護ビジネスは拡大する一方なのだ。盛岡市内だけでも、どれだけ事業拠点があるのか。

「どんな方ですか？」

「静かな人ですよ。大人しい……そういえば、ほとんど話したことはないわね」

「無視していた？」

「そうじゃないわよ」華子が筋張った手を振った。失礼なことを言うな、とばかりに顔が歪んでいる。「あまり話したくないような……そういうの、雰囲気で分かるでしょう？田舎のお婆さんだって、そんなに図々しくしているわけじゃないのよ」

「失礼しました」私は一つ咳払いをした。華子は私の母親といってもいい年齢であり、説教されているような気分になってくる。

「一度、煮物が余ったんで持っていったことがあるんですけど、断られちゃってね」華子が苦笑した。

「断られた？」田舎ではまだ、近所同士助け合うのは珍しくない、ということか。「どうしてまた」

「いりませんって、それだけだったけど、ちょっと顔が強張ってました。それからちょっと、話しにくい雰囲気になって」

「何だか極端過ぎる反応ですね」

「何か……人の施しは受けないっていう感じでしたよ。こっちの思いこみかもしれないけど。こっちとしては、ただ料理を作り過ぎちゃっただけだったんだけど。亭主が亡くなってから、一人分のご飯が作りにくくてね」

一人暮らしは私との共通項だが、「分かります」とは言えなかった。離婚して以来、私はキッチンを使うことなどほとんどなかったから。ただうなずき、先を促した。

「気取ってるというか、何だったんでしょうね。引っ越して来たばかりだから、ご挨拶のつもりもあったんだけど。失礼だと思わない？」華子の口調は、次第に苛立ってきた。

「まあ……」同意するわけにもいかず、私は曖昧な返事をした。「でも、挨拶ぐらいはしていたんですね？」

「それは、ね。それぐらいの常識はある人だったみたい」

「息子さんがいるんですが……高校生ぐらいの」

「そう？　私は見たことはないですけどね」華子が頬に手を当てた。「てっきり、一人暮らしだと思ってましたよ」

「息子さんがいるはずなんです」私は繰り返した。まさか、晋はどこかへ消えてしまったというのか？　しかし私が力を入れて繰り返しても、華子はぴんとこない様子だった。やはり晋は、この団地でも引きこもって暮らしていたのだろうか。

しばらく問答を続けたが、華子からはそれ以上の情報は出てこなかった。思いついて、自治会長の名前を訊ねる。

「今はね、萩本《はぎもと》さん。B棟の一〇三号室ですよ。この団地ができた頃から住んでいるから、大抵のことは知ってますよ」

「分かりました。話を聴いてみます。ところで、黒原さんを見かけなくなったのは、いつからですか」

「どうかしら……二か月……三か月？　分からないわね。最近のことじゃないけど、一々メモを取っているわけでもないから」

礼を言って、部屋を辞去する。弥生の部屋の前を通り過ぎる時、もう一度インタフォンを鳴らしてみた。反応なし。もうここには住んでいないのではないか、と一瞬疑った。だがインタフォンが鳴るということは、電気が通じている証拠である。実際、メーターを確認すると、ゆっくりと回っていた。

ここに弥生がいるのは間違いない。公共料金も依然として銀行の口座から引き落とされているわけで、生活の痕跡はある。

となると、今日の仕事は張り込みになるかもしれない。ひたすら、ここで弥生の帰りを待つ。介護の仕事は、どれぐらいの時間を要するのだろう。二十四時間介護ということもあるだろうし、夜勤などもあるのではないだろうか。愛美はホテルかどこかで待機させて、夜は一人で張り込もう、と決めた。彼女に無理はさせられない。

B棟一〇三号室。インタフォンを鳴らすと、すぐに大柄な男が顔を見せた。顔には皺が刻まれ、髪はすっかり白くなっている。七十歳ぐらいだろうか……その年齢にしては体がまったく萎んでいない。若い頃はどれだけ大きかったのだろう、と私は変な想像をした。

名乗ると、すぐに家に上げてくれた。この辺りの人たちは、警察が来ても玄関先だけで対応するようなことはしないらしい。それはありがたかったが、私はすぐに話し好きな萩本に閉口させられることになった。

「女房が出かけていて」から始まり、妻に対する愚痴《ぐち》、さらには本人の経歴まで一々聴かされた。おかげで彼が、高校時代にもう一歩で甲子園出場を逃したこと——ポジションはピッチャー——や、卒業後は市役所に勤め、最後は教育委員会の課長で十年前に退職したことなどが分かった。趣味がジョギングにウエートトレーニングだということも。そういえば、ダイニングキッチンの片隅には、数種類のダンベルが転がっている。五十年以上前の夏の記憶が、まだ彼の頭には刻まれているのかもしれない。ふとした機会に、七月の暑い午後、決勝戦のマウンドに立っているような気分を味わっているのではないだろうか。

何であれ、すがれる想い出がある人生はいいものだ。

「――すみません、それで、C棟二〇四号室の黒原さんのことなんですが……」

「ちょっと待ってね」

萩本が別の部屋に引っこみ、すぐにファイルフォルダを持って戻って来た。端が捩《よじ》れていることから、何年も使われている物であるのが分かる。歴代自治会長に、ずっと引き継がれてきたものではないだろうか。萩本が指を舐《な》め、ぱらぱらとページをめくる。すぐに当該箇所にたどり着いた。

「黒原弥生さんと、息子の晋君ね」

私はすっと顔を上げた。晋がいる？　少なくとも、ここに入居した時に、晋がいたのは間違いないだろう。ということは、やはりあの部屋に籠っていて、華子は見ていなかったということか。もちろん、華子も四六時中廊下を監視しているわけではないだろうから、はっきりしたことは分からないが。

「二人、ですね」

「帳簿ではそうなってるね」

「間違いないですか」

「あなたね、こんなことで嘘ついても仕方ないでしょうが」萩本が、ごつい拳をテーブルに置いた。節くれだった大きな手で、硬球を三個ぐらい一度に摑めそうだった。台帳を私の方に向ける。

確かに弥生と晋の名前があった。電話番号は……ない。他の入居者が、固定電話と緊急連絡用に携帯電話の番号を書いているのに対し、そこだけ穴が開いているようだった。

「電話がないんですね」

「引っ越してきたばかりで、まだ電話が入ってなかったんじゃないかな」

「その後も書いていませんが」

「その辺の事情は、分からないなあ。当時の自治会長なら分かるかもしれないけど」

「後で、前の自治会長に聴いてみます」

「ああー、無理だね」萩本が唇をねじ曲げた。

「どういうことですか?」

「一か月前に亡くなったんですよ」萩本が首を振る。「この団地も、すっかり年寄りが多くなってね。若い人が入ってこないから、どんどん人が減るばかりですよ。そのうち、ゴーストタウンになるんじゃないかね」

高齢化について、勢いよく話し始めた。私は、彼が一瞬息継ぎしたタイミングをとらえて、割りこんだ。

「黒原さん、どんな暮らしぶりだったんですかね」

「どうかねえ。私はほとんど会ったことがないし」萩本が、白いたわしのように短く刈りこんだ頭を撫でた。「自治会の活動にも、特に参加していなかったみたいだね」

「そういうのは、義務ではないんですか」

「役員は義務ですよ。ただ、持ち回りだから、何年かに一度しか当たらない。人が少なくなったと言っても、大きい団地だから。でも、他の活動にも参加してなかったなあ」

「どんな活動があるんですか?」

「ガーデニングとか……そんなたいそうな物じゃないけど、所々に花壇があるの、見ました?」

私がうなずくと、勢いに乗って続ける。

「団地なんて、殺風景なものだからね。せめて花で飾ろうって、一生懸命花を育てているグループがあるんですよ。他にも、趣味の会合があるし。でも、そういうのには一切出てこなかったな。盆踊りにも」

「盆踊りもやるんですか」

「団地ができた時から、ずっとですよ。昔は盛り上がったんだけど、最近はそれが『煩い』っていう人もいるぐらいだからねえ」萩本が盛大に溜息をついた。同じ場所に何十年も住んでいて、人と人との距離が離れていく変化を感じ取っているに違いない。

「とにかく、そういう集まりには参加しなかったわけですね」

「他の部屋の人とのつき合いもなかったはずだよ」

「こういう団地で、そんな風に孤立していると、不審がられませんか？　変な噂を立てられたりとか」

「昔なら何かと噂になったりしたかもしれないけど、最近はそういうこともないですよ。プライバシー第一で」

「個人的に話したことはありますか？　介護関係の仕事をしていたと聴いてるんですけど」

「ないなあ……顔は見れば分かるけど、うちとは別の棟だし、顔を合わせる機会そのものがあまりないしね。私もいろいろ、忙しく動き回っているもんだから。何しろ、まだシニア野球で――」

話が長くなりそうだったので、私は即座に質問を割りこませた。

「晋君はどうですか？　息子さんを見たことは？」

「ない、かな。うん、ない。それも変な話だね。高校生ぐらいなの？」

「去年卒業した計算ですね」

「じゃあ、今は大学生か、仕事しているか」

私は曖昧に首を横に振った。晋に関しては、分からないことばかりなのだ。高校へ行かなかったからといって、大学への道が閉ざされるわけでもなく、大検を受けていた可能性もある。ずっと部屋に引きこもって大検の準備を進め、その後大学に合格して、一人でこの街を出た、という筋書きも不自然ではない。

可能性としては。

この場合、「可能性」は「机上の空論」と同義である。

自治会長も、これ以上の情報は持っていなかった。仕方なく引き上げることにしたが、最後に駐車場は使えないか、と確認してみた。

「ああ、空いてるところなら大丈夫ですよ。というか、今は空きだらけだけど」彼が、使える番号を教えてくれた。「昔は駐車場は一杯で、道端にも停められるようにしてたんだけど、今やがらがらだからね。私が引っ越してきた三十年前は、こうなるなんて想像もできなかった」

確かに三十年は長い。私にとっては、十二年でも十分長かった。

16

萩本の部屋を出たとたん、愛美から電話がかかってきた。

「生活保護は受けていないですね」

「そうか」一つ、可能性が消えた。私は、弥生が介護の仕事をしていたらしいという情報について、愛美と話し合った。

「それならもう少し、市役所で粘ってみましょうか？　そういう仕事なら、どこかの部署が把握しているんじゃないでしょうか」

「事業者本体ならともかく、職員まではどうだろう。あくまで民間の仕事だし」

「でも、事業者が分かれば、そこから潰していくことはできますよ」

「……分かった。リストアップしてくれ」

「晋君はどうなんですか」

誰も見ていない。会ったこともない。幽霊のような存在だ。愛美は、「大検を受けて大学生になったのではないか」と、私が考えていたのと同じ推測を口にした。そう告げると、いかにも嫌そうに「今のは取り消します」と言った。そこまで嫌わなくてもいいだろうに、と苦笑する。

「この街を離れた可能性はありますよね」

「どこか、他で働いているとか」

「見つけられるとは思います……けど」

「けど、何だ？」

「見つかって、何か分かるんですかね。私たち、いったい何を追いかけているんですか？」

私は思わず言葉を呑んだ。酔っ払って意識をなくし、自宅で愛美に冷水をぶっかけられたことを思い出す。一瞬にして現実に引き戻された……愛美の言う通りで、仮に晋に会えても「何も知らない」の一言で片づけられる恐れもある。そうすると、ここしばらくの踏ん張りは全て無駄になってしまうのだ。それどころか、捜査の方針をまた一から練り直さなければならなくなる。そんなことには慣れっこなのだが、この事件だけは別だ。その時の徒労感を想像すると、早くも疲れを覚える。

「分からない」素直に認めた。「何かありそうだ、というだけだ」

「いわゆる『高城の勘』っていうやつですか？」

「そう言ってもらってもいい」

「私も同じですけどね」愛美がどこか嫌そうに言った。

「ま……刑事なら、誰でも同じように考えるかな」

「とにかく、介護関係の仕事を一個ずつ潰していくしかないですね」

「リストアップが終わったら、団地へ戻って来てくれ。もしかしたら本人が帰って来るかもしれないし、張り込みしながら、業者に電話をしよう。駐車場を借りられるように話をつけたから、上まで上がってきてくれ」

「分かりました。終わり次第、二十分ぐらいでそっちに着きます」

電話を切って、一つ溜息。団地の建物からは見えにくい場所に移動して煙草を一服。こんなことばかりしているような気がしてきた。溜息と煙草でワンセット。気合いを入れ直し、愛美が戻って来るまでに、少しでも聞き込み範囲を広げておくことにする。だが、煙草を携帯灰皿に押しこみ、一歩を踏み出した途端に、また電話が鳴り出した。法月だった。

「今、いいかな」彼にしては遠慮がちな切り出し方だった。

「大丈夫ですよ」かりかりしていた気持ちが、ゆっくりと落ち着いていく。法月はいつでも、私にとっての精神安定剤なのだ。

「盛岡にいるんだって？」

「知ってたんですか」

「それぐらいは耳に入ってくるよ。上手くいってるのか」

「何とも言えません」正直に答えた。適当なことを言っても、法月には見抜かれてしまうだろう。「少しずついろいろなことが分かってきてるんですけど、どれも最後まで行き着かない感じですね」

「ああ、分かる。そういうこと、よくあるな」

「なかなか前へ進まないのが、困ります」

「そうか」

今日は妙にだらだらしている、と思った。法月は比較的前置きの長い男だが、それは概して本題につながる話である場合が多い。いきなり話を切り出して、相手にショックを与えるようなことはしない男だ。こういう時は、こちらから話を切り出すしかない。

「で、どうかしましたか」

「まだそっちにいる予定か？」

「目処《めど》が立たないですね。少し時間がかかると思います」愛美が言っていた介護関係の当たり先は何か所ぐらいあるのか……今日どころか、明日になっても聞き込みが終わらない可能性もある。

「そうか……」

「何か、東京で用事があるんですか」

「ある」

「何でしょう？　電話で済む話じゃないんですか」

「まあ、ちょっとな」

私は少しだけ苛立ちを覚えていた。法月は、何というか馬が合う相手である。彼ののらりくらりとした話し方は、普通の人が聞いたら結論がどこへ行くか分からないだろうが、私には頭の整理になる。しかし今日は、普段とは様子が違った。

「急ぎなんですか」

「特に急ぐわけじゃないが……」

「オヤジさん……」私は額を揉んだ。「どうしたんですか？ らしくないですよ」

「まあ、何だよ。俺もいつも、醍醐みたいに直球しか投げないわけじゃないから」

「オヤジさんはむしろ、変化球投手かと思ってましたが」

「そうかもな」ようやく笑ったが、声が弱々しい。「こっちへ戻って来たら、会ってくれるか？」

「当たり前じゃないですか」今度は私が笑う番だった。「だいたいいつも、渋谷中央署で会ってるでしょう」

「そうか……こっちへ戻る時、連絡してくれないか。準備しておくから」

「準備？」

何のことか訊ねようと思った時には、もう電話は切れていた。明らかに、逃げている。こんな言わなければならないことがあるのだが、肝心の話を先延ばしにしたようだった。

法月は初めてだった。

捜査は、急に慌《あわただ》しく動き出すことがある。普通は、時間の経過に比して入ってくる情報は少なくなり、勢いは削がれるものだが、今日は違った。

愛美が戻ってから一時間。私たちは車の中に座って電話攻勢を続けていたが、彼女がとうとう「当たり」を引き当てた。

「そこで働いているんですね？」

愛美の強い視線を感じ、私は電話のボタンに置いた指を止めた。次の老人ホームに電話しようとしていたのだが、それは必要なくなりそうだった。

愛美が手帳を広げ、素早く文字を書きつけた。「グループホーム上盛岡」。私は彼女が持ってきたリストから住所を探し出し、すぐにカーナビに打ちこみ始めた。電話で済むかもしれないが、出向いて直接会った方が話が早い。

「え？　働いていない？」

愛美の声に、ナビの「案内を開始します」という声が被さった。私はアクセルに置いた足を外し、彼女の言葉に耳を傾けた。

「来てないって、無断欠勤っていう意味ですか？　はい……二か月も？」愛美がまた私の顔を見た。異常だ。「連絡も取れないって、どういう……家も訪ねられたんですね？　そうなんです。私たちも行ったんですけど、反応がなくて。ええ……あ、家の中は見たんですか」

愛美が私の顔を見たまま首を横に振った――死体はない。安堵《あんど》の吐息を漏らしてから、私は車を出した。とにかく、このグループホームに行ってみよう。

この団地付近の道路は、ひどく分かりにくい。碁盤の目のように開発されたわけではなく、行き止まりや一方通行がけっこうあるのだ。気づくと、車のすれ違いもできないほどの細い道路に紛れこんでしまったりする。ナビの助けを借りて、丘の麓を走る道路に出た。国道四号線に並行している道路のようだった。左側が丘陵地、右側は深い木立になっており、ナビを見た限り、そちらは川のようだった。市の中心部から車で二十分ほどしかからない場所なのに、かなり郊外に来てしまった感じがする。

「グループホーム上盛岡」は、名前の通り、JR上盛岡駅のすぐ近くにあった。付近は静かな住宅街で、マンションなどが建ち並んでいる。

「そう言えば、オヤジさんから電話があったんだ」

「何ですか、いきなり」愛美が驚いたように顔を上げた。

「それが、はっきり言わないんだよ。らしくない……君、何か聞いてないか?」

「特には。ここ何日か、会ってませんし」

「はるかさんのことじゃないかな」ふと思いついて言ってみた。娘と警察の問題に、父親が割りこんで……というのはちょっと考えにくい話だが、法月はお節介と言われようが、自分がやるべきだと信じたことはやる。

「何も聴いてませんけど」

「最近、彼女と話したか？」

「全然」力なく首を振る。「あんなことがあった後だと、会いにくいですよ」

友情にも亀裂を入れることになったのか……こんな風に人を傷つけながら、綾奈を殺した犯人を捜すことに、何の意味があるのだろう。いや、綾奈の人生をやり直させてやることはできないが、他の人は生きている。こちらにも謝罪のチャンスがあるのだ、と思いたかった。

そう決めて動き出した時には、往々にして手遅れになるのだが。

マンションが並んでいるのは駅の周辺だけで、少し離れると戸建ての家ばかりになった。ざっと見た印象では、新しい家が多い。ナビの指示に従って細い路地を慎重に走り、やっとグループホーム上盛岡に辿り着く。一見した感じでは、かなり大きな二階建ての民家のようだった。駐車場には、車椅子マークのついたワゴン車が二台、停まっている。

「ずいぶん大きいんですね」車を降りると、愛美が感想を漏らす。

「かなりの人数が住んでいるんじゃないかな」たぶん、内部を細かく区切って居室にしているのだろう。キッチンや浴室などは、共同設備になっているはずだ。窓には灯りが灯り、かすかに料理の匂い――煮物だ――が漂ってくる。

愛美が先に立ち、インタフォンを鳴らした。すぐにドアが開き、濃紺のエプロンをつけた中年女性が顔を見せる。エプロンには、「グループホーム上盛岡」という文字が白く染め抜いてあった。

「先ほど電話しました、警視庁の明神です」

「ああ、どうも。森野裕美子《もりのゆみこ》です」相手は丁寧にフルネームで名乗った。年の頃、四十歳ぐらい。ここでの仕事はかなり重労働なのだろうが、まったく萎んでいない。ふくよかな頰は血色がよく、威勢よく腕まくりしているせいで、若さが感じられた。「ちょうど今、夕飯の時間で」

「申し訳ありません」愛美が勢いよく頭を下げた。

「いえ……どうしましょう？　お話しできる場所がダイニングルームしかないんですけど、そこは今、使えないので」

「よければ、ここでも」愛美が一歩引き、彼女が外に出られるスペースを作った。

裕美子が外に出て、両腕を擦った。エプロンの下はグレーのカットソー一枚なので、この時間になるとさすがに寒いのだろう。

「それで、黒原弥生さんの件なんですが」裕美子が寒がっているのに気づいたのか、愛美がさっそく本題に入った。

「ここでは、三年……三年半前から働いてくれていました」

「どういう経緯で、こちらで働くようになったんですか」

「求人広告です。人手が足りない業界ですから、常に求人中なんですよ。介護二級の認定を持っていたので、すぐに働いてもらうようにしたんですけどね」

「介護二級？」愛美が首を傾げた。「黒原さん、そんな資格を持っていたんですか？」

愛美の疑問はもっともだった。そんな勉強をしている時間があったのか……裕美子が笑いながら首を振る。

「資格じゃなくて認定です。研修を受ければ、誰でも取れますよ。百三十時間の研修が必要ですけど」

一日五時間として、二十六日。一か月も研修を受ければいいわけか。旅館を辞めてすぐに研修を始めたのではないだろうか。しかし……その間の収入はなかったはずだ。夜逃げ同然で旅館の寮から逃げ出して、団地に入居して新しい生活を始めるには、相応の金が必要だっただろう。旅館から給料は貰っていたはずだが、果たしてそれで足りたのか。

弥生の生活ぶりは気になるが、今は居場所の確認の方が重要だ。私は「連絡が取れなくなった時のことを教えて下さい」と話に割りこんだ。

「うちはシフト制で動いているんですけど、早番の時に出てこなかったんです」

「で、連絡も取れなくなった」

「電話を持っていないので、家に行ったんですけど……」

「家に行ったのはいつですか」

「その日の午後です。自治会長さんに鍵を開けてもらって」

「萩本さん？」

「いえ、臼井さんです」

前の自治会長か。大事《おおごと》にしたくなかったら、周りには話していなかった可能性もある
——いや、おそらくそうだったのだろう。お喋りな萩本のことだ、知っていれば真っ先に話していたはずである。

「で、家には何もなかったんですね」

「ええ。特に変わった様子は……荒らされた感じもなかったし、ついさっきまで家にいた感じでした。でも、そんなにちゃんとは見ていませんよ」裕美子が慌てて手を振った。

「申し訳ないですから、いないのだけ確認して、すぐに出てきたんです」

「分かります。で、それ以上は捜さなかったんですか？」

「ええ。あの、変な話ですけど、こういうことも時々ありますので」

「いきなり職員の人が辞めることが？」

「仕事がきついですから」

「体力的に大変なんですね……弥生さんも、きつそうにしていましたか？」

「よく頑張ってくれてましたけどねえ」裕美子が頰に手をやった。「愚痴は言わない人だったけど、やっぱりきつかったのかもしれません」

「いきなり辞めてしまうような人だったんですか？」まさにその通りだ。彼女には一度、前科がある。何かから逃れるように……それで思い出した。「ここへ、誰か男性が訪ねて来たことはありませんでしたか？」

「ここに、ですか？」裕美子が人差し指を地面に向けた。怪訝そうな表情で首を振る。「なかったですよ、そんなこと」

「間違いなく？」

「間違いないです。私も二十四時間ここにいるわけじゃないですけど、そんなことがあれば分かりますから」

「何で辞めたんでしょうね」

「分かりません。とにかくずっと連絡が取れないですからね。もう、ここで働く気はないんじゃないですか」

「捜索願を出すつもりはなかったんですか」

「それは……」裕美子の顔に影が差した。「どうしようか、迷ったんですけど、私たちは家族でもないですし……家の様子を見た限り、変な感じでもなかったですから」

横に立つ愛美が、拳を握り締めるのが見えた。私はゆっくり首を振り、彼女の怒りを鎮めようとした。仕方のないことだ。いかに仕事で毎日顔を合わせているとはいえ、そこまでする義務はない。

「それに弥生さん……こんなこと言っていいか分からないけど……いつかこんなことになるんじゃないか、と思ってたんです」

「どういう意味ですか」

「働いていても、いつも一人っていう感じがして。考えてみれば、この三年半で一度も、一緒に食事に行ったことがないんですよ。もちろん、ここで食べるのは別ですけど、それ以外にも忘年会とか暑気払いとかあるじゃないですか？　そういうのに、一度も来てくれたことがないんです」

「集まりを避けていたんですか」

「そんな感じです。最初から最後まで打ち解けなかったっていうか……だから、正直言って、あまり真面目に捜す気にもなれなかったんです。あ、もちろん仕事はきちんとやってくれたんですよ。いなくなったのは大きな痛手だったんですけど」

本当は、陰で馬鹿にしていたのではないか、と私は訝った。職場で浮いてしまう相手に対する陰口は、どこでも同じはずである。それを責めることはできない。

「ところで、給料は銀行振り込みではなかったんですか？」

「手渡しです。本人の希望で」

「どういうことでしょうか？」

「理由は分かりません。うちとしては、単に手続きだけの問題だったので、拒否する理由はありませんでした」裕美子の顔に困惑の色が広がる。

「息子さん、いましたよね」

「そうなんですか？」私の質問に、彼女はさらに困惑した表情を浮かべた。嘘をついている様子ではない。「初耳です」

「そういう話もしなかったんですか？」

「プライベートなことは何も話さなかったので……」居心地悪そうに、裕美子が下を向いた。

「部屋、見たんですよね？　息子さんがいれば、部屋の雰囲気で分かると思いますけど」

「そこまで詳しく見てないから、分かりませんよ。そんなことしたら、失礼でしょう？」

「そうですね」正論で反論され、私はそう認めるしかなかった。

結局また、消えたのか。しかし、きっかけは？　田沢湖でも御所湖でも、姿を消すきっかけはあった。前者では、旅館の廃業。後者では……男？　彼女に訪れた変化としては、ある日寮を訪ねて来た男の存在しかない。では、今回は何なのだろう。

押したり引いたり。いつものやり取りが繰り返されたが、結局それ以上の情報は出てこなかった。弥生は毎回、自分の痕跡を上手く消し去って、その場を立ち去っている。今時、追跡に必須の携帯電話やクレジットカードさえ持っていないのだから、私たちとしても戸惑うばかりだ。逆に言えば、今まで、電子的に追跡できるものにどれだけ頼っていたか、ということである。私たちの先輩の時代は、こんな便利な物はなかった。自分たちの足を頼りに、人に話を聴き回るしかなかったはずである。

何も分からぬまま車に戻って、私と愛美は不快な沈黙を分け合った。ふと思いつき、口にしてみる。

「繋温泉の時とは感じが違うな」

「同じじゃないですか。いきなり姿を消しているんだし」

「いや、銀行のことを考えてくれ」

「ああ」それだけで、愛美は私の推測を理解したようだった。「御所湖からこっちへ引っ越して来た時には、住所の変更をきちんと届け出ている。でも今回は、そのままだった。つまり――」

「引っ越していないか、それとも銀行へも行けないような事情があったか、だ」

「例えば――拉致《らち》」

私は何も言わなかったが、反射的にうなずいてしまった。拉致といえば、相手の抵抗に遭って現場が荒らされていると想像しがちだが、必ずしもそうではない。知り合いに誘い出され、最初は普通に会っていたのが、急に態度が変わって拉致されることもあるのだ。

それが相手の車の中で、とかだったら、こちらとしては状況が分かりようもない。

しかし、二か月か。弥生の社会との接点はこのグループホームしかなかったかもしれないが、それにしても他に怪しむ人間はいなかったのだろうか。何となく憤りを感じたが、すぐに萎んでしまう。隠遁者《いんとんしゃ》のような生活を望んで実行していたのは、彼女自身なのだ。となるとこれは、誰の責任でもないのかもしれない。

「明日、部屋を調べてみるか」

「容疑はどうします？」

「そこは何か考えるよ。部屋の中を見れば、何か事情が分かるはずだ」

「そうですね……」

愛美が、この提案にあまり期待していないのは明らかだった。しかしこの先につながる手がかりは、部屋の中にあるとしか思えない。

エンジンをかけようとした瞬間、電話が鳴った。醍醐。定時連絡だろうと思い、キーから手を離して電話に出た。

「変な話が出てきました」

「何だ？」にわかに首筋が緊張する。

「弥生さんなんですけどね、練馬から秋田へ引っ越すちょっと前に、同級生のお母さんに変なことを言ってるんですよ」

「変なこと？」

「私はずっと逃げるしかないって。それと、息子にも申し訳ない、と」

聞いた台詞を再現するのがひどく苦しかったようで、喋った後は黙りこむ。私も同じだった。助手席に座る愛美が、不審気に私の顔を見る。話し方から、相手は醍醐だと分かったはずだが、私の様子がおかしいのは、見ただけで明らかだっただろう。

「どういう意味だと思う？」

「何か罪を犯して、という感じに聞こえましたけど」

「そうだな」

「秋田に戻ったのは、旅館の仕事を手伝うためだったかもしれない。表向きは……本当は、渡りに船だったんじゃないですか」

「ああ」

「東京で何か問題を起こして、地方を転々とするのは、よくある話です。俺らも、そういう案件、幾つも扱いましたよね」

「そうだな」相槌を打ちながら、私はどんどん気持ちが冷えていくのを感じた。白けているわけではなく、恐ろしかった。まさか、綾奈の一番近くにいた同級生の母親が……。

「高城さん、こんなこと聴きたくないんですけど、父母間のトラブルはなかったんですか」

「ない」

「そう簡単に言わないで」

「俺が知っている限り、ない」

醍醐が溜息をついた。気持ちは分かるが、ここは冷静になって欲しい、とでも思っているのだろう。私もそうやって、多くの証人を勇気づけ、証言を引き出してきた。

「親と子どものトラブルもありますよ。受験を巡って、嫉妬《しっと》とか」

「綾奈は、受験とは縁がなかった」

「よく思い出して下さい。知らないところで、いつの間にか人の恨みを買っていることもありますよ」

「俺を取り調べるのか？」思わず声を荒らげてしまった。「俺は——俺は刑事だぞ」

「今は違うでしょう？　親の感覚を思い出して下さい」

「そんなもの、忘れた」

「忘れてないから、こんな風にむきになってるんじゃないですか」醍醐も次第に喧嘩腰になってきた。「綾奈ちゃんのためなんですよ。ここは冷静になって、思い出して下さい」

「無理だよ」私は思わず泣き言を吐いた。「俺は……俺は、そういう人間関係がどんな風になっているか、まったく知らなかった」

おそらく、世の多くの父親たちがそうであるように。これだけ共働きが多くなっても、依然として子育て、それに学校や父兄とのつき合いは母親任せ、という家庭は多い。私の家もそうだった。妻は子育てのために、弁護士を一時休業していたぐらいである。もちろん弁護士の場合、子どもの手がかからなくなればすぐに仕事に復帰できるという計算はあっただろうが。

「俺が奥さんに会ってきます」

「ちょっと待て。一度、明神たちが会ってるから、それで十分だ」彼女とて、今の生活をかき回されるのは望まないだろう。だいたい彼女が、私のような復讐心を抱いているかどうかは判然としなかった。話をしなくなった夫婦――元夫婦は、赤の他人よりも素っ気ない存在である。

「必要があれば、何度でも行くんです。いいですね？」

「……別に、俺に許可は必要ないんじゃないかな」弱気に言って電話を切るしかなかった。

愛美が、怪訝そうな視線を向けてくる。私は、醍醐が調べ上げた事実を告げた。彼女の眉がぐっと上がってくる。

「怪しいじゃないですか」

「それは分かるけど」

「当時、そういう人間関係は調べてなかったんでしょうか」

「それほど厳しくは突っこんでいなかったはずだ。あくまで、ただの行方不明事件だったんだから」

「私が当時、捜索に加わっていたら、もっと厳しくやってましたよ」

「後から言うのは簡単だぜ。それにあの時は、子どもも親も、大きなショックを受けていた。そんな簡単に事情聴取できるような雰囲気じゃなかったんだ」

「そうですか」

愛美は不満そうだったが、これは当事者でないと理解できないことだ。あの頃の私は、刑事と父親を天秤にかけて、父親としての顔を選んだ——だが時が経つに連れ、刑事の考えが頭を支配した。

考えていても仕方がない。醍醐はやると言ったらやるだろう。それを止める権利も理屈も、今の私にはない。こっちはこっちで、やるべきことをやるだけだ。二か月前から姿を消しているとなると、弥生が自宅に戻って来る可能性は極めて低いが、まだ聞き込みは続けなければならない。夜は長いのだ。

街灯の灯りが時に車内に入りこみ、斑《まだら》に照らし出している。気になって愛美の顔を見ると、むっとした表情で頬杖をついていた。この話がどこへ行くか分からず、不安でもあるだろう。

「一つ、教えてくれ」

「何ですか」素っ気ない口調で言った。

「俺の元妻は、どんな様子だった？」

「どんな様子って……普通に話をしてくれましたよ」

「他人事みたいに？」

「そうじゃなくて、冷静に」愛美の声には苛立ちが感じられた。

「十二年も経つと、感情的にもならない、ということか」

「それは決めつけじゃないですか。心の底では、まだ苦しんでいるかもしれないでしょう」

「再婚するんだぜ？　過去の記憶を吹っ切ってないと、再婚なんかできないだろう」

「それにすがっているのかもしれませんよ。人間って、誰かに側にいてもらいたいものだから」

「事実がはっきりしてない状態で、そんな気にはなれないはずだけどな」

「だったら、高城さんは犯人が捕まったらどうするんですか？　再婚でもしますか？」

「俺は関係ないだろう。相手がいるわけでもないし」強引な話のねじ曲げ方に、腹が立ってきた。何も喧嘩腰にならなくてもいいのに。

「奥さん——元奥さんだって、綾奈ちゃんの身に何が起きたかは知りたいはずですよ」

「どうしてそう思う？」

「そうじゃなければ、事情聴取に応じないでしょう。断ることもできたはずです。もう関係ないからって言っても、私はそれで納得したと思いますよ」

「……ああ」

「今回も、ちゃんと話してくれると思います。でも、醍醐さん一人じゃなくて、室長も一緒の方がいいかな」

「何で」

「あの二人、意外に気が合うみたいですから。この前会った時も、ほとんど室長が話してたんですよ」

「やめてくれ」私は首を横に振った。どうも私の周りには、ある種の「強さ」が共通した女性しか集まってこないようだ。元妻然り、真弓然り、愛美然り。公子だって、愛想のいい笑みの裏側には、強靱《きょうじん》な素顔を隠している。

「話が聴ければ、いいんじゃないですか」

「聴くべき話があれば、な」

不快な沈黙。それを破るように、電話が鳴り出した。背広のポケットから引き抜いて差し出すと、愛美がいかにも不潔な物のように受け取って電話に出る。

「高城の携帯です……はい？　いえ、今運転中で。私は警視庁失踪課の明神です。ええ……ちょっと待って下さい」電話を耳から離し、「盛岡東署の清水さん、という方からですけど」

「地域課長だ。お世話になったんだ」

私は慌てて車を路肩に停めた。後続の車からクラクションを鳴らされるが、気にはならない。まさか清水から電話がかかってくるとは思っていなかったのだ。もしかしたら、重大な情報かもしれない。

「高城です」

「ああ、東署の清水です」

「何かあったんですか？」

「いやね、ちょっと気になって、黒原晋君……彼の事を調べてみたんですけどね」

「ええ」

「彼、死んでますよ。一年前に」

17

乗っているのが覆面パトカーではなく、レンタカーなのに苛立つ。覆面パトカーならパトランプを鳴らし、交通規則を無視して飛ばすところだ。上盛岡駅付近から東署までそれほど遠いわけではないが、信号に引っかかる度に、東署が遠ざかる感じがした。

ようやく署に着いて、庁舎の脇にある駐車場に車を入れる。エンジンも切らず、ドアも開け放したままで飛び出し、庁舎に駆けこんだ。とうに当直の時間になっており、少しのんびりした気配を漂わせていた署員たちが、私を見てぎょっとした表情を浮かべる。

「警視庁の高城です！」

叫びながら地域課に向かって走り出す。清水がすぐに私に気づいて立ち上がった。表情は厳しく引き締まっている。

「どういうことですか」私は大声で訊ねた。交通事故だとは聴いたが、詳しい事情はまだ分からない。

「まあ、ちょっと座って」

清水に椅子を勧められたが、とても座る気にはなれなかった。ここまで追いかけて来た人間が、一年も前に死んでいた——その事実が頭を埋め、他に何も考えられなくなっている。愛美が続いて入って来て、冷静な声で「失踪課の明神です」と挨拶した。それで、清水の表情も少し穏やかになる。

「援軍到着、ですか」軽い冗談を言う余裕もできたようだった。

「別に頼んだわけじゃないですけどね」後頭部に愛美の激しい視線を感じたが、無視する。

「こっちが、交通捜査係の長居《ながい》係長」清水が、まだ若い警部補を紹介した。「当時、事故の処理をしたんだ」

「説明させてもらっていいですか」

長居が、落ち着いた口調で言って立ち上がった。当時の物らしい調書を手にしている。自分で読んだ方が早いのだが、と思いながら、私は無言でうなずいた。彼も、この時間まで残っていてくれたわけだし、好意を無にするわけにはいかない。

「事故の発生は、去年の四月二十日、金曜日の早朝でした。時刻は午前六時。被害者、黒原晋君は、自転車に乗っていて、市道の交差点でトラックにはねられ、全身打撲でほぼ即死状態でした」

「そんな朝早くに？」

「新聞配達をしていたんです」

ということは、引きこもり生活からは脱していたわけだ。私は、自分の中でずっと固まっていた、不快感にも似た感情が溶け出すのを意識した。社会との接点を持てたのは、彼にとって大きな前進だっただろう。

「事故原因は、トラックの前方不注意なんですが、晋君の方にもちょっと無理があったようです。狭い交差点で、見通しが悪いところへ、無理に突っこんだようで……配達が終わって、早く販売店に戻りたかったのかもしれません」

私は思わず天を仰いだ。庁舎の天井が、底なし沼のように見える。全てが失われてしまった徒労感は強い。

「ということは、母親の名前——黒原弥生さんも分かっていたんですよね」愛美が鋭く追及した。

「いやあ、誠に申し訳ない」清水が、本当に申し訳なさそうに謝って頭を下げた。掌を額に当てて、汗を拭う。「最初に話を聴いた時には、全然名前に心当たりがなかった。後で思い直して、ここ最近の事件や事故の記録を調べてみたんですよ」

愛美が、嫌な目つきで清水を見ている。しかし彼を責めるのはお門違いだ。だいたいこんなことは、東京にいても分かったはずだと考えると、力が抜けてしまう。全国の警察に、「黒原弥生」「黒原晋」の名前で手配を回せばよかったのだ——何か事件事故に関係していないか、と。そんな単純なことさえ忘れていたのは、私が遮眼帯をかけて突っ走っていたからだろう。必死でやっているつもりだったが、単なる盲進だった。

「ありがとうございました」私は素直に頭を下げた。「助かりました。母親の住所は分かったんですが、息子さんの方が……亡くなっていたんじゃ、仕方ないですね」

「とんでもない。こっちも、もう少し早く気づいていれば、あなたに無駄足を踏ませることもなかった」

「こういうことには慣れてますよ」

私と清水は、疲れた笑みを交わし合った。

彼は心底申し訳なく思っているようだったが、私は清水に対して感謝の念しかなかった。突然東京から来て、勝手なことばかり頼んだ私に対して、頭を捻って力を貸してくれたのだから。ここではっきりしなければ、状況を知るのにもう少し時間がかかったかもしれない。

「母親の住所は分かったんですね」清水が念押しした。

「ええ。ただ、二か月ほど前から所在不明なんです。市内のグループホームで働いていたんですが、仕事も放り出してますね」

「何かあったんですかね」清水が首を捻った。

「事故の時、母親はどういう様子だったんですか」私は長居に訊ねた。

「ショックで呆然としてました。泣くのも忘れたみたいで」長居がきゅっと唇を引き締める。死亡事故の後始末など何十件、何百件としているはずだが、未だに慣れないのだろう。考えてみれば、交通部の連中は、捜査一課の人間よりもはるかに多くの死体を見る。時には、何人もが同時に亡くなる事故に出くわすこともあるのだ。

「連絡は、どうやって……」

「自宅の方に行きました。亡くなった黒原晋君が、新聞販売店で働いていたことは現場で分かりましたから、そちらに連絡を取ってから自宅まで行ったんです。自宅に電話はなかったし、母親の連絡先も分からなかったので」

「おかしいと思いませんでしたか?」愛美がまた突っこんだ。「今時、携帯電話も固定電話も持たないなんて」

「いや、それは、私たちには何とも……」非難されたと思ったのか、長居の顎が強張る。

「必要ないと思ったんだろう」私は長居を庇った。だいたいその時点で、長居が弥生を疑う理由は何一つなかったはずだ。不幸な事実を告げるのに、多少の手間を要したことで、苛立たしい思いは味わったかもしれないが。

「とにかく連絡を取るのが先決で……あの時はそれしか考えていませんでしたから」硬い口調のまま、長居が答える──愛美ではなく私に向かって。

「だいたい一昔前までは、電話のない家も珍しくなかったんだし」私はなおも長居を庇った。

「その一昔って、いったい何十年前ですか」

愛美の追及が私にまで向く。それを無視して、長居に質問を続けた。

「その後の、葬儀の日程なんかは分かりますか?」

「ええ」長居が手帳を取り出した。当該のページには折り目がついていたようで、すぐに「翌々日に通夜、その翌日に葬儀でした」と答える。

「もしかしたら、行かれました?」

長居がうなずく。中には、こういう人間もいるのだ。被害者を悼《いた》み、自分の時間を割いてまで葬儀に参列する警察官が。疑わしい人間がいないかどうか観察するために、参列することもあるが。

「通夜が四月二十二日、葬儀が二十三日ですね」私は頭の中でカレンダーをめくった。

「そうです。自宅近くの斎場で」

「参列者は？」

「ほとんどいませんでした。新聞販売店の関係者ぐらいで」

「母親の方の関係では？」

「いなかったと思います。ちょっとおかしいとは思いましたけどね。学校の友だちぐらいは参列するのが普通ですからね」

「彼は、高校へは通っていなかった。中学は秋田なんです」

「ああ」納得したように、長居がうなずく。

「事故を起こしたトラックの運転手は？」

「逮捕しました。死亡事故ですからね。業務上過失致死と道交法違反で起訴されて、二年の実刑をくらってます。今、千葉刑務所で服役しているはずですよ」

「変な話ですけど、保険金はどうなったんでしょう？」

「たぶん、払われたと思いますよ。死亡事故ですからね……保険会社から、こちらにも問い合わせがありました。でも、本当に払われたかどうかは、保険会社の方に確認していただかないと」

「それはこっちでやりましょう」私はうなずき、改めて二人に謝意を表明した。二人とも、どこか居心地悪そうにしていたが。

署を出ると、愛美が「これからどうしますか」と訊ねてきた。これからどうしますか――先を急かす彼女の台詞を、これまで何十回聞いただろう。

「まず、新聞販売店だ。そこで、晋君のことがかなり分かると思う。もしかしたら、弥生さんの居場所も摑んでいるかもしれない」

愛美が、販売店の住所をすぐに割り出した。検索結果をナビに打ちこむ。二人の自宅の近くのようだった。私はふと、晋が毎朝、急な下り坂を自転車で飛ばす様を想像した。丘の上にある団地……出かける時はいいだろうが、バイトを終えて帰る時には、うんざりしたのではないだろうか。

しかし、晋が必死に自転車をこいでいる姿が想像できない。中学を卒業してからの数年間を、ほとんど引きこもって過ごした人間がやる仕事とは思えなかった。体力も根気もいるはずなのに。

車が走り出すと、愛美が「あ」と声を上げた。

「何だ」慌ててブレーキを踏みこみ、訊ねる。

「今日の宿、取ってませんでした」

これからまだ聞き込みを続けるとすれば、最終の新幹線には当然間に合わない。私は自分の泊まっているホテルを教え、そこに部屋を取ればいい、と言った。愛美は特に何も言わず、さっさと電話をかけて部屋を予約した。

「スマホの電源、まだ持ちそうか？」ふと思いついて訊ねる。今日は、思いがあちこちに飛んで、自分でもコントロールできない。

「そろそろ危ないですね」

「はるかさんに電話してもらおうと思ったんだが」

「法月さんの関係ですか？」愛美が声を潜める。

「ああ。どうも、普段と様子が違うんだよ。彼女なら、何か知っているかもしれない」

「いいですけど、それ、今の捜査とは関係ないんじゃないですか」

「オヤジさんが、俺と話したがっていたんだ」

「だったら、高城さんの問題でしょう。私は、はるかとはこれ以上ややこしいことになりたくないんですけど」

私は無言でうなずいた。今のは自分の甘えだと認めざるを得ない。愛美にとってはるかは、数少ない警察外の友人である。そういう友情は大事にしたいと思っているはずだ。

「忘れてくれ」言って、アクセルを踏む足に力を入れる。今は、晋のことを考えるべきだ。初めて足跡が分かったのだから——私たちが知ったのは、彼の最後の一歩だったが。

午後七時半。新聞販売店は完全に店じまいしていた。地元紙の販売店だったが、今は夕刊の発行を停止し、朝刊しか出してないようなので、朝のうちには仕事が終わってしまうのだろう。

販売店の上に住んでいるという店主は、赤ら顔で——明らかに酒のせいだ——腹がでっぷりと突き出た大男だった。のろのろとした動きのせいで年取って見えるが、顔を見た限りでは、私と同い年ぐらいだろう、と踏む。年齢を確かめると、五十一歳だった。わずかだが自分より年上だという事実に、少しだけほっとする。

「晋はねえ……一生懸命やってくれてたんだけどねえ。残念でした」有賀《ありが》と名乗った店主が、酒臭い溜息を吐いた。販売店は、入ってすぐに広いフロア——昔で言えば「土間」だ——になっており、そこを作業場として使っている。私たちは、折り畳み式のテーブルを挟んで向かい合った。

「いつから働いていたんですか?」

「二年前、かな」

「彼は、高校には行っていなかった」

「だから?」有賀が、目を細めて凄んだ。事実を指摘しただけなのだが、彼にすれば従業員を侮辱《ぶじょく》されたように思ったのかもしれない。

「中学を卒業してから、ほぼ引きこもり状態だった時もあるんです」

「そういうのは、聞いたことがないな」有賀が煙草に火を点ける。「真面目な子だったよ。今時の若者らしくはなかったけど……あ、これは俺にしたら褒め言葉だからね」

「分かります」私はうなずいた。

「母親を楽にさせたいって言って、バイトに応募してきたんだ」

「暮らし向きは、楽じゃなかったんでしょうね」

「本当にそうかどうかは知らないけど、今時そんなことを言う子は貴重じゃないか。親孝行、いいことだと思うよ」

「ええ」

「だいたい今のガキは……何事も長続きしないんだから。サボることばかり考えている」

内心の怒りを表現しようというように、盛んに煙草の煙を吹き上げた。

「そんなに出入りが激しいんですか？」

「そうだよ。こっちは、それなりに長くやってもらわないと困るんだけどねえ。配達区域を覚えるのだって、それなりに時間がかかるのにさ」

「晋君は、長く続けるつもりでいたんですかね？」

「辞めるなんて話は、まったく出なかったよ」

晋は、ある意味「終《つい》の住処」を見つけたのだろうか。何かから逃げ回るような日々……

それが、給料は高くなかったにしても、ここで金を稼ぐ術を得て、安寧な生活を送れるようになった、と安心していたのだろうか。

「晋君、ここではどんな感じでしたか」

「真面目だったよ」

「それ以外では？」

「ああ？」有賀がまた目を細めた。アルコールが回っているせいもあるだろうが、喧嘩をふっかけたがっているようでもあった。「あんた、晋を悪者にしたいのか？」

「違います。彼の普段の様子を知りたいだけですよ」

「どうして」

「彼は……何かからずっと逃げていたから」

有賀が、今度は逆に大きく目を見開いた。「逃げるって、何から」

「それは分かりません。もう、晋君に聴くこともできませんしね」

私は煙草を取り出し、吸ってもいいか、と目で訊ねた。有賀が私を凝視したままうなずいたので、素早く火を点ける。

「……で、どんな感じだったんですか？　他の店員とのつき合いとかは」

「そういうのは、全然なかった」

「避けてる感じでしたか」

「いや……家のことをやらなくちゃいけないって言って、忙しそうでね。母親も働いていたんだよ」

「グループホームで」

「そうなんだ」有賀がうなずいて続ける。「拘束《こうそく》時間は長いし、仕事もきつい。だから、家のことは自分がやるんだって。よくできた子だろう?」

「ええ」

「母親にはいろいろ迷惑かけたから、今度はお返ししなくちゃいけないって言ってたな」

「迷惑」私は鸚鵡返しに言った。何が迷惑なのだ? 逃げ回っていたのは、弥生ではなく晋だとでも? それとも単純に、引きこもりの生活を続けていたことが「迷惑」だったのだろうか。「どういう意味だと思いました?」

「知らんけど、あの年頃ならいろいろあるだろう」

「じゃあ、それ以上詳しいことは聞かなかった?」

「俺は、一々詮索《せんさく》するのが嫌いなんでね」

私は首を捻った。もしも雇った人間が犯罪者だったらどうするのだ。普段からプライベートな話もして、相手の氏素性や行動に気を配っていないと、痛い目に遭うのは彼の方である。あまりにも性善説に頼り過ぎるというか……こういう人間がいることも、理解はできたが。

有賀が、煙草を乱暴に灰皿に押しつけた。ガラス製の重たそうな灰皿だが、既に一杯になっている。自分の吸い殻を捨てる余裕はなさそうだと思い、私は携帯灰皿を取り出した。

「周りの人を避けていたような様子は？」

「避けているというか、話には入ってこなかったな。仕事が終わると、だいたい後片づけをしながら無駄話をするもんだし、俺はそういうのは悪いことじゃないと思うけど、晋は入ってこなかった。仕事のことで声をかければすぐに反応したけど、無駄話には加わらなかったな」

それは、自分の本当の姿を隠すためだ。無駄話は、無駄に終わらないことも多い。あれこれ話しているうちについ気を許し、プライベートな事情を話してしまうことも珍しくはないのだ。

弥生と同じではないか。働くことは働く。生きていくためには、当然必要なことだ。しかし、一緒に働く仲間の輪に加わらないのは、ひどく孤独な行為に思える。引きこもりの次は拒絶。晋は何を考えていたのだろう。何をしたかったのだろう。

嫌な想像が頭に忍び寄る。だがまだ、それを口にするわけにはいかなかった。喋ったが最後、全てが崩壊してしまいそうな気がする。いや、崩壊するのは構わないのだが、その後で自分がどうしたらいいか、分からない。先のことを想像してあれこれ悩むのは、若者の特権のはずだ。私のように五十歳になった者など、思い悩んでも仕方がないはずなのに。

そんなことをするほど、人生に時間は残されていない。

しかし、能天気に生きていくわけにもいかないのだ。

「事故の時は、どんな様子でした？」

「酷かったよ。現場に駆けつけたら、もう病院に運ばれた後だったんだけど、血がね……その日は雨が降ってたんだけど、それでも洗い流されないぐらい、血が残ってたんだ。酷い事故だったんだね」有賀は洟《はな》を啜った。

「晋君の母親……弥生さんには会いましたか」

「病院で」小さくうなずく。煙草に火を点け、忙《せわ》しなく吸った。「あれは……見ていて辛かった」

「そうですか」

「人間、ショックが大き過ぎると、泣くこともできないんだね。呆然として、魂の抜け殻みたいだった。人があんな風になるのは、初めて見たよ」

「話はされました？」

「うん……お悔やみを申し上げて、こっちでも出来るだけのことはするからって言って。配達の帰りだから、労災だしね」

「したんですか？」

「断られた」バツが悪そうに言って、有賀が煙草で灰皿を叩いた。「ショックだろうと思って、しばらくしてから話をしに行ったんだけど、丁寧に断られてね。ちょっと聞いたら、トラックの運転手の会社からの見舞金や、保険金の受け取りも拒否していたらしいよ。金なら地震の復興のために使って下さいってさ。それだけショックが大きかったんだろうね」

私は背筋を伸ばした。あり得ない。グループホームでどれぐらいの給料を貰っていたかは分からないが、楽に生活できるような額ではなかったはずだ。見舞金にしろ保険金にしろ、喉から手が出るほど欲しかったはずだし、それを受け取っても、誰かに文句を言われる筋合いはない。ストイック……と言うよりも、自分に何かの罰を科していたのではないかと思える。

嫌な想像が走った。

「あれにはちょっとびっくりしたね」有賀が忙しなく煙草をふかした。

「分かります」

「後で家に行った時かなあ、『仕方ないんです』って言ってた。事故に遭うのが仕方ないっていうのも、ずいぶんひどい諦め方だと思ったんだけど、あれは本当はどういう意味だったのかねえ」

「そうですね……」また嫌な予感が膨れ上がる。今にも言葉にしてしまいそうだったが、何とか呑みこんだ。本当に硬い物を呑んだ時のように、喉に痛みを感じる。

「結局、それ以来会ってないんだけど、お元気なのかね」

「実は今、行方不明なんです」

「ええ？」有賀が目を見開いた。話しているうちに酔いが引いてしまったのか、赤かった顔が普通の色に戻っている。「行方不明って、どういう……」

「団地のあの部屋にいないんですよ。何かご存じないですか？」

「いや、全然……本当に？」

私は無言でうなずいた。有賀が煙草を灰皿に押しつけ、新しい一本を引き抜いて口に持っていこうとして躊躇う。結局パッケージに戻してしまった。

「弥生さんとは、何回ぐらい会いましたか？」

「話をしたのは、三回、かな」

ずいぶんはっきりしている。私は首を傾げたが、彼の説明を聞いて納得がいった。最初に晋がこの販売店を訪ねて来た時、付き添いで。事故直後。それからしばらくして、自宅で。いずれも、印象に残る会合だったはずだ。

「最初にここに来た時、どんな感じでした？」

「まあ、普通に、礼儀正しく、かな。静かな人でしたよ」

「他には？」

「他にはって？　曖昧な質問は答えにくいな」

「すみません……でも、印象はどうでしたか。個人的にどう感じたか、です」

「まあ、正直……暗い人だな、とは思った。話す時、こっちの目を見ないんだ」

「そうですか」相手に自分の印象を与えないように。

何のため？

目立たず、逃げ続けるため。


私は、有賀に紹介してもらった店員の一人と面会した。石島孝之《いしじまたかゆき》。地元の大学の三年生で、販売店が用意したアパートで暮らしながら、大学へ通っているという。朝が早い――四時過ぎには起き出して仕事を始めるという――ので、彼にとってはもう夜中に近い時間だったかもしれないが、緊張した様子ながら事情聴取に応じてくれた。

それにしても……一人暮らしの大学生の部屋は、こんなに汚いものだったか。まず、漂う異臭に、思わず顔をしかめてしまう。耐え難いというほどではないが、鼻先に漂う臭いは、頭痛を引き起こしそうだった。愛美が窓を開けたがっているのが分かったが、辛うじて我慢している様子だった。

石島は落ち着きがない男で、しかもお喋りだった。私たちが部屋に入った後で、座布団がないことに気づき――今さら気づくのも変な話だが――慌てて「借りてきます」と言い出した。それを押し止めるといきなり鼻をひくひくさせ始め、「臭いですか？　臭いですよね」と言いながら窓を開け放った。途端に室内が、冷たくなる。それから慌てて部屋の中を片づけ始めた。実際、物をどかさないと座るスペースもないぐらいだったが。しかし、クローゼットにくっつくように敷かれたマットレスには目がいかないようだった。上には毛布が丸まっており、それがかすかな異臭の原因らしい。見なければ臭いがしない、とでも思っているのか。

愛美は辛うじて冷静さを保っていた。私は開き直った。私の部屋も似たようなものだし――男臭さというより、アルコールと煙草の臭いが強いが――学生時代は、これよりもずっと汚い部屋に住んでいた。

「すみません、掃除してる時間がなくて……汚くてすみません」短い台詞に、「すみません」を二回滑りこませる。

私は苦笑しながら、積み重なった新聞をどかして座るスペースを作った。新聞は折り目がきちんとしたままで、読んだ形跡はない。販売店に勤めていても、新聞をきちんと読むとは限らないようだ。

愛美も腰を下ろしたが、奇妙な座り方になっている。正座しているが、かすかに尻を浮かしているのだ。まるで体重をかけると、体が汚れてしまうとでもいうように。

「黒原晋君のことを聴かせてくれないか」私は単刀直入に切り出した。彼を選んだのは、晋に一番年齢が近く、仕事でも一緒だったことが多かったというからだ。実際、担当区域を教えるために、一緒に回ったのも石島だった。

「聴かせて、と言われても」石島が首を捻った。「無口な奴だったし」

「全然話をしなかった？　普通、仕事のこと以外でも、趣味の話とか、女の子の話とか、するだろう」

「いや、このアパート、女人禁制なんで。建前上は」石島が声を上げて笑った。レベルの低いジョークだと気づいたのか、すぐに真顔に戻る。「そういうの、ないですね。あいつ、女に興味なかったんじゃないかな」

「趣味は？」

「全然。普通、興味がある話だったら、乗ってきますよね？　全然喋らないから、こっちもちょっとむきになっていた時期があって……喋らせようと思って、ありとあらゆる話題を持ち出したんですけど、全然反応しないんですよ」

「無視？」

「無視っていうか、菩薩《ぼさつ》の笑顔」

「どういうことだ？」

「ほら、こんな」

石島が唇を一本の線にした。目尻が下がり、何となく穏やかな表情になる。菩薩には見えなかったが、言いたいことは分かった。

「こっちが何も言えないような顔を作ってしまうわけだ」

「そうなんですよ。だから、話しかけても仕方ないかな、って思っちゃって。結局、あいつのこと、何も聴き出せませんでした。あんな奴、初めてですよ」

「何か隠していたわけじゃない？」

「どうですかね。うん、言われてみれば確かにそんな感じもするけど、分からない……いや、やっぱりそうかな？　暗い過去みたいな？」

どっちなんだ、と怒鳴りつけたくなった。時に、こういう人間がいる。初対面の人間の機嫌を取るつもりなのか、相手のペースに合わせてしまう人間が。概して、そういう時の発言は信用できない。

「彼がここへ来る前に何をしていたか、聞いてないかな」

「秋田の方にいたっていう話は聞いてますよ」

「その後は？」

「いろいろ、としか言わなかったけど」

「その前——秋田にいる前は？」

「それって、ずいぶん昔の話ですよね。小学校の低学年の頃、東京にいたとは聞いたけど」

私は愛美と顔を見合わせた。こいつは、正確に話していない……晋は、まったく口を開かなかったわけではないのだ。自分の過去を、少しだが石島に打ち明けている。

「その、東京にいた頃のこと、もっと詳しく話してなかったかな」

「いや、そういうのは特に……あ」急にぽっかりと口を開け、右の拳を左手に打ちつけた。

「俺、怒られたんだ。怒られたっていうか、睨まれた。そんなこと滅多にないから、びっくりしたんですよ」

「どうしてまた」

「ちょっとしつこく聞き過ぎたのかもしれないんですね。確か、配達区域が変わることになって、下調べで一緒に回っていた時なんですけど、そういう時、暇じゃないですか？　だらだら歩いて、配達場所を確認していくだけだし。で、昔の話になって……だいたい俺が一方的に話してたんだけど、こっちだけ話してるのって、何か損したような気分になるんで、お前は小学校の頃どんな感じだったんだってしつこく聞いたら、こんな風に」肩をすくめる。「あんな顔されたの、その時だけですけどね。『言いたくないことだってあるんだ』って、本気で凄まれましたよ。ちょっとおかしくないですか？　小学校の時の話なんて、どうでもいいでしょう。単なる昔話だし」

「それを聞いて、どう思った？　真面目に取り合わなかったのか？」

「苛めにでも遭ってたのかな、とは思いましたけど。ああいうの、引きずりますよね」

「ああ」しかし、晋が苛めに遭っていた事実はない。少なくとも、杉並、練馬の小学校時代には……引きこもりがちではあったが。もしかしたら、秋田の小学校に通っている時に、そういうことがあったのかもしれない。苛めの事実は、「苛められた」と感じた本人と、苛めた人間、周囲で黙認していた人間それぞれで考え方が違うものだし。違う、と思った。晋には、人に話せない過去があったのだ。

まくしたてるように飛び出す彼の言葉を聞きながら、私の気持ちは既に別の所に飛んでいた。

夕食は愛美と一緒に食べたが、私は気もそぞろだった。会話は弾まない——彼女の中に、自分と同じ疑いが芽生えているのが分かったが故に。二人でこの件を話し合えば、どんな結論が出るかは見えている。私は今、その結論を検討するつもりはなかったし、彼女の方でも同じ気持ちのようだった。かといって、他に話題もない。人事の話は気になっていたが、そういうのは、こういう場所で話し合っても、だらだら流れて無意味に終わるものだ。石垣が多摩地区の署長に飛ばされるかもしれないという可能性については、場を盛り上げるために話題にしたが。

ホテルまで歩いて戻る途中も、二人とも終始無言だった。気持ちが通じ合っている感じはするが、必ずしも心地好くはない。

駅へ続く道は、新幹線の停車駅に近い場所とは思えないほど寂れ、この時間になると歩く人もほとんどいなかった。時折車が通り過ぎるだけ。これほど繁華街と縁のない県庁所在地も珍しいのではないだろうか。空気はひんやりとして、過ぎたはずの冬を思わせ、体に住みついた疲労感が、「お前はもう限界だ」と嫌な囁きを続けている。私は煙草に火を点け、冷たい夜空に向かって煙を噴き上げた。

「長野さん、ですかね」愛美がいきなり言った。

「何が」

「今、高城さんが話すべき相手は」

「どうして」

「高城さん、腰が引けているから」

ちらりと横を見る。愛美は腰の後ろで両手を組み、うつむきがちに歩いていた。

「誰かに発破をかけてもらわなくちゃいけない、ということか」

「最後の起爆剤です。長野さんだったら、間違いなく背中を押してくれますよ」

そうかもしれない。しかし、そうする必要があるのか？　この先に待っている結末を想像すると、今まで自分がやってきたことが全て無駄に思えてくる。だが、何もしないままでは何も分からず、私の人生はこの時点で宙に浮いてしまうだろう。

「話してみる」

「その方がいいです」愛美がうなずいた。

「その代わりと言ったら何だけど、君ははるかさんと話してくれないかな」

「それは……」

依然として迷っている。彼女にとっては、危険な賭けなのだ。もしも非常に微妙な話で、友情を損ねるようなことになったら……無理はさせられない。今の頼みは取り消そうと思った瞬間、愛美が「やります」と言った。

「大丈夫か？」

「自分で言い出しておいて、それはないと思いますけど」例によって不機嫌な口調だったが、次の瞬間には消えていた。「でも、永遠に変わらない物なんか、何もないですよね」

ぽつりと言った一言は、間違いなく人生の真実を突いていた。結局私たちは、それぞれ電話をかけ、結果は明日の朝報告し合う、ということで同意した。何も話をややこしくして、これ以上夜を長くする必要はない。

私はもう既に、十分過ぎるほど長い夜を過ごしてきたのだから。

18

「お前が考えている通りである可能性が高いな」長野の言葉は断定ではなかったが、口調は「ほぼ断定」だった。

　私は、電話を握る手に力を入れた。充電しながら話しているので、ケーブルが手首にまとわりついて鬱陶しい。

「証拠は何もない。印象だけだ」

「俺らは今までも、印象を重視してきたじゃないか」長野の声は自信たっぷりだった。この男は、話しているうちに、自分の言葉に酔ってしまう節がある。

「今は、勘や印象だけでは動けないな」

「だったら証拠を捜せ。動いていいだけの証拠を」長野がずばりと指摘した。この男と喋っていると、どんなに複雑な話でも簡単に思えてくる。

「ああ……」

「何ではっきりしないんだ？　簡単な話じゃないか。俺のアドバイスが必要とも思えない」

「分かってる」

「とにかく、やるべきことは分かってるんだから、迷う必要はないじゃないか。人手が足りないんだったら、うちから何人か出してもいい」

「それは駄目だ」私は慌てて言った。「お前のところは、目をつけられてるんだぞ？　これ以上余計なことをしたら、厄介なことになる。人手が必要だと思ったら、杉並西署の捜査本部に声をかけるよ」

「ちゃんと予定が立ってるじゃないか」長野が笑った。「要するに、自分の頭の中を整理するために俺を利用したんだろう？　俺の考えは今言った通りだ。これは簡単には変わらないぜ」

「分かった」

電話を切り、深呼吸する。ありがとう、の一言を言い忘れたのに気づいたが、そのためだけに電話し直すのも馬鹿馬鹿しい。ベッドに寝転がり、頭の下に手を入れて天井を見上げた。やることは分かっている……たとえ「印象」や「勘」であっても、信じて悪いことはない。疑いがあれば調べる、それだけのことだ。手順も分かっている。むしろ、すぐにでも捜査本部に連絡して、援助を請うべきだ。真弓にも報告、相談しなければならない。

私は何を恐れているのだろう。

自分でも分からなかった。

ふと、「こうあって欲しい」と考えていた事件の結末を思い描く——犯人は、変質者であって欲しかった。綾奈が悪戯《いたずら》されたと考えると身震いするほど不快だったが、通りすがりの変質者の犯行だったら、犯人を簡単に憎めるのだから。追い詰め、逮捕し、検察が極刑まで持っていけるよう、証拠を集めればいい。憎しみが原動力になる。

だがこの状況で、憎んでいいのか？　気持ちが萎んでしまう。ここまで親としての憎しみ、刑事の本能だけに従って走ってきたが、目の前で全てが崩壊する可能性もある。その時私は、どうしたらいいのだろう。

耳を澄ませる。自分が呼吸する音、それに鼓動の音が、やけに大きく聞こえた。そのままベッドと一体化して埋もれてしまいそうだったので、慌てて上体を起こす。依然として静かだった。駅前にあるホテルなのに、街の騒音も耳に入ってこない。隣の部屋の愛美は……このホテルは壁が薄く、隣室のテレビの音や電話での話し声がかなりはっきり聞こえるのだが、愛美は息を殺してでもいるのか、何も聞こえなかった。彼女ははるかに電話しただろうか……部下に頼らざるを得ない自分の情けなさに腹が立つ。かといって、今盛岡を離れるわけにはいかないのだから、これしか方法がない。

夜は長い。早く眠ろうと思ったが、目が冴えてしまい、結果、ますます夜の長さを感じることになった。年を取るに連れ、時の流れは早くなる一方なのだが、今の私にとって、一人で考える時間は、永遠に引き延ばされたように思えた。

「法月さんの用事って、はるかのことかもしれません」

「え？」

翌朝、ホテルのコーヒーショップで顔を合わせた瞬間、愛美がいきなり切り出した。

「昨夜、はるかに電話したんです。出なかったんですよ。何度も電話して……十回目ぐらいかな？　やっと出たんで、法月さんのことを聴いたら、『話せない』って。それでいきなり電話を切られてしまったんです」

「それは……彼女にしてはおかしなことなんだろうな」

愛美が無言でうなずき、オレンジジュースの入ったコップに手を伸ばした。私は例によって食欲ゼロで、コーヒーだけ。愛美の前には、かなり量のあるモーニングセットが用意されたが、彼女も頼んだことを悔いているようだった。トーストにバターを塗ったのだが、手をつけようとしない。

「朝、メールが入ってました」

「何だって」私は薄いコーヒーを一口飲んだ。これで胃が刺激されて、少しは食べる気が出ればいいのだが。今日も長くなるだろう。エネルギー補給は絶対に必要だ。

愛美が自分のスマートフォンを取り出し、はるかからのメールを見せた。

From：法月はるか
To：明神愛美
件名：昨夜の件

昨夜の件ですが、電話では話せません。高城さんと一緒だったら、できるだけ早く東京へ戻るように伝えて下さい。

極めて大事な話です。私の弁護士人生にかかわるかもしれません。

「何だよ、これ」私は思わず顔をしかめたが、思い当たる節はある。今、彼女の弁護士人生にかかわることといえば、平岡の問題ぐらいしか考えられない。しかも、私と接触したがっている。まず気になったのが、送信時間である。朝五時半過ぎ。早朝から仕事をする人間も多いが、これはいかにも早い。早過ぎる。あるいははるかにとって、この時間は早朝ではなく深夜かもしれないが……弁護士は忙しいから、仕事時間がどんどん後ろへずれて、昼夜逆転してしまうのも珍しくないという。「彼女、こんな時間に起きてるのか？」

「寝てるはずですよ。そんなに早起きじゃないですから。基本的に夜は遅いんです」

ということは、その時間までずっと起きていて、悩みに悩んでメールを送ってきたのか。

「こいつの意味、どう思う？」予想はあったが、愛美の解釈を聞きたかった。

「分かりません。大袈裟過ぎる感じもしますけど」

「そもそもオヤジさんも、娘の名代《みょうだい》で電話してきたのかもしれない」

「そうかもしれません。ちょっと過保護過ぎる気がしますけど」愛美が厳しい表情を作った。「事情は分からないけど、会いに行った方がいいんじゃないですか？　もちろん、この件を放っておくわけにはいきませんけど、ここは私一人でもできますし。今のところ、聞き込みをして捜すしか、方法がないでしょう」

「ああ」証言は得られたが、足取りは消えている。結局私たちがやらなければならないのは、一番地味な作業だ。ひたすら部屋をノックして歩く。「苛立つ」という感覚を殺さなければできない仕事。そしてはるかは、おそらく平岡に関する情報を持っている。

「私一人だと不安ですか」

「そんなことはないけど、何かあった時に、一人だと対応できないからな。捜査本部から人を呼ぶか？　あるいは失踪課から応援を貰うとか」

「そんな調整をしているうちに、一日が終わりますよ。時間が無駄になるだけでしょう」

一瞬、法月とはるかに盛岡に来てもらうのはどうだろうと考えた。それが一番時間の節約になるし、そもそも用事があるのは向こうなのだ。どうしても話したいなら、こちらへ来ればいい。しかし、彼らが来るまでの時間を、苛々しながら過ごすのも嫌だった。

「オヤジさんを東京駅まで呼びつけようか」

「ああ……それも手ですね」

「はるかさんもこの件に関係があるとして、彼女が来られるかどうかが問題だ」

「四六時中法廷に出ているわけじゃないし、何とかなるんじゃないですか。でも、その調整をするのにも時間がかかるでしょうね」

「そうか……」ちらりと腕時計を見た。七時半。新幹線の時刻表を確認しなければならないが、今すぐ出発すれば、昼前には向こうに着けるはずだ。上手くいけば午後早い時間には話を聴き終えて、とんぼ返りできるだろう。夕方には盛岡に帰着し、夜までの数時間は弥生の追跡に費やせる。

「分かった。行ってくる」

「こっちのことは任せて下さい」愛美がようやくトーストに手をつける。綺麗に縦半分に割くと、ブルーベリーのジャムをつけて齧《かじ》り始めた。「部屋を調べますか？」

「いや、それは一人でやらない方がいい。後回しにしよう。それより、一つ、約束してくれないか？」

「何ですか？」リスのように頬を膨らませたまま、愛美が訊ねる。

「何かあったら、すぐに県警に応援を頼んでくれ。盛岡市内だったら、東署の清水課長にでも電話をかければいい。応援の手配をしてくれるはずだ」

「そんなことが起きるとは思えませんけど」愛美が肩をすくめる。

「用心に越したことはない」

「分かりました」言い争うエネルギーを節約したのか、愛美が素直にうなずく。

私はコーヒーを飲み干し、立ち上がった。

「もう行くんですか？」愛美が私を見上げながら訊ねる。「時刻表を調べますよ。その方が時間が無駄にならないでしょう？　それに、法月さんにも電話しないと」

もっともだ。気が逸って動き出しても、用意が不十分だとろくでもないことになる。愛美がトーストを皿に置いて、スマートフォンを弄り始めた。

「今からだと、八時四十一分が一番早いですね。それで、十一時過ぎには東京に着きます。ちょうどランチデートできますよ」

「あの親子とランチデートは、あまりぞっとしないな」

愛美が寂しそうに笑った。何か言いたそうだったが、「早く法月さんと連絡を取った方がいいですね」とだけつけ加える。もっともだ。時間を節約するためにも、東京駅まで来てもらう約束を取りつけた方がいい。

そうやって節約した時間で、どんな情報が入ってくるか、想像すると暗い気分になってしまう。はるかが弁護士を辞めなければならないような事情とは、何だ？

東京駅へ着いて、法月たちと落ち合うまで一時間ほど空いた。その時間を利用して、私は着替えを買い求めた。急遽《きゅうきょ》盛岡へ向かったため、シャツも同じ物を着たままなのだ。寒いから、汗の臭いで困るようなことはないが、さすがに限界である。新しいワイシャツを二枚買い、すぐにトイレで着替える。それでかなり、まともな人間になったように感じた。しかし鏡を覗いてみると、五十歳なりにくたびれた顔が映ってうんざりする。ホテルの安っぽい剃刀《かみそり》は切れが悪く、髭の剃《そ》り残《のこ》しと細かい傷が目立つのも気に食わない。

法月は面会の場所に、八重洲口にある古い洋食屋を指定してきた。店に入って「待ち合わせです」と告げた瞬間に、彼がその店を選んだ理由を悟る。案内されたのは、奥にある個室だったのだ。

腕時計を見ると、十一時五十分になっていた。少し早めのランチに出て来たサラリーマンで、既に店内はごった返し始めている。私は、個室では煙草が吸えることを確認してから、席についた。店員が「予約席」のプラスティックプレートを持ち去り、ドアを閉めると、急に不安が膨らんでくる。警察署の中でもなく、はるかの事務所でもなく……法月が、誰かに聞かれる心配のないレストランの個室を選んだ理由を想像すると、鼓動がわずかに早くなった。

メニューを眺めながら、忙しなく煙草を吸う。法月は時間に遅れることのない男だが、この日は珍しく、五分遅れで姿を現した。その間に私は煙草を二本灰にし、三本目に火を点けるかどうか迷っていた。ドアをノックする音が聞こえたので、慌てて煙草をパッケージに戻す。

「どうぞ」と声をかけると、ドアが開いて法月が顔を覗かせた。いつもの愛想のいい笑みは引っこんでおり、ひどく真剣な表情を浮かべている。彼が部屋に入ると、はるかが後に続いた。

彼女を見て、私は正直、ぎょっとした。背が高い彼女は、それを誇るように、いつも背筋をぴんと伸ばしている。凛《りん》とした顔つきは、誰の攻撃を受けても傷一つつかない、とでも言いたげな自信に溢れている。それが今日は、ひどく疲れて見えた。化粧はしているものの顔色はくすんだ感じで、長く伸ばした髪は後ろで一本に縛っている。身だしなみに関しては、全てを適当に済ませてきた感じだった。

「わざわざ悪いね」椅子を引きながら、法月が遠慮がちに言った。

「新幹線なら、盛岡も近いですよ」

「でも、捜査は動いてるんだろう?」

「動いているような、止まっているような……明神が向こうに残っているから、何とかしてくれるかもしれません」

「あいつは熱心だからな」

「熱心過ぎますけどね」

一瞬、法月の顔が歪む。愛美の身の上を、心から案じているのは明らかだった。彼女は、交通事故で母親を亡くしてからまだ間がない。悲しみや苦しみから逃れるために、仕事に打ちこんでいる、と分かっているのだ。聞いても愛美は否定するだろうが、私たちから見れば明白である。特に私には、よく分かった。自分がそういう風に歩いてきたが故に。仕事は、人生の全てとは言わないが、副作用の少ない麻薬のようなものである。全身全霊を傾けていると、他の煩わしいことを考えずに済む。

私は、はるかに目をやった。法月の横にすわった彼女は背中を丸め、まるで自分を押し潰そうとしているようだった。弁護士を辞める。自分の仕事にプライドを持っている彼女が、どうしてそこまで追い詰められるのか、想像もつかなかった。

「今日はな、娘がどうしても話したいことがあるっていうんだ」

法月が軽い調子で切り出したが、私は彼自身、長い時間悩んでいたことをすぐに悟った。顔色が悪い。髪も乱れていた。ろくに寝ていないのではないか？　心臓に持病を抱えているのに……と腹がたってくる。自分の体はもっと大事にして欲しい。

「それなら、私に直接言ってくれればよかった」はるかに視線を向けた。「知らない仲じゃないんだし。オヤジさんを仲介役にしなくちゃいけないことでもあるんですか」

「俺にも関係があるかもしれないからだよ」法月が言葉を添えた。

「意味が分かりません」私は首を振った。「明神から聞きましたが、弁護士を辞めるとかいう話と関係があるんですか」

はるかがびくりと肩を震わせた。常に自信たっぷりに振る舞う彼女にしては珍しい、怯えたような仕草である。その瞬間私は、彼女が悩みに悩み抜いてきたことを悟った。それが平岡を巡る問題であろうことも。今の私と彼女の接点は、あの男しかない。

はるかがゆっくりと顔を上げる。躊躇い、後悔、慚愧《ざんき》の念。あらゆるマイナスの感情が流れ出てきて、私の全身を洗った。

「何があったんですか」

はるかがようやく背筋を伸ばす。私は見た事がないが、彼女は法廷では常に、背中を真っ直ぐ伸ばしているような気がする。自分の主張は常に正しい、この姿勢はその現れだ、と強調するように。

「平岡さんは、犯罪者になるかもしれません」

「大袈裟です。心配する必要はないでしょう」私は二人の説明を聞いてから、簡単に言い切った。確かに、はるかがしたことのせいで、捜査は多少遅れた。平岡が相談に来た段階で、もう少し何かできたのではないかと悔いてもいるのだろう。自分の中にある弁護士のルールを守れなかった、と感じているに違いない。

「しかしなあ」法月は納得しない様子だった。「確かに弁護士の仕事は、依頼人の利益を最優先する。でも、犯罪事実があったら、警察に通報する——それはお約束だろう？」

「全ての弁護士がそうするとは限りませんよ。だいたい、弁護士って奴は——」私は言葉を切った。はるかが聞いたら、侮辱されたと感じるかもしれない。しかし今の彼女には、そんなことで私と遣《や》り合《あ》う余裕はないようだった。「それに、結局はるかさんは話してくれた。それで十分じゃないですか。ちょっとしたタイムラグがあっただけでしょう。だいたい、オヤジさんもどうしたんですか？　これがどうして、オヤジさんに関係してるんですか」

「俺は、父親だよ」

私はうなずいた。はるかの行動には、特に問題はない。ただ、弁護士の基本——依頼人を守る——に反する行動をしていいのかどうか、迷っていただけである。法月としても、娘をここまで深く事件にかかわらせていいのか、迷っていたに違いない。何も親子揃って、悩むような話ではなかったはずだ。逆に言えば、私が知るよりずっと、二人の関係は濃かったとも言える。

今は、はるかのことを案ずるよりも、確認しなければならない大事な情報がある。私は二人に「失礼」と声をかけ、個室を出た。頼んでいた料理——三人ともオムライスだった——にはほとんど手をつけないままだったが、食べている場合でもない。いつの間にか、十二時半になっていた。ランチタイムの最初の客はもう出て行って、二回り目に入ったところか。ラードとソースの香りが強烈に襲いかかってきて、空腹を意識させられた。

一旦店の外へ出て、携帯電話を取り出す。早急にやらなければならないことがあるのだが、誰に指示したらいいだろう。捜査本部？　そこを飛ばして、頼りになる醍醐に頼む？　それとも真弓？　誰に話しても厄介なことになるのは分かっていたが、私は結局失踪課の番号を呼び出した。公子が出るだろうと思ったが、極めて残念なことに、受話器を取ったのは森田だった。

「室長はいるか？」

「出てます……昼食だと思いますが」相変わらず自信がなく、おどおどした声。

「まだ戻りそうにない？」

「ええ、たぶん」

仕方ない。捜査本部に話を通そう。西川だったら、間違いなくこちらの読みを理解してくれる。

「あ、ちょっと待って下さい」

「どうした」

「今、田口さんが」

「田口さんがどうした」

切れ切れに入ってくる情報は、私の苛立ちを加速させた。

「いや、田口さんが応対に……」

「誰か相談に来たのか？　だったらきちんと対応してやれ」そんなこと、一々報告してもらわなくてもいい。

「いや、相談ではなく……」

「はっきりしろ！」私は思わず電話に向かって怒鳴った。道行く人の視線が突き刺さってくるのを意識して、慌てて道路に背を向け、店の壁に向かって話し始める。「何がどうなってるんだ」

「あの人です。あの人が来たんです」

「あの人？」

「あの……平岡さん」

私は瞬時に、頭から血の気が引くのを感じた。

「摑まえておけ。どんな手を使ってもいいから、絶対に逃がすな。すぐにそっちへ戻る」

実際は、すぐに、というわけにはいかない。まだ二人から、話を聴き終えていないのだ。

——しかし、平岡？　何故いきなり警察に来た？　やはり彼はこの件に嚙んでいて、後悔の念に潰されそうになったのだろうか。あるいは、私や長野の動きがプレッシャーになり、それに耐えられなくなったのか。一つ深呼吸をして、個室に戻る。二人は、神妙に座って待っていた。

「平岡が出頭しました」椅子に座りながら報告する。

「何だって？」

法月が目を見開いた。はるかは表情を変えない。私は彼女に視線を向け、話を続けた。

「あなたが出頭を勧めたんですか」

「出頭しろ、とは言っていません。ただ、あなたに事情を話す、とは言っておきました。その結果を見て、またアドバイスするつもりだったんです」

「ええ」私はうなずいた。平岡はアドバイスを待たずに、警察に来たわけだ。

「ただ、彼はまだ迷っている様子でした」

「当然だと思います。迷っているから、あなたに相談したんでしょう」

「私自身は、あの人の説明は合理的だと思います。男女のことですから、理屈は関係ありません」

「それは分かってます」私は部屋に入って三本目の煙草に火を点けた。空腹が刺激され、かすかな吐き気が襲ってくる。「その辺は、本人から聴いてみますよ。失踪課で、一応身柄は押さえました」

「まだ容疑者と決まったわけじゃないでしょう」はるかが顔をしかめたが、彼女自身、はっきりと自信があって反発しているのではないようだった。だからこそ、自分が犯罪行為の隠蔽に手を貸してしまったのではないかと悩んできたわけだし。

「それも、これから調べてはっきりさせます……一つだけ、確認させて下さい」

「ええ」

「平岡さんは、どうして急に態度を変えたんですか？　マスコミを使って、警察を攻撃するようなことまでしたのに」

「その理由は分かりません。言いたくない様子でした」

「あなたは？　どうして俺に話す気になったんですか」

「高城さんは、犯罪被害者です。犯罪被害者には、全てを知る権利があるんじゃないですか」

　被害者と刑事。二つの間で揺れてきた私の気持ちは、今は被害者サイドにあった。そして、はるかの言うことはまったく正しい。被害者としても、私には事情を全て知る権利と義務があるのだ。

「ところでオヤジさんは、何を心配してたんですか？　大袈裟過ぎますよ」

「娘が悩んでいるのを見れば、心配するだろうが」

　弁護士として、依頼人の立場をどう守っていくか——彼女は、何も話さないよう、平岡を止めることもできたはずだ。しかしそうすると、私は真実を知ることがなくなる。依頼人か、被害者か——二人の人間の間で散々揺れ、法月とも議論をしたのだろう。

「オヤジさんは、心配し過ぎですよ。そんなに気に病んでると、また倒れますよ」

「俺のことなんか、どうでもいいんだ」法月が珍しく声を荒らげた。「俺はもうすぐ辞める身だ。一階級特進もいらない。俺はただ……捜査が遅れたら申し訳ないと思って、娘を説得したんだ」

法月の目に涙が浮かぶ。私は仰天しながら——娘の身を案じているのだろうが、実際には問題になるとは思えない——微笑みかける。

「心配しないで下さい。オヤジさんに恥をかかせるようなことはしませんから。はるかさん、あなたにもです。結局、平岡さんは自分から警察に来たんですから、むしろ、説得してくれたことに感謝しますよ」

「悩みました」はるかが唇を噛む。

「それは分かります」

「あの人は悩んでいます。たぶん、今も。警察に行ったからと言って、全てを話すとは限りませんよ」

「いや、話すでしょう。その決意……それはまだ固まっていないかもしれないけど、警察に来たのは、心が揺らいでいるからです」

「そこを攻撃するんですか」

はるかの声に、いつもの挑発的な感じが戻ってきたので、私は少しだけほっとした。普段はこの調子に苛つかされるのだが。

「攻撃じゃない。入念に説得して、話を聴くだけです。あなたがくれた情報が、重大な説得材料になりますよ」

「俺も何か手伝えるといいんだが」法月が遠慮がちに切り出した。

「オヤジさんの手を煩わせるわけにはいきませんよ。これは俺の事件なんだ」そう言いながら、多くの人の助力を改めて意識する。「もちろん、助けてくれた人たちには感謝します。でも最後は、俺が自分でけじめをつけなくちゃいけない」

「その覚悟はあるんだな？　どんな結末でも受け入れるつもりなんだな？」

私は素早くうなずいた。嫌な気持ちは、今や最大限に膨れ上がり、私の胸を破裂させんばかりになっている。だが、破裂してもいいではないか。十二年前に何が起きたのか、綾奈がどうして死んだのか、それさえ分かれば、後は何もいらない。上の連中が画策している室長のポストも、あるいは警察官の身分さえも。

謎さえ解ければ、私には幸せな長い晩年が待っていると信じたかった。それを味わう権利があるかどうかは別にして。

「これから失踪課に戻ります。お二人は、ゆっくり食事していって下さい。オムライスは冷えたから、何か暖かい物でも食べて下さいよ」

「おいおい――」法月が困ったように目を細める。

「親子で相当遣り合ったんでしょう？　一緒に飯を食えば、仲直りできますよ」

何といっても親子なのだから。喧嘩して——二人の場合は喧嘩するまでもなかったと思うが——その後に仲直りできる相手がいることを、私は心底羨ましく思う。

失踪課三方面分室は、人で膨れ上がっていた。誰がどんな形で連絡を回したのか分からないが、分室のメンバーでない人間が何人もいる。西川と沖田。長野。課長の石垣。例によって石垣は、誰彼構わず摑まえては、「事情を説明しろ」と迫っている。私にも詰め寄って来たが、長野が壁になってくれた。私は彼の肩越しに、「これから調べに入りますから」と石垣に告げた。当然、石垣は納得しない。

「どういうことか、説明しろ」

「後にして下さい」

私は長野の脇をすり抜け、室長室に入った。奇跡的に、真弓一人。このところ、ずっと気まずい関係が続いていたのだが、私は二人の間に漂う空気が変わっているのを意識した。ぴりぴりしてはいるが、心地好い。しかし真弓の顔を見た瞬間、彼女が不安がっているのが分かった。

普通なら立ったまま話すところだが、自分の気持ちを落ち着けるために、私は椅子を引いて座った。正面から真弓と向き合う格好になる。

「状況はどうなんですか」

「今、面談室で雑談してます」

「誰と？」

「田口さん」

大丈夫なのか、と私はにわかに不安になった。田口は何も考えずに、つい余計なことを言いがちな男だ。不用意な一言が、平岡の決心を鈍らせてしまうかもしれない。

「何か具体的な話は出てるんですか？」

「出てないと思うわ。彼は、あなたと直接話したがっているから」

私は、顎を胸につけるように、ゆっくりとうなずいた。望む所だ。必ず落とせるはず、と楽観的な気分を保つよう努める。

「覚悟は？」真弓が私の目を正面から見据える。

「とっくにできてますよ」

「どんな結論でも受け入れられる？」

「もちろん」

「明神がいないのが痛いけど……」取り調べは二人一組で。確実を期すため、あるいは妙なことが起きないようにするためだ。

「そう言えば、この件、明神には伝わってません。連絡してもらえますか」彼女が盛岡に行っていることを、真弓は了解しているのだろうかと訝りながら頼みこむ。

「こっちに引き返させる？」

「それはまだ……黒原弥生さんの捜索は続行です。仮に平岡の証言で居場所が分かれば、そのまま会いに行く必要があります」もしかしたら彼女は、もう居場所を摑んでいるかもしれない。所在を確認してから連絡するつもりとか……いや、わずかな手がかりであっても、何か摑めば言ってくるだろう。

「だったら明神は、盛岡で待機ね」

「ええ。それと室長、取り調べに立ち会ってもらえますか？」

「私が？」真弓が顔をしかめた。彼女自身が取り調べをすることは、原則的にない。

「他の面子《メンツ》を見て下さい。頼れる人間は誰もいないでしょう」醍醐がいれば、彼に頼むところだが。

「ああ……そうね」真弓が立ち上がる。ひどく疲れた様子で、大儀そうだった。

「お願いします。我々の関係は、異動があっても続くでしょうからね」

一瞬、真弓が沈黙した。私の顔をまじまじと見て、「受けるべきだと思う？」と訊ねたので、仰天する。彼女から、こんな相談を受ける日がくるとは思わなかった。

「お互いに……一段落したら、今後のこともちょっと検討した方がいいでしょうね。今は、あまり真剣に考えられませんけど」

疲れ過ぎているから。この一件は、肉体よりも精神を疲弊させる。その原因は、私には分からなかった。長年事実を覆い隠してきたヴェールがいよいよ剝がされることに対する恐れか？　人はあれこれ想像し過ぎると、それだけで疲れてしまうこともある。

　だが全ては、必要な情報が得られてからだ。過大な期待はなし。私は自分に言い聞かせて、室長室を出た。


　平岡もひどく疲れた様子だった。きちんとネクタイを締めてスーツを着てはいるが、前夜、その格好のまま寝てしまったように見える。会社はどうしたのだろう。心配になり、私は椅子を引いて座るなり、それを訊ねた。そんな質問をされると思ってもいなかったのか、平岡が驚いて顔を上げる。少し会わない間に、痩せたようだった。目の下には隈《くま》ができ、頬にも影が差して、今は「中肉中背」とは言えない感じになっている。

「会社は休みました」

「大丈夫なんですか」

「大事なことですから」

「そうですね」私は両手を組み合わせ、テーブルに置いた。真弓が横に座るのを待ってから、いきなり切り出す。

「あなたは、黒原弥生さんを、ずっと援助していましたね」

　平岡がびくりと体を震わせる。突然事実を突きつけられ、衝撃を受けた様子だった。だがこれは、彼が既にはるかに語っていたことである。その事実――あなたが雇った弁護士から話を聴いた――をぶつけるべきかどうか迷ったが、隠しておくことにした。彼はたぶん、全て話す。はるかが何をしたかなど、私にとっても彼にとってもどうでもいいことだ。大事なのは、事実のみ。

平岡はまだ口を開こうとしなかった。言うべきことが体の中で膨れ上がり、今にも爆発してしまいそうなのに、一言も喋らない。きっかけ――全てを爆発させる信管が必要なのだ、と私は悟った。ゆっくりと息を吸い、慎重に言葉を選んで吐き出す。

「弥生さんと晋君を助けていたんですね？　この十二年間、ずっとですか？」

「……はい」

面談室の空気が一気に緩み、私と平岡は同時に椅子に背中を押しつけた。もう少しで彼が笑みを漏らすのではないかと思ったが、顔面はまだ強張っている。それも当然か……彼にしてみれば、罪に問われるかどうかの瀬戸際《せとぎわ》なのだから。

「何がきっかけだったんですか」

「私も彼女も、配偶者を亡くしています」平岡がゆっくりと前屈《まえかが》みになり、事情を説明し始めた。「出会ったのはまったく偶然で、私の飼っていた犬が、晋君に飛びついて怪我をさせてしまったのがきっかけでした」

「もしかしたら、あの公園で？」あそこでは、犬を散歩させている人をよく見かけた。

「ええ。怪我は大したことはなかったんですが……とにかく、それがきっかけだったんです。お詫《わ》びに食事に誘ったりしているうちに、そういう関係に……」

「平岡さん、犬を飼ってたんですか」

「当時は――結婚した時に、飼い始めたんです」平岡の顔がまた暗くなる。「妻との想い出のようなものでした」

それが新たな出会いを生み出したわけか。人と人との関係は、微妙なものだ。

「正確にいきたいと思います。あなたが弥生さんと知り合ったのは、私の娘が行方不明になる前ですね？」

「そう、です。半年ぐらい前です」

「男女の関係だったんですか」

「……はい」平岡がうつむく。いきなり顔を上げ、「結婚するつもりだったんです。晋君に受け入れてもらえるようなら、正式にプロポーズするつもりでした。子どもに嫌われたら、無理ですから」と打ち明けた。

「晋君はどうでした？　あなたになついていましたか」

「ええ。大人しい子ですから……上手くやっていけると思いました。実際、プロポーズしなければいけなかったんです」

「どうして？」

「彼女が……弥生さんが、妊娠《にんしん》したから」

「その子はどうしたんですか？」

平岡が、力なく首を振った。堕胎《だたい》したか……その理由を、私はこれから聴かなければならない。どうしても必要なことだったが、やはり気が重かった。

「堕ろしました」

「どうしてですか」

平岡の喉仏が大きく上下した。一瞬目を伏せてしまったが、やがて意を決したように顔を上げる。目が少し潤んでいた。

「子どもを産んでも育てていけない状況になった、結婚もできない……いきなりそう言われました。それが、練馬へ引っ越す直前です」

「どうして引っ越す必要があったんですか」

「あなたが想像している通りだと思います」

「単なる想像ではありません。然るべき人から情報を貰って、推理を組み立てたんです」

然るべき人——はるかの名前を出してしまったも同然だが、平岡は気にする様子もなかった。彼も、どうすべきか悩んではるかに相談したのだ。彼女が私に話すことも、知っていた。

「あの公園で何があったのか、あなたは知っているんですか」

「……いえ」

「一番大事なポイントです。知っているか知っていないかで、あなたの人生は変わってくる」

「分かっています」

「知らなかったんですね？」

「正確には、知りません」

事情を知らずに援助していたなら、単なる善意の第三者だ。知っていたら、逃亡を幇助《ほうじょ》したことになる。事件の発覚がつい三月ほど前だから、当然時効も成立しない。

「練馬に引っ越す時、何と言われたんですか」

「結婚はできない、子どもも産めない、と」

「その時に、何かぴんとこなかったんですか」

「何かあったとは思いました。あまりにも急だったので」平岡が唇を引き結んだ。「あの時……あなたの娘さんがいなくなった時には、大騒ぎになりました。晋君の小学校の同級生だということは、当然知っていました。晋君が怖がっているんじゃないかと思って、家を訪ねたんですが、その時にもう……様子がおかしかったんです。あの時はＰＴＡの方とか近所の人とか、皆捜索に加わっていましたよね。でも、弥生さんは何もしなかった」

「家に籠っていたんですか？」実際に何をしていたかは、今となっては分からないだろうたとは思えない。
——本人に確かめない限り。あの時現場は錯綜していて、誰かが全体の動きを把握してい
「そうです」
「でもあなたは、事情を聞かなかった」
「聞けませんでした。怖かったんです」
「それで弥生さんは、逃げるようにして練馬へ引っ越したんですね？　その後は、秋田へ
……今はどこにいるんですか」
「盛岡です」
「私たちも、盛岡の団地までは辿り着きました。しかし弥生さんは、そこにはいなかった。
二か月前から行方不明になっているんです。どこへ行ったんですか」
「盛岡にいます」
私はかすかな頭痛を意識しながらうなずいた。やはり知っていたか……御所湖のホテル
の寮、それに市内の団地でも、彼らしき男が目撃されている。しかし、盛岡のどこだ？
市内でまた引っ越した？　平岡の態度が微妙に変わったのに気づく。急に、話すのを躊躇
うようにうつむいてしまう。
「平岡さん、あなた、最初にうちの刑事たちが話を聴きに行った時、私の娘を公園で見た、
と言いましたよね。あれは嘘だったんですか」

「あれは……本当です」

「あなたはずっと、弥生さんたちを庇い続けてきた。それなら、見なかったと言うのが自然だと思いますが」

「咄嗟《とっさ》のことで、嘘がつけなかったんです」平岡が唇を嚙んだ。「今まで、あの件で警察に話を聴かれたことはありません。今になって話を聴かれるとも思わなかった。だからつい、本当のことを言ってしまったんです。娘さんを見たのは事実なんです。最初は意識してなかったけど、大騒ぎになってから思い出してみると、確かに見ていたんです」

「でもその後、一転して非協力的になった」

「あの証言が失敗だと悟ったからです。余計なことを言えば、警察は弥生さんたちに辿り着いてしまうかもしれない」

「だからその後は証言を拒否し、強硬な態度を取った――弁護士を使って警察に抗議までして。そういうことですね？」

「はい」

しかし今また、平岡は証言を覆し、捜査に協力しようとしている。何故だ？　私は素直に疑問をぶつけてみた。平岡がまたうつむき、唇を嚙み締める。ふと私は、彼の髪に白い物を見つけた。以前会った時にはなかった……染めていたのが薄れたのか、それとも大きなストレスで白髪が一気に増えてしまったのか。

事件は、関係者全員に等しく不幸の種を振りまく。被害者も加害者も、捜査している刑事にも……誰もが心に傷を負う。

「どうして今になって、全てを話す気になったんですか」

平岡が顔を上げ、ぽつぽつと話し始める。内容が頭に入ってくるに連れ、私は痺れるような感覚を味わっていた。やはり全ては水泡に帰す……私の十二年間は何だったのだ。

突然、真弓が「ちょっといいですか」と割りこんだ。私はしばらく、自分が口をつぐんでいたことに気づく。しばらく真弓に任せることにする。

「あなたは、弥生さんの現在の居場所を知っているんですよね」

「ええ」

「最近、話しましたか」

「話しました。四日前に」

「盛岡へ行ったんですね？」

「ええ。その時彼女は初めて、私に全部事情を話してくれました。そして、警察にも話して欲しいと言ったんです。でも、私の方では決心がつきませんでした。それで、今までかかってしまったんです」

「私たちも、弥生さんとは話せますね」

「たぶん……まだ」

真弓が私にうなずきかける。私はぼんやりとして、返事をすることもできなかった。真弓がさらに質問を続ける。

「もう一度聴きます。あなたは、弥生さんと晋君が何をしたか、本当に知らなかったんですね」

「正確には」

「二人の間で、そういう話題が出たことすらなかったんですか」

「何度も聞こうと思いました。月日が経つに連れて、段々疑惑が深まって……でも、つい最近まで、きちんと確認したことはないんです。私は……怖かったから。結局、彼女の方から話してくれました」

真弓が納得したようにうなずく。この説明をそのまま受け入れることにしたようだ。私もようやく、喉の奥に何かが詰まったような違和感が消えたのを感じる。残酷だと思いながら、確かめざるを得なかった。

「ずっと離れて暮らしているのは、どんな気分だったんですか」

「それは……辛いですよ」

「時々、会いに行っていましたよね。金銭的な援助も続けていた。何故ですか？　援助を続けるのは大変なことですよ」

「仕送りのようなものです」

「何故ですか」私は質問を繰り返した。

「私は……何が起きたか、正確に知らなかったのは本当です。でも、薄らとは気づいていた。本当はきちんと確かめて、罪を償うように説得すべきだったと思います。そうすれば今頃は、三人で人生をやり直せていたかもしれない。二人にも、人生をやり直すいい方法を見つけてあげられなかったのが、本当に残念なんです。二人は、自分たちだけの責任だと思って、荻窪を離れました。私は何もできなかった……だから、二人に対する贖罪《しょくざい》の気持ちもありました」

「もう一つ、聴かせて下さい。警察に抗議したのはともかく、マスコミまで使って私たちを牽制《けんせい》したのはどうしてですか？」

「すみません」平岡の目に涙があふれた。「怖かったんです。彼女や自分に捜査の手が及ぶと考えると……大変失礼なことをしたと思います」

「逆効果になるとは思わなかったんですか。マスコミが、また事件について騒ぎ始める可能性もあったんですよ」

「それは……そこまで考えませんでした」

「結果的に何も起きませんでしたけど、マスコミに突っこまれたら、逃げ切るのは大変でしょう」

「今考えれば――そうですね」平岡が寂しそうに笑った。「私も、まともな精神状態ではなかったと思います。その時点では、弁護士の先生にも本当のことは言えなかったんです。実際、まだ事実は知らなかったので。とにかく彼女を……弥生さんを守らなくてはならないと、それればかり考えていました」

「……分かりました」私は立ち上がった。平岡の言い分は理解できる。追い詰められ、相談する人もいない時、人は突拍子もない行動に出ることがある。「私はこれから、盛岡に向かいます。少なくとも弥生さんの所在を確認できるまで、あなたには警察にいてもらわなければなりません」

「分かっています」

「不便だとは思いますが……ここで、うちの連中が応対しますので」

平岡が立ち上がり、深々と頭を下げた。涙が一滴零れ、テーブルを濡らす。下を向いたためなのか、ついに感情を抑えきれなくなったからかは分からなかった。

取調室を出ると、真弓が首をぐるりと回した。

「どうするつもり？」険しい表情で訊ねる。

「本人に会ってみないと分かりません」

「その後は……」

「室長、課長昇進の話、結局受けるんでしょう？」

「そんなことはまだ分からないわ」驚いたように、真弓が私の顔を凝視しながら言った。

「今する話じゃないでしょう」

「もしも、人事の噂がその通りになったら……受けた方がいいと思います。チャンスは摑むべきですよ」

「あなたは？」

「俺は、まだ警察にいるべきかどうかも分かりませんね」

19

東京駅のホームに着いた瞬間、愛美から電話がかかってきた。

「所在確認、できました」これまでになく暗く、硬い声だった。

「会ったか？」

「まだです……高城さんを待ちます」

「そうか。せめて顔だけでも見ておけないか？」

「さりげなくというわけにはいきません。個室なんですよ」

平岡は、弥生の入院費まで工面していた。個室の差額料金はどれぐらいだろうか……一日一万円として、既に二か月。平岡は一部上場企業の管理職で、それなりに給料も得ているはずだが、二か月で六十万円を捻出するのが簡単だったはずがない。しかし彼にとっては、金の問題ではないのだろう。

「だったら俺が着くまで、時間を潰していてくれないか」

「何時着ですか？」

私はちらりと腕時計を見た。東京駅発は十五時五十六分。

「六時半近くになると思う」

「分かりました。ちょっと、病院の関係者に話を聴いてみます」

「簡単には話さないと思うぞ」

「でも、そこをはっきりさせないと……だいたい、弥生さんに話が聴けるかどうか、分からない状態じゃないですか。下準備しておきます」

「頼む」

電話を切り、ホームをぐるりと見回した。端の方に喫煙スペースがあるのだが、珍しく煙草が吸いたい気分ではなかった。そもそも新幹線ホームの喫煙ルームは煙た過ぎ、喫煙者である私にとっても地獄である。煙草を一本灰にする間に、体の隅々にまで、副流煙が染みこんでしまう気がする。

一人だった。本来なら、捜査本部から誰かが同行するのが筋だが、私はこの件をどうしても自分一人で——同席させるとしても愛美だけで——やりたかった。我儘だし、捜査の常道から外れていることは十分に承知しているが、これはあくまで自分一人の事件、個人的な戦いだという意識が強い。失踪課の連中も捜査本部も、何も言わなかった。

しかし、新幹線が走り出してしまうと、急速に気持ちが萎《な》えてくる。自分の行動が正しいかどうか、分からなくなってしまったのだ。食べ損ねた昼飯用にと弁当を買ってきたのだが、食欲も失せている。食べておかなければ仕事は続けられないと分かっているのに、どうしようもなかった。

あれこれ思いが飛び散り、まったくまとまらない。ずっと頬杖をついたまま、時にトンネルに入って暗くなる窓を見詰め続けていた。郡山《こおりやま》を過ぎる頃、誰でもいい、誰かを同行させるべきだったと後悔し始める。会話はなくてもいい、ただ隣に存在を感じることができれば。依然として、自分は刑事の習性に染まったままだと意識する。刑事は基本的に、一人では動かない。必ず相棒がいて、あるいはチームで仕事をする。一人きりになると、自分の隣の席は間違いで空いているのではないか、と思えてくるのだった。

仙台が近づいてきた頃、やっと弁当に手をつけた。やはり食欲はなかったが、きっと今夜は長くなる——それに備えておかねばならなかった。

味など、まったく分からない。アルコールも煙草も欲しくなかった。私は、自分が非日常の中にいることを、はっきりと意識していた。

　盛岡駅からタクシーを飛ばし、弥生が入院している病院へ向かう。ちょうど夕方のラッシュにぶつかり、北上川にかかる開運橋《かいうんばし》を渡り切るのに手間取った。貴重な時間がどんどん失われていく……。

　十分以上かかって、ようやく病院に辿りつく。巨大だが相当古い大学病院だった。建物の前が駐車場、その端がタクシーの待機場所になっているのだが、タクシーがずらりと連なっていて、奥へ進めない。仕方なく入り口近く、病院の案内図がある場所に停めてもらって、そのまま走り出した。玄関までは数十メートルしかないのだが、その距離がやけに長く感じられる。

　ロビーは、古い病院そのままのイメージだった。受付の前には黄緑色のベンチが並んでいるが、見ただけでクッションがへたっているのが分かる。病人でなくても座り心地は悪そうだ。右手にあるエスカレーターは手すりのえんじ色がくすんでいるし、かすかな異音も聞こえてくる。やたらと案内看板の類が多いのは、中の施設が増築され続けた結果だろう。

　既に診療時間は過ぎており、ロビーに人気はない。愛美はどこにいるのかと思って捜し始めると、右手の方から突然姿を現した。顔色が悪く、焦りの表情が滲んでいる。

「どうした」嫌な予感を覚え、私は彼女に歩み寄った。

「さっき、容態が急変して……」

「大丈夫なのか？」私は顔面から血の気が引くのを意識した。まさか……事実を全て知った後、どうしたらいいのか分からなかったが、知る前に全てが終わってしまうことだけは我慢できない。

「分かりません。今、処置中です」愛美が腕時計を見た。「ほんの二十分前でした」

「クソッ」私は唇を嚙み締めた。「誰か、話を聴ける人間はいないのか」

「担当医師は今、手が離せません。看護師の人に聴いても、何も分からないと思います」

「待つしかないか」

「……こっちです」

彼女の案内で、私は複雑な構造の病院の中を進んだ。七階まで辿り着くと、いきなり慌しい雰囲気の中に放りこまれる。愛美の案内で弥生の病室の前まで行ったのだが、半分開いたドアの隙間から、中で医師たちが慌しく動き回っているのが見えた。鋭い声で指示が飛び、それが耳に入った瞬間、私は最悪の事態を覚悟した。

「高城さん、邪魔になりますから」

愛美に腕を引かれ、少し離れたベンチに腰を下ろす。廊下にいても邪魔になることなど何もないと気づいたのだが、立ち上がる気にはなれなかった。濃厚な死の臭いが、鼻先に漂ったような気がする。私は壁に背中を預け、顎を胸につけた。壁の冷たさが体に染み入り、心まで冷やすようだった。

「結局、君も会わないままだったか」やっと顔を上げて、愛美に訊ねる。

「ええ。でも高城さんと電話で話した後で、いろいろ聴き回ってみたんです。病院の関係者とか、他の入院患者とか……平岡が見舞いに来ていたのは間違いないようです」

私は、平岡の写真を愛美に送っていた。彼女は聞き込みにそれを使ったのだろう。御所湖、それに団地で目撃されていた男を平岡だと疑っていたとも伝えたのだが、愛美は私が打ち明けなかったことに関して、何も文句は言わなかった。

「聞き込みしている間に、容態が急変したのか」

「ええ」

「実際、どうなんだ？　大丈夫そうなのか？」

「それは分かりません」愛美が力なく首を振った。「とにかく今は、待つしかないです」

「そうか……」

私は携帯の電源を切った。状況が流動的だから、どこかから連絡がある可能性もあるのだが、病院の中なので仕方がない。時々外へ出て、電源を入れてみよう。

あれこれ考えているのに、ふっと意識が遠のく。しっかりしろ、弥生も戦っているのだと自分に言い聞かせたが、体と心に蓄積した疲労は絶え間なく襲いかかってきた。愛美は平然とした様子で、背筋をぴんと伸ばしたまま、向かい側の壁の一点を凝視している。何かに取り憑《と》かれたようだった。

病室のドアが大きく開く。反射的に私は、腕時計で時間を確かめた。七時十五分。ここに座ってから十五分ほどが経っていた。処置には三十分以上かかった計算になる。

弥生は無事だ——病室から出てきた医師の顔を見た瞬間、私は確信した。三十代のがっしりした男だったが、表情に余裕がある。私に気づくと顔をしかめたが、愛美が前に進み出て一礼すると、相好《そうごう》を崩した。彼女は既に、この男に話を聴いたのだろう。

「何とか持ち直しました」私にではなく愛美に向かって、医師が言った。既に顔見知りのような口調だった。

「よかったです」愛美が、強張った表情のままうなずく。「話は聴けますか？」

「今夜は無理です、絶対に」医師が硬い表情で首を振る。「薬を投与して寝てますし、仮に目が覚めても話ができる状態じゃない」

「明日は大丈夫なんでしょうか」

医師が黙りこんだ。表情は暗い。私は、弥生の死期が近い、と悟った。もう少し、もう一日頑張ってくれれば……。

「何とかなると思います。黒原さんは、精神的に強いですよ」

「どういうことですか」私は訊ねた。

「今も、『話すことがある』『話さなくちゃ』って、ずっとうわごとを言ってたんです。よほど気になることがあるんでしょうね。そういう時、人は頑張れるものです」

彼女が話したい相手——私は、壁一枚隔てたところにいる。二人の気持ちは妙なところで一致しているのだ。話したい人間。聴きたい人間。コインの裏と表。

「今夜は絶対に話せませんか？」私はさらに突っこんだ。

「駄目です。意識は戻るかもしれませんけど、医者として許可できません。喋るだけの体力を回復するにも時間がかかるんですよ」

「明日の朝では？」私は念押しした。

「それなら大丈夫だと思いますが、とにかく一度、来てみて下さい。面会時間は午後なんですが、お仕事なら……ただし、こちらで誰かつき添いをつけますよ。無理すると心配なので」

「黒原さんが、つき添いを希望しなくてもですか？」

「それは医者として、絶対に許可できません」

明日の朝、もう一度揉めることになるだろう。だが、それは明日の話だ。

明日は明日の風が吹く。そうやって自分を勇気づけようとしたが、風向きがどちらになるかを想像すると怖かった。

今夜はもう、何もできない。

それが分かると、心に穴が開いたようになった。愛美も同じようで、病院を出て歩き出した時には、足取りがどこか危なかった。せめてきちんとした食事でも奢るか……今日も走り回ってくれたのだから、肉体的にも疲れているだろう。

「飯でも食べようか」

「あまり食欲がないんですけど」

「俺もだ」口に出してから、弁当を食べてまだそれほど時間が経っていないと気づく。

「だけど、食べよう」

「名目は？　打ち上げとかじゃないですよね」

ジョークなのか？　彼女の言葉の意味を図りかねたが、冗談を言っている気配はなかった。

「時間だから食べておく。それだけだ」

「そうしますか……」頼りない台詞の後に、小さな溜息。

私たちは、暗闇の中を歩き出した。この辺は官庁街、ビジネス街なので、午後七時を過ぎると、急に人気が少なくなる。岩手銀行の本店脇を通り過ぎ、奥州街道のところで信号待ちになった。交差点の向こう、左側が地方検察庁。右側は……何だろう、建物の端が円筒形になったビルがある。おそらく階段室なのだろうが、いかにも「昔のモダンな建物」

という感じがした。そう、盛岡市の中心部には、昭和の臭いが濃厚に残っている。全国どこの街にも、同じような建物ばかりが並ぶようになってしまった今、むしろ貴重な街並みかもしれない。

交差点を渡り、左手に地検の建物を見ながら歩いて行くと、すぐに県警本部の前に辿り着く。世話になった人がいるから、挨拶していくか……いや、たぶん今日も、岩手県は平和だ。勤務時間を過ぎてまで、本部の人間がばたばたしているはずがない。それにまだ、挨拶すべきタイミングではない、と思った。全てが終わったわけではないのだから。

大通商店街に入った。普通の商店はそろそろ店じまいし、空いているのは呑み屋と、チェーン系の店だけ。何か美味いものを……と思ったが、何も考えつかなかった。

「別に何でもいいですよ」愛美がぽつりと言った。久々に聞いた彼女の声だった。

「そうだな」とはいっても、これという店が見当たらない。私たちは、大通商店街を西へ向かって歩き続けた。ふと、ビルの一階にある店に目が向く。店名に「ビストロ」と謳ってあるので、料理はいろいろあるだろう。適当に並べて食べれば――あるいは食べなくても――食事の時間は過ぎていくはずだ。

「ここにしよう」

私が誘うと、愛美は特に反論もせずについてきた。

ビストロと言いつつ、実態はカジュアルなイタリア料理店だった。依然として酒を呑む気にはなれず、水だけ。料理の選択も愛美に任せた。彼女も相変わらずぼうっとした様子で、あれこれ頼んだ結果、テーブルの上は支離滅裂になった。若者の宴会のように、脈絡のない料理が並ぶ。仕方なくピザをつまみ、ソーセージを齧り、ちびちびと水を飲んだ。話すことはいくらでもある。それこそ、明日の事情聴取の段取りとか……しかし私たちは、ずっと口を開かなかった。何か話したい気分ではなかった。結局、淡々と時間が過ぎ、料理は大部分が残ってしまった。

店を出た時点で、八時半。夜はまだ長い。この長い時間を圧縮する方法は一つしかない。酒だ。呑みたい気分ではないし、呑むつもりもなかったが、そうなると何故か、酒ばかりが目につく。呑みたい気分ではないし、呑むつもりもなかったが、そうなると何故か、酒ばかりが目につく。自動販売機、コンビニエンスストア、酒屋。日本は何と気軽に、アルコールが買える国なのか。ついでに言えば、酔っ払いが目立つ。大通商店街はこぢんまりとした繁華街だが、呑み屋がある場所に呑みたい人間が集まってくるのは当然のことだ。ちょうど、一次会が終わる時間帯。酔っ払いたちが発するアルコールの臭いが、すれ違っただけで私の鼻を刺激した。

春の宵の冷たい風は、一方通行の大通商店街を、トンネルのように吹き抜けていく。つい背中が丸まり、厚手のコートを結局手に入れなかったことを後悔する。

それでも、意識が飛んでいたわけではない。取り敢えずホテルに戻らなければ、という気持ちはあったから。

愛美が使っているレンタカーを取りに、病院へ戻らなければならない。そちらに向かって映画館通りをぶらぶらと歩き出す。奥州街道にぶつかる直前、ビルに入っている映画館の前を通り過ぎた。今時珍しい、手描きの看板。テレビドラマがヒットして映画化された、警察映画の物だった。主演の俳優が、少し上から私たちを見下ろしている。何でこんなに自信たっぷりなんだ？　当然、自信はあるだろう。彼は結局、成功するからだ。犯人が捕まり、被害者が浮かばれなければ、映画は成立しない。

大抵の事件は、そんな風に解決する。それどころか、あっという間に犯人が捕まる。私たちが頭を捻り、体を酷使し、必死で取り組まねばならない事件など、それほど多くはないのだ。

しかし今私は、警察官人生で最も難しい事件に直面している。

犯人が目の前にいるのに、どうしたらいいのか分からない。

翌朝八時、私と愛美は病院に到着した。昨夜弥生の処置をした医師が当直だったようで、私たちを出迎えてくれた。朝の光の中で、ひどく疲れて見える。勤務医の仕事環境の過酷さは、警察官の比ではない。

「一山越えました」顔を合わせた途端、医師が告げた。「取り敢えず、容態は安定しています」

「話はできますか」愛美が訊ねる。

「短い時間なら」

「やはり、つき添いは遠慮してもらえないでしょうか」

私は切り出した。医師が、こちらを凝視する。何か起きてからでは遅い、と心配しているのは明らかだった。私たちの視線が、しばらくぶつかり合う。互いに引く気配はなかった。やがて医師が口を開く。

「我々の口は堅いですよ」

「それは分かりますが……」

病室で起きたことは一切口外しない――そう言われれば信じるしかないし、実際、口をつぐんでくれるだろう。しかし、それでは駄目なのだ。これから弥生とかわす会話は、絶対に人に聞かれたくない。愛美にさえも。

結局、医師が折れた。

「外で人を待機させてもいいですか」

「廊下で?」

医師がうなずく。「ドアは閉めたままで構いません。何かあったら、すぐに知らせてもらえれば」と妥協案を出す。

「分かりました」ほっとしながら、私は頭を下げた。本当に何かあったら、この医師は自分の判断ミスを生涯悔やむことになるかもしれないが。

　愛美が一緒に病室に入ろうとしたが、私はドアの前で腕を広げ、立ちはだかった。正面から向き合う形になり、愛美がむっとした表情を浮かべる。

「取り調べは二人一組が基本ですよ」

「これは正式な事情聴取じゃない」

「駄目です」愛美の声は低いが鋭かった。「何かあったらどうするんですか」

「何かって、何だよ」

「だから……」

「俺が何かすると思ってるのか？」肩をすくめる。「俺は刑事だぞ」

「父親でもあるんですよ」

　愛美の懸念がびりびりと伝わってくる。そう、彼女がそんな風に心配するのは当然だ。相手は死にかけている。ちょっと手をかければ、殺すのは難しくないだろう。それにこの状態では、逮捕、裁判へ持っていくのは実質的に不可能である。私が個人的に決着をつける——彼女はそれを懸念している。

「君が考えているようなことはない」

「駄目です。一緒に行きます」

「断る」

絶対に。だが私には、彼女を押し止める決定的な術がなかった。一度意地になってしまった愛美を止められる人間は、おそらく警視庁にはいない。仕方なく、私はバッグの中からICレコーダーを取り出した。滅多に使わないが、いつも持ち歩いてはいる。目の前で録音ボタンを押すと、赤いランプが点灯した。愛美の目は、その小さな灯りに引き寄せられているようだった。

「何か話せよ」

何も言わない。仕方なく私は停止ボタンを押し、録音内容を再生した。「何か話せよ」という私の言葉は、少しひび割れている。愛美は私の顔を凝視したまま、動かなかった。意地でも、病室に同行しようとしている。

「あの」黙っていた医師が、突然割りこんできて忠告した。「できれば一人の方が……二人で質問を浴びせかけたら、患者さんによくない影響が出るかもしれません。体力が落ちていますから、緊張し過ぎると危険なんですよ」

それでようやく、愛美も納得したようだった。張りついた足を廊下から引き剝がすように、後ろに下がる。

「実際のところ、病状はどうなんですか」私はほっとしながら医師に訊ねた。

「末期の肺癌なんです」声を潜めて答える。「あちこちに転移も見られますから……そういうことです。少し、声が聞き取りにくいかもしれません」

「黒原さんは、喫煙者だったんですか？」

「いえ。でも、煙草を吸わない人は絶対に肺癌にならない、ということはないですからね」

　ということは、私が負っている肺癌のリスクは、彼女の何十倍なのだろう……今は、そんなことを考えている場合ではないが。

　私はドアに手をかけた。振り返ると、愛美は向かいの壁に背中を預け、腕を組んで、むっとした表情で私を睨みつけている。医師に命じられ、女性看護師が一人、ベンチに浅く腰かけた。準備完了。

　私はドアを引き、病室に入った。カーテンが引かれており、朝の光は弱々しくしか入ってこない。どこかで空調の音が聞こえたが、空気は濁っているようだった。狭い個室の中央にあるベッドに、弥生が横たわっている。点滴がつながり、かすかに胸が上下しているので生きていると分かったが、まったく生気はなかった。モニターが発する規則正しい電子音が、やけに耳障りである。サイドテーブルには紙袋。目につく場所には、ほかに何もない。

　私は椅子を引き、音を立てないように気をつけながら座った。病室で事情聴取したことは何度もあるが、これほど緊張した経験はない。一つ深呼吸し、サイドテーブルにＩＣレコーダーを置いた。赤いランプがつき、録音状態になっていることを確認する。

天井を見ていた弥生が、ゆっくりとこちらを向く。その拍子に、左目から涙が一粒零れた。

「高城です」

言ってしまってから、その後どう説明すればいいのか迷った。失踪課の高城なのか、綾奈の父親の高城なのか。しかし弥生は、それで全てを把握したようだった。目を開けるのも大変そうなのに、必死で目を見開く。私は、彼女の顔を見続けるのに苦労した。今まで、こんなことは一度もなかった。容疑者が口を開く瞬間——興奮し、緊張もするが、必ず相手の目を真っ直ぐ見詰めていたのに。一方彼女は、どうしても私と目を合わせようとしていた。

「待っていました」

「どういうことですか」

「勇気がなかったんです」

やはり声はかすれて聞き取りにくい。私は少し前屈みになり、彼女の声に意識を集中させる。ICレコーダーに関しては、心配していなかった。人間の耳よりはるかに敏感に音を拾ってくれる。

「本当は、会いに行かなければいけないと思っていました。ずっと……十二年間、ずっと。でも、勇気がありませんでした」

「来てくれませんでしたね」

「すみません……」頭を下げたつもりのようだが、細くなった顎が胸についただけだった。

「踏ん切りがつかないまま、時間だけが過ぎて……」

「何が起きたか、話してもらえますか」

「はい」

「あの日……十二年前、綾奈に何があったんですか」

弥生が目を瞑る。また一粒、涙が零れて頬を伝う。こうやって話していても、やはり生気は感じられなかった。頭部はニットキャップで覆われ、頬はこけて、顔の骨格がくっきりと浮き出ている。布団の外に出した左腕には肉がなく、血管が浮かんでいた。点滴が痛々しい。あちこちに小さな痣《あざ》がついているのは、針を刺す場所を捜し続けたせいだろう。もう、刺せるところもなくなってきたに違いない。

「買い物に行っていたんです。晋と二人で……私は、仕事が休みでした。帰り道、公園に寄ったんです。晋がちょっと遊びたがっていて。私は嫌だったんですけど」

一つ一つの言葉は短い。意識が混濁しかかっているのか、記憶が定かでないのか、まだ話すことを躊躇っているせいなのかは分からない。細い喉がゆっくりと上下した。私はちらりとサイドテーブルを見て、ミネラルウォーターのペットボトルを見つけた。

「水はいりませんか？」

弥生が力なく首を振る。水を飲むのさえ、最早大事なのかもしれない。私は無意識のうちに背筋を伸ばした。聞き取ろうと意識するあまり、肩が凝りそうなほど背中を丸めていたと気づく。一度背中をぐっと伸ばしてから、また屈みこんで顔を近づけた。

「続けられますか？」

「大丈夫です」

「晋君は、公園に入って……」

「私は公園に入らないで、外に停めた車の中で待っていました。寒かったし、すぐに飽きて戻って来るだろうと思って……でも、なかなか帰って来なかったんです。心配になって見に行こうとしたら、飛び出して来て……服が泥だらけで……泣いていました。転んだんだと思ったんですけど、いきなり訳の分からないことを言い出して。パニックでした。私の袖を引いて、公園の中へ引っ張って行ったんです。何が起きたのか分からなくて、そのまま引きずられていったら……綾奈ちゃんが倒れていました。頭から血を流して……」

「どういうことですか」

「近くに石が落ちていました。そんなに大きな石じゃなかったです。でも、その石に血がついていて……はっきりと見えました」

「その石は、何だったんですか？」

「近くで、家の新築工事をしてましたよね」

「ええ」綾奈の遺体は、その家が火事になった後、土台部分から見つかっていた。

「工事していたから、いろいろな物が置いてあって……たぶん石はそこから持ってきたんだと思います。晋は、その石を投げて遊んでいて……あの、変かと思いますが、あの子、そういうことが好きだったんです。テレビで砲丸投げを見て、何だか気に入ってしまったみたいで。家の中でも、ちょっと重い物を投げてたんで、よく怒りました」

「あの公園で、石を砲丸に見立てて投げたんですか？」

「晋はそう言ってました」喉が上下する。声は一層かすれ、聞き取りにくい。「それが……綾奈ちゃんに当たったんです」

「それで綾奈は……死んだんですか？」

彼女は真実を語っているのか？　小学一年生が投げられる石は、どれぐらいの重さだろう。一キロ？　二キロ？　それをどれぐらい遠くまで投げられる？　ちゃんとした砲丸投げのフォームで投げることはできなくても、両手で持って、勢いをつけて投げたらどうだろう。十メートルとは言わない。五メートルの距離から投げられた、それなりの重さのある石が頭を直撃したら……いや、いくら何でもそれだけで死ぬとは思えない。

私はひどい喉の渇きを覚え、唾を呑んだ。傍《かたわ》らのペットボトルに目が行くが、さすがに人の水を飲むわけにはいかない。

「それで、どうしたんですか？　綾奈はどうなっていたんですか？」

「水溜りがあって……昼頃まで雨が降ってましたよね？　そこに、うつ伏せに倒れていたんです。……息がありませんでした」

「死んでいた、と？」

「脈もなかったです。晋が公園に入ってから十分ぐらい経っていて……綾奈ちゃんは……」弥生がしっかりと目を閉じる。彼女の頭の中に、当時の光景がくっきりと刻まれているのは明らかだった。

私の頭は爆発しそうになっていた。こんなことだったのか？　私が長年追い続けた、綾奈の死の真実……それが、いわば「事故」だったのか？　夢中になって砲丸投げの真似をしているうちに、たまたま綾奈に当たってしまったのか……その衝撃で綾奈は水溜りに顔から突っこみ、溺死した？　偶然が重なった事故だが……綾奈は死んだ。何度も遊んだ、あの公園で。

「救急車を呼ぼうとは思わなかったんですか」

つい、声が荒くなってしまう。もしも晋が、すぐに母親に助けを求めれば、助かったかもしれない。頭に重傷を負い、水溜りに顔から突っこんでしまったとしても、すぐに救助すれば助かった可能性はある。小学生にそれを求めるのは酷か……弥生が、骨ばかりになった体をびくりと震わせた。

「……すみません。動転していました。本当に、すみません。綾奈ちゃんが息をしていない……死んでいると分かった時に、どうしていいか分からなくなったんです」

「遺体を工事現場に埋めたのは、あなたですね」

「……はい」

「そのまま放置しておくこともできたはずだ。どうして遺体を隠したんですか」

「今も……自分でも分かりません」

　これが、罪を犯した人の普通の心理状況だ。一歩引いて冷静に考えれば、逃げてしまうのが一番簡単なのに、それができない。

「でも、たぶん」

「はい」私は短く言って先を促した。

「私は計算したんだと思います。工事現場に埋めてしまえば、誰にも見つからないはずだ、と」

「そんなに冷静だったんですか」

「覚えていないんです。とにかく夢中で」

「事件……その一件があってすぐ、遺体を埋めたんですか」喋ると吐き気がする。娘は殺され、埋められた。その事実を、自分が他人事のように淡々と喋っているのが信じられなかった。

「いえ……公園には車で来ていたんで、綾奈ちゃんを後部座席に乗せて、家に連れ帰ったんです」弥生の声が震えた。「家に戻って、駐車場の中でトランクに移して……誰にも見られなかったはずです」

「埋めたのはその日だったんですか」

「はい。真夜中に戻って……家にあったスコップで穴を掘って、綾奈ちゃんを埋めて……」弥生の声は、次第に途切れ途切れになっていった。「人を埋めるのって……大変なんですね。泥だらけになって、誰かに見られたんじゃないかって心配になって……家に帰って、ずっとシャワーを浴びてました……朝まで」

翌朝から雨になって、新築工事は数日間、中断した。現場に近づいた人はおらず、そのせいで遺体は発見されないまま工事は進んでしまった。

「でも、それで安心したわけではなかったんですね」

「怖かったです。どうしていいか分からなくて、何度も警察に行こうと思いました」

「でも、あなたはあの街を離れた」

「すみません」また顎を胸につけるようにして頭を下げる。再び涙が零れた。「どうしても、あの街にいられなくて……晋も精神的に参ってしまって、環境を変える——逃げる必要があったんです。秋田へ行って、その後で盛岡へ引っ越して……でも、晋はなかなか元気になりませんでした。自分がしたことは分かっていたんです。ずっと、夜眠れなくて、友だちもできなくて」

「その間、ずっと平岡さんが援助してくれていたんですね」

「平岡さんには……本当に申し訳ないことをしました」弥生が深々と溜息をついた。「あんなことがなければ、結婚していたと思います。お互いに同じような立場でしたし、晋も平岡さんには懐いてくれていましたから」

ふと、疑問が生じた。平岡からも、この十二年間のことは詳しく聴いていたのだが、抜け落ちていたことがある。

「あなたは、実家の旅館が廃業してから、盛岡の旅館——ホテルで働いていましたね？」

「はい」

「でも、すぐに辞めましたよね？　その旅館の寮に住んでいた時、平岡さんが訪ねて来たんじゃないですか？　もしかしたら、あなたが荻窪を離れてから、初めて。数年ぶりに」

「はい」

「平岡さんは、あなたにお金を送っていましたね」

「現金書留で。銀行に振り込んだら、証拠が残るかもしれないからって……」

「もしかしたらあなたは、平岡さんが送ってくれたお金を、使っていなかったんじゃないですか」

「それは……平岡さんが言ったんですか？」

「勘です」

「そうです……平岡さんが送ってくれたお金は、使えませんでした。平岡さんは、この件には何の関係もありません。お金に手をつけたら、彼にも迷惑がかかると思ったんです」

これで、平岡を罪に問うことはできなくなった、と思った。金を送るのは勝手だ。そして弥生が手をつけていなかったなら、「援助」とすら言えないのではないか。

「会わないようにしていたんですね」

「会えば、あのことが……平岡さんは、気づいていたと思います。でも私は、一切話しませんでした。話せば、平岡さんを巻きこんでしまうから。秋田の実家へ戻ることは話したんですけど、絶対に会いに来ないで欲しい、と言っておきました」

平岡にすれば、地獄に近い日々だっただろう。直接会って話をして、助けたい。だがそれを拒否され、悶々としていたのは間違いない。

「ところが平岡さんは、御所湖のホテルの寮にはいきなり訪ねて来たんですね？」

「秋田の実家の旅館が潰れて……盛岡へ移った時には、連絡しなかったんです。連絡を断って、平岡さんにはもう迷惑をかけないつもりでいました。でも平岡さんは、私たちの居場所をどうにかして割り出したんですね……」

「心配だったからですよ。その後の、盛岡市内の団地のことも、彼は知っていた」

弥生が突然咳きこんだ。激しく咳きこむだけの体力もないのか、体を震わせるような咳だったが。私は思わず腰を浮かしかけた。ドアを開けるかナースコールのボタンを押せば……この事情聴取は終わりになる。話を聴くチャンスは二度とないかもしれない。

「大丈夫……です」弥生の咳がゆっくりと収まった。「いつもこうですから。すぐに、元に戻ります」

一語一語を区切らないと、喋るのもきついようだった。ここが限界か……しかし何とか咳を抑えると、話を再開した。先ほどよりもさらにしわがれ、聞き取りにくくなっている。

「喋らせて下さい。いつかこういう風に話さなくてはいけないと思っていたんです」

「分かりました」一瞬、「無理はしないで下さい」と言おうかと思った。しかし、彼女に逃げる隙を与えるわけにはいかない。自分の残酷さに嫌気がさしながらも、私は先を促した。平岡本人から聴いた情報である。「団地に引っ越した後、自分から平岡さんに連絡を取ったんですよね」

「ええ」

「何故ですか」

「……晋が死んだからです。だから、もう援助の必要はない、やめて欲しいと頼んだんです」

「平岡さんは納得したんですか？」

「泣いていました。晋に会えなかったので」

平岡が胸に秘めた悲しみの深さ……大事な人を二度も失う辛さは、私の苦しみをはるかに超えていただろう。

「晋君は、こっちではどうしていたんですか」

「ようやく立ち直りかけていたんです。十年近くかかりましたけど、何とか外へ出て、働こうという気持ちにもなって。そんなことは、してもらわなくてもよかったんです。何とか生活はできたし、晋をあんな風にしてしまったのは私なんですから、私がずっと面倒を見なければいけなかったんです」

彼女の対応が正しかったとは言えない。絶対に言えない。もしも綾奈が死んだ直後、きちんと警察に届け出ていたらどうなっていただろう。彼女の言葉を全面的に信じるとすれば、あれは事故だった。子どもに責任を負わせるのは難しかっただろう。晋の精神状態がどれほど酷くなっても、周りの人間のフォローで立ち直る機会があったはずだ。

事実を知れば、私も納得できたかもしれない。子どもの死を簡単に受け入れられる人間などいないが、いつかは諦めがつく。行方が分からないまま、自分自身がゆっくりと殺されるような苦しみを味わうよりは、よほどましだったのではないか。

彼女の判断は間違っていた。遺体を隠したことで、彼女自身、死体遺棄の罪を背負ってしまったのだから。

「晋君に、何があったんでしょうね」

「少しだけ、大人になったのかもしれません」

「いろいろと気を遣ったんじゃないですか」

「いろいろありました」

溜息。事故とはいえ人を殺し、自分の殻に閉じこもってしまった息子をそこから引きずり出すのは、大変なことだったと思う。厳しい生活、常に追われる精神的な辛さ。子どもに気を遣う余裕などなかったはずなのに。

「急に変わったんです。今まで迷惑かけたから、その分働くって」

「あのことは……ずっと気にしていたんですか」

「ええ。働き始めてからは、二人で話すことはありませんでしたけど。でも、ずっと考えて悩んでいることは、態度で分かりました。あの子を許して……許してもらうことはできませんか」

「今、晋君を裁くことはできません」それは事実だった。それに死人を恨んでも、こちらの気持ちは虚空に向かって放たれる矢のようなものである。どこにも行き着かない。

「許してはくれないんですか」

「裁けないし、恨めない、ということです」

「そうですか……」弥生が溜息をついた。「分かってます。許してもらえるとは思っていませんでした」

「晋君は亡くなりました。亡くなった人は恨めません」

「あれは、天罰です」

「そんなことはない」

「ずっと逃げ回っていた私たちに対する天罰なんです」

「天罰なんか、ないんです」私は強調して言った。天罰が常に起きるようだったら、私たち警察官は失業してしまう。

「あの日に、私も死にました」

私はうなずいた。長年一緒に逃げてきた息子が突然死に、一人取り残され……張り詰めていた気持ちが一気に切れたのは、容易に想像できる。

「体調が悪くなったのは、いつ頃ですか」

「もう何年も前から、おかしかったんです。晋が亡くなった頃に、急にひどくなって。でも、病院には行きませんでした」

「それも、自分に対する罰なんですか」

「はい」どうせ罰を受ける覚悟があるのだったら、警察に出頭してくれればよかった。そうすれば、もっとすっきりした形で決着がつけられたはずなのに。

「ずっと体調が悪いのに、仕事を続けていたんですね」

「もう、やることもなかったですから。晋はいないし……生きていても仕方がないと思ったんです。でも、二か月前、とうとうどうにもならなくなって……この病院に来ました」

「仕事先にも何も言わないで？」

「申し訳ないとは思っていました。でも私は、このまま消えるつもりでした」

「誰にも知らせず」

「私は、一人で消えるべき人間です。もう、どうでもいいと思いました。このまま死んでいこうと……でも結局、まだ生きています。平岡さんにも、最後に頼ってしまいました。何かを残していかないと……だから、話さなければならないと思ったんです」

「平岡さんは、それまで事実を知らなかったんですね」

「疑っていたとは思います。でも平岡さんは、そのことを私と話し合おうとはしなかった。ただずっと、遠くから見守ってくれていたんです……私は、その気持ちにも応えることができなかった……平岡さんに全て話したのは、ほんの四日前……五日前？　それぐらいです」

平岡の証言と一致している。いつなのかはっきりしないのは、弥生自身、記憶が混濁しているからかもしれない。

「どうして話す気になったんですか」

「本当は、話さないつもりでした……でも、平岡さんが私のために嘘までついて……警察を敵に回したり、マスコミを利用しようとしたことまで聞いて……私を庇ってくれて……これ以上迷惑はかけられないと思ったんです。平岡さん一人が、悪者になってしまうから。

「だから全部話して……判断は平岡さんに委ねました」

「ええ」

「本当に、申し訳ありませんでした。言い訳はできません。出頭しなかったことも、申し訳ないと思っています」

何も言えなかった。晋が綾奈を殺し、弥生が遺体を隠した。だがこれを表沙汰にする必要はあるのか？　告白は、ICレコーダーにしっかり録音されている。

私は復讐を誓っていた。犯人を見つけ出し、然るべき罰を与えることでしか、綾奈は浮かばれないと思っていたから。そういう気持ちに今も変わりはない。だが、憎むべき相手の一人は死に、もう一人も死にかけている。

どうしようもない。私がのろのろしているうちに、事態は手が届かないところへ行ってしまったのだ。法的には、いくらでも処置はできる。弥生はまだ生きているのだから、今の証言を元にして、在宅起訴することも可能だろう。もちろん、手続きが進む間に弥生の症状が悪化する可能性は高いのだが。晋は、被疑者死亡のまま送検。当然不起訴処分になるのだが、犯人が分かったという事実は残る。

それに何の意味がある？

世間が綾奈の死の原因を知っても、何かが変わるわけではない。むしろ私は、別の重荷を背負い込むだろう。弥生を死の間際まで苦しめたという事実は、生涯消えることはないはずだ。

「終わります」

立ち上がり、ＩＣレコーダーを拾い上げる。弥生の目が、私の動きをのろのろと追いかけた。もはや、何かを見ることさえ辛そうだった。私は、自分の体にも死の気配が染みこんでしまったのを意識した。

一礼し、ドアに向かう。手の中のＩＣレコーダーに視線を落とし、一瞬躊躇した後に消去ボタンを押した。ドアの前で立ち止まり、肩を上下させる。廊下へ出てドアを閉めた瞬間、弥生の気配が消え去った。私がドアを閉めたせいで、死んでしまったのでは、と思えた。愛美が、ゆっくりと壁から背中を引き剝がす。緊張した表情を浮かべて私に歩み寄って来ると、「どうでしたか」と短く訊ねた。

「はっきりと話はできなかった」

「録音は？」

「ＩＣレコーダーが故障してたみたいだな」

私は、エレベーターに向かって廊下を歩き出した。愛美の鋭い視線が追いかけてくるのを意識したが、立ち止まらなかった。

20

病院を出て、当てもなく歩き出した。病院の正面入り口は、県庁の裏側……何となく左に折れ、背中を丸めて歩いて行く。ズボンのポケットに押しこんだＩＣレコーダーが、何故か熱を持っているような気がする。

録音を消してしまって正解だったのかどうか。おそらく今後、弥生から事情聴取するのは無理だろう。唯一証拠になる録音がなくなり、全ての証言は私の頭の中にしか残っていない。

何故、愛美に嘘をついてしまったのだろう。実際には、話はできたのだ。苦しい状態の下、弥生はよく話してくれたと思う。内容は整合性が取れており、疑う要素はない。裏づけ捜査は難しいだろうが、不可能というほどでもないだろう。やればできる。だが私は、やらない道を選んでしまった。やり直しは効かない。

いつの間にか、大きな交差点に出ていた。「県民会館前」。何も考えずに交差点を渡ると、橋のたもとに出たのが分かった。欄干に両手を預け、川面を見詰める。ごく細い川で、緑に覆われた広い河原が広がっていた。何となく、このまま橋を渡ってはいけないような気がして、交差点を市役所方面に向かって歩き出す。

　朝の通勤・通学ラッシュは一段落していて、周囲を気にする必要もない。しかし突然、後ろから自転車のベルが鳴り響いた。振り向く気力もなく、のろのろと歩道の端に避《よ》ける。自転車に乗った女子高生が、全力でペダルを漕ぎながら走り抜けて行った。遅刻か……街を歩く度に、私は綾奈と同世代の女の子たちを見てしまう。五年前、失踪課に来た頃は、中学生。それから高校生になり、今は大学生……大学生は一目見てそれと分かるわけではないが、大学の近くなどに行くと、ついぼんやりと学生たちを見てしまうことがあった。ただの危ないオッサンだなと思いながら、どうしても他人に綾奈の顔を重ね合わせるのをやめられない。

　そういえば、最近綾奈の顔を見なくなった。以前は、何か困ったことがあった時、難しい問題に直面した時に、頭の中に綾奈が現れたのだ。会話を交わすこともできた。それがすっかりなくなったのは……遺体が見つかった前後である。娘の死を認識し、妄想であっても会話を交わすことができなくなったのだろうか。綾奈は、別れも言ってくれなかった。もう、呼び出すこともできない。だいたい今は、合わせる顔もないと思った。

　今後の捜査は、形だけの物になるかもしれない。被疑者死亡のまま送検、そして実質的に捜査終了。それでも、やり抜くべきだったのではないか。親としても刑事としても、きちんと落とし前をつけ、綾奈の墓前で報告するのが筋なのでは……。

ふと気配を感じ、振り返る。愛美が、私に合わせたように足を止めた。ひどく疲れた表情で、目つきが暗い。私は彼女を無視し、再び歩き出した。特に急がず、普段通りの足取りで。五年間も一緒に仕事をしてきた愛美の存在も、今はひどく遠く感じられた。

市役所の前を通り過ぎる。かすかに愛美の気配がした。振り返れば顔を見られるのに、今はそうする気にもなれない。顔を見て話し合い、愚痴を零しても、何も始まらないし、終わらない。だったら、彼女に手間をかけさせるわけにはいかなかった。

次の信号で、何も考えずに右へ折れる。左側に緑が多くなり、城跡公園の近くに出たのだと分かった。一方通行の車道の両側が、細く青く塗られているのは、自転車専用レーンということだろうか。しかし道行く自転車は、全部歩道を走っている。このまま、この一角を永遠に歩き回り続けても構わない。いつか倒れ、死んでしまうかもしれないが、それも面白いではないか。あらゆる意味で、今の私には生きていく資格がない。娘の無念も晴らせず、刑事としての職責も放棄したのだから。何の役にも立たず、この世で誰にも求められていない、と強く意識する。

しかし、歩き続けて死ぬことすらできなかった。急に、体の奥に巣食った疲労に気づき、足が動かなくなる。神社の駐車場と歩道を分ける鉄柵に腰を預け、煙草を取り出した。しかし何故か、急に軽い吐き気が押し寄せてきて、パッケージに戻してしまう。柔らかさを含んだ春の陽光が全身を包んだが、心は冷たいままだった。

愛美が追いついて、私の前に立つ。何か言いたそうな様子だったが、何も言わない。体の両側に腕を垂らして、私の顔をじっと見た。その視線から逃れるためだけに、私は無理矢理煙草に火を点けた。煙が彼女の方に流れていく。普段は死ぬほど嫌がるのに、今日は耐えている。わずかに目を細めただけで、依然として私を凝視し続けた。

「何だ」

「いいんですか」

「何が」

「本当は、ちゃんと話が聴けたんでしょう？　録音もできていたんですよね」

「そんなことはない」

「事件にできるんですよ。ちゃんと立件するのが、綾奈ちゃんのためです」

「そんなことをしても、綾奈は帰ってこない」

「目の前の事件をきちんと捜査しないのは、刑事として間違ってます」愛美が食い下がった。

「それが気に食わないなら、誰にでも言えばいい。俺は別に、馘になっても気にしないから」

「辞めたいんですか」

私は首を横に振った。愛美が鋭い視線を突きつけてくる。

「辞めたくないんですか」

「分からない」

「どうして自分のことが分からないんですか」

「何が言いたいんだ?」私は少しだけ背筋を伸ばした。愛美の顔は、わずかに上にある。

「俺に何をしろって言うんだ」

「高城さんは何がしたいんですか」

「それが分からないから困ってるんじゃないか」

「誰も助けてくれませんよ」

そう、最後は自分の問題なのだ。

ふいに、弥生、晋、そして平岡……三人の顔が頭に浮かぶ。晋に関しては、古い集合写真で見た小学生の頃の写真だったが。

「弥生さんたちは、支え合って生きてきた。この十二年間、ずっとだ」

「犯罪者同士が庇い合ってただけじゃないですか」愛美がわざと乱暴な言葉遣いをしているのは分かった。

「そうかもしれない。でも、あの三人は、お互いに支え合って生きてきた。献身的に。簡単にできることじゃない」

「……ええ」

「その三角形は崩れてしまった。最後に平岡さんだけが取り残された」

「彼は……罪には問えないんですか？」

「無理だと思う」煙草を携帯灰皿に落としこんだ。結局、最初に一吸いしただけだった。

「彼が全ての事情を知ったのは、つい最近だ。本人は逃亡を助けたつもりかもしれないけど、詳しい事情を知らなかったんだから、そのことにも責任は負わせられない。共犯者とは言えないんだ」

「そうですか……」

「今、俺たちにできることは何もない。やるべきとも思えない」

「捜査本部は、それで納得しますか？」

「俺が何も言わなければ、何も起きない。捜査本部でも、これ以上弥生さんに事情聴取するのは不可能だろうし」

「呑みこんでしまって、いいんですか」

「今は、それしか考えられない……君は、何も聴かなかったことにしておけよ」

「どうしてですか」

「何か問題になった時に、巻きこみたくないからだ」

「巻きこまれても、一人で脱出できますよ」

「そんなに簡単なことじゃない」

「だけど――」彼女の反論は、鳴り出した呼び出し音で打ち切られた。私の顔を見たままバッグに手を突っこみ、スマートフォンを取り出す。「はい、明神です……ああ、醍醐さん」

様子を聴こうと思って電話してきたのだろうか。私は彼女に背を向け、見るともなく空に目をやった。

「はい。え？　ええ……それで、家族は？」愛美がいきなり、私の横に来た。バッグから手帳を取り出し、広げる。バッグをデスク代わりにして、メモを書き殴り始めた。「分かりました。まずいですね。ええ……すぐ戻ります。高城さんですか？　いえ、今は……」愛美がちらりと私の顔を見た。「はい。とにかく私は、すぐ戻ります」

愛美が通話を終え、スマートフォンをバッグに落としこんだ。すぐに手すりから体を引き剝がし、「中学二年生の女の子が行方不明です。昨日、ボーイフレンドと一緒にいて、激しく口論していたのを見た人がいます。そのボーイフレンドも行方が分かりません」と報告する。

「そうか」

「戻ります」

「ああ」

愛美が歩き出した。一度だけ振り向き、少しだけ長く私の顔を見詰めたが、「一緒に来て下さい」とは言わなかった。

取り残されたのだ。

私は誰からも必要とされていない。

それからの数時間、自分が何をしていたか、私は覚えていない。食事をしたような気もする。酒を呑んだような気もする。ただ、誰かと話した記憶はまったくない。岩手県の県庁所在地で、一人きり。どれだけ多くの人に囲まれていても、人間は孤独になれるのだ、と改めて知った。

気づくと、目の前に巨大な桜の木があった。いつの間にか、裁判所の敷地内に入りこんでいたのだと気づく。太い桜は、巨大な岩を割って根を生やし、大きく枝を広げている。満開の桜は、強い生命力を感じさせた。岩の側に立った木製の札に「天然記念物　盛岡石割桜」とある。これが有名な石割桜か……天然記念物の制定は大正十二年。当然、当時からこの威容を誇っていたはずで、この桜はいったいいつからここに根を生やしていたのだろう。

陽が傾き始めており、風が頰を撫でていく。私は桜の前でぼんやりと突っ立ったまま、体がどんどん冷えていくのを感じた。観光客だろうか、桜を見ていく人たちは多いのだが、そういう人たちの声も素通りしていく。

ぼんやりと桜を眺めているうちに、ふいに綾奈が現れた。ずっと大きく育った……少女ではなく女性の顔つき。

——ありがとう。

——何が。

——パパなら絶対、ここまで辿りついてくれると思った。

——何もできなかったな。

——そんなこと、ないよ。

——これでもう、終わりだ。これからどうしたらいいか、分からない。

——どうして？　パパにはまだ、やることがあるでしょう。パパを必要としている人はたくさんいるんだよ。

背広の内ポケットに入れた電話が鳴った。それと同時に、綾奈の姿も消える。娘ともっと話していたい……電話など放っておいてもよかったのだが、無意識のうちに引っ張り出してしまった。

真弓だったが、既に切れている。留守電にメッセージも残っていない。かけ直して用件を聴くべきなのだが、どうしてもその気になれなかった。慰めるつもりか、叱責か、単に他の仕事の話なのか……いずれにせよ、話したくない。

また電話が鳴った。今度は醍醐。通話ボタンを押そうとした瞬間、切れてしまう。何なんだ？　例の失踪事件が、そんなに大事になっているのか？

電話は鳴り止まない。森田。田口。公子。失踪課の面々からのコールが止まったかと思ったら、今度は長野、法月と続いた。何なんだ……集団でワン切りか？　そんな物が流行ったのは、もう何年も昔のはずだが。いったい何のつもりなんだ？

私は携帯電話を手にしたまま、ぼんやりと桜を眺めた。毎年繰り返される、春の儀式。繰り返し続くことの大変さと大事さ。定年まで十年……あと十年警察にいても、私は同じような仕事を繰り返していくだろう。もしも、今流れている人事の噂が本当で、三方面分室の室長になれば、判子を押す事務的な仕事が増えるだけだ。

一瞬、携帯電話に視線を落とす。今やらなければならないことは……元妻に電話すべきかどうか、迷った。どんな状況になっても、綾奈が彼女の娘であったのは否定できないし、はるかが「犯罪被害者には、全てを知る権利がある」と言っていたのは真実だ。元妻は再婚を決め、もはや綾奈のことなど振り切ったようにも思えるのだが、本音は分からない。そして、このことを知らせるのに一番適した人間が私であるのは間違いないのだ。

ただ、辛い。真相を話すのがこれほど辛いとは、思ってもいなかった。今まで多くの人に、「実は……」と真相を打ち明けてきたのだが、自分たちの問題になると勝手が違う。

また電話が鳴った。どうせ一度で切れる……しかし今回は、鳴り続けた。画面には愛美の名前がある。何故切らない？　一度きりで鳴り終わった今までの電話と何が違う？　留守電に切り替わる直前で、私は通話ボタンを押した。

「すぐに戻って下さい」

「どうした」

「さっきの事件です。聞いてましたよね？」非難するような口調。

「ああ」

「二人が目撃された近く……新宿で、女の子の靴が見つかったんです。血痕も」

「ああ」

「ああ、じゃないです！」愛美が爆発した。「早く見つけないと」

「分かった。さっきの電話は――」

「高城さんを待ってる人が、たくさんいるんです。そんなことも分からないんですか」

電話を切り、天を仰ぐ。赤くなり始めた空に、顔を照らされたような気がした。

待っている人がいる。東京が私を待っている。

私は愛美の電話番号を呼び出した。呼び出し音が一回も鳴らないうちに、彼女が電話に出る。大きく息を吸ってから、私は言葉を吐き出した。

「今から戻る」

東京へ。仲間がいる街――私が生きていかなければならない街へ。

この作品はフィクションで、実在する個人、
団体等とは一切関係ありません。
本書は書き下ろしです。

中公文庫

献《けん》　心《しん》

——警視《けいし》庁《ちょう》失踪《しっそう》課《か》・高城《たかしろ》賢吾《けんご》

2013年6月25日　初版発行

著　者　堂場《どうば》瞬一《しゅんいち》

発行者　小林敬和

発行所　中央公論新社
〒104-8320　東京都中央区京橋2-8-7
電話　販売 03-3563-1431　編集 03-3563-3692
URL http://www.chuko.co.jp/

DTP　ハンズ・ミケ
印　刷　三晃印刷
製　本　小泉製本

Published by CHUOKORON-SHINSHA, INC.
Printed in Japan　ISBN978-4-12-205801-9 C1193

こ-50-2
KUNIMORI 五條瑛
伯母が遺した秘密。それは時代に翻弄される〝知られざる世界の住人たち〟と、一人の少年。その驚愕の正体とは――⁉ 著者渾身の長篇ミステリ。
205652-7

た-81-1
ボーダー 負け弁・深町代言《だいげん》 大門剛明
若手イケメン弁護士として活躍していた深町代言はとある事件で東京を離れる。伊勢で所属したのは、志は高いが実績はまるでナシな負け組弁護士が集まる貧乏事務所だった。
205508-7

た-81-2
沈黙する証人 負け弁・深町代言 大門剛明
民事訴訟で事務所を潤す深町の下に、ひき逃げの容疑者が無実を訴えやってきた。所長が弁護を引き受けるが、事件当夜、酒を呑んでおり、記憶がないとわかる。
205548-3

た-81-3
有罪弁護 負け弁・深町代言 大門剛明
薬物使用のうえ、人を殺した青年の事件が持ちこまれる。無罪を求める親。迷いのなか弁護を引き受けた深町に降りかかる、さらなる試練とは⁉ 書き下ろし。
205642-8

と-26-9
SRO Ⅰ 警視庁広域捜査専任特別調査室 富樫倫太郎
七名の小所帯に、警視長以下キャリアが五名。管轄を越えた花形部署のはずが――。警察組織の盲点を衝く、連続殺人犯を追え！ 新時代警察小説の登場。
205393-9

と-26-10
SRO Ⅱ 死の天使 富樫倫太郎
死を願ったのち亡くなる患者たち、解雇された看護師、病院内でささやかれる『死の天使』の噂。SRO対連続殺人犯の行方は。待望のシリーズ第二弾！ 書き下ろし長篇。
205427-1

と-26-11
SRO Ⅲ キラークィーン 富樫倫太郎
SRO対〝最凶の連続殺人犯〟、因縁の対決再び‼ 東京地検へ向かう道中、近藤房子を乗せた護送車は裏道へ誘導され――。大好評シリーズ第三弾、書き下ろし長篇。
205453-0

と-26-12
SRO Ⅳ 黒い羊 富樫倫太郎
SROに初めての協力要請が届く。自らの家族四人を殺害して医療少年院に収容され、六年後に退院した少年が行方不明になったというのだが――書き下ろし長篇。
205573-5

各書目の下段の数字はISBNコードです。978-4-12が省略してあります。

と-26-19
SRO V ボディーファーム 富樫倫太郎
最凶の連続殺人犯が再び覚醒。残虐な殺人を繰り返し、日本中を恐怖に陥れる。焦った警視庁上層部は、SROの副室長を囮に逮捕を目指すのだが――。書き下ろし長篇。
205767-8

ひ-21-5
ピース 樋口有介
連続バラバラ殺人事件に翻弄される警察。犯行現場に「平和」は戻るのか。いくつかの「断片」から浮かび上がる犯人。事件は「ピース」から始まった⁉
205120-1

ひ-21-7
苦い雨 樋口有介
零細業界誌の編集長・高梨は、かつて自分を追い出した会社のスキャンダルを握る女を探すよう依頼される。中年男の苦さと甘さを描くハードボイルドミステリー。
205495-0

ほ-17-1
ジウⅠ 警視庁特殊犯捜査係 誉田哲也
都内で人質籠城事件が発生、警視庁の捜査一課特殊犯捜査係〈SIT〉も出動するが、それは巨大な事件の序章に過ぎなかった！ 警察小説に新たなる二人のヒロイン誕生‼
205082-2

ほ-17-2
ジウⅡ 警視庁特殊急襲部隊 誉田哲也
誘拐事件は解決したかに見えたが、依然として黒幕・ジウの正体は掴めない。捜査本部で事件を追う美咲。一方、特進をはたした基子の前には謎の男が！ シリーズ第二弾
205106-5

ほ-17-3
ジウⅢ 新世界秩序 誉田哲也
〈新世界秩序〉を唱えるミヤジと象徴の如く佇むジウ。彼らの狙いは何なのか？ ジウを追う美咲と東は、想像を絶する基子の姿を目撃し……⁉ シリーズ完結篇。
205118-8

ほ-17-4
国境事変 誉田哲也
在日朝鮮人殺人事件の捜査で対立する公安部と捜査一課の男たち。警察官の矜持と信念を胸に、銃声轟く国境の島・対馬へ向かう。〈解説〉香山二三郎
205326-7

ほ-17-5
ハング 誉田哲也
捜査一課「堀田班」は殺人事件の再捜査で容疑者を逮捕。だが公判で自白強要の証言があり、班員が首を吊った姿で見つかる。そしてさらに死の連鎖が……誉田史上、最もハードな警察小説。
205693-0